Emma McLaughlin
& Nicola Kraus

Die Tagebücher einer Nanny

EMMA McLAUGHLIN
& NICOLA KRAUS

Die Tagebücher einer Nanny

Roman

Aus dem Amerikanischen
von Regina Rawlinson

MANHATTAN

Die Originalausgabe erschien 2002 unter dem Titel
»The Nanny Diaries«
bei St. Martin's Press, New York

Umwelthinweis:
Dieses Buch und der Schutzumschlag
wurden auf chlorfrei gebleichtem Papier gedruckt.
Die Einschrumpffolie (zum Schutz vor Verschmutzung)
ist aus umweltschonender und recyclingfähiger PE-Folie.

Manhattan Bücher erscheinen
im Wilhelm Goldmann Verlag, München,
einem Unternehmen
der Verlagsgruppe Random House GmbH

4. Auflage
Copyright © der Originalausgabe 2002
by Emma McLaughlin and Nicola Kraus
Copyright © der deutschsprachigen Ausgabe 2003
by Wilhelm Goldmann Verlag, München,
in der Verlagsgruppe Random House GmbH
Die Nutzung des Labels Manhattan erfolgt mit freundlicher
Genehmigung des Hans-im-Glück-Verlags, München
Dieses Werk wurde vermittelt durch die
Literarische Agentur Thomas Schlück GmbH, 30827 Garbsen
Satz: IBV Satz- und Datentechnik GmbH, Berlin
Printed in Germany · GGP Media, Pößneck
ISBN 3-442-54553-6
www.manhattan-verlag.de

Für unsere Eltern,
die uns immer eine Gutenachtgeschichte
vorgelesen haben,
ganz gleich, wie erschöpft sie waren.

Und für all die fabelhaften Kinder,
die sich in unsere Herzen getanzt, gekichert
und gegluckst haben.

Ihr seid die Besten!

»Sie sollten hören, wie Mama über Hauslehrerinnen denkt. Mary und ich haben gut ein Dutzend gehabt. Alle waren entweder unleidlich oder lächerlich, nicht wahr, Mama?«
»Sprich mir nicht von Erzieherinnen, mein Liebling, das regt mich auf. Ich habe genug unter ihrer Unfähigkeit und Anmaßung gelitten; Gott sei Dank bin ich sie auf immer los.«

Jane Eyre

Eine Bemerkung für die Leser

Die Autorinnen haben im Lauf der Zeit für über dreißig Familien in New York gearbeitet. Dieser Roman wurde durch ihre Erlebnisse und Erfahrungen inspiriert. *Die Tagebücher einer Nanny* ist jedoch ein rein fiktionales Werk, und keine dieser Familien wird im vorliegenden Roman porträtiert. Namen und Eigenschaften sind von den Autorinnen frei erfunden. Jede Ähnlichkeit mit lebenden oder toten Personen sowie tatsächlichen Ereignissen ist nicht beabsichtigt und wäre rein zufällig. Obwohl einige New Yorker Einrichtungen wie Schulen, Geschäfte, Galerien und Ähnliches erwähnt werden, geschieht dies doch in einem rein fiktionalen Kontext.

Prolog
Das Vorstellungsgespräch

Am Anfang stand das Vorstellungsgespräch, immer das gleiche Spiel, immer die gleichen Fragen. Es war regelrecht gespenstisch. Manchmal hatte ich fast den Verdacht, dass man den Müttern beim Elternverband heimlich ein Handbuch zusteckte: *Die Wahl der richtigen Nanny – Wie führe ich ein Vorstellungsgespräch?* Die Prozedur lief stets nach einem festen Schema ab, wie ein religiöses Ritual, so dass ich, bevor sich die Apartmenttür zum ersten Mal für mich öffnete, nie genau wusste, ob ich lieber vor Ehrfurcht in die Knie sinken oder mich mit einem Augen-zu-und-durch in die Schlacht stürzen sollte.

Es gab nichts, was mir meine Rolle als Kinderfrau deutlicher vor Augen führte als das Vorstellungsgespräch, ein Auftritt, der unweigerlich von einer Fahrt mit dem Lift eingerahmt wurde, und zwar mit einem Lift, der mehr hermachte als die meisten New Yorker Wohnungen.

In der mit Walnussholz vertäfelten Kabine schwebe ich nach oben, einer möglichen Einkommensquelle entgegen. Kurz vor dem Ziel atme ich noch einmal tief durch. Lautlos gleitet die Tür auf, vor mir ein kleines Vestibül mit einer dezenten Blumentapete, von dem maximal zwei Wohnungen abgehen. Ich läute. Nanny-Regel Nr. 1: Die Dame des Hauses lässt läuten, auch wenn mich der Wachmann, der das Gebäude vor unwillkommenen Eindringlingen schützt, längst angekündigt hat und sie womöglich schon seit ein paar Minuten hinter der Tür steht und mich erwartet. Auch wenn sie dort vielleicht schon seit drei Tagen auf mich lauert, seit wir telefonisch den Termin ausgemacht haben.

Die Einrichtung des dunklen Vestibüls ist immer gleich: ein Schirmständer, ein Stich mit einem Pferdemotiv und ein Spiegel, in dem ich noch rasch mein Aussehen überprüfe. Zwar scheint mein Rock ein paar unerklärliche Flecken abbekommen zu haben, seit ich an der Uni in die U-Bahn gestiegen bin, aber ansonsten mache ich einen tadellosen Eindruck – Twinset, geblümter Rock und Gucci-Sandalen aus dem Schlussverkauf.

Die Dame des Hauses ist immer klein und zierlich. Ihr Haar ist immer glatt und dünn. Sie atmet nur ein und niemals aus, so wirkt es zumindest. Sie trägt teure Khakihosen, Ballerinas von Chanel, ein französisches Ringel-T-Shirt, eine weiße Strickjacke. Hin und wieder darf es auch einmal eine schlichte Perlenkette sein. Bei all den Vorstellungsgesprächen, die ich in meinen sieben Jahren als Nanny hinter mich gebracht habe, war das Outfit immer das Gleiche. Mommy macht einen auf sportlich-leger, aber Achtung: Sie kann sich Schuhe für 400 Dollar leisten. Und der Gedanke, dass sich diese Frau tatsächlich irgendwann dazu herabgelassen haben soll, sich von irgendwem schwängern zu lassen, ist so abwegig, dass er sich von selbst verbietet.

Ihr Blick landet zielsicher auf meinem bekleckerten Rock. Ich werde rot. Ich habe noch nicht einmal den Mund aufgemacht, aber ich bin ihr schon jetzt weit unterlegen.

Sie bittet mich herein, in die weitläufige Diele mit dem glänzenden Marmorboden und den rauchgrauen Wänden. In der Mitte steht ein runder Tisch, darauf eine Vase. Die Blumen sehen so aus, als ob sie es niemals wagen würden, ihre Blütenblätter abzuwerfen. Sterben ja, aber welken? Auf gar keinen Fall.

Das ist mein erster Eindruck von dem Apartment. Es kommt mir vor wie eine Hotelsuite – blitzblank und unpersönlich. Das gilt sogar für das mit Fingerfarben gemalte Bild, das mit Klebestreifen an der Kühlschranktür befestigt ist (Sub-Zeros mit Verkleidung taugen nicht für Magnete). Es könnte aus einem Versandhauskatalog stammen.

Sie nimmt mir die Strickjacke ab, starrt verächtlich auf die Haare, die meine verschmuste Katze darauf hinterlassen hat, und bietet mir etwas zu trinken an.

Die Standardantwort lautet: »Danke, ein Glas Wasser wäre schön«, obwohl ich hin und wieder lieber einen Scotch bestellen würde, nur um zu sehen, wie sie darauf reagiert. Dann bittet sie mich ins Wohnzimmer, dessen Einrichtung irgendwo zwischen fürstlichem Prunk und dem üblichen exklusiven Landhausstil angesiedelt ist, je nachdem, wie »alt« das Geld ist. Sie bietet mir einen Platz auf dem Sofa an. Ich versinke in Bergen von Chintz und fühle mich so klein wie eine Fünfjährige. Sie thront auf einem äußerst unbequemen Stuhl, so kerzengerade, als ob sie ein Lineal verschluckt hätte, schlägt die Beine übereinander und lächelt gezwungen.

Nun kann das eigentliche Vorstellungsgespräch beginnen. Umständlich stelle ich mein beschlagenes Wasserglas auf einem Untersetzer ab, der so aussieht, als ob er selbst einen Untersetzer gebrauchen könnte. Man merkt ihr an, wie froh sie ist, dass ich eine Weiße bin, keine Schwarze, keine Latina.

»Nun denn«, sagt sie munter. »Und wie hat es Sie zum Elternverband verschlagen?«

Damit hätten wir die einzige halbwegs professionelle Frage des ganzen Gesprächs auch schon hinter uns. Von nun an geht es in erster Linie nur noch darum, bestimmte Klippen vorsichtig zu umschiffen, vor allem Wörter mit einem unappetitlichen Beigeschmack, wie zum Beispiel »Kindermädchen« oder »Kinderbetreuung«. Außerdem hüten wir uns davor, auch nur andeutungsweise auszusprechen, dass es hier um ein Beschäftigungsverhältnis geht. Denn dies ist der Heilige Bund zwischen Mommy und Nanny: Man bewirbt sich aus Spaß an der Freude und nicht etwa, weil man Arbeit sucht. Wir sind lediglich da, um uns »kennen zu lernen«. So ähnlich, wie ich mir die Verhandlungen zwischen einem Freier und einem Callgirl vorstelle, die sich auf einen Preis verständigen müssen, ohne dass die Stimmung darunter leidet.

Dass ich mich des Geldes wegen um die Stelle bewerbe, wird nur ein einziges Mal am Rande gestreift, nämlich als es um meine Erfahrungen als Babysitter geht. Natürlich stelle ich mich als Kinderhüterin aus Leidenschaft hin, fast so, als ob ich in meiner

Freizeit Führhunde für Blinde abrichte, um eine gute Tat zu tun. Je länger die Unterhaltung dauert, desto mehr mausere ich mich zur Fachfrau für Kindeserziehung – ich überzeuge nicht nur sie, sondern auch mich selbst, dass es mir ein tief empfundenes Anliegen ist, ein Kind großzuziehen und an allen Phasen seiner Entwicklung teilzuhaben. Jeder Ausflug in den Park oder ins Museum ist für mich eine Herzensangelegenheit, eine Entdeckungsreise. Ich gebe amüsante Anekdoten über meine früheren Schützlinge zum Besten und vergesse auch nicht, die Kinder beim Namen zu nennen – »Ich staune bis heute darüber, welche kognitiven Fortschritte Constance gemacht hat, wenn wir gemeinsam im Sandkasten saßen.« Meine Augen leuchten, und ich komme mir vor wie Mary Poppins, die anmutig ihren Regenschirm schwenkt. Dann schweigen wir einen Augenblick und versetzen uns andächtig in mein winziges Apartment, dessen Wände mit gerahmten Fingerfarbenbildern und Urkunden meiner exzellenten Studienabschlüsse gepflastert sind.

Gespannt blickt sie mich an. Sie wartet auf den Höhepunkt, auf die alles entscheidenden Sätze: »*Ich liebe Kinder!* Ich liebe kleine Patschehändchen und Babyschühchen und Erdnussbutterbrote und Erdnussbutter in meinen Haaren und Elmo aus der Sesamstraße – *ich liebe Elmo* – und Sand in meiner Handtasche und den Ententanz – ich bin *verrückt* nach dem Ententanz! – und Sojamilch und Schmusedecken. Und wie ich es liebe, dauernd mit Fragen bombardiert zu werden, die kein Mensch beantworten kann. Warum ist der Himmel blau? Tja, warum? Und Disney! Disney ist meine zweite Muttersprache!«

Es ist, als ob im Hintergrund ein Chor den Satz anstimmt: »Eine ganz neue Welt tut sich auf!« Wir hören es beide. Und dann beteuere ich feierlich, dass es mehr als ein Privileg wäre, ihr Kind betreuen zu dürfen – es wäre ein Abenteuer.

Sie ist begeistert, aber noch hab' ich sie nicht ganz so weit. Nun würde sie gern erfahren, warum ich ihr Kind überhaupt betreuen möchte, wenn ich wirklich so ein wandelndes Wunderweib bin. Sie will sich schließlich auch nicht mit ihm abgeben, dabei hat sie es doch sogar zur Welt gebracht. Warum sollte ich mich also um ihren Nachwuchs kümmern wollen? Ob ich die Raten für eine Abtreibung abstottern muss? Ob ich eine linke Gruppierung unterstützen will? Welch gnädigem Schicksal verdankt sie ihr Glück? Sie möchte wissen, was ich studiere, was ich einmal werden möchte, was ich von den Privatschulen in Manhattan halte, was meine Eltern beruflich machen. Während ich meine Familie und mich souverän ins rechte Licht rücke, lege ich den Kopf auf die Seite, wie Schneewittchen im Film, als sie den Tieren lauscht. Mein Gegenüber schlüpft derweil in die Rolle der kritischen Journalistin und versucht auszuloten, ob ich die Absicht habe, ihr ihren Mann, ihren Schmuck, ihre Freunde oder ihr Kind wegzunehmen. Und zwar genau in dieser Reihenfolge.

Nanny-Regel Nr. 2: Noch nie sind bei einem Vorstellungsgespräch meine Referenzen überprüft worden. Ich bin weiß. Ich spreche französisch. Mein Eltern haben studiert. Ich habe keine Piercings, zumindest nicht an Stellen, wo man sie sehen könnte, und ich habe im Laufe der letzten beiden Monate eine kulturelle Veranstaltung im Lincoln Center besucht. Ich habe den Job.

Beschwingt von neuer Zuversicht steht sie auf. »Wie wäre es mit einem kleinen Rundgang?« Erst jetzt darf das Apartment zeigen, was alles in ihm steckt. Während wir von Zimmer zu Zimmer gehen, scheint es sich aufzuplustern und immer heller zu glänzen, was kaum möglich ist, so wie vorher schon alles geblitzt hat. Es ist für Führungen wie geschaffen. Ein riesiger Raum geht in den nächsten über, dazwischen höchstens ein paar kleine Flure, in die gerade einmal ein gerahmtes Originalgemälde von Sowieso hineinpasst.

Ganz gleich, ob die Dame des Hauses Mutter eines Säuglings oder eines Teenagers ist, bei der Besichtigungstour ist von dem Kind nie die leiseste Spur zu sehen. Es gibt überhaupt kein Anzeichen, dass noch jemand hier wohnt – nirgendwo steht auch nur ein einziges Familienfoto. Später werde ich sehen, dass es doch welche gibt, natürlich in silbernen Tiffany-Rahmen, in der hintersten Ecke des Fernsehzimmers aufgestellt.

Weil nirgendwo Schuhe herumliegen oder wenigstens ein aufgerissener Briefumschlag, fällt es mir schwer zu glauben, dass ich tatsächlich durch eine echte, dreidimensionale Wohnung geführt werde. Alles erinnert eher an eine Theaterkulisse. Ich weiß nicht recht, wie ich die überschwängliche Bewunderung zum Ausdruck bringen soll, die von mir erwartet wird, ohne in einen unterwürfig altmodischen Dienstbotenslang zu verfallen und dazu womöglich auch noch einen Knicks zu machen.

Aber in diese Verlegenheit komme ich zum Glück nicht, weil wir nirgendwo lange genug stehen bleiben. Sie schwebt stumm vor mir her. Erst vor dem Hintergrund der schweren Möbel kommt ihre zarte Figur so richtig zur Geltung. In jedem Zimmer hält sie kurz inne, beschreibt mit der Hand einen Kreis und sagt mir, wie der Raum heißt, in dem wir uns gerade befinden, woraufhin ich ihr mit einem Kopfnicken bestätige, dass das Esszimmer tatsächlich das Esszimmer ist.

Während der Besichtigung soll ich mir zwei Dinge merken: 1. Ich kann ihr nicht das Wasser reichen. 2. Ich werde alles in meiner Macht Stehende tun, um zu verhindern, dass ihr Kind, das ihr ebenfalls unterlegen ist, in dieser Wohnung auch nur den klitzekleinsten Einrichtungsgegenstand zerschrammt, zerdeppert, bekleckert oder beschädigt. Das Drehbuch hat für diesen Augenblick den folgenden Text vorgesehen: Sie dreht sich zu mir um und erwähnt wie nebenbei, dass ich so gut wie gar nichts im Haushalt erledigen muss und dass Hutchison »am liebsten« in seinem Zimmer spielt. Wenn es auf dieser Welt Gerechtigkeit gäbe, müsste spätestens nach dieser Ankündigung jede Nanny der Welt mit einer Straßensperre und einem Betäubungsgewehr ausgerüstet werden. Diese Zimmer werden mir das Leben zur Hölle machen. Fünfundneunzig Prozent dieser Wohnung werden für mich nicht mehr existieren, weil ich ausschließlich damit beschäftigt sein werde, das Kind einzufangen und zu ködern und es, wenn alles nicht hilft, inständig anzuflehen, doch bitte, bitte »das Delfter Milchmädchen« wieder hinzustellen. Außerdem werde ich mich bald besser mit Putzmitteln auskennen, als ich es je für möglich gehalten habe. Ich werde staunen, wie viele verschiedene Arten von Schmutz es gibt. Im Hauswirtschaftsraum – hoch über der Wasch-Trockenkombination – werde ich die Entdeckung machen, dass es tatsächlich Leute gibt, die sich ihren Kloreiniger aus Europa importieren lassen.

Nächste Station ist die Küche. Sie ist riesig. Mit ein paar Zwischenwänden könnte sie leicht einer vierköpfigen Familie als Wohnung dienen. Die Dame des Hauses bleibt stehen und legt die manikürte Hand auf die Küchentheke, eine einstudierte Pose. Sie sieht aus wie ein Kapitän am Steuer seines Schiffs, der eine Ansprache an die Mannschaft halten will. Käme ich aber auf die Idee, sie zu fragen, wo sie das Mehl aufbewahrt, würde sie erst einmal eine halbe Stunde in nie benutzten Backutensilien herumkramen.

Nanny-Regel Nr. 3: Egal wie viele Liter Perrier sie sich in dieser Küche genehmigen mag, es würde ihr nicht im Traum einfallen, hier etwa auch zu essen. Apropos essen. Solange ich für sie arbeite, werde ich es nie erleben, dass sie überhaupt irgendetwas zu sich nimmt. Sie kann mir zwar nicht sagen, wo das Mehl steht, aber die Abführmittel in ihrem Medizinschränkchen würde sie wahrscheinlich mit verbundenen Augen finden.

Der Kühlschrank platzt fast aus den Nähten von frischem Obst, in mundgerechte Stücke geschnitten und nach Sorten getrennt in Tupperschüsseln. Unvermeidlich sind auch mindestens zwei Packungen Käsetortellini, die ihr Kind ohne Sauce am liebsten isst. (Was für mich im Klartext bedeutet: Auch ich muss die Nudeln trocken hinunterwürgen.) Zur Grundausstattung gehören außerdem: biologisch-dynamische Ökomilch, eine einsame Flasche Bordeaux, ein Glas sündhaft teure Konfitüre und jede Menge Gingkoblätter (»für Daddys Kreislauf«). Mommys schmutziges kleines Geheimnis verbirgt sich im Gefrierschrank: Chicken-Nuggets, Speiseeis. Doch ansonsten scheinen sich die Erwachsenen nur von pikanten Häppchen und Beilagen zu ernähren. Ich sehe die Familie direkt vor mir, wie sie gemeinsam am Tisch sitzt. Die Eltern fischen mit dem Zahnstocher in einem Glas mit eingelegten getrockneten Tomaten, während sich das Kind mit Obst und Fertiggerichten voll stopft.

»Branford's Tiefkühlkost macht wirklich nicht viel Mühe«, sagt sie und klappt die Tür des Gefrierschranks wieder zu. Übersetzung: Sie können ihrem Sohn am Wochenende guten Gewissens diesen Mist vorsetzen, weil ich ihn an den restlichen Tagen mit makrobiotischen Viergangmenüs verköstige. Ich weiß schon jetzt, dass mich früher oder später, wenn ich zum wiederholten Male den Wildreis aus Costa Rica dämpfe, damit er den Verdauungsapparat eines Vierjährigen nicht überfordert, der blanke Neid auf die verführerisch bunten Packungen im Gefrierschrank überkommen wird.

Sie öffnet die Tür zur Speisekammer (die ideale Ferienwohnung für die vierköpfige Familie, die in der Küche wohnen könnte). Berge von Vorräten türmen sich auf. Armageddon kann kommen. Als ob man jeden Augenblick darauf gefasst sein müsste, dass die Stadt von einer umherstreifenden Meute ernährungsbewusster Vorschüler geplündert wird. Die Auswahl ist gigantisch: Fruchtsäfte, Sojamilch, Reismilch, Vollkornbrezeln, Müsliriegel, Bio-Rosinen. Der Traum eines jeden Ernährungsberaters. Es gibt nur einen einzigen Artikel, der Nahrungsmittelzusätze enthält: die Goldfish-Kräcker, Tüten um Tüten, einschließlich der salzarmen sowie der nicht besonders populären Version mit Zwiebelaroma.

In der gesamten Küche findet sich nichts, was einen erwachsenen Menschen satt machen würde. Natürlich wird es heißen: »Wenn Sie etwas essen möchten ... Es ist alles da.« Aber das Märchen kenne ich. In der ersten Zeit werde ich mich kümmerlich von Rosinen ernähren müssen, bis ich das OBERSTE SCHRANKFACH entdecke, das Geheimversteck, in dem die gehorteten Schätze lagern, leicht verstaubte Gastgeschenke, vor denen sich die Dame des Hauses hütet, als wären sie die Büchse der Pandora. Schokorosinen von Barney's, Trüffel von Saks, Nurdick's Fudge aus Martha's Vineyard, die ich wie eine Cracksüchtige im Badezimmer in mich hineinschlinge, um dabei nicht heimlich gefilmt zu werden. Ich sehe mich schon im Fernsehen, überführt von der *Versteckten Kamera:* »Nanny auf frischer Tat ertappt – im Rausch des Verbotenen – Kindermädchen vergeht sich an Pralinenschachtel!«

Jetzt ist es so weit, jetzt kommt sie mir mit dem Katalog der Ge- und Verbote. Das ist der Augenblick, den sie ganz besonders genießt, denn nun kann sie mir endlich zeigen, wie viel Sorgfalt und Mühe sie als Mutter bereits in ihr Kind investiert hat. Mit seltenem Elan betet sie die einzelnen Punkte souverän herunter. Ich setze inzwischen meine interessierteste Miene auf, als ob ich sagen wollte: »Bitte, erzählen Sie mir mehr davon. Wie faszinierend«, oder: »Das muss ja schrecklich für Sie sein, ein Kind zu haben, das allergisch gegen Luft ist.« Hier die Regeln:

Allergisch gegen Milchprodukte
Allergisch gegen Erdnüsse
Allergisch gegen Erdbeeren
Allergisch gegen Haarspray
Gegen irgendein Getreide
Isst keine Blaubeeren
Isst nur Blaubeeren – in Scheibchen geschnitten
Butterbrote müssen in Streifen geschnitten werden und eine Kruste haben
Butterbrote müssen geviertelt werden und dürfen KEINE Kruste haben
Beim Bestreichen der Butterbrote gen Osten blicken
Sie liebt Reismilch!
Er isst nichts, was mit dem Buchstaben M anfängt
Alle Portionen müssen vorher genau abgemessen werden – es gibt KEINEN Nachschlag
Fruchtsäfte werden mit Wasser verdünnt und aus einer Trinklerntasse über dem Waschbecken oder der Badewanne getrunken (vorzugsweise, bis das Kind achtzehn Jahre alt ist)
Das Kind isst aus der Schüssel. Die Schüssel steht auf einem Plastikset, darunter ein Küchentuch. Abnehmen des Lätzchens verboten
Oder noch besser: »Wenn Sie Lucien vor dem Essen ausziehen und hinterher abbrausen könnten, wäre das ideal.«
KEINERLEI Nahrungs- oder Flüssigkeitsaufnahme zwei Stunden vor dem Schlafengehen
KEINE Lebensmittelzusatzstoffe
KEINE Konservierungsstoffe

KEINE Kürbiskerne
KEINE Schalen
KEIN rohes Essen
KEIN gekochtes Essen
KEIN amerikanisches Essen

und ... (sie senkt die Stimme zu einem kaum noch wahrnehmbaren Wispern)

KEIN ESSEN AUSSERHALB DER KÜCHE!

Ich nicke verständnisvoll. Sie hat ja so Recht. »Aber natürlich«, höre ich mich sagen.
 Damit hat Phase 1 des Verschwisterungsprozesses begonnen. Wir tun so, als ob wir Verbündete wären. »Wir sitzen beide im selben Boot! Klein Elspeth ist unser Gemeinschaftsprojekt! Und wir geben ihr ausschließlich Mungbohnen zu essen!« Wie mir dabei zu Mute ist? Als ob ich im neunten Monat schwanger wäre und gerade herausgefunden hätte, dass mein Mann das Kind in einer Sekte großziehen will. Trotzdem fühle ich mich geschmeichelt, dass man ausgerechnet mich erwählt hat, an diesem Projekt teilzuhaben. Phase II ist beendet: Ich erliege dem Lockruf der Perfektion.
 Schließlich nähert sich die Führung dem entlegensten Teil der Wohnung. Die Entfernung zwischen Kinderzimmer und Elternschlafzimmer wechselt. Mal ist sie groß, mal riesengroß. Wenn irgend möglich, liegen die Räume auf unterschiedlichen Etagen. Man stelle sich den armen Dreijährigen vor, der aus einem Albtraum hochschreckt und sich mit Tropenhelm und Taschenlampe auf die Expedition zu seinen Eltern macht, lediglich mit einem Kompass und seinem eisernen Willen bewaffnet.
 Es gibt noch ein weiteres Anzeichen dafür, dass wir allmählich in die Kinderzone vordringen. Es wird bunter. Das dezent asiatisch angehauchte Flair der Ausstattung weicht kräftigen Primärfarben im Stile Mondrians oder zarten Pastelltönen à la Bonpoint-Kindermoden. Auf jeden Fall ist die Handschrift der In-

nenarchitektin überall zu spüren. Trotzdem ist der Gesamteindruck ein wenig irritierend. Allzu offensichtlich entspringt diese Vorstellung von einem Kinderzimmer dem Hirn eines Erwachsenen. Das kann man zum Beispiel daran erkennen, dass die handsignierten Barbar-Drucke an der Wand mindestens einen Meter über dem Kopf des Kindes aufgehängt sind.

Nachdem ich den Regelkatalog nun intus habe, steht einer Begegnung mit der Prinzessin beziehungsweise mit dem Prinzen auf der Erbse nichts mehr entgegen. Ich bin darauf gefasst, ein Krankenzimmer zu betreten, eine voll ausgestattete Intensivstation, inklusive Designertropf von Louis Vuitton. Man stelle sich meinen Schock vor, als plötzlich ein kleines Energiebündel auf uns zu gewirbelt kommt. Handelt es sich um einen Jungen, führt er sich auf wie der Tasmanische Teufel, ist es ein Mädchen, erinnert der Auftritt eher an den einer aufgedrehten Ballerina, inklusive zweier Pirouetten und eines Grand Jeté. Ausgelöst werden diese Kraftakte durch eine Art Pawlowschen Reflex auf das Parfüm der Mutter, sobald diese durch die Tür tritt. Das Aufeinandertreffen spielt sich folgendermaßen ab: 1. Das Kind (geschniegelt und gebügelt) hält pfeilgerade auf die Beine der Mutter zu. 2. Genau in der Sekunde, als es sich an sie klammern will, hält die Mutter seine Handgelenke fest. 3. Gleichzeitig entzieht sie sich mit einem Ausfallschritt der Umarmung, führt die Hände des Kindes vor seinem Gesicht zusammen, als ob es »Backe, backe Kuchen« spielen soll, bückt sich, um hallo zu sagen, und lenkt die Aufmerksamkeit ihres Sprösslings auf mich. Voilà. Die erste Darbietung des von mir so genannten »Abwehrmanövers«, der noch viele weitere folgen werden, ist ein voller Erfolg. Das Timing und der künstlerische Ausdruck sind so perfekt, dass ich am liebsten applaudieren würde. Stattdessen erliege ich nun meinerseits einem Pawlowschen Reflex, hervorgerufen durch ihre erwartungsvollen Mienen.

»Ich schlage vor, ihr lernt euch erst einmal ein wenig kennen...« Das ist mein Stichwort. Spiel-mit-dem-Kind lautet die Devise. Obwohl jeder von uns weiß, dass die Meinung des zukünftigen Schützlings irrelevant ist, lege ich mich mit einer fast schon ans Psychotische grenzenden Begeisterung ins Zeug. Ich komme mir vor wie der Weihnachtsmann persönlich, ach was, wie der Weihnachtsmann und der Osterhase in einer Person. Ich bezirze den Kleinen, bis er vor lauter Interaktion nicht mehr weiß, wo ihm der Kopf steht. Dass Mutter ihm ausnahmsweise eine Audienz gewährt, trägt zum Gelingen des Unternehmens ein Übriges bei. Brav holt das Kind, das seine Vorstellung von Spaß aus der Montessori-Pädagogik bezieht, immer nur jeweils ein Spielzeug aus dem Nussbaumschrank. Ich kompensiere das fehlende Kinderzimmerchaos mit einem regelrechten Chor von Stimmen und mit Tanzschritten. Mit meinem geballten Wissen über Pokémonfiguren erledige ich den Rest. Es dauert keine fünf Minuten, da will der Kleine, dass ich mit ihm in den Zoo gehe, bei ihnen übernachte oder gleich ganz einziehe. Das ist das Stichwort für die Mutter, die bis jetzt auf der Bettkante gesessen und meine spielerischen Fähigkeiten wie ein olympischer Preisrichter begutachtet hat. Sie verkündet: »Nanny muss jetzt gehen. Freust du dich schon, dass du bald wieder mit Nanny spielen kannst?«

Die Haushälterin, die während der gesamten Vorstellung unbeachtet in einem Kinderschaukelstuhl gesessen hat, winkt mit einem Bilderbuch, ein schwacher Versuch, von meiner Glanzleistung abzulenken und das sich bei dem Kleinen bereits ankündigende Stimmungstief abzumildern. Es folgt eine etwas anspruchsvollere Version des Abwehrmanövers, welches damit endet, dass Mutter und ich das Zimmer verlassen. Als die Tür hinter uns ins Schloss gefallen ist, fährt sich die Dame des Hauses erschöpft mit der Hand durchs Haar und führt mich mit einem langen, hingehauchten »So ...« wieder in den menschenleeren Teil der Wohnung zurück.

◊

Sie reicht mir meine Tasche. Dann stehe ich noch mindestens eine halbe Stunde mit ihr in der Diele und warte darauf, dass sie mich entlässt.

»Haben Sie einen Freund?« Aha, jetzt heißt es also: Beschäftige-dich-mit-der-Mutter. Sie hat unendlich viel Zeit – kein Wort von einem Ehemann, der aus dem Büro zurückerwartet wird, kein

Wort von einem geplanten Abendessen. Ich erfahre alles über ihre Schwangerschaft, über ihr Fitnesstraining nach der Lotte-Berk-Methode, über den letzten Elternabend, über die Niete von einer Haushälterin (die für die nächste Zeit in der Kinderzone gestrandet ist), über den hinterlistigen Anstreicher, über Pleiten, Pech und Pannen meiner unzähligen Vorgängerinnen und über die Vorschule, diesen *Albtraum*. Phase III ist abgeschlossen. Ich darf mich freuen: Ich bekomme nicht nur ein hinreißendes Kind zum Spielen, sondern auch noch eine neue Busenfreundin!

Nun will auch ich etwas zum Gespräch beitragen – und mich als Frau von Welt etablieren. Beiläufig lasse ich die Namen von Prominenten, exklusiven Marken und teuren Restaurants fallen. Doch um sie nicht zu verschrecken, mache ich mich vorsichtshalber schnell wieder klein, indem ich alles ein wenig ins Lächerliche ziehe. Mir wird klar, dass ich viel zu viel rede. Ich erzähle ihr sogar, warum ich die Uni gewechselt und mit meinem letzten Freund Schluss gemacht habe – dabei bin ich kein Mensch, der schnell aufgibt, im Gegenteil, ich bin hartnäckig wie ein Terrier. Wenn ich mich einmal für etwas entschieden habe, bleibe ich auch dabei. Das können Sie mir glauben! Habe ich Ihnen schon von meiner Diplomarbeit erzählt? Die Informationen, die ich jetzt preisgebe, werden ihr noch monatelang Stoff für bemühten Smalltalk liefern, bei jeder peinlichen Gesprächspause. Dann nicke ich nur noch mit dem Kopf und taste verstohlen nach dem Türknopf. Schließlich ist es so weit. Sie dankt mir für meinen Besuch und entlässt mich ins Vestibül.

Der Fahrstuhl kommt. Als die Tür zugeht, werde ich mitten im Satz unterbrochen. Ich muss meine Tasche in die Lichtschranke halten, um noch rasch einen bedeutungsschweren Gedanken über die Ehe meiner Eltern zu Ende zu bringen. Wir lächeln uns an und nicken uns zu wie zwei Roboter, bis uns die Aufzugtür erlöst. Ich lehne mich erschöpft dagegen und atme zum ersten Mal seit einer Stunde wieder aus.

Minuten später sitze ich in der ratternden U-Bahn, zurück auf dem Weg in die Uni, in mein eigenes Leben. Noch ganz überwältigt von meinem Erlebnis in der Luxuswohnung, lasse ich mich auf einen Plastiksitz sinken. Doch schon bald werde ich aus meinen Gedanken gerissen. Ein Mann oder eine Frau – oder ein Pärchen – schlurft durch den Waggon und bettelt die Fahrgäste um Kleingeld an, in der Hand eine löchrige Plastiktüte, die ihr gesamtes Hab und Gut enthält. Ich nehme meine Tasche auf den Schoß, mein Adrenalinspiegel sinkt. Mir schwirren Fragen durch den Kopf.

Wie verwandelt sich eine intelligente junge Frau in die Herrscherin über ein steriles Königreich aus alphabetisch geordneten Wäscheschubladen und importierten Milchersatzprodukten aus Frankreich? Wo ist in dieser Wohnung das Kind? Wo ist in dieser Frau die Mutter?

Und welcher Platz ist in dieser Welt für mich vorgesehen?

Früher oder später kippte das Verhältnis immer. Spätestens, wenn das Kind und ich die einzigen dreidimensionalen Menschen waren, die auf den schwarz-weißen Marmorschachbrettern dieser Apartments herumliefen. Dann kam zwangsläufig der Punkt, an dem eine der Figuren geschlagen werden musste.

Es ist von Anfang an eine verfahrene Situation. Sie brauchen dich. Du brauchst den Job.

Aber je besser du deine Arbeit machst, desto schneller bist du sie auch wieder los.

Augen zu und durch.

Erster Teil

HERBST

ERSTES KAPITEL
Nanny im Angebot

Sie schnaufte lange und vernehmlich aus. Offenbar war sie zu einem Entschluss gekommen. Sie sagte: »Ich nehme die Stellung an.«

»Es war gerade so«, sagte Mrs. Banks später zu ihrem Mann, »als ob sie uns einen Gefallen täte.«

Mary Poppins

»Hi, hier spricht Alexis vom Elternverband. Ich rufe wegen der neuen Richtlinien für Schuluniformen an, die wir Ihnen zugesandt haben...« Die blonde Frau, die ehrenamtlich am Empfang die Stellung hält, bedeutet mir mit ihrer schwer beringten Hand, einen Augenblick zu warten, bis sie das Gespräch beendet hat.

»Also, es geht darum, dass wir die Mädchen dieses Jahr gern in längeren Röcken sehen würden, mindestens fünfzig Zentimeter. Wir bekommen immer noch Klagen von den Müttern der Jungen, die auf die benachbarte Knabenschule gehen... Sehr schön. Das hört man gern. Ciao.« Schwungvoll streicht sie den Namen »Spence« von den drei Punkten auf ihrer Liste.

Nun hat sie Zeit für mich. »Es tut mir Leid, dass Sie warten mussten. Aber zu Schulbeginn geht es bei uns nun einmal sehr hektisch zu.« Sie malt einen großen Kreis um den zweiten Punkt auf der Liste: »Papierhandtücher«. »Kann ich Ihnen behilflich sein?«

»Ich finde das Schwarze Brett nicht mehr«, sage ich. »Die Anschläge für Kindermädchen.« Ich bin ein wenig verwirrt, denn ich benutze die Anschlagtafel schon seit meinem dreizehnten Geburtstag, um meine Dienste als Babysitterin und Nanny anzubieten.

»Wir mussten es abnehmen, weil das Foyer gestrichen wurde, und sind bis jetzt noch nicht dazu gekommen, es wieder aufzuhängen. Warten Sie, ich zeige es Ihnen.« Sie führt mich in den großen Saal. Die Designerschreibtische sind von Müttern umringt, die sich über die unterschiedlichen Privatschulen beraten lassen. Das gesamte Spektrum der an der Upper East Side residierenden Weiblichkeit ist vertreten: Die eine Hälfte trägt Chanel-Kostüme und Schuhe von Manolo Blahnik, die andere Outdoorjacken für 600 Dollar, in denen sie so aussehen, als würden sie im nächsten Augenblick anfangen, ein Zelt aufzubauen.

Alexis zeigt mir das Schwarze Brett. Das Gemälde von Mary Cassatt, das vorher dort hing, steht darunter, an die Wand gelehnt. »Die Organisation lässt leider noch ein wenig zu wünschen übrig«, sagt sie. Eine Frau, die neben uns ein Blumenarrangement steckt, blickt hoch. »Aber keine Sorge. Zu uns kommen so viele nette Mädchen, die eine Stelle suchen, dass Sie bestimmt die Passende finden werden.« Sie spielt mit ihrer Perlenkette. »Haben Sie nicht einen Sohn in Buckley? Sie kommen mir so bekannt vor. Ich heiße Alexis ...«

»Hi«, sage ich. »Ich bin Nan. Ich habe die Töchter der Gleasons betreut. Wenn ich mich nicht irre, wohnen Sie direkt nebenan.«

Sie mustert mich von oben bis unten. »Oh, ach ja. Nanny, jetzt weiß ich es wieder.« Beruhigt begibt sie sich wieder zur Empfangstheke.

Ohne weiter auf das eifrige, geschmeidige Geplauder der Frauen hinter mir zu achten, lese ich mir die ausgehängten Anschläge meiner Konkurrentinnen durch.

Babysitter suche Kinder
Möge Kinder sehr
Staub sauge

Ich passe auf Kinder
Viel Jahre habe Erfahrung
Anrufen Sie

Das Schwarze Brett ist so voll, dass mir nichts anderes übrig bleibt, als meinen Zettel halb über einen anderen zu kleben, der über und über mit bunten Blümchen bemalt ist. Aber immerhin passe ich auf, dass ich nur die Verzierung und nicht die Information verdecke.

Ich wünschte mir, ich könnte diesen Frauen das Geheimnis der erfolgreichen Bewerbung um einen Nanny-Job verraten. Es geht nicht um herzige Zeichnungen, sondern um die korrekte Zeichensetzung. Genauer gesagt, um das Ausrufezeichen. Der Zettel, den ich aufhänge, ist noch nicht einmal mit einem einzigen Smiley verschönert, aber dafür reichlich mit Ausrufezeichen garniert. Jeder vorteilhafte Zug, mit dem ich mich anbiete, endet mit der Verheißung eines strahlenden Lächelns und einer durch nichts zu erschütternden positiven Lebenseinstellung.

Nanny frei!
Absolventin der Chapin School!
Stundenweise, wochentags!
Erstklassige Referenzen!
Pädagogikstudentin an der
Universität New York!

Das Einzige, was mir fehlt, ist ein Regenschirm. Dann könnte ich auch noch fliegen.

Noch ein letzter Blick, ob sich kein Rechtschreibfehler eingeschlichen hat, dann mache ich meinen Rucksack zu, verabschiede mich von Alexis und laufe die Marmortreppe hinunter, hinaus in die drückende Hitze.

Es ist August, und die Sonne steht noch nicht allzu hoch am Himmel, was heißt, dass die Kinderwagenparade in der Park Avenue im vollen Gange ist. Die vielen kleinen Menschlein hängen schwitzend in ihren Buggys. Ihnen ist es so heiß, dass sie nicht einmal ihre normalen Reisebegleiter auf dem Schoß haben – Schmusedecken und Teddybären sind in die Gepäcknetze verbannt. Ich muss über ein Kind lachen, das mit einer matten Handbewegung ein Trinkpäckchen zurückweist, als ob es sagen will: »Saft trinken ist viel zu anstrengend.«

Während ich an einer Ampel warten muss, sehe ich zu den großen, hohen Fenstern hinauf, den Augen der Park Avenue. Wenn man von der Bevölkerungsdichte ausgeht, ist die Upper East Side für Manhattan das, was der Mittlere Westen für die USA ist, nämlich ein eher spärlich besiedeltes Territorium. Dabei gibt es Wohnraum in Hülle und Fülle. Ungenutzten Wohnraum. Badezimmer, Ankleidezimmer, Klavierzimmer und Gästezimmer. Und irgendwo dort oben – wo genau, wird nicht verraten – hat auch ein Kaninchen namens Arthur ein eigenes Zimmer, 25 Quadratmeter ganz für sich allein.

Ich überquere die 72ste Straße, tauche unter dem kühlen Schatten der blauen Markise am Polo Building hindurch und biege in den Central Park ein. Am Spielplatz, wo ein paar Kinder hartnäckig der Hitze trotzen, bleibe ich kurz stehen, um meine Wasserflasche aus dem Rucksack zu nehmen. Plötzlich stößt etwas gegen meine Beine. Ich sehe nach unten und greife zu. Ich habe einen altmodischen Holzreifen gefangen.

»Heh, das ist meiner!« Ein etwa vierjähriger Junge, der zusammen mit seinen Eltern auf einem kleinen Hügel für ein Familienfoto posiert hat, kommt auf mich zu gelaufen. Er hat es so eilig, dass ihm seine Matrosenmütze vom Kopf fliegt und im verdorrten Gras landet.

»Das ist mein Reifen«, verkündet er.

»Bist du sicher?«, frage ich. Er macht ein verdutztes Gesicht. »Ist es nicht vielleicht ein Wagenrad? Oder ein Heiligenschein?« Ich halte ihm den Reifen über seinen blonden Schopf. »Oder eine riesengroße Pizza?« Als ich ihm sein Spielzeug zurückgebe, strahlt er.

»Du machst Quatsch!« Mit dem Reifen im Schlepptau läuft er zurück zu seinem Fototermin. Unterwegs kommt ihm seine Mutter entgegen, um die Matrosenmütze zu holen.

»Entschuldigen Sie«, sagt sie zu mir und klopft den Staub von der gestreiften Krempe. »Hoffentlich hat er Sie nicht belästigt.« Sie hebt die Hand, um ihre blassblauen Augen vor der Sonne zu schützen.

»Nicht im Geringsten.«

»Oh, aber Ihr Rock ...« Der Fleck, den der Reifen auf dem Stoff hinterlassen hat, ist nicht zu übersehen.

»Nichts passiert«, sage ich lachend und klopfe mir den Staub ab. »Ich arbeite mit Kindern. Da bin ich es gewöhnt, dass es manchmal ein bisschen handfester zugeht.«

»Ach, tatsächlich?« Sie stellt sich so hin, dass sie ihrem Mann und der blonden Frau, die neben dem Fotografen wartet und dem Jungen ein Trinkpäckchen hinhält, den Rücken zukehrt. Seine Nanny, nehme ich an. »Hier in der Nachbarschaft?«

»Zurzeit nicht. Die Familie ist im Sommer nach London gezogen ...«

»Wir sind so weit!«, ruft der Vater ungeduldig.

»Komme schon!«, schallt es fröhlich zurück. Sie neigt mir ihr zart geschnittenes Gesicht zu und senkt die Stimme. »Das ist ja ein Zufall. Wir suchen nämlich gerade jemanden, der uns stundenweise aushilft.«

»Was Sie nicht sagen. Eine Teilzeitstelle wäre ideal. Ich habe nämlich dieses Semester einen sehr vollen Stundenplan.«

»Wie kann man Sie am besten erreichen?«

Ich krame Stift und Zettel aus dem Rucksack und schreibe ihr meinen Namen und meine Telefonnummer auf. »Bitte sehr.« Sie lässt das Blatt unauffällig in die Tasche ihres Hemdkleids gleiten und rückt sich den Haarreif zurecht, der ihr langes dunkles Haar ziert.

»Wunderbar.« Sie lächelt huldvoll. »Es war schön, Sie kennen zu lernen. Ich melde mich dann.« Sie geht ein paar Schritte, dann dreht sie sich noch einmal um. »Ach, jetzt hätte ich es doch beinahe vergessen. Mein Name ist X, Mrs. X.«

Ich lächle zurück, und sie gesellt sich endlich wieder zu ihrer posierenden Familie. Sonnenstrahlen sickern durch das Laub und zaubern helle Punkte auf die drei Gestalten. Der Ehemann, der einen weißen Leinenanzug trägt, steht genau in der Mitte, die Hand auf dem Kopf des Jungen. Elegant bezieht die Mutter neben den beiden Stellung.

Als die blonde Frau zu dem Jungen geht, um ihm noch einmal durch die Haare zu kämmen, winkt er mir zu. Sie folgt seinem Blick. Rasch drehe ich mich um und gehe weiter, bevor sie mich genauer ansehen kann.

Großmutter empfängt mich in einem Mao-Tse-tung-Anzug aus Leinen, zu dem sie eine Perlenkette trägt.»Darling! Komm rein. Ich bin gerade mit meinen Tai-Chi-Übungen fertig.« Sie küsst mich links, sie küsst mich rechts, und dann nimmt sie mich auch noch in den Arm.»Schätzchen, du bist ja ganz nass geschwitzt. Möchtest du duschen?« Es gibt nichts Besseres, als von Großmutter beturtelt zu werden.

»Ein kalter Waschlappen wäre nicht schlecht.«

»Ich weiß, was du brauchst.« Sie nimmt mich bei der Hand und schleppt mich in die Gästetoilette. Freundlich leuchtet der pfirsichfarbene Chintz im Licht des antiken Kristalllüsters. Diesen Effekt habe ich schon als Kind geliebt. Noch vernarrter war ich allerdings in die gerahmten französischen Anziehpuppen. Als kleines Mädchen habe ich oft unter dem Waschbecken gehockt und kleine Gesellschaften veranstaltet, zu denen Großmutter den Tee und die Gesprächsthemen beisteuerte, mit denen ich meine hinreißenden französischen Gäste unterhalten konnte.

Sie hält meine Hände unter den Hahn und lässt kaltes Wasser darüber laufen.»Akupressurpunkte, um das Feuer abzuleiten«, sagt sie. Sie setzt sich auf die Toilette und schlägt die Beine übereinander. Sie hat Recht. Es wird mir schon kühler.

»Hast du etwas gegessen?«, fragt sie.

»Zum Frühstück.«

»Und zu Mittag?«

»Es ist doch erst elf, Gran.«

»Tatsächlich? Ich bin schon seit vier Uhr auf. Gott sei Dank, dass es Europa gibt, sonst hätte ich niemanden, mit dem ich vor acht Uhr telefonieren kann.«

Ich lächle.»Wie geht es dir?«

»Ich bin vor zwei Monaten vierundsiebzig geworden, aber ansonsten geht es mir gut.« Sie streckt die Zehen wie eine Tänzerin und zieht die Hosenbeine ein Stückchen hoch.»Die Farbe heißt Sappho – ich habe es mir heute Morgen bei Arden machen lassen. Was meinst du? Zu gewagt?« Sie wackelt mit ihren korallenroten Zehen.

»Göttlich, sehr sexy. Weißt du, ich würde am liebsten den ganzen Vormittag bei dir bleiben und mir die Hände kühlen, aber ich muss meine müden Knochen in die Uni schleppen und den Verwaltungsgöttern huldigen, damit sie mir endlich die Rückmeldung gewähren.« Ich drehe den Hahn zu und schüttle mir das Wasser von den Händen, dass die Tropfen nur so fliegen.

Sie gibt mir ein Handtuch. »Komisch, aus meiner Studentenzeit kenne ich solche Probleme gar nicht.« Sie meint meinen endlosen Kleinkrieg mit der Verwaltung der NYU.

Wir gehen in die Küche. »Heute bin ich gewappnet. Heute habe ich alles dabei: Sozialversicherungsausweis, Führerschein, Pass, Fotokopie meiner Geburtsurkunde, jedes einzelne Schreiben, das ich jemals von der Uni bekommen habe, und meine Immatrikulationsbescheinigung. Diesmal können sie mich nicht abwimmeln und behaupten, ich wäre gar nicht eingeschrieben, ich hätte das Studium im letzten Semester abgebrochen oder meine Studiengebühren und den Bibliotheksbeitrag nicht bezahlt. Dass meine Ausweisnummer nicht stimmt oder meine Sozialversicherungsnummer, dass ich keinen Adressennachweis habe oder die falschen Formulare, oder auch, dass ich schlicht und einfach überhaupt nicht existiere.«

»Du großer Gott.« Sie macht den Kühlschrank auf. »Bourbon?«

»Orangensaft wäre mir lieber.«

»Die Jugend von heute«, seufzt sie. Dann zeigt sie auf die ausrangierte Klimaanlage, die auf dem Fußboden steht. »Darling, soll ich nicht doch den Portier fragen, ob er dir beim Tragen hilft?«

»Nein, Gran, das schaff' ich schon alleine.« Ich versuche, den schweren Kasten zu stemmen, aber es hat keinen Zweck. Ich muss ihn gleich wieder absetzen. »Das war wohl nichts. Okay, dann hole ich das Ding eben später ab. Ich bringe Joshua mit, der kann mir helfen.«

»Joshua?« Sie zieht fragend die Augenbrauen hoch. »Dein blauhaariger kleiner Freund? Der wiegt doch höchstens fünf Pfund, und zwar nur, wenn man ihn tropfnass aus dem Wasser zieht.«

»Mehr habe ich, was männliche Hilfe angeht, zurzeit nicht zu bieten. Es sei denn, du willst, dass Dad sich wieder den Rücken verrenkt.«

»Es wird sich schon noch der Richtige finden. Ich schließe dich jeden Tag in meine Gebete ein, Kind«, sagt sie und nimmt sich ein Glas. »Komm. Ich mach' dir schnell ein paar Eier.«

Ich werfe einen Blick auf die Designerwanduhr aus den 50er Jahren. »Wenn ich doch bloß ein bisschen mehr Zeit hätte. Aber ich muss zur Uni, bevor die Schlange vor der Verwaltung einmal um den ganzen Block reicht.«

Sie küsst mich, einmal links, einmal rechts. »Na schön, dann kommst du heute Abend mit deinem Joshua vorbei, und ich koche euch was Anständiges. Du bist ja nur noch ein Strich in der Landschaft.«

◊

Joshua wälzt sich keuchend auf den Rücken, nachdem er die Klimaanlage mit letzter Kraft vor meiner Wohnungstür deponiert hat.

»Du hast mich angelogen«, schnauft er. »Du hast gesagt, die Wohnung wäre im zweiten Stock.«

»Ach ja?« Ich lehne mich mit dem Rücken an die oberste Treppenstufe und schüttele meine Arme aus.

Mühsam hebt er den Kopf. »Nan, das waren sechs Treppen. Zwei Treppen pro Stockwerk, das sind im Grunde sechs Etagen.«

»Nun stell dich nicht so an. Als ich aus dem Studentenwohnheim ausgezogen bin, hast du mir doch auch geholfen.«

»Ja, und warum habe ich dir geholfen? Weil das Studentenwohnheim einen Fahrstuhl hat, darum.«

»Dann wird es jetzt Zeit für die gute Nachricht. Ich habe nicht vor, jemals wieder auszuziehen. Das war's. Du kannst mich noch hier oben besuchen, wenn wir alt und grau sind.« Ich wische mir den Schweiß von der Stirn.

»Das kannst du vergessen. Dann hocke ich unten auf der Treppe, zusammen mit den anderen Tattergreisen.« Er lässt den Kopf wieder sinken.

»Los, komm.« Ich ziehe mich am Geländer hoch. »Ich habe uns

ein paar Fläschchen Bier kalt gestellt.« Ich sperre die drei Schlösser auf und öffne die Tür. In der Wohnung ist es so heiß wie in einem Auto, das stundenlang in der Sonne gestanden hat. Wir prallen erst einmal zurück, als die sengende Luft an uns vorbei ins Treppenhaus strömt.

»Wahrscheinlich hat Charlene heute Morgen die Fenster zugemacht, bevor sie gegangen ist«, sage ich.

»Und den Backofen angestellt«, fügt er hinzu, als er nach mir in die winzige Diele tritt, in der auch die Kochnische untergebracht ist.

»Willkommen in meinem mit allen Schikanen ausgestatteten Wohnklo. Soll ich dir einen Bagel toasten?« Ich lege meinen Schlüsselbund neben die beiden Kochplatten.

»Was zahlst du für die Bude?«

»Frag mich lieber nicht.« Stück um Stück bugsieren wir die Klimaanlage quer durch das Zimmer.

»Wo ist denn nun deine scharfe Mitbewohnerin?«, fragt er.

»Josh, nicht alle Stewardessen sind scharf. Es gibt auch den mütterlichen Typ.«

»Sag bloß, sie ist auch so eine Matrone?« Er richtet sich auf.

»Nicht schlappmachen.« Wir schieben weiter. »Nein, sie ist tatsächlich ein scharfes Geschoss – aber es stört mich einfach, dass du voreilige Schlüsse ziehst. Sie ist heute Morgen nach Frankreich geflogen. Oder nach Spanien, auf jeden Fall nach Europa«, japse ich. Endlich biegen wir um die Ecke und kommen in meinen Teil des L-förmigen Apartments.

»George!«, ruft Josh. Mein Kater, der wie erschossen auf dem warmen Fußboden liegt, hebt seinen grauen Wuschelkopf und beantwortet die überschwängliche Begrüßung meines Freundes mit einem kläglichen Miau. Josh trocknet sich mit seinem Mr.-Bubble-T-Shirt die Stirn ab. »Und wo soll das Monstrum jetzt hin?«

Ich zeige ihm das Glasregal über dem Fenster.

»*Was?* Du bist wohl übergeschnappt.«

»Den Trick habe ich aus der Park Avenue: ›Damit die Aussicht nicht beeinträchtigt wird.‹ Wer keine eingebaute Klimaanlage hat, gibt sich die größte Mühe, dass es bloß keiner merkt.« Ich schlenkere mir die Sandalen von den Füßen.

»Was denn für eine Aussicht?«

»Wenn du dich mit dem Gesicht an die Fensterscheibe presst und nach links guckst, kannst du den Fluss sehen.«

»Mein Gott, du hast Recht.« Er dreht sich wieder zu mir um. »Aber trotzdem. Wenn du glaubst, dass dir der liebe, gute Josh jetzt dieses sauschwere Teil da oben auf die Glasplatte hievt, hast du dich geschnitten, Nan. Ich hol' mir erst mal ein Bier. Komm mit, George.«

George reckt sich und folgt ihm in die »Küche«. Sobald sie nicht mehr in Sichtweite sind, ziehe ich mein verschwitztes Top aus und greife mir aus einem offenen Umzugskarton rasch ein frisches. Als ich hinter den Kisten in Deckung gehe, um es überzustreifen, fällt mein Blick auf den hektisch blinkenden Anrufbeantworter, der auf dem Boden steht. Das Wörtchen »voll« leuchtet mir entgegen.

»Bietest du mal wieder Telefonsex an?« Josh reicht mir eine Flasche Corona über die Kartons.

»So ähnlich. Ich habe heute einen Anschlag ans Schwarze Brett gehängt, und jetzt ist die Mamilawine losgebrochen.« Ich trinke einen Schluck, hocke mich zwischen die Kisten und spiele das Band ab.

Eine Frauenstimme scheppert uns entgegen: »Hi, mein Name ist Mimi Van Owen. Ich habe Ihren Aushang gesehen. Ich bräuchte jemanden, der mir bei der Betreuung meines Sohnes hilft. Nur stundenweise. Vielleicht zwei, drei, vier Tage die Woche, halbtags oder länger, hin und wieder auch einmal abends oder am Wochenende – oder beides! Wann immer Sie Zeit haben. Aber ich möchte Ihnen schon vorher sagen, ich habe sehr viele Verpflichtungen.«

»Wer hätte das gedacht, Mimi?«, sagt Josh und setzt sich zu mir.

»Hi,meinNameistAnnSmithIchsucheeineBetreuerinfürmeinenfünfjährigenSohneristsehrpflegeleichtundinunsererFamilie gehtessehrzwangloszu...«

»Aua.« Josh hält sich die Ohren zu, und ich spule schnell zur nächsten Nachricht weiter.

»Hi. Mein Name ist Betty Potter. Ich habe heute Ihren Anschlag am Schwarzen Brett gesehen. Ich suche eine Betreuung für meine fünf Jahre alte Tochter Stanton, meinen dreijährigen Sohn Tinford und mein zehn Monate altes Baby Jace, da ich wieder schwanger bin. Sie haben in Ihrem Aushang keinen Stundenlohn erwähnt, aber ich habe bis jetzt immer sechs Dollar gezahlt.«

»Sechs amerikanische Dollar?« Mir bleibt der Mund offen stehen.

»Heh, Betty, ich kenne eine cracksüchtige Nutte im Washington Square Park, die es dir für einen Vierteldollar machen würde.« Josh setzt die Bierflasche an.

»Hallo, hier spricht Mrs. X. Wir haben uns heute Morgen im Park kennen gelernt. Es wäre nett, wenn Sie mich bei Gelegenheit zurückrufen könnten. Ich würde gern mit Ihnen über die Stelle reden, die wir Ihnen anbieten möchten. Wir haben bereits ein Kindermädchen – Caitlin –, aber sie möchte ihre Stundenzahl demnächst reduzieren. Außerdem war unser Sohn Grayer sehr begeistert von Ihnen. Ich würde mich freuen, von Ihnen zu hören.«

»Die klingt doch ganz normal. Die würde ich anrufen.«

»Meinst du?« Wie aufs Stichwort klingelt plötzlich das Telefon. Wir zucken zusammen. Ich nehme ab. »Hallo?« Ich habe meinen seriösesten Nanny-Tonfall angeschlagen, um in diesen zwei Silben ein Maximum an Respektabilität durchklingen zu lassen.

»Hallo.« Es ist meine Mutter, die im gleichen gekünstelten Ton antwortet. »Na, wie ist das Unternehmen Klimaanlage gelaufen?«

»Ach, du bist's.« Ich atme auf. »Die Mission war ein voller Erfolg.«

»Moment. Einen Augenblick.« Es rumpelt und poltert in der Leitung. »Ich musste mal eben Sophie Beine machen. Sie pflanzt sich immer genau vor die Klimaanlage.« Ich stelle mir vor, wie die vierzehn Jahre alte Spanieldame mit flatternden Schlappohren in der frischen Brise sitzt, und muss lachen. »Weg mit dir, Soph – na klar, jetzt thront sie auf meinen Unterlagen, die ich für den Antrag auf Fördergelder brauche.«

Ich genehmige mir einen Schluck aus der Flasche. »Wie geht es damit voran?«

»Ach, es ist zu deprimierend. Kannst du mich nicht ein bisschen aufheitern?« Seit die Republikaner an der Regierung sind, bekommt die Frauenhausinitiative, für die meine Mutter arbeitet, noch weniger finanzielle Mittel vom Staat als vorher.

»Ich könnte dir höchstens die Notrufe verzweifelter Mütter anbieten, die ich auf dem Anrufbeantworter gesammelt habe.«

»Ich dachte, das Thema hätten wir abgeschlossen.« Nun klingt sie wieder wie eine Anwältin. »Nan, du weißt doch ganz genau, was dich in diesem Job erwartet. Es dauert keine Woche, da schreckst du nachts um drei Uhr aus dem Schlaf, weil du vergessen hast, ob die kleine Prinzessin morgen einen Stepptanzkurs hat oder eine Privataudienz beim Dalai Lama.«

»Mom. Mom, bis jetzt habe ich mich doch noch nicht mal irgendwo vorgestellt. Außerdem kann ich in diesem Jahr sowieso nur stundenweise arbeiten, weil ich doch an meiner Diplomarbeit schreiben muss.«

»Das ist es ja! Genau das meine ich. Du musst an deine Diplomarbeit denken, und letztes Jahr musstest du an dein Praktikum denken und im Jahr davor an dein Forschungsprojekt. Ich begreife nicht, warum du dir nicht eine Stelle an der Uni suchst. Vielleicht braucht dein Professor eine wissenschaftliche Hilfskraft. Oder du könntest in der Uni-Bibliothek jobben!«

»Das haben wir doch schon tausend Mal durchgekaut.« Ich werfe Josh einen genervten Blick zu. »Weißt du, wie schwer man an diese Stellen rankommt? Dr. Clarkeson hat eine Doktorandin mit Vollstipendium als Forschungsassistentin. Außerdem verdient man an der Uni nur sage und schreibe sechs Dollar die Stunde – brutto! Nein, Mom, ich werde so schnell keinen besser bezahlten Nebenjob finden – es sei denn, ich gehe strippen.« Josh räkelt sich verführerisch und zieht einen imaginären BH aus.

Als meine Mutter Studentin war, konnte sie vier Jahre lang als wissenschaftliche Hilfskraft arbeiten, bis zum Examen. Aber das war auch zu einer Zeit, als die Mieten so viel kosteten, wie ich heute allein für die Nebenkosten aufbringen muss. »Soll ich dir wirklich noch mal das Thema Wohnungsmangel auseinander klamüsern, Mom?«

»Dann stellst du dich eben bei Bloomingdale's hinter die Kosmetiktheke. Du stempelst schön deine Stechkarte ab, siehst hübsch aus, lächelst freundlich und bekommst am Ende des Monats dein Gehalt ausbezahlt.« Ganz Unrecht hatte sie nicht. Von einer Bodylotion würde man sich wenigstens nicht um den Schlaf bringen lassen.
»Aber ich arbeite nun mal gern mit Kindern. Ach, Mom. Es ist zu heiß, um zu streiten.«
»Versprich mir, dass du es dir diesmal gründlich überlegst, bevor du eine neue Stelle annimmst. Ich will nicht, dass du Beruhigungsmittel nehmen musst, um deine Diplomarbeit zu schreiben, nur weil dir irgendein Weib, das im Geld schwimmt, ihr Kind aufhalst, damit sie mal kurz nach Südfrankreich jetten kann.«
Ich nehme mir ihren Rat zu Herzen. Josh und ich hören uns die Nachrichten auf dem Band aufmerksam bis zu Ende an und versuchen, die Mutter auszuwählen, der ein solches Verhalten am wenigsten zuzutrauen ist.

Als ich am folgenden Montag aufbreche, um mich mit Mrs. X zu treffen, springe ich unterwegs noch schnell in einen Schreibwarenladen, um mir einen neuen Vorrat an Haftzetteln zuzulegen. Für heute habe ich in meinem Terminplaner nur zwei Zettelchen kleben: eines in Rosa: HAFTNOTIZEN KAUFEN und eines in Grün: »Kaffee mit Mrs. X, 11:15 Uhr«. Ich löse die rosa Notiz heraus, werfe sie in den Papierkorb und gehe weiter in Richtung Süden, zur Pâtisserie Goût du Mois, dem vereinbarten Treffpunkt. Überall im Park begegnen mir die gleichen seltsamen Gespanne: Damen im schicken Herbstkostüm, die teure Briefbögen mit Monogramm in der Hand halten, begleitet von kleineren, dunkelhäutigeren Frauen, die eifrig mit dem Kopf nicken.
»Ballett? Tanzen? Verstehen Sie?«, tönt es ruppig neben mir. »Montags hat Josephina Ballett! Ballett!! Ballett!!!«
Ich werfe meiner Kollegin in der Kindermädchentracht ein mitfühlendes Lächeln zu, um ihr meine Solidarität zu zeigen. Man kann sagen, was man will: Angelernt zu werden ist nie ein

Vergnügen. Aber es kann auch zur Quälerei ausarten, je nachdem, an was für eine Arbeitgeberin man gerät.

Man kann die verschiedenen Nanny-Jobs in drei Kategorien einteilen. Typ A: Ich verschaffe Leuten, die den ganzen Tag arbeiten und ihr Kind fast jede Nacht allein betreuen, ein paar freie Abende, damit sie auch mal Zeit haben, »ihre Beziehung zu pflegen«. Typ B: Ich verschaffe einer Frau, die sich Tag und Nacht um ihr Kind kümmert, ein paar freie Nachmittage, damit sie hin und wieder Zeit findet, »abzuschalten und zu sich zu kommen«. Typ C: Ich gehöre zu einem Rudel von Angestellten, die sieben Tage die Woche rund um die Uhr dazu da sind, einer Frau, die weder arbeitet noch ihr Kind versorgt, freie Zeit zu verschaffen, damit sie »ihren eigenen Interessen nachgehen kann«. Wie diese Interessen aussehen, weiß keiner.

»Die Agentur hat gesagt, Sie können kochen. Können Sie kochen?«, fragt eine Mutter im Emilio-Pucci-Kleid an der nächsten Ecke ihre Kandidatin.

Die Mutter vom Typ A, die selbst berufstätig ist, sieht mich als ebenbürtig an und behandelt mich mit Respekt. Sie weiß, dass ich nicht zum Spaß da bin. Nachdem sie mir alles Nötige erklärt und gezeigt hat, händigt sie mir für den Notfall eine lange Liste mit Telefonnummern aus und verabschiedet sich. Eine bessere Übergabe kann es für eine Nanny gar nicht geben. Nach höchstens einer Viertelstunde hört das Kind auf zu weinen, wir kneten ein paar Männchen zusammen und sind schon bald ein Herz und eine Seele.

Die Mutter vom Typ B ist zwar nicht berufstätig, aber sie verbringt genügend Zeit mit ihrem Nachwuchs, um zu erkennen, dass Kinderbetreuung Arbeit ist. Sie nimmt sich einen ganzen Nachmittag Zeit, um uns aneinander zu gewöhnen, aber wenn ich das nächste Mal wiederkomme, habe ich die Kinder ganz für mich allein.

»Hier habe ich Ihnen die Telefonnummer von der Reinigung, von der Floristin und vom Catering-Service aufgeschrieben.«

»Und die Nummer vom Kinderarzt?«, fragt die Mexikanerin neben mir leise.

»Ach, die gebe ich Ihnen nächste Woche.«

Je weiter man auf der Skala von A nach C vorrückt, desto weniger weiß man, was einen erwartet. Das Einzige, was man bei einer Mutter vom Typ C mit Sicherheit sagen kann, ist, dass sie die Eingewöhnungsphase für alle Beteiligten so beschwerlich und kompliziert wie nur irgend möglich gestalten wird.

Mrs. X ist schon da, als ich durch die schwere Glastür der Pâtisserie trete. Sie sitzt am Tisch und geht ihre eigene Liste durch. Als sie mich sieht, steht sie auf. Sie trägt einen knielangen lavendelfarbenen Rock, der perfekt zu der Strickjacke passt, die sie um die Schultern geschlungen trägt. In dem weißen Hängekleidchen, das sie im Park anhatte, sah sie jünger aus. Trotz ihres mädchenhaften Pferdeschwanzes schätze ich sie auf Anfang vierzig. »Hallo, Nanny. Danke, dass Sie es so früh einrichten konnten. Darf ich Sie zu einer Tasse Kaffee einladen?«

»Danke, gern.« Ich nehme mit dem Rücken zur Holzvertäfelung Platz und streiche die Damastserviette auf meinem Schoß glatt.

»Bedienung! Noch einen Café au lait und den Brotkorb bitte.«

»Aber das ist doch nicht nötig«, sage ich.

»So ist es am einfachsten. Dann können Sie sich aussuchen, was Sie möchten.« Der Kellner bringt einen französischen Drahtkorb mit einer Auswahl an Brot- und Gebäcksorten und verschiedenen Konfitüretöpfchen. Ich nehme mir eine Brioche.

»Hier bekommt man einfach die besten Backwaren«, sagt sie und entscheidet sich für ein Croissant. »Apropos Backwaren. Ich möchte, dass Grayer ausschließlich Vollkornprodukte zu essen bekommt.«

»Selbstverständlich«, nuschele ich mit vollem Mund.

»Hatten Sie ein schönes Wochenende?«

Ich schlucke den Bissen hastig hinunter. »Eine alte Schulfreundin – Sarah – hat gestern Abend eine kleine Abschiedsparty zum Ende der Semesterferien gegeben. Außer mir und den Kaliforniern müssen jetzt alle wieder zurück an die Uni. Wir haben noch bis Oktober frei! Sie müssen Grayer unbedingt raten, in Stanford zu studieren«, sage ich und lache.

Sie schmunzelt.

»Darf man fragen, warum Sie die Universität gewechselt haben?« Sie tippt mit ihrer manikürten Kralle auf das Croissant.

»Weil das Unterrichtsangebot in Pädagogik an der NYU besser ist als an der Brown«, antworte ich zurückhaltend. Vorsicht ist die Mutter der Porzellankiste. Man kann nie wissen. Womöglich habe ich eine überzeugte Brown-Absolventin vor mir. Deshalb erzähle ich ihr lieber nichts von den menschlichen Exkrementen im Aufenthaltsraum des Studentenwohnheims und behalte auch die anderen Anekdoten für mich, die ich noch zum Besten geben könnte.

»Ich wollte eigentlich an der Brown studieren«, sagt sie.

»Tatsächlich?«

»Ja, aber dann habe ich ein Stipendium für die University of Connecticut bekommen.« Sie spielt mit dem Diamantherz an ihrer Halskette.

»Alle Achtung.« Ich kann mir beim besten Willen nicht vorstellen, dass eine solche Frau jemals auf ein Stipendium angewiesen war.

»Na ja, ich stamme aus Connecticut ...«

»Connecticut ist so reizend«, sage ich.

Sie starrt auf ihren Teller. »Connecticut vielleicht. Aber New London? Na, jedenfalls bin ich nach dem Examen nach New York gegangen, als Geschäftsführerin von Gagosian, der Kunstgalerie.« Sie lächelt.

»Das muss spannend gewesen sein.«

Sie nickt. »Es hat mir sehr viel Freude gemacht. Aber wenn man ein Kind hat, kann man es eigentlich nicht mehr machen. Man ist rund um die Uhr beschäftigt – Partys, Reisen, Kontakte pflegen, lange Nächte ...«

Eine Frau mit dunkler Jackie-O-Sonnenbrille stößt im Vorbeigehen an unseren Tisch. Das hauchzarte Porzellan auf der Marmorplatte fängt an zu tanzen.

»Binky?«, fragt Mrs. X und legt der Frau die Hand auf den Arm, während ich rasch unsere Tassen wieder beruhige.

»Ach, du bist's. Hallo, ich hatte dich gar nicht gesehen«, sagt die

Frau und nimmt die Brille ab. Ihre Augen sind rot und geschwollen, sie hat geweint. »Entschuldige, dass ich nicht zu Grayers Geburtstagsparty kommen konnte. Consuela hat erzählt, es war fantastisch.«

»Ich wollte dich schon längst einmal angerufen haben«, sagt Mrs. X. »Kann ich dir irgendwie helfen?«

»Höchstens, wenn du mir einen Auftragskiller besorgen kannst.« Sie greift in ihre Tod's Handtasche, holt ein Papiertaschentuch heraus und schnäuzt sich. »Der Anwalt, den mir Gina Zuckerman empfohlen hat, konnte auch nichts ausrichten. Anscheinend ist alles, was wir besitzen, auf Marks Firma überschrieben. Er kriegt die Wohnung, die Jacht, das Haus in East Hampton. Ich kriege vierhunderttausend – und damit basta.« Mrs. X schluckt, und Binky erzählt unter Tränen weiter. »Und jeden Cent, den ich vom Kindesunterhalt ausgebe, muss ich mit Quittungen belegen. Es ist nicht zu fassen. Als ob ich mir die Schönheitspflege in der Kinderboutique machen lassen kann.«

»Das ist ja entsetzlich.«

»Und dann hatte der Richter auch noch die Frechheit, mir zu raten, wieder in meinen Beruf zurückzukehren! Der hat doch keine Ahnung, was es heißt, Mutter zu sein.«

»Das weiß keiner«, sagt Mrs. X und tippt ein paar Mal energisch auf ihre Liste, während ich mich völlig auf meine Brioche konzentriere.

»Wenn ich geahnt hätte, dass er so weit geht, hätte ich lieber ein Auge...« Binky kann nicht weitersprechen. Sie presst die geschminkten Lippen zusammen und räuspert sich. »Also, ich muss los. Consuela hat schon wieder einen ›Termin‹ wegen ihrer Hüftoperation«, stößt sie giftig hervor. »Ob du es glaubst oder nicht, es ist schon der dritte in diesem Monat. Ich bin mit meiner Geduld bald am Ende. Ciao, es war schön, dich zu sehen.« Sie verschanzt sich wieder hinter ihrer Sonnenbrille, drückt Mrs. X ein Küsschen auf die Wange und verschwindet zwischen den Gästen, die auf einen freien Tisch warten.

»Hm...« Mit starrer Miene blickt Mrs. X ihr noch einen Augenblick nach, bevor sie sich wieder mir zuwendet. »Dann wollen wir doch einmal die Woche durchsprechen. Ich habe Ihnen alles aufgeschrieben, damit Sie es später nachlesen können. Gleich begleiten Sie mich zu Grayers Schule, damit er uns zusammen sieht und begreift, dass ich ihn vertrauensvoll in Ihre Obhut gebe. So kann er sich leichter auf Sie einstellen. Um halb zwei hat er eine Verabredung zum Spielen. Es bleibt also genügend Zeit, um im Park in Ruhe etwas zu essen. Wir wollen ihn schließlich nicht überfordern. Morgen Nachmittag können Sie ihn mit Caitlin zusammen betreuen, damit Sie einen Eindruck von seinem Tagesablauf bekommen. Grayer soll verstehen, dass Sie gleichberechtigte Autoritätspersonen sind. Ich wäre Ihnen übrigens sehr verbunden, wenn Sie unsere Vereinbarung Caitlin gegenüber noch nicht erwähnen würden.«

»Selbstverständlich nicht.« Ich gebe mich souverän, obwohl es mir schwer fällt, die letzte halbe Stunde samt Brioche und Binky zu verarbeiten. »Danke für das Frühstück.«

»Keine Ursache.« Sie steht auf, holt eine blaue Mappe, auf der »Nanny« steht, aus ihrer Hermès-Handtasche und schiebt sie mir über den Tisch. »Ich bin so froh, dass Ihnen Dienstag und Donnerstag in den Semesterplan passen. Grayer freut sich bestimmt, dass er eine so junge und patente Spielkameradin bekommt. Ich glaube, er langweilt sich mit seiner alten Mom!«

»Ein reizendes Kerlchen«, sage ich. Mir ist sein fröhliches Gelächter im Park wieder eingefallen.

»Na ja, er hat auch seine kleinen Eigenarten. Aber die hat wohl jedes Kind.«

Als ich nach meiner Tasche greife, fällt mein Blick zum ersten Mal auf ihre lavendelfarbenen Seidenpumps. »Mein Gott, sind die schön! Sind sie von Prada?« Die silberne Schnalle kommt mir ziemlich bekannt vor.

»Ach, gefallen Sie Ihnen?« Sie dreht ihren Fuß. »Ich mag sie auch. Und sie gefallen Ihnen wirklich?« Ich nicke. »Sie finden sie nicht eine Spur zu ... auffällig?«

»Aber nein«, sage ich und folge ihr nach draußen.

»Meine beste Freundin hat gerade ein Kind bekommen, seitdem passen ihr ihre Schuhe nicht mehr. Sie braucht jetzt eine ganze Nummer größer. Ich durfte mir ein Paar aussuchen, aber ... ich weiß nicht recht.« Sie blickt zweifelnd auf ihre Schuhe, während wir an einer Ampel warten müssen. »Wahrscheinlich liegt es nur daran, dass ich mich so an flache Absätze gewöhnt habe.« »Nein, sie sind hinreißend. Sie müssen sie unbedingt behalten.« Sie lächelt erfreut und setzt ihre Sonnenbrille auf.

◊

Mrs. Butters, Grayers Vorschullehrerin, schüttelt mir herzlich die Hand. »Ich freue mich so, Sie kennen zu lernen.« Sie wirft einen verträumten Blick auf Grayer, der neben ihr steht. »Sie werden unseren kleinen Schatz bald ins Herz schließen, er ist ein ganz besonderes Kind.« Sie trägt ein weit geschnittenes Kittelkleid aus Cord und eine Bluse mit Puffärmeln. Mit ihren runden Apfelbäckchen und den kindlichen dicken Händen sieht sie selbst fast wie eine Vierjährige aus.

»Hallo, Grayer!« Lächelnd sehe ich auf den kleinen Blondschopf hinunter. Auf seinem weißen Polohemd mit Buttondown-Kragen, das ihm halb aus der Hose hängt, hat ein arbeitsamer Vormittag seine Spuren hinterlassen: Fingerfarben, Kleber und eine Nudel. »Na, wie war die Vorschule?«

»Grayer, erinnerst du dich noch an Nanny? Ihr geht gleich zusammen auf den Spielplatz, und dann gibt Nanny dir dein Essen!«, sagt seine Mutter aufmunternd.

Er schmiegt sich an sie und funkelt mich böse an. »Geh weg.«

»Schätzchen, ich komme noch kurz mit auf den Spielplatz, aber dann hat Mommy einen Termin. Es wird bestimmt schön mit Nanny, du wirst schon sehen! Also los, spring in den Buggy. Dann gibt es auch gleich etwas zu essen.«

Auf dem Weg zum Spielplatz hören Grayer und ich uns aufmerksam die lange Liste seiner Vorlieben und Abneigungen an: »Er geht gern auf die Rutsche, aber das Klettergerüst findet er langweilig. Achten Sie bitte darauf, dass er nichts von der Erde aufhebt – das kommt nämlich öfter bei ihm vor. Und bitte halten Sie ihn von dem Trinkbrunnen neben der Uhr fern.«

»Und wenn er zur Toilette muss? Wo kann ich mit ihm hingehen?«, frage ich, als wir durch den staubigen Eingang auf den Spielplatz an der 66sten Straße gehen.

»Ach, da wird sich schon irgendeine Stelle finden.«

Diese Auskunft ist mir denn doch ein wenig zu dürftig, aber als ich noch einmal nachhaken will, klingelt ihr Handy.

»So, Mommy muss jetzt gehen.« Sie klappt ihr Startac wieder zu. Ihr Abgang erinnert an das Intervalltraining im Sportunterricht. Sie geht ein paar Schritte, Grayer weint, sie kommt zurück und ermahnt ihn: »Also bitte. Du bist doch schon ein großer Junge.« Erst als Grayer völlig aufgelöst ist, sieht sie auf ihre Uhr und sagt: »Wenn Mommy jetzt nicht geht, kommt sie zu spät.« Dann ist sie endlich verschwunden.

Wir setzen uns auf eine schattige Bank. Er schnieft. Wir essen unsere Sandwiches, die mit einem Gemüseextrakt bestrichen und mit Tofuwurst belegt sind. Als er sich mit dem Ärmel über die Nase wischt, fällt mir auf, dass unter dem heraushängenden Zipfel seines Polohemds irgendetwas an seinem Hosenbund baumelt. Es sieht aus, als wäre es eine Visitenkarte, die mit einer Sicherheitsnadel an seiner Gürtelschlaufe festgesteckt ist.

Ich will danach greifen. »Grayer, was ist...?«

»Nein! Lass das!« Er schlägt meine Hand weg. »Das ist meine Karte.« So schmuddelig und zerknickt sie ist, glaube ich doch, Mr. X' Namen darauf entziffern zu können.

»Wem gehört die Karte, Grayer?«

»Das hab ich dir doch gesagt.« Er fasst sich an den Kopf über so viel Begriffsstutzigkeit. »Das ist meine. Und jetzt will ich schaukeln.«

Nachdem wir gegessen haben und ich ihn ein paar Mal auf der Schaukel angestoßen habe, wird es Zeit, ihn bei seinem Spieltermin abzuliefern. Ich winke ihm nach, als er in die Wohnung läuft. »Also dann, tschüss, Grayer. Bis morgen!« Er bleibt stehen, dreht sich um, streckt mir die Zunge raus und läuft weiter. »Viel Spaß!« Ich lächle die andere Nanny an, als ob ich sagen wollte: »Ach, das? Das ist bloß unser kleines Zunge-raus-Spiel.«

Als ich in der U-Bahn sitze und zur Uni fahre, hole ich die blaue

Mappe heraus. Mit einer Büroklammer ist meine »Lohntüte« daran geheftet, das Briefkuvert mit meinem Geld.

MRS. X
721 PARK AVENUE, APT. 9B
NEW YORK, N.Y., 10021

Liebe Nanny,
herzlich willkommen! Beiliegend eine Liste mit Grayers außerschulischen Verpflichtungen. Caitlin wird Ihnen alles erklären, aber ich bin überzeugt, Sie finden sich auch so zurecht. Wahrscheinlich sind Sie sogar überall schon einmal gewesen. Bitte wenden Sie sich an mich, falls Sie noch Fragen haben.
Danke, Mrs. X
P.S. Ich habe mir außerdem einige Vorschläge für reine »Spaß«-Aktivitäten erlaubt.
P.P.S. Ich möchte nicht, dass Grayer einen Mittagsschlaf hält.

Ich werfe einen Blick auf den Wochenplan und stelle fest, dass sie Recht hat – ich bin ein alter Hase auf diesem Gebiet. Ich kenne das Programm in- und auswendig.

MONTAG
14:00-14:45 Uhr: Musikunterricht, Diller Quaile, 95ste Straße zwischen Park und Madison
(Diese renommierte Musikschule, in der die Vierjährigen meist stumm wie die Fische herumsitzen, während ihre Betreuerinnen Kinderliedchen trällern, lassen sich die Eltern astronomische Summen kosten.)

17:00-17:45 Uhr: Mutter-Kind-Gruppe, 92ste Straße, Ecke Lexington
(Wie der Name besagt, ist hier die Anwesenheit der Mutter gefragt. Trotzdem besteht die Gruppe fast zur Hälfte aus Kindermädchen.)

DIENSTAG
16:00-17:00 Uhr: Schwimmen, Asphalt Green, Ecke 90ste Straße und East End Avenue
(Ein weibliches Knochengerüst im Badeanzug von Chanel und fünf Nannys im Bademantel, die im Chor auf die Kinder einpredigen:»Los, rein ins Wasser!«)

MITTWOCH
14:00-15:00 Uhr: Sport, CATS, Park Avenue, Ecke 64ste Straße
(In einer kalten, feuchten Kirche, die nach Schweißfüßen riecht, perfekt inszenierte Spiele für den Dreikäsehochathleten.)

17:00-17:45 Uhr: Karate, 92ste Straße, Ecke Lexington
(Knirpse, die vor Angst schlottern, machen zum Aufwärmen erst einmal fünfzig Liegestütze auf den Fingerknöcheln. Der einzige Kurs, an dem auch Väter teilnehmen.)

DONNERSTAG
14:00-14:45 Uhr: Klavierstunde bei Ms. Schrade, zu Hause
(»Musik« als Ohrenfolter für Nannys.)

17:00-18:00 Uhr: Französischunterricht, Alliance Française, 60ste Straße zwischen Madison und Park
(Das übliche Nachmittagsprogramm in einer Fremdsprache.)

FREITAG
13:00-13:40 Uhr: Eislaufen, The Ice Studio, Lexington zwischen 73ster und 74ster Straße
(Nass und kalt, so kalt, dass man sich was abfriert. Dreißig Minuten umziehen, damit die Kinder vierzig Minuten aufs Eis können, anschließend wieder dreißig Minuten umziehen. Dazwischen Nannys Albtraum: messerscharfe Kufen, an denen man sich wunderbar schneiden kann.)

Grayers unten aufgeführte Termine werde ich Ihnen rechtzeitig mitteilen:

Augenarzt
Kieferorthopäde
Zahnspangenanpassung beim Kieferorthopäden
Physiotherapie
Ayurvedischer Heilpraktiker

Für den Fall, dass eine Unterrichtsstunde ausfallen sollte, schlage ich folgende »außerplanmäßigen« Ausflüge vor:
Frick Collection
Metropolitan Museum
Guggenheim Museum
Morgan Library
Das französische Feinschmecker-Institut
Das schwedische Konsulat
Orchideensaal im Botanischen Garten
Handelsparkett der New Yorker Börse
Angelika-Filmcenter *(Vorzugsweise deutscher Expressionismus, ansonsten aber auch jeder andere Film mit Untertiteln.)*

Achselzuckend reiße ich den Briefumschlag auf. Na, wenn das keine angenehme Überraschung ist: Mrs. X hat mich für den ganzen Tag bezahlt, obwohl ich nur zwei Stunden gearbeitet habe. Das KUVERT ist der besondere Bonus, der einer Nanny das Dasein versüßt. Da wir aus alter Tradition nicht in der Steuererklärung auftauchen und ausschließlich bar bezahlt werden, kann es immer wieder vorkommen, dass sich ein Zwanziger extra in den Umschlag verirrt. Einer Bekannten von mir, die auch bei der Familie wohnte, deren Kinder sie betreut hat, ist es zum Beispiel passiert, dass ihr der Familienvater jedes Mal ein paar hundert Dollar unter der Tür durchschob, wenn seine Frau mal wieder zu viel getrunken und eine »Szene« gemacht hatte. Es ist wie beim Kellnern: Man muss immer damit rechnen, dass sich der Kunde plötzlich von seiner spendabelsten Seite zeigt.

»Caitlin? Hallo, ich bin Nanny«, sage ich. Von Mrs. X weiß ich, dass meine junge Kollegin eine blonde Australierin ist. Dadurch fällt es mir relativ leicht, sie unter den anderen Frauen mit ihren gestrafften beziehungsweise geschafften Gesichtern auszumachen. Außerdem habe ich sie ja auch schon beim Fototermin der Familie X im Park gesehen.

Sie hockt auf der Schultreppe und sieht mich an. Ihre Kleidung ist praktisch und vernünftig: Bluse und Jeans, ein Sweatshirt um die Taille. In der rechten Hand hält sie Grayers Apfelsaft, der Strohhalm steckt schon drin. Ich bin beeindruckt.

Als sie aufsteht, um mich zu begrüßen, ist die Vorschule aus. Unser Schützling und seine Klassenkameraden kommen aus dem Haus gerannt und verwandeln den Hof im Handumdrehen in einen Hexenkessel. Grayer hält schnurgerade auf Caitlin zu, aber als er mich sieht, bleibt er wie angewurzelt stehen.

»Grayer, Nanny kommt heute Nachmittag mit uns in den Park. Freust du dich?« Ihr Ton verrät, dass sie sich auch etwas Schöneres vorstellen kann. »Nach der Schule ist er immer ein bisschen unausstehlich, aber das legt sich wieder, wenn er erst mal was gegessen hat.«

»Das glaub ich.«

Rings um uns herum tobt das Chaos, werden Kinder abgefüttert und Spieltermine ausgemacht. Ich kann nur staunen, wie elegant und routiniert Caitlin ihre Arbeit macht. Keks geben, in den Buggy verfrachten, verabschieden – eines geht fließend ins andere über. Während Grayer sich noch lautstark mit drei Klassenkameraden unterhält, zieht sie ihm den Pullover über, reißt eine Tüte Plätzchen auf, steckt den Zettel mit den Hausaufgaben ein, der mit einer Sicherheitsnadel an seinem Revers festgesteckt ist, und schiebt ihm den Wagen unter. Sie ist wie eine Marionettenspielern, die alle Fäden fest in der Hand hält. Ich bin so begeistert, dass ich mit dem Gedanken spiele, mir Notizen zu machen. »Rechte Hand an den Griff des Buggys, linke Hand Pulli runterziehen, zwei Schritt nach links und runter in die Hocke.«

Wir brechen auf. Während Caitlin mit Grayer plaudert, schiebt sie ihn mühelos in Richtung Park, obwohl er nicht gerade ein

Leichtgewicht sein kann mit seinem Sandkastenspielzeug, den Schulsachen und dem ganzen Proviant.

»Sag mal, Grayer, wer ist eigentlich dein bester Schulfreund?«, frage ich ihn.

»Halt die Klappe, du bist doof«, sagt er und will mir gegen das Schienbein treten. Den Rest des Weges halte ich mich vorsichtshalber hinter dem Buggy.

Nach dem Essen macht Caitlin mich mit den anderen Nannys auf dem Spielplatz bekannt. Die meisten Frauen sind Irinnen, Jamaikanerinnen oder Filipinas. Mehr als einen kalten, abschätzenden Blick hat keine für mich übrig. Eines steht fest: Allzu viele Freundinnen werde ich hier wohl nicht finden.

»Und was machst du während der Woche?«, fragt Caitlin misstrauisch.

»Ich studiere an der NYU«, antworte ich.

»Das interessiert mich nämlich schon die ganze Zeit, wie sie eine Nanny finden konnten, die nur am Wochenende arbeiten will.« Wie bitte? Am Wochenende?? NUR am Wochenende???

Sie bindet sich ihren Pferdeschwanz und fährt fort: »Ich würde Grayer ja auch am Wochenende betreuen, aber da arbeite ich als Bedienung. Wenn man ihn die ganze Woche hatte, braucht man einfach die Abwechslung. Ich dachte, sie wollten sich für samstags, sonntags ein Kindermädchen auf dem Land suchen, aber da scheint wohl nichts draus geworden zu sein. Fährst du freitags mit ihnen im Auto raus nach Connecticut, oder nimmst du lieber den Zug?« Ich sehe sie verständnislos an.

Plötzlich geht uns beiden ein Licht auf, und uns wird klar, warum wir das »Arrangement« nicht miteinander besprechen sollen. Ich bin nicht die Wochenendvertretung, ich bin die Ablösung. Trauer huscht über ihr Gesicht.

Ich wechsle schnell das Thema. »Was hat es eigentlich mit Grayers Visitenkarte auf sich?«

»Ach, das zerfledderte alte Ding.« Sie schluckt. »Er schleppt es überall mit hin. Man muss es ihm an der Hose und am Schlafanzug feststecken. Seine Mutter macht er wahnsinnig damit, aber ohne die Karte läuft bei ihm gar nichts. Da zieht er sich noch nicht mal die Unterhose an.« Sie blinzelt ein paar Mal und wendet sich ab.

Unser Rundgang über den Spielplatz endet am Sandkasten, wo eine Familie eine Burg baut. Vater, Mutter und zwei Kinder, alle im gleichen Jogginganzug. Sie sind mit solcher Begeisterung bei der Sache, dass sie eigentlich nur Touristen sein können.

»Was für ein herziges Kerlchen. Haben Sie noch mehr Kinder?«, fragt die Mutter mit einem breiten Akzent aus dem Mittleren Westen. Ich bin einundzwanzig. Grayer ist vier.

»Ich bin nur seine ...«

»Geh weg! Du sollst weggehen, du böse Frau!«, brüllt Grayer und will mich mit dem Buggy rammen, der bei der Attacke umkippt.

Obwohl mir das Blut ins Gesicht schießt, spiele ich die Coole: »Nun sei nicht albern.« Die Touristensippe widmet sich rasch wieder ihrem Sandburgprojekt.

Am liebsten würde ich auf dem Spielplatz eine Meinungsumfrage durchführen. Soll ich »weggehen«? Oder bin ich eine »böse Frau«, wenn ich bleibe?

Ruhig stellt Caitlin den Buggy wieder hin, ganz so, als ob Wutanfälle zu einem aufregenden Spiel dazugehören. »Sag bloß, da hat einer zu viel Energie, und will, dass ich ihn fange!« Unter lautem Gelächter jagt sie Grayer über den Spielplatz. Er rutscht die Rutsche herunter, und sie fängt ihn auf. Er versteckt sich hinter dem Klettergerüst, und sie fängt ihn ein. Da will ich auch nicht abseits stehen. Ich tue so, als ob ich Caitlin fangen will, aber nur so lange, bis mir der Junge einen flehenden Blick zuwirft und quengelt: »Du sollst nicht mitspielen.« Ich setze mich auf eine Bank. Eines muss man Caitlin lassen: Sie hat die hohe Kunst der Kinderbetreuung vervollkommnet. Wenn man den beiden zusieht, hat man das Gefühl, es könnte auf der Welt nichts Natürlicheres geben. Sie könnte seine Mutter sein.

Irgendwann schleppt Caitlin ihn zu mir herüber. »Was meinst du, Grayer? Sollen wir Nanny mal zeigen, wie man Frisbee spielt?« Nachdem wir uns im Dreieck aufgestellt haben, wirft sie mir die Scheibe zu. Als ich sie weiter zu Grayer werfe, streckt er bloß die Zunge raus und dreht uns den Rücken zu. Ich hebe das Frisbee auf und werfe es Caitlin zu. Sie wirft es zu ihm, er fängt es und wirft es zu ihr zurück. Das Spiel entwickelt sich zu einer äußerst zähen Angelegenheit. Es gerät jedes Mal ins Stocken, wenn ein direkter Kontakt zwischen Grayer und mir erforderlich ist. Er tut einfach so, als ob ich nicht existiere, und wenn ich mich besonders um ihn bemühe, streckt er mir die Zunge raus. So geht es ewig weiter. Caitlin ist hartnäckig, sie will ihn unbedingt dazu bringen, mir wenigstens einmal das Frisbee zuzuwerfen. Aber ich denke, wir haben uns für den ersten Tag ein bisschen zu viel vorgenommen.

◊

Drei Tage später. Ich bücke mich gerade nach dem dreckigen Turnschuh, den Grayer auf den Marmorboden des Vestibüls geschleudert hat, als hinter mir die Apartmenttür mit einem lauten Knall ins Schloss fällt. Mit dem Schuh in der Hand fahre ich hoch.
»Scheiße.«
»Das hab' ich gehört. Du hast ›Scheiße‹ gesagt. Ich hab's genau gehört!« Gedämpft dringt Grayers Jubel durch die schwere Tür.
Ich atme tief durch und schlage einen strengen Ton an. »Grayer, mach die Tür auf.«
»Nein! Ich zeige dir einen Vogel, und du kannst es nicht sehen. Iss sdrecke dir auch die Tsunge rauss. Ätss.« Soll heißen: Er streckt mir die Zunge raus, ätsch.
Okay, was tun? Alternative eins: Bei der verbiesterten Matrone von gegenüber anklopfen. Okay, und dann? Soll ich Grayer anrufen? Ihn auf ein Tässchen Tee herüberbitten? Er steckt die Finger unter der Tür durch.
»Nanny, fang meine Finger! Los, komm. Versuch mal, ob du sie fangen kannst.« Ich muss mich zusammennehmen, dass ich nicht drauftrete.
Alternative zwei: Zum Portier runtergehen und mir den Zweitschlüssel geben lassen. Klasse Idee, er erzählt es doch sofort Mrs. X. Nach so einem Zwischenfall würde mich nicht mal mehr die alte Hexe Joan Crawford einstellen wollen.

»Du spielst ja gar nicht mit! Ich gehe jetzt baden. Du brauchst nicht mehr wiederzukommen, hörst du? Meine Mom hat gesagt, du brauchst nicht mehr wiederzukommen.« Er entfernt sich von der Tür, seine Stimme wird leiser. »Ich geh' jetzt in die Wanne.«

»GRAYER!«, schreie ich, dann fange ich mich wieder. »Du bleibst jetzt bei der Tür stehen. Ich ... Ich habe eine Überraschung für dich.« Alternative drei: Warten bis Mrs. X nach Hause kommt und ihr die Wahrheit sagen: Ihr Sohn ist ein Soziopath. Als ich mich gerade für die dritte Option entscheiden will, kommt der Fahrstuhl und spuckt Mrs. X, ihre Nachbarin und den Portier aus, die ganze Bande.

»Nanny? Naanny, ich will keine Überraschung. Geh weg. Geh doch endlich weg.« Na, wenigstens wissen jetzt alle, wie der Hase läuft. Die Nachbarin schließt hüstelnd ihre Wohnungstür auf, der Portier reicht ihr die Pakete, die er ihr nach oben gebracht hat, und verschwindet wieder im Aufzug.

Ich halte Grayers Schuh hoch.

Es ist wie im Film. Mrs. X zückt ihre Schlüssel und macht sich daran, die verfahrene Situation zu retten. »Gut, gut. Dann wollen wir mal!« Sie lacht und schließt auf. Aber sie öffnet die Tür eine Spur zu schwungvoll und erwischt einen von Grayers Fingern.

»AHHhhhhh. Nanny hat mir die Hand gebrochen! AAAA-Ahhhhhh – ich habe mir die Hand gebrochen. Geh weg! Geh weg!!« Er wirft sich auf den Boden und schluchzt zum Steinerweichen.

Mrs. X macht Anstalten, ihn in den Arm zu nehmen, aber dann kann sie sich doch noch beherrschen.

»Da hat sich aber einer im Park schön müde gelaufen! Danke, ich brauche Sie dann nicht mehr. Sie haben sicher noch einiges für die Uni zu tun. Wir sehen uns am Montag?« Ich bleibe im Türrahmen stehen, stelle Grayers Schuh ab und angle mir meinen Rucksack.

Ich räuspere mich. »Es war so, er hat den Schuh nach mir geworfen, und ich ...«

Als Grayer meine Stimme hört, bekommt er den nächsten

Weinkrampf. »Geh weg! Ahhahhha.« Seine Mutter blickt lächelnd auf ihn hinunter und bedeutet mir mit einer Geste, dass ich den Fahrstuhl holen kann. »Eines noch, Nanny. C-a-i-t-l-i-n kommt nicht mehr, aber ich bin überzeugt, Sie haben alles im Griff.«

Ich schließe die Tür und stehe allein in dem mir nun schon so vertrauten Vestibül. Während ich auf den Lift warte, weint Grayer immer noch. Irgendwie scheint mir die ganze Welt die Zunge rauszustrecken.

◊

»Kümmere du dich lieber um deine eigenen Angelegenheiten, Nanny Drew.« Mein Vater löffelt den Rest seiner Wantan-Suppe.

»Was weißt du denn schon? Vielleicht hatte diese Caitlin schon längst einen anderen Job im Visier.«

»Den Eindruck hatte ich eigentlich nicht.«

»Magst du den Jungen?«

»Wenn er mich nicht gerade aussperrt.«

»Na also. Du willst diese Leute schließlich nicht heiraten. Du arbeitest bloß für sie. Wie viele Stunden? Fünfzehn Stunden die Woche?« Der Kellner stellt einen Teller mit Glückskeksen zwischen uns und nimmt das Geld mit.

»Zwölf.« Ich nehme mir einen Keks.

»Siehst du? Das lohnt die Aufregung doch wirklich nicht.«

»Aber was mache ich mit Grayer?«

»Es dauert immer seine Zeit, bis man mit Kindern warm wird«, sagt er. Er hat leicht reden mit seinen achtzehn Jahren Erfahrung als Englischlehrer. Er steckt sich einen Glückskeks ein und nimmt meine Hand. »Komm, wir gehen ein Stück spazieren. Beim Laufen redet es sich besser. Und Sophie wartet bestimmt schon sehnsüchtig auf uns.« Wir verlassen das Restaurant und machen uns auf den Weg in die West End Avenue.

Ich hänge mich bei ihm ein.

»Du musst wie Glinda zu ihm sein«, nuschelt er mit vollem Mund.

»Könntest du dich vielleicht ein bisschen klarer ausdrücken?«

Er verdreht die Augen. »Nun lass mich doch eben aufessen. So, hörst du auch gut zu?«

»Ja.«

»Das ist nämlich eine äußerst lehrreiche Lektion.« Ich bleibe stehen und verschränke die Arme. »Eigentlich bist du Glinda, die gute Hexe aus dem *Zauberer von Oz.* Der Inbegriff von Liebe, Freundschaft, Verständnis. Der Junge ist für dich nicht mehr als ein sprechender Toaster. Wenn er wieder zu weit geht, wenn er dir zum Beispiel die Zunge rausstreckt, gewalttätig wird oder sich selbst in Gefahr bringt – KRABUMM! – verwandelst du dich in die böse West-Hexe. Von null auf hundert in 2,4 Sekunden. Du siehst ihm fest in die Augen und fauchst ihn an, dass er das nicht noch einmal machen darf – nie wieder! Dass es verboten ist! Und dann, bevor er noch weiß, wie ihm geschieht, verwandelst du dich wieder in die gute Glinda zurück. Du sagst ihm, dass du auf ihn eingehst, dass es aber auch Grenzen gibt. Und dass du es ihm nicht durchgehen lässt, wenn er bestimmte Grenzen überschreitet. Glaub mir, es wird ihm helfen, wenn er weiß, woran er ist. Warte mal eben, ich springe schnell rein und hole Sophie.«

Während er im Haus ist, sehe ich zwischen den hohen Gebäuden zum orangefarbenen Himmel hinauf. Wenige Minuten später kommt Sophie durch die Tür. Sie zieht meinen Vater an der Leine hinter sich her, und als sie bei mir ist, lacht sie mich an. Ich hocke mich hin, schlinge ihr die Arme um den Hals und vergrabe mein Gesicht tief in ihrem Fell.

»Ich gehe eine Runde mit ihr, Dad.« Ich umarme ihn und nehme ihm die Leine ab. »Was meinst du, wie ich mich darauf freue, mal mit jemandem zusammen zu sein, der kleiner als ein Meter ist und trotzdem keine Widerworte gibt.«

»Und der seine Zunge nur rausstreckt, wenn er hechelt!«, ruft er mir nach.

◊

Am folgenden Montag habe ich mich auf dem Bürgersteig vor Grayers Vorschule postiert. Weil ich, wie von Mrs. X strikt angeordnet, zehn Minuten zu früh dran bin, blättere ich noch ein wenig in meinem Terminplaner und trage die Abgabetermine für meine nächsten beiden Seminararbeiten ein. An der Ecke kommt ein Taxi mit quietschenden Reifen zum Stehen. Prompt setzt ein wildes Hupkonzert ein. Ich sehe hinüber. Auf der anderen Straßenseite steht eine blonde Frau reglos im Schatten einer Markise. Die Autos fahren weiter, die Frau ist verschwunden. Ich kann keine Spur mehr von ihr entdecken. Ob es tatsächlich Caitlin war? Ich werde es nie erfahren. Auf der anderen Seite der Park Avenue ist niemand mehr, nur ein Arbeiter, der einen Hydranten aus Messing poliert.

»O nein, nicht du!«, Grayer schleppt sich über den Schulhof, als ob er in den sicheren Tod marschieren würde.

»Hallo, Grayer. Wie war die Schule?«

»Doof.«

»Doof? Und was war doof?« Ich nehme ihm den Zettel mit den Hausaufgaben ab und gebe ihm ein Trinkpäckchen.

»Gar nichts.«

»Gar nichts war doof?« In den Buggy schnallen, Birnen auswickeln.

»Ich will nicht mit dir reden.«

Ich knie mich vor den Buggy und sehe ihm in die Augen. »Hör mal zu, Grayer. Ich weiß ja, dass du mich nicht besonders gut leiden kannst.«

»ICH HASSE DICH!« Ich bin die Liebe, ich bin die Freundschaft. Ich trage ein wallendes, rosafarbenes Kleid.

»Das verstehe ich. Du kennst mich ja auch noch nicht richtig. Aber ich hab' dich sehr gern.« Er tritt nach mir. »Ich weiß, dass du Caitlin vermisst.« Beim Klang ihres Namens wird er stocksteif. Ich halte seinen Fuß fest. »Ich verstehe, dass Caitlin dir fehlt. Das ist nicht schlimm, das ist sogar gut so, denn das zeigt mir, dass du sie lieb hast. Aber wenn du böse zu mir bist, tut mir das weh. Und Caitlin hätte bestimmt nicht gewollt, dass du einem anderen wehtust. Ich möchte, dass wir uns vertragen. Dann können wir viel Spaß zusammen haben.« Seine Augen sind so groß wie Untertassen.

Kaum haben wir den Schulhof verlassen, bricht der Regen los, der sich schon den ganzen Vormittag angekündigt hat. Die Fahrt nach Hause gleicht einem Rennen bei der Buggy-Olympiade.

»Uuuiiih!«, kreischt Grayer entzückt, während ich den Wagen, brummend wie ein Rennauto, haarscharf um die Pfützen lenke. Wir sind pitschnass, als wir uns schließlich in den Eingang der Park Avenue 721 flüchten. Ich kann nur beten, dass Mrs. X nicht zu Hause ist. Sie würde denken, ihr Kind bekäme gleich eine Lungenentzündung.

»Mann, bin ich nass. Bist du auch nass, Grayer?«

Er grinst. »Mann, bin ich nass. Mann, bin ich nass.« Seine Zähne klappern.

»Jetzt schnell nach oben und dann ab in die Wanne. Hast du schon mal in der Wanne gepicknickt, Grayer?« Ich schiebe ihn in den Aufzug.

»Augenblick! Warten Sie auf mich!«, ruft eine Männerstimme uns nach.

Natürlich ramme ich mir erst mal den Buggy gegen den Knöchel, als ich versuche, die Tür aufzuhalten. »Autsch!«

»Danke«, sagt der Mann. Ich sehe hoch und stehe da wie vom Blitz getroffen. Kinnlanges braunes Haar und ein regennasses blaues T-Shirt, das ihm wie eine zweite Haut an seinem göttlichen Körper klebt. Halt mich fest!

Als sich der Fahrstuhl in Bewegung setzt, hockt er sich vor den Buggy. »Tag, Grayer. Wie geht's?«

»Sie ist pudelnass.« Grayer deutet hinter sich.

»Hallo, Sie Pudelnasse. Sind Sie Grayers Freundin?« Er lächelt und streicht sich eine feuchte Haarsträhne hinter das Ohr.

»Er hat sich noch nicht ganz entschieden, ob ich die Richtige für ihn bin«, sage ich.

»Ein guter Rat, Grayer. Lass sie nicht wieder gehen.« Eines steht fest: Bei dem Kerl würde ich bleiben.

Wir kommen viel zu schnell im neunten Stock an. »Schönen Nachmittag noch, ihr zwei«, sagt er, als wir aussteigen.

»Ihnen auch!«, rufe ich ihm nach, als sich die Fahrstuhltür wieder schließt.

»Grayer, wer war das?« Buggy zusammenklappen, nasses Hemd ausziehen.
»Er wohnt oben. Er geht auf die Schule für große Jungen.«
Schuhe aus, Hose aus, Lunchtüte schnappen.
»Ach ja? Und weißt du auch, wie sie heißt?« Hinter dem Nacktfrosch her ins Badezimmer, Wasser aufdrehen.
Er überlegt kurz. »Ja, sie hat einen Namen. Harald vielleicht?« Okay, zwei Silben, klingt wie ...
»Harvard?«, hake ich nach.
»Ja, seine Schule heißt Harvard.« Harvard ist gut, Harvard ist klasse, Harvard ist nicht mal eine Flugstunde entfernt. Wir könnten die Wochenenden zusammen verbringen, mal bei ihm, mal bei mir. Mir wird ganz schwach. ERDE AN NANNY, BITTE KOMMEN, NANNY!
»Okay, Grayer, jetzt aber husch, husch in die Wanne.« Ich hebe ihn über den Rand. Mein Harvard-Prinz bleibt für einen Augenblick sich selbst überlassen. »Hast du eigentlich einen Spitznamen, Grayer?«
»Was ist das denn?«
»Ein anderer Name als Grayer.«
»Mein Name ist Grayer X. So heiße ich.«
»Komm, wir denken uns einen aus.« Ich setze ihn in die Wanne und reiche ihm sein biologisch-dynamisches Sandwich mit Erdnussbutter und Quittengelee. Er wackelt mit den Zehen und lässt sich das Brot schmecken. Ich sehe ihm an, dass ihm dieses Wannenpicknick sehr abenteuerlich vorkommt. Plötzlich fällt mein Blick auf seine blaue Sesamstraßenzahnbürste.
»Wie findest du Grover?«, frage ich.
Er legt den Kopf auf die Seite, setzt seine Denkermiene auf und lässt sich meinen Vorschlag durch den Kopf gehen. Dann nickt er.
»Wir können es ja mal versuchen.«

ZWEITES KAPITEL
Multifunktional im Einsatz

> O je, wie schmerzt der Kopf mir! Welch' ein Kopf!
> Er schlägt, als wollt er gleich in Stücke springen.
> Da hier mein Rücken, o mein armer Rücken!
> Gott sei euch gnädig, dass Ihr hin und her
> so viel mich schickt, mich bald zu Tode hetzt!
>
> *Die Wärterin, Romeo und Julia*

Nanny,
Sie denken doch daran, dass Grayer heute einen Spieltermin bei Alex hat? Eine Bitte: Würden Sie wohl Alex' Mutter fragen, von welchem Partyservice sie letztens das Dinner hat ausrichten lassen? Sagen Sie ihr, ich fand die Verbindung von asiatischer Küche mit Cajun-Elementen höchst gelungen.
Nur damit Sie Bescheid wissen, die Eltern sind GE-SCHIEDEN. Zu traurig. Bitte achten Sie darauf, dass Grayer keine unpassende Bemerkung macht. Ich hole ihn um 16:30 Uhr bei Alex ab und fahre mit ihm zum Kieferorthopäden.
Bis dann.

»Nanny? Nanny?« Ich hetze gerade im Laufschritt zur Vorschule, als von irgendwoher Mrs. X' körperlose Stimme meinen Namen ruft.

»Ja?« Ich blicke mich suchend um.

»Hier.« Die Tür einer Lincoln-Stadtlimousine geht auf, eine manikürte Hand winkt mich heran.

»Ich bin so froh, dass ich Sie treffe«, sage ich und beuge mich hinunter. In dem gedämpften Halbdunkel thront Mrs. X zwischen ihren Einkaufstüten. »Ich muss Sie nämlich etwas fragen...«

»Nanny, nur noch einmal zur Erinnerung. Hatte ich Sie nicht

gebeten, immer schon zehn Minuten vor Schulschluss hier zu sein?«

»Doch, natürlich.«

»Jetzt ist es Viertel vor zwölf.«

»Es tut mir wirklich Leid – ich konnte Grayers Klassenliste nicht finden. Ich weiß nicht genau, welchen Alex Sie...« Sie fängt an, in ihrer Umhängetasche zu kramen, und holt ein in Leder gebundenes Notizbüchlein heraus. »Ende des Monats gebe ich für die Chicagoer Niederlassung von Mr. X' Firma eine Dinnerparty. Darüber wollte ich kurz mit Ihnen reden.« Elegant schlägt sie die Beine erst nach links und dann nach rechts übereinander, so dass ihre Prada-Pumps einen lavendelfarben leuchtenden Bogen beschreiben. »Wir erwarten die gesamte Chefetage. Es ist eine äußerst wichtige Einladung für meinen Mann, und ich möchte, dass es ein absolut perfekter Abend wird.«

»Klingt reizend«, sage ich. Warum ich über dieses Ereignis in Kenntnis gesetzt werde, ist mir schleierhaft.

Sie zieht ihre Sonnenbrille nach vorn und mustert mich kritisch, ob ich auch ja jedes Wort mitbekommen habe. Soll ich womöglich mein Abendkleid in die Reinigung bringen?

»Es könnte daher sein, dass ich Sie in diesem Monat bitten muss, einige Besorgungen für mich zu erledigen. Die Vorbereitungen sind kaum zu bewältigen, und Conny ist alles andere als eine Hilfe. Wenn ich etwas brauche, lege ich Ihnen einfach einen Zettel hin. Es dürfte nicht allzu viel sein.«

Mit einem dumpfen Geräusch geht hinter mir das Schultor auf, immer lauter anschwellendes Kinderlachen dringt herüber.

»Dann will ich mich lieber sputen, damit Grayer mich nicht sieht. Sonst macht er uns nur wieder eine Szene. Ricardo, wir können!«, ruft sie dem Chauffeur zu. Der fährt sofort los, noch bevor sie die Tür ganz zugezogen hat.

»Warten Sie, Mrs. X. Ich muss Sie noch etwas fragen...« Der Lincoln zeigt mir die Rücklichter.

Grayer hat vier Alexander und drei Alexandras in der Klasse. Das weiß ich. Das habe ich nachgeprüft. Mrs. X macht sich aus dem Staub, und ich stehe dumm da und habe immer noch keine Ahnung, wer heute Nachmittag mit uns spielen soll.

Immerhin scheint Grayer genau zu wissen, mit wem wir verabredet sind.

»Mit der da. Mit der da soll ich spielen«, sagt er und zeigt auf ein Mädchen, das auf der anderen Seite des Schulhofs hockt und ganz gebannt auf die Erde starrt. Ich nehme Grayer bei der Hand und gehe zu ihr.

»Hallo, Alex. Wir sind heute Nachmittag mit dir zum Spielen verabredet!«, sage ich erleichtert.

»Ich heiße Cristabelle. Alex hat ein Hemd an«, antwortet sie. Das hilft mir auch nicht viel weiter. Mindestens dreißig Kinder haben Hemden an. Grayer sieht ratlos zu mir hoch.

»Grayer, deine Mommy hat gesagt, dass du einen Spieltermin bei Alex hast«, sage ich.

Er zuckt mit den Schultern. »Können wir nicht zu Cristabelle gehen? Cristabelle, willst du mit uns spielen?« Er scheint nicht sehr wählerisch zu sein, mit wem er den Nachmittag verbringt.

»Grover, mit Cristabelle haben wir nichts ausgemacht. Aber du kannst ein andermal mit ihr spielen. Was meinst du, Cristabelle?« Die Kleine trollt sich, ohne ein Wort zu sagen. Mit ihren vier Jahren hat sie offenbar schon begriffen, dass eine Verabredung, die verschoben werden muss, nie zu Stande kommt.

»Okay, Grayer, jetzt denk mal ein bisschen nach. Hat deine Mom heute Morgen nichts zu dir gesagt?«

»Doch, ich soll mehr Zahnpasta auf die Bürste tun.«

»Alex Brandi, fällt dir zu dem etwas ein?« Mal sehen, wie weit ich mit den Namen komme, die ich von der Liste noch in Erinnerung habe.

»Der bohrt in der Nase.«

»Alex Kushman?«

»Die spuckt mit Limo rum.« Er hält sich den Bauch vor Lachen.

Seufzend blicke ich mich auf dem überfüllten Schulhof um. Irgendwo in diesem Getümmel wartet eine Kinderfrau mit ihrem Schützling auf uns, ein Paar wie wir. Ich sehe es schon bildhaft vor mir, eine Szene wie am Flughafen: Ich mit einer Chauffeursmütze auf dem Kopf, Grayer auf meinen Schultern reitend, ein großes Schild in der Hand, auf dem »ALEX« steht.

»Hallo, ich bin Murnel.« Eine ältere Frau in Kindermädchentracht taucht vor uns auf. »Das ist Alex. Entschuldigen Sie, dass es später geworden ist. Aber wir hatten erst noch mit dem blauen Klebezeug zu kämpfen.« Ein paar Reste hängen noch an ihrer Nylonjacke. »Alex, sag Grayer guten Tag.« Sie hat einen starken westindischen Akzent.

Nachdem sich alle vorgestellt haben, machen wir uns auf den Weg in die Fifth Avenue. Wie kleine Greise in Rollstühlen hocken die Jungen in ihren Buggys. Sie lehnen sich gemütlich zurück, schauen sich um und wechseln hin und wieder ein paar Worte. »Mein Power Ranger hat ein Subatom-Maschinengewehr und kann deinem Power Ranger den Kopf abschneiden.«

Murnel und ich sind verhältnismäßig schweigsam. Obwohl wir Kolleginnen sind, gehöre ich in ihren Augen vermutlich eher in den gleichen Stall wie Grayer. Sie ist mindestens fünfzehn Jahre älter als ich und wohnt in der Bronx.

»Wie lange passen Sie schon auf ihn auf?« Sie deutet mit dem Kopf auf Grayers Buggy.

»Einen Monat. Und Sie?«

»Bei mir sind es fast drei Jahre. Meine Tochter passt auf Benson auf, das Kind von Alex' Tante, oben in der Zweiundsiebzigsten Straße. Kennen Sie Benson?«, fragt sie.

»Ich glaube nicht. Ist er mit Grayer und Alex in einer Klasse?«

»Benson ist ein Mädchen.« Wir müssen beide lachen. »Sie geht auf der anderen Seite vom Park zur Schule. Wie alt sind Sie?«

»Gerade erst im August einundzwanzig geworden.« Ich lächle.

»Dann sind Sie ja genauso alt wie mein Sohn. Wenn Sie wollen, kann ich Sie ihm mal vorstellen. Er ist ein kluger Junge, er hat gerade am LaGuardia-Flughafen seinen eigenen Imbiss aufgemacht. Haben Sie einen Freund?«

»Nein, ich habe schon länger keinen mehr getroffen, bei dem sich die Mühe gelohnt hätte«, sage ich. Sie nickt zustimmend.

»Das ist bestimmt nicht einfach – sich selbstständig zu machen, meine ich.«
»Ach, er ist sehr fleißig. Das hat er von seiner Mutter«, sagt sie stolz und bückt sich, um das leere Trinkpäckchen aufzuheben, das Alex im hohen Bogen auf die Straße geworfen hat. »Mein Enkel ist auch sehr fleißig, obwohl er erst sieben ist. Er ist wirklich gut in der Schule.«
»Herzlichen Glückwunsch.«
»Meine Nachbarin sagt, dass er immer ganz brav seine Hausaufgaben macht. Sie passt auf ihn auf, bis meine Tochter, die Benson hütet, nach Hause kommt. Das ist meistens so abends um neun.«
»Nanny! Kann ich noch was trinken?«
»Bitte«, sage ich und greife in das Buggynetz.
»Bitte«, murmelt Grayer, als ich ihm das zweite Trinkpäckchen gebe.
»Danke«, verbessere ich ihn. Murnel und ich schmunzeln.

◊

Ich bin die Letzte aus unserer kleinen Truppe, die die Wohnung von Alex' Eltern betritt. In diesen Kreisen kann mich so leicht nichts mehr erschüttern, aber auf den Anblick, der sich mir hier bietet, bin auch ich nicht gefasst. Ein langer Klebestreifen teilt die Diele in zwei Hälften.

Nach dem Gesetz des Staates New York ist es so: Zieht ein Ehepartner aus, kann der andere auf böswilliges Verlassen klagen und bekommt in den meisten Fällen die Wohnung zugesprochen. Da die Apartments bis zu fünfzehn oder zwanzig Millionen Dollar wert sein können, führt diese Regelung zu einem oft jahrelangen erbitterten Zusammenleben, wobei die Eheleute versuchen, einander mürbe zu machen, indem die Frau zum Beispiel ihren spärlich bekleideten Gymnastiktrainer oder der Mann seine halb nackte Geliebte bei sich einziehen lässt.

»Okay, Jungs. Ihr dürft da drüben spielen.« Mit einer Geste gibt Murnel die linke Wohnungshälfte frei.

»Nanny, warum ist da ein Strich ...« Ich fixiere Grayer blitzschnell mit meinem Todesblick und nehme ihn aus dem Buggy. Als Alex hinter mir steht, lege ich schnell den Finger auf die Lippen und zeige auf das Klebeband.

»Alex' Mommy und Alex' Daddy haben sich ein Spiel ausgedacht«, flüstere ich ihm zu. »Ich erkläre es dir, wenn wir wieder zu Hause sind.«

»Mein Dad will nichts abgeben«, verkündet Alex.

»So, und wer hat jetzt Lust auf ein überbackenes Käsesandwich? Alex, du kannst Grayer doch mal deine neue Photonenpistole zeigen«, sagt Murnel. Die Jungen laufen los, sie geht zur Küche. »Fühlen Sie sich ganz wie zu Hause«, lädt sie mich mit einem verächtlichen Blick auf das Klebeband ein.

Das Wohnzimmer ist eine Mischung aus Louis XIV. und Denver Clan. Ein breiter Streifen Isolierband in der Mitte verleiht ihm das gewisse dekorative Etwas. Ich setze mich auf die Couch, in die neutrale Zone, wie ich hoffe. Sofort erkenne ich die Handschrift von Antonio. Antonio ist die rechte Hand des derzeit gefragtesten Innenausstatters in ganz New York, der gegen ein kleines Entgelt regelmäßig Hausbesuche macht, um die Sofakissen aufzuschütteln. Er ist im Grunde nichts anderes als ein professioneller Sofakissenaufschüttler.

Mit einiger Mühe gelingt es mir, das zwanzig Pfund schwere Buch *Toskanische Villen* auf meinen Schoß zu hieven, die aktuelle Nummer eins auf der Rangliste repräsentativer Bildbände. Nachdem ich mir die prachtvollen Residenzen ein paar Minuten lang angesehen habe, bemerke ich plötzlich, dass eine kleine Nase über die Armlehne lugt. »Hallo«, begrüße ich Grayer leise.

»Hallo.« Er kommt um die Couch herum und wirft sich bäuchlings neben mich.

»Was gibt's?«, frage ich. Wie schmal sein Rücken wirkt vor den breiten, schwarzen Samtstreifen.

»Ich sollte eigentlich meine Spielsachen mitbringen.«

»O je.«

Er klettert auf meinen Schoß, macht es sich hinter den *Toskanischen Villen* bequem und hilft mir beim Umblättern. Mein Kinn ruht auf seinem weichen Haar, und ich umfasse sanft sein Fußgelenk. Von mir aus braucht dieser Spielnachmittag gar nicht mehr richtig loszugehen.

»Lunch ist fertig!« Murnel steht hinter uns in der Tür. »Was macht ihr zwei denn so allein hier im Wohnzimmer? Alex!«, ruft sie. Wir stehen auf.

»Ich habe mein Spielzeug vergessen«, erklärt Grayer. Murnel stemmt die Hände in die Hüften.

»Dieser Junge! Komm mit, Grayer, das bringen wir gleich in Ordnung.« Als Grayer und ich mit ihr an der Küche vorbeilaufen, kommt von irgendwoher ein lautes Piepsen. »Einen Augenblick«, seufzt Murnel. Sie geht zu dem kleinen Kästchen, das über dem Tablett mit den überbackenen Käsesandwiches und dem frischen Obst an der Wand hängt.

Sie schaltet die Sprechanlage ein. »Ja, Ma'am?«

»Hat der Scheißkerl angerufen?«, tönt es knisternd aus der Wand.

»Nein, Ma'am.«

»Verflucht noch mal! Erst sperrt er mir die Kreditkarten, und dann kann ich auf meinen Scheck warten, bis ich schwarz werde. Hat diese miese Ratte denn überhaupt kein Herz? Wovon soll ich Alex ernähren? Der Arsch. Haben Sie mir die Anti-Aging-Creme von La Mer besorgt?«

»Ja, Ma'am.«

Murnel nimmt das Tablett, und wir folgen ihr schweigend zum Kinderzimmer. Die eine Hälfte ist leer und kahl, eine Kolonne Modellautos in der Mitte dient als improvisierter Klebestreifen. Ohne Hemd und ohne Schuhe stapft Alex vor dem großen Haufen hin und her, auf dem sein gesamtes Hab und Gut aufgetürmt ist. Als er uns sieht, bleibt er stehen.

»Ich habe dem Scheißkerl gesagt, er soll sein eigenes Spielzeug mitbringen.«

*Nanny,
bitte rufen Sie beim Partyservice an und erkundigen Sie sich noch
einmal nach dem Geschirr, dem Besteck und der Tischwäsche für*

Mr. X' Dinnerparty. Bitte sorgen Sie dafür, dass die Tischwäsche rechtzeitig geliefert wird, damit Connie alles noch einmal frisch waschen kann.

Grayer hat heute sein Auswahlgespräch in St. David's, danach muss ich schnellstens zu einer Besprechung mit dem Floristen. Mr. X setzt Grayer deshalb mit dem Wagen um Punkt 13:45 Uhr an der nordwestlichen Ecke der Kreuzung 95ste und Park Avenue ab, wo Sie bitte auf ihn warten.

Bitte stellen Sie sich unbedingt so nah wie möglich an den Bordstein, damit der Fahrer Sie sehen kann. Bitte seien Sie bereits um 13:30 Uhr da, für den Fall, dass sie früher kommen. Sicher eine Selbstverständlichkeit, aber ich möchte nicht, dass Mr. X extra aussteigen muss.

Außerdem möchte ich Sie bitten, die folgenden Geschenke für die Präsenttüten zu besorgen.

Bis auf den Champagner müssten Sie fast alles bei Gracious Home finden.

Annick Goutal, Seife
Piper-Heidsieck, kleine Flasche
Fotorahmen, marokkanisches Leder, klappbar, rot oder grün
Mont Blanc-Kugelschreiber - klein
<u>LAVENDELWASSER</u>
Wir sehen uns dann um 18 Uhr!

Ich lese den Zettel noch einmal, von oben bis unten. Ob sie wohl glaubt, dass ich einen magischen Ring besitze, der mir verrät, wie viele Exemplare ich von den Geschenken jeweils kaufen soll?

Da sie ihr Handy nicht eingeschaltet hat, beschließe ich, Mr. X in der Firma anzurufen. Zum Glück finde ich seine Telefonnummer. Sie steht auf der Liste, die an der Speisekammertür hängt.

»Ja?«, meldet er sich nach dem ersten Klingeln.
»Hallo, Mr. X, hier ist Nanny...«
»Wer? Woher haben Sie diese Nummer?«
»Nanny. Grayers Kindermädchen...«
»Wer?«

Langsam fällt mir keine Antwort mehr ein, es sei denn eine patzige. Mir bleibt nichts anderes übrig, als mit der Tür ins Haus zu fallen. »Ihre Frau hat mich gebeten, die Präsente für die Party zu besorgen...«
»Was für eine Party? Was reden Sie denn da? Wer sind Sie?«
»Am achtundzwanzigsten. Für die Chicagoer Chefetage.«
»Meine Frau hat Ihnen gesagt, Sie sollen mich anrufen?«, fährt er mich aufbrausend an.
»Nein. Ich möchte nur wissen, wie viele Gäste Sie erwarten, und weil ich Ihre Frau nicht erreichen...«
»Also wirklich!«
Er hat aufgelegt.
Auch gut.

Auf dem Weg in die Third Avenue versuche ich auszutüfteln, wie viele Präsente ich kaufen soll. Ich packe die Frage wie eine Denksportaufgabe an. Es ist eine Dinnerparty, das heißt, man sitzt zu Tisch, das heißt, es wird keine Massenveranstaltung. Anderseits müssen es aber mehr als acht oder zehn Gäste sein, weil sie einen Partyservice beauftragt und Tische gemietet hat. Ich glaube, sie hat drei Tische bestellt, an jeden Tisch passen sechs oder acht Personen, macht je nachdem achtzehn oder vierundzwanzig... Also, entweder ich stehe heute Abend mit leeren Händen da, oder ich suche mir einfach auf gut Glück eine Zahl aus.
Zwölf.
Ich bleibe vor der Getränkehandlung stehen. Zwölf. Zwölf klingt klasse.
Mit zwölf Flaschen Piper Heidsieck bepackt, gehe ich zu Gracious Home, einem Haushaltswarengeschäft, in dem es einfach alles gibt, angefangen bei Luxusartikeln zum Luxuspreis bis hin zum banalsten Haushaltsbedarf zum Luxuspreis. Man beziehungsweise frau geht rein, gönnt sich eine Flasche Allzweckreiniger für zehn Dollar, kommt mit einer schicken Einkaufstüte wieder heraus und fühlt sich rundum gut.
Ich suche die Fotorahmen aus und kaufe die Seifenvorräte auf,

aber ich habe nicht die leiseste Ahnung, was Lavendelwasser ist oder wo das Zeug stehen könnte. Ich werfe einen Blick auf die Liste. LAVENDELWASSER. Das war schon bei allen meinen früheren Arbeitgeberinnen so. Sie knallen die Großbuchstaben einfach aufs Papier, ohne sich viel dabei zu denken. Das Gleiche gilt fürs Unterstreichen. Aber auf mich wirkt es wie ein Hilfeschrei. Als ob plötzlich ihr ganzes Leben von LAVENDELWASSER abhängt oder MILCH oder TOFU. Ich durchkämme die Regale nach Lavendelwasser. Ich stelle fest, dass es von Caswell-Massey nur Fresienwasser gibt, aber sie will ja unbedingt Lavendel. Crabtree and Evelyn haben Schrankpapier mit Lavendelduft im Sortiment, aber das hilft mir auch nicht weiter. Roger und Gallet stellen eine Lavendelseife her, während Rigaud, wie ich erfahre, »keine Lavendelartikel führt«. Als ich die Hoffnung schon fast aufgegeben habe, als mir nur noch fünf Minuten bleiben, bis ich Grayer wie ein Paket an der Straßenecke abholen soll, lacht mir das Glück. Ganz unten steht es, in einem der unzähligen Regale: The Thymes Limited Lavender Home Fragrance Mist, Parfum d'Ambience. Ein Raumspray. Das muss es sein; es ist das einzige wasserähnliche, lavendelartige Produkt im ganzen Laden. Ich schlage zu. Zwölf Stück, bitte.

Nanny,
es ist mir ein Rätsel, wie ich Ihnen den Eindruck vermittelt haben sollte, dass Sie meinen Mann stören dürfen.
  Wir haben beschlossen, Sie mit einem Handy auszustatten. Falls Sie also in Zukunft Fragen haben sollten, wenden Sie sich bitte telefonisch an mich.
  Die genaue Zahl der Gäste bekommen Sie von Justine aus Mr. X' Büro. Aber wir rechnen eher mit dreißig als mit zwölf.
  Seien Sie doch bitte so gut, das Raumspray, das Sie gestern gekauft haben, wieder umzutauschen. Wir brauchen Lavender Linen Water von L'Occitane. (Da es sich dabei um ein Wäschepflegemittel und nicht um ein Präsent handelt, reicht eine Flasche.)

»Hallo, Mom.«
»Ja?«
»Ich telefoniere mit dem Handy. Rate mal warum?«
»Weil du in die Handy-Liga aufgestiegen bist?«
»Nein, weil ich eben nicht in die Handy-Liga aufgestiegen bin. Weil ich so doof bin, das man mir nicht mal die simpelste Aufgabe zutrauen kann. Lavendelwasser kaufen, zum Beispiel.«
»Lavendel was?«
»Das kommt ins Dampfbügeleisen, damit die gemieteten Tischdecken schön nach Südfrankreich duften.«
»Nützlich.«
»Wenn es hier so weitergeht, komme ich mir bald vor wie die letzte Niete.«
»Schätzchen?«
»Ja?«
»Eine frisch gekürte Handy-Besitzerin jammert nicht.«
»Okay.«
»Halt die Ohren steif. Bye.«
Die frisch gekürte Handy-Besitzerin ruft ihre beste Freundin Sarah an. »Hi, hier ist der Anschluss von Sarah. Bin für jede Überraschung dankbar. Piep...«
»Hi, ich bin's. Ob du es glaubst oder nicht, ich spaziere in diesem Moment die Straße runter. Ich könnte dich auch vom Zug aus anrufen, von einem Boot oder sogar aus der Kosmetikabteilung bei Barney's. Ich habe nämlich... ein Handy. Sie hat mir ein Handy geschenkt! Siehst du, das ist so ein Extrabonus, von dem man als wissenschaftliche Hilfskraft nur träumen kann. Ciao!«
Dann rufe ich meine Großmutter an. »Leider kann ich nicht persönlich mit Ihnen plaudern, aber ich würde mich freuen, wenn Sie mir etwas Spannendes zu erzählen hätten. Piep...«
»Tag, Gran. C'est moi. Ich stehe mitten auf der Straße und rufe dich mit meinem nagelneuen Handy an. Jetzt brauche ich bloß noch einen Donna-Karan-Bikini und dann nichts wie ab ins Weekend. Jippi! Ich melde mich wieder. Bye!«
Und jetzt noch schnell nach Hause telefonieren, um den Anrufbeantworter abzuhören.

»Hallo?«, meldet sich meine Mitbewohnerin.
»Charlene?«
»Ja?«
»Ach, ich wollte nur meinen Anrufbeantworter abhören.«
»Da ist nichts drauf.«
»Nein? Okay, danke. Weißt du was? Ich habe ein Handy! Sie hat mir ein Handy geschenkt!«
»Hat sie dir auch gesagt, was für einen Vertrag du hast?«, fragt Charlene cool.
»Nein, wieso?« Ich blättere hektisch in Mrs. X' Zetteln.
»Weil die Minute 75 Cent kostet und auf jeder Handy-Rechnung jeder Anruf einzeln aufgeführt ist, und zwar nach reinkommenden und rausgehenden Gesprächen. Das heißt, sie kann genau sehen, mit wem du geredet hat und was sie das kostet...«
»OkayichmussSchlussmachen...« Damit ist meine Liebesaffäre mit dem Handy schon wieder beendet, noch bevor sie richtig begonnen hat.

Mrs. X ruft mich dauernd an. Immer neue Aufträge für die Dinnerparty. Ich kaufe die falschen Tüten für die Geschenke und das falsche Band für die Tüten. Das Seidenpapier, mit dem die Tüten ausgestopft werden, kaufe ich natürlich auch im falschen Fliederfarbton. Und zum krönenden Abschluss besorge ich dann auch noch Platzkarten, die die falsche Größe haben.

Wenn sie anruft, will sie meistens nur mit mir sprechen, da kann Grayer in seinem Buggy noch so bitten und betteln. Sie will ihn nicht »verstören«. Und dann weint er. Manchmal bekommt Grayer auch einen Anruf ab. Während ich ihn schiebe, presst er gebannt das Handy ans Ohr, wie ein Banker, der den neuesten Aktienkursen lauscht.

Mittwochnachmittag, an der Uni:
Klingeling. »... Schädigungen des Kleinhirns...« Klingeling.

»...führen zu frühkindlichen Entwicklungsstörungen...« Klingeling.
»Hallo?«, flüstere ich, nachdem ich mich unter den Tisch geduckt habe.
»Nanny?«
»Ja?«
»Mrs. X.«
»Ähem, ich sitze gerade im Seminar.«
»Oh! Ach. Also, Folgendes, Nanny. Die Papierhandtücher, die Sie für die Gästetoilette ausgesucht haben, passen von der Schattierung her nicht zu...«

Nanny,
ich hole Grayer um fünfzehn Uhr mit dem Wagen ab und fahre mit ihm zum Fotografen, wegen der Porträtaufnahme. Bitte baden Sie ihn, putzen Sie ihm die Zähne und ziehen Sie ihm die Sachen an, die ich auf dem Bett herausgelegt habe, aber achten Sie bitte darauf, dass er sie nicht zerknittert. Fangen Sie früh genug an, damit Sie rechtzeitig fertig werden, aber lassen Sie sich auch nicht zu viel Zeit, sonst schafft er es noch, dass er wieder unordentlich aussieht. Vielleicht sollten Sie ihn sich ab 13:30 Uhr vornehmen.
Beiliegend finden Sie außerdem eine Broschüre, die gestern Abend auf der Sitzung des Elternvereins verteilt wurde: »Mommy, hörst du mir auch zu? - Kommunikation mit dem Vorschulkind.« Ich habe die entscheidenden Stellen unterstrichen. Wir sollten uns darüber bei Gelegenheit austauschen!

Nach der Porträtsitzung fahren wir noch zu Tiffany, um für Grayers Vater ein Geschenk auszusuchen.

◊

Man sollte doch denken, dass es im Wartebereich bei Tiffany genügend Stühle für die werte Kundschaft gibt. Falsch gedacht. Auch gedämpftes Licht und frische Schnittblumen können nicht darüber hinwegtäuschen, dass es mindestens genauso gerammelt voll ist wie der John-F.-Kennedy-Flughafen an Heiligabend.

»Grover, du machst mit deinen Sohlen Flecken an die Wand. Hör bitte auf damit«, sage ich. Wir warten darauf, dass Mrs. X aufgerufen wird, damit sie die goldene Uhr, die sie ihrem Gatten auf der Party überreichen will, gravieren lassen kann. Wir warten seit über einer halben Stunde, und Grayer wird langsam unruhig.

Natürlich hat sie sich sofort einen Platz gesichert, als wir hereinkommen sind, aber ich möge doch »bitte ein Auge auf Grayer halten«, der unbedingt da bleiben soll, »wo er es am bequemsten hat«, nämlich in seinem Buggy. Erst habe ich an der Wand gelehnt, aber nur so lange, bis sich sogar eine teure Blondine mitsamt ihrer Fendi-Handtasche auf den Boden gehockt hat, um in ihrem *Town and Country-Magazin* zu blättern. Da hatte ich auch keine Lust mehr, mir die Beine in den Bauch zu stehen.

Mrs. X klebt wie festgefroren an ihrem Handy, während ich wunschgemäß auf Grayer aufpasse. Leider ist es nicht damit getan, dass ich nur ein Auge auf ihn halte. Manchmal ist voller Körpereinsatz gefragt. Vor allem, wenn er sich mal wieder mit den Schuhen von der cremefarbenen Tapete mit dem Paisleymuster abstößt, um zu sehen, wie weit er nach hinten rollen kann, bevor er jemanden anfährt.

»Loslassen, Nanny!«

»Grover, ich hab' dir jetzt schon dreimal gesagt, du sollst das sein lassen. Komm, wir spielen ›Ich sehe was‹. Ich sehe was, was du nicht siehst, und das ist grün.« Na ja, vor allem sehe ich hier gestraffte Gesichter und Wangenimplantate.

Er dreht und windet sich, um an meine Hand zu kommen, mit der ich das rechte Buggyrad festhalte. Er hat einen knallroten Kopf und steht offensichtlich kurz vor einem Tobsuchtsanfall. Seine Mutter hat ihn gleich nach der Vorschule zum Fotografen geschleppt, und danach haben wir uns wegen der Party die Absätze schief gelaufen. Nachdem er den ganzen Morgen still sitzen und den halben Nachmittag wie ein Honigkuchenpferd grinsen musste, kann man es ihm nicht verdenken, dass er langsam mit seiner Geduld am Ende ist.

»Probier's mal. Es ist wirklich schwierig. Ich sehe was, was du nicht siehst, und das ist grün. Wetten, dass du es nicht errätst?« Er wirft sich ruckartig nach vorne und wird vom Gurt zurückgerissen. Ich klammere mich an das Buggyrad. Grayer lässt nicht locker, er will sich um jeden Preis befreien. Alles, was in unserer Nähe steht, rückt von uns ab, so weit es in dem Gedränge möglich ist. Ich lächle starr, während meine Hand in den Teppich gequetscht wird. Allmählich komme ich mir vor wie James Bond, der eine tickende Bombe in der Hand hält, und sehe mich verzweifelt nach einer möglichen Fluchtroute um, um für den bevorstehenden Koller gewappnet zu sein. Er kann jeden Augenblick hochgehen. Fünf... vier... drei... zwei...

»ICH. WILL. HIER. RAUS!« Bei jedem Wort wirft er sich nach vorne.

»X? Mrs. X an Tisch acht, bitte.« Eine junge Frau in meinem Alter (mit der ich zu gern den Platz tauschen würde) bedeutet Mrs. X, sie zu der langen Reihe von Mahagonitischen im hinteren Teil des Geschäfts zu begleiten.

»LOSLASSEN. Ich will raus! Ich will nicht spielen! Ich will nicht im Buggy sitzen!«

Bevor Mrs. X um die Ecke verschwindet, bleibt sie noch einmal kurz stehen, legt die Hand auf die Sprechmuschel des Handys, strahlt mich an und flüstert: »Sehen Sie? Er zeigt seine *Gefühle*. Er zeigt Gefühle, um seine *Grenzen* auszuloten!«

»Ja, ja, seine Gefühle«, flüstere ich zurück und bücke mich, um Grayer loszumachen, bevor er sich noch etwas antut. Während sie in den dunkelblauen Korridor entschwebt, schiebe ich unseren Gefühle zeigenden Grayer ins Treppenhaus, wo er nach Herzenslust seine Grenzen ausloten kann, während die neue Uhr seines Vaters die Aufmerksamkeit bekommt, die sie verdient.

Nanny,
der Partyservice baut heute Nachmittag die Tische auf. Sorgen Sie bitte dafür, dass Grayer ihnen nicht in die Quere kommt. Es wird auch jemand aus der Chicagoer Niederlassung da sein, der die Sitzordnung festlegt.
Könnten Sie Grayer heute Abend vielleicht etwas Warmes kochen? Ich bin nämlich nicht vor acht zurück. Coquilles St. Jac-

ques sind sein Leibgericht. Ich glaube, wir haben auch noch ein paar Rüben im Kühlschrank. Das dürfte nicht zu schwierig sein. Wir sehen uns dann um acht. Ach, und noch etwas: Denken Sie bitte an die Übungen mit seinen Leselernkarten? Vielen Dank!

Coquilles wie, Coquilles was? Zu meiner Zeit gab es Makkaroni mit Käsesauce, dazu als Beilage Brokkoli – und fertig.

Auf der verzweifelten Suche nach einem Kochbuch durchwühle ich die Küchenschränke, immer auf der Hut, bloß nicht mit einer Teakholztür gegen die antikisierte Wand zu stoßen. Aber ich finde nichts, kein Einziges, nicht einmal das obligatorische *Freude am Kochen* oder auch *Gaumenfreuden für Genießer*.

Weil ich mal in den Weihnachtsferien in einem exklusiven Küchenstudio gejobbt habe, weiß ich, dass allein die Elektrogeräte mehr als 40 000 Dollar gekostet haben müssen, aber jedes Teil sieht so aus, als ob es gerade erst aus der Verpackung gekommen ist. Angefangen beim farbigen La Cornue Le Château Herd mit zwei Backöfen (Gas und Strom), der ab 15 000 Dollar aufwärts zu haben ist, bis hin zu dem kompletten Satz Kupfertöpfe von Bourgeat für 1912 Dollar ist alles von bester Qualität. Aber das einzige Gerät, das überhaupt benutzt zu werden scheint, ist die Espressomaschine Capresso C3000 für 2400 Dollar. Aber mehr als Kaffee kochen kann das Ding auch nicht, obwohl man das bei dem Preis fast erwarten würde.

Ich reiße alle Schränke und Schubladen auf. Bald weiß ich, wo alle Utensilien liegen, bloß – was hilft mir das? Ein Wüsthof-Messer wird mir kaum das Geheimnis der Sankt Dingsbumsdinger verraten, die ich kochen soll.

Die Rezeptsuche führt mich bis in Mrs. X' Büro. Das einzig Lesbare, das ich dort finde, ist ein mit Markierungen versehener Neiman-Marcus-Katalog. Hinter der Tür kniet Connie, die Haushälterin, auf dem Fußboden und schrubbt den Griff mit einer Zahnbürste.

»Wissen Sie vielleicht, wo Mrs. X ihre Kochbücher aufbewahrt?«, frage ich.

»Mrs. X isst nicht, und Mrs. X kocht nicht.« Sie tunkt die Zahnbürste in die Politur. »Sollen Sie etwa für die Party kochen?«
»Nein, nur das Abendessen für Grayer.«
»Was für ein Brimborium wegen dieser Party. Dabei hat sie überhaupt nicht gerne Leute im Haus. Seit sie hier wohnt, hatten wir höchstens dreimal Gäste zum Essen«, sagt sie kopfschüttelnd. »Im hinteren Gästezimmer stehen Bücher. Vielleicht finden Sie da was, was Sie brauchen können.«
»Danke.«
Sie hat Recht: In der Gästesuite gibt es Bücher. Vor einem raumhohen Regal bleibe ich stehen und überfliege rasch die Titel:

Schwangerschaft als Chance? Fruchtbarkeit – Ein Mythos?
Meine Brust gehört (auch) mir: Neue Wege zum Stillen
Zahnen ohne Tränen
Schlafen im eigenen Zimmer: Mit dem Säugling durch die Nacht
Zen und die Kunst des Gehens – Jeder Weg beginnt mit einem ersten Schritt
Sauberkeitserziehung – Ein Kinderspiel
Die Vorteile der Suzuki-Methode für die Entwicklung der linken kindlichen Gehirnhälfte
Bewusste Ernährung für das Kleinkind
Erst vier Jahre und schon richtig weise – Mit Kindern lernen
Der erste Eindruck zählt: Mit dem Kind zum Vorschulauswahlgespräch
Hopp oder top? Den Vorschuleingangstest bestehen

... und alle anderen Ratgeber, die man sich in seinen kühnsten Träumen vorstellen kann, genug für vier große Bücherschränke, bis hin zu:
Großstadtkinder brauchen Bäume: Vom Nutzen der Internatserziehung
Die College-Prüfung – Weichenstellung für die Zukunft

Ich bin so überwältigt, dass ich die Coquilles und die Rüben für einen Augenblick vergesse. Nicht zu fassen!

»Ich mache mir wirklich Sorgen, dass du die Uni nicht schaffst und bis ans Ende deiner Tage anderen Leuten das Essen kochen musst! Bei dir müssten längst alle Alarmglocken schrillen, Nan. Wenn ich mich recht erinnere, hast du dich verpflichtet, das Kind dieser Frau zu hüten, mehr nicht. Bezahlt sie dir die zusätzlichen Aufgaben wenigstens extra?«
»Nein, Mom. Leider ist jetzt nicht die beste Zeit ...«
»Ich schlage vor, du hilfst uns mal einen Tag hier in der Frauenhausküche aus. Du weißt doch überhaupt nicht mehr, was im Leben wichtig ist.«
»Okay, aber jetzt ist leider wirklich nicht die beste Zeit ...«
»Dann würdest du wenigstens Menschen helfen, die Hilfe bitter nötig haben. Vielleicht solltest du mal einen Augenblick in dich gehen und dich auf deine Werte besinnen ...« »MOM!« Ich klemme mir das Telefon fester unter das Kinn, damit es mir nicht wegrutscht, während ich den Topf mit den kochenden Rüben halte. »Im Moment kann ich leider nicht in mich gehen; ich wollte dich doch nur fragen, wie man Jakobsmuscheln kocht.« Worum es sich bei den verdammten Coquilles handelt, habe ich immerhin schon selber rausgekriegt.

»Ich helfe mit«, sagt Grayer. Seine Hand lugt über die Arbeitsplatte, wo ich gerade das scharfe Messer abgelegt habe.

»Ich muss Schluss machen.«

Als ich panisch nach dem Messer greifen will, katapultiere ich zwanzig Jakobsmuscheln quer durch die ganze Küche.

»Ui! Das ist ja genau wie am Meer, Nanny! Warte, ich hole meinen Eimer.« Er läuft hinaus. Ich lege das Messer in die Spüle und gehe in die Hocke, um die Muscheln aufzusammeln, erst eine, dann noch eine. Als ich die dritte aufheben will, flutscht mir die erste aus der Hand, glitscht über den Boden und kommt erst an einem hochhackigen grauen Schlangenlederschuh zum Halten. Ich sehe hoch. In der Tür steht eine rothaarige Frau im grauen Kostüm.

Grayer, der mit seinem Buddeleimer angesprungen kommt, bleibt wie angewurzelt stehen, als er sieht, was für ein Gesicht ich mache.

»Entschuldigen Sie, kann ich Ihnen helfen?« Ich stehe auf und winke den Jungen zu mir.

»Ja«, sagt die Frau. »Ich bin wegen der Sitzordnung hier.« Sie stöckelt an mir vorbei in die Küche, nimmt ihr Hermès-Halstuch ab und bindet es um den Griff ihres schiefergrauen Gucci-Aktenkoffers.

Sie bückt sich nach einer Jakobsmuschel und reicht sie Grayer. »Da. Ich glaube, du hast etwas verloren.«

Er sieht mich an. »Ist schon gut, Grover«, sage ich und nehme ihr die Muschel ab. »Guten Tag. Ich heiße Nanny.«

»Lisa Chenowith, Geschäftsführerin der Niederlassung Chicago. Und du musst Grayer sein.« Sie stellt ihren Aktenkoffer ab.

»Ich helfe mit«, sagt er und schaufelt die restlichen Muscheln in seinen Eimer.

»Ich könnte einen Helfer gebrauchen.« Sie lächelt ihn an. »Hast du Lust?«

»Ja«, murmelt er.

Ich kippe die Muscheln in den Durchschlag und schalte den Herd aus. »Einen Augenblick, bitte. Ich zeige Ihnen gleich das Esszimmer.«

»Kochen Sie für die Party?« Sie deutet auf die Spüle, in der sich das Geschirr nur so türmt.

»Nein, nur Grayers Abendessen«, sage ich und kratze die angebrannten Rüben aus dem Topf.

»Zu meiner Zeit gab es einfach Erdnussbutter mit Gelee«, lacht sie und stellt den Aktenkoffer auf den Tisch.

»Nanny, ich will auch Erdnussbutter mit Gelee.«

»Tut mir Leid, ich wollte keine Revolution anzetteln«, sagt sie. »Grayer, Nanny kocht dir bestimmt was Leckeres.«

»Erdnussbutter mit Gelee? Gute Idee.« Schon hole ich die Gläser aus dem Kühlschrank. Nachdem ich Grayer auf seinen Kinderstuhl gepackt habe, gehe ich mit ihr ins Esszimmer, in dem statt des langen, rechteckigen Walnusstischs nun drei runde stehen.

»So, so«, murmelt die Rothaarige. »Dann hat sie die Tische schon einen ganzen Tag vorher bringen lassen – das muss ein paar Tausender gekostet haben.« Wir bewundern die nach La-

vendel duftenden Tische, reich geschmückt mit glänzendem Silber, funkelndem Kristall und goldgeränderten Platztellern. »Schade, dass ich nicht dabei sein kann.«
»Sie kommen nicht zu der Party?«
»Mr. X braucht mich in Chicago«, sagt sie und lächelt. Dann nimmt sie den Rest des Zimmers in sich auf, vor allem den Picasso über dem Kamin und den Rothko über dem Sideboard. Weiter geht es ins Wohnzimmer und in die Bibliothek. Sie sieht sich so aufmerksam um, als ob sie die Räume für eine Auktion schätzen müsste. »Wunderschön«, lautet ihr Kommentar zu den Vorhängen aus Rohseide. »Aber nicht dezent genug, finden Sie nicht auch?«

Da ich es nicht gewöhnt bin, in diesem Haushalt nach meiner Meinung gefragt zu werden, finde ich nicht gleich die richtigen Worte. »Hm ... Mrs. X hat einen ganz eigenen Geschmack. Dabei fällt mir etwas ein; könnte ich Sie vielleicht um Ihren Rat bitten? Was meinen Sie, geht das so?«, frage ich und hole eine Präsenttüte hinter Mr. X' Schreibtisch hervor.

»Was ist das?« Lässig streicht sie sich die lange Mähne nach hinten.

»Geschenke für die Gäste. Ich hab' die Sachen heute Morgen eingepackt, aber ich weiß nicht, ob man es so lassen kann. Ich konnte das richtige Seidenpapier nicht auftreiben, und das Band, das Mrs. X haben wollte, war nicht mehr lieferbar ...«

»Nanny?«, fällt sie mir ins Wort. »Brennt es vielleicht irgendwo?«

»Wie bitte?«, sage ich verdutzt.

»Es sind doch bloß Präsenttüten. Für einen Haufen alter Knacker«, lacht sie. »Sie haben bestimmt alles richtig gemacht. Nur keine Panik.«

»Danke. Vielleicht habe ich das alles doch ein bisschen zu ernst genommen.«

Sie blickt über meine Schulter, auf das Regal mit den Familienfotos. »Ich melde mich mal kurz im Büro, und dann kümmere ich mich um die Platzkarten. Erwarten Sie Mrs. X bald zurück?«

»Nein, sie kommt erst um acht.«

Sie greift zum Telefon und lehnt sich über den Mahagonitisch, um sich eine gerahmte Aufnahme näher anzusehen: Mr. X mit Grayer auf den Schultern, dahinter eine Skipiste.
»NAN-NY, ICH BIN FER-TIG!«
»Also dann, lassen Sie es mich einfach wissen, wenn Sie noch etwas brauchen«, sage ich von der Tür. Sie nimmt ihren Ohrklipp mit der schwarzen Perle ab und beginnt zu wählen.
»Danke!« Sie macht das Okayzeichen.

Nanny,
bitte denken Sie daran, dass Grayer vor dem Zubettgehen nicht so viele Kohlenhydrate zu sich nehmen soll. Für heute Abend habe ich seine Portion schon abgemessen und die Zutaten herausgestellt. Sie brauchen die Rüben, den Kohl und die Kohlrabi nur zwölf Minuten zu dämpfen, das müsste reichen. Aber bitte kommen Sie dem Partyservice nicht in die Quere.
Es wäre wohl am vernünftigsten, wenn Grayer gleich in seinem Zimmer isst. Andererseits könnte es aber auch passieren, dass die Gäste bei der Wohnungsführung das Kinderzimmer sehen möchten. Deshalb schlage ich vor, dass Sie mit ihm im Kinderbad essen. Da lassen sich kleinere Malheurs leichter beseitigen.
P.S. Sie bleiben doch, bis Grayer eingeschlafen ist? Bitte sorgen Sie dafür, dass er uns beim Dinner nicht stört.
P.P.S. Morgen müssten Sie bitte Grayers Halloween-Kostüm abholen.

»Einen Martini ohne alles – keine Olive.« Nachdem ich das Kohl- und Rübengericht in Grund und Boden gedämpft, mir die Hand verbrannt und Grayer ein paar Mal fast verbrüht habe und mein Abendessen auch noch auf dem Klo im Kinderbad sitzend verzehren musste, bin ich wahrlich und wahrhaftig »in Cocktailstimmung«. Ich mache es mir auf dem Barhocker bequem und überlege mir, ob ich nicht vielleicht bei der Rothaarigen aus Chicago anheuern soll. Ich könnte nach Illinois ziehen, mich im Investment Banking versuchen und ihr zwischendurch Erdnussbutter-mit-Gelee-Brote schmieren.

Ich hole meine »Lohntüte« aus der Tasche und schiebe dem Barmann einen Zwanziger über die Theke. Das Kuvert ist diese Woche dicker als sonst: Dreihundert Dollar bar auf die Kralle. Sicher, ich bin total geschlaucht und, wenn es so weitergeht, demnächst vermutlich auch noch suchtgefährdet, aber dass es auch seine Vorteile hat, dreimal so lange zu arbeiten wie eigentlich ausgemacht, lässt sich nicht bestreiten: Man verdient auch dreimal so viel. Der Monat ist noch nicht mal halb rum, aber die Miete liegt bereits auf dem Konto. Und dann ist da ja auch noch die schwarze Lederhose, mit der ich schon seit einiger Zeit liebäugele ...

Ich muss nur ein halbes Stündchen abschalten, bevor ich nach Hause gehe, zu Charlene und ihrem haarigen Pilotenfreund. Ich will nicht reden, ich will nicht zuhören, und vor allem will ich nicht kochen. Es ist doch wirklich das Letzte, sich seinen haarigen Lover ins Bett zu holen, wenn man auf engstem Raum mit einer Mitbewohnerin zusammenhockt. Das macht man nicht. Das gehört sich nicht. Ich zähle schon die Tage, bis sie endlich für die Asienroute eingeteilt wird.

»Yo, geiles Teil, was?« An einem Tisch in der Ecke führt ein blonder Schnösel im Designer-Anzug seiner Clique seinen neuen Palm-Computer vor. Mal wieder typisch.

Normalerweise mache ich einen großen Bogen um das Dorrian's, weil da für meinen Geschmack viel zu viele reiche Milchbubis verkehren. Aber es liegt direkt auf meinem Heimweg, und der Barmann mixt einen tierisch guten Martini. Und ich war in »Cocktailstimmung«. Außerdem ist man während des Semesters einigermaßen sicher vor den Typen, weil sie dann alle an irgendwelchen Nobel-Unis studieren.

Sage und schreibe fünf weiße Baseballmützen beugen sich über das neueste Spielzeug ihres Freundes. Obwohl sie alle noch studieren, haben sie mindestens ein Handy und einen Piepser am Gürtel hängen. Die Zeiten und die Moden ändern sich. Die Cordjacken der Siebziger wurden abgelöst von den hochgestellten Kragen der Achtziger, den Karohemden der Neunziger und dem Goretex des neuen Jahrtausends, aber ihre Mentalität ist so zeitlos wie die rot-weiß karierten Tischdecken.

Ich bin so gebannt von ihnen, dass ich automatisch ihrem Blick folge, als die ganze Truppe plötzlich zur Tür sieht. Und wer kommt hereinspaziert? Mein Harvard-Prinz! Immerhin ohne weiße Baseballmütze. Aber er kennt sie. Igitt. Darauf muss ich erst mal einen Schluck trinken. Da habe ich ihn in meinen Träumen schon als Kinderarzt in Tibet gesehen, und nun verwandelt er sich vor meinen Augen in einen Anzug tragenden Aktienhändler an der Wall Street.

»Schmeckt's? Ist das Ihr Lieblingsdrink?« Oh nein, einer von den Bubis hat sich direkt neben mir aufgebaut. Adiós, amigo.

»Wie bitte?« Auf seiner Mütze prangt in riesigen lila Lettern ein derber Macho-Spruch.

»Maar-tiii-niii. Der hat's ganz schön in sich, was?« Er steht etwas zu dicht vor mir, und dann brüllt er auch noch über meinen Kopf hinweg: »Yo! Hoch mit den Ärschen, ihr Ärsche! Packt mal mit an, ihr faulen Säcke!« Der Harvard-Prinz kommt an die Bar, um ihm beim Biertransport zu helfen.

»Hallo. Sind Sie nicht Grayers Freundin?« Er strahlt mich an.

Er kennt mich noch! Halt, stopp, zurück, Nanny! Börse, Aktien, Wall Street. Trotzdem entgeht mir nicht, dass er eine Levis' trägt und kaum irgendwelchen High-Tech-Klimbim an der Hüfte baumeln hat.

»Grayer schläft wie ein Murmeltier.« Ich lächle zurück, ich kann nicht anders.

»Jones hat Sie doch hoffentlich nicht belästigt? Er kann einem manchmal ganz schön auf den Wecker gehen.« Er wirft seinem Freund einen misstrauischen Blick zu. »Warum setzen Sie sich nicht zu uns?«

»Danke, aber ich bin zu erledigt.«

»Ach bitte, wenigstens auf ein Glas.« Ich habe eigentlich keine große Lust, mich zu der Schnöseltruppe zu gesellen, aber als er sich nach den Bierkrügen bückt und ihm dabei eine Haarsträhne in die Augen fällt, gerät meine Entschlossenheit ins Wanken.

Die Jungen rücken zusammen, damit ich mich dazusetzen kann. Es folgt eine lärmende Begrüßungsrunde, und ich muss reihum viele klebrig-feuchte Hände schütteln.

»Und woher kennen Sie unseren Kumpel?«, fragt einer.
»Wir kennen uns nämlich schon ewig.«
»Ja, ja, die gute alte Zeit.« Sie nicken wie Hühner, die Körner picken und können sich überhaupt nicht mehr einkriegen: »Ja, ja, die gute alte Zeit.«
»Das ist noch die Frage, wie gut die alte Zeit wirklich war«, sagt der Harvard-Prinz leise und sieht mich an. »Was macht die Arbeit?«
»Arbeit!« Ein Bubi spitzt die Ohren. »Was arbeiten Sie denn?«
»Sind Sie BWLerin?«
»Nein...«
»Sind Sie Model?«
»Nein, ich bin Kindermädchen.« Da werden sie lebhaft.
»Mensch!«, staunt einer und haut meinem Harvard-Prinzen krachend auf die Schulter.
»Mensch, du hast uns ja nie erzählt, dass du ein Kindermädchen kennst.«
Ihre Blicke werden glasig. Na klar, sie haben vermutlich alle hundert Folgen vom Kindermädchen-Hausmädchen-Dienstmädchen-Report gesehen.
»Erzählen Sie mal«, fängt der Betrunkenste von ihnen an. »Ist der Dad scharf?«
»Baggert er an Ihnen rum?«
»Nein, ich hab' ihn noch gar nicht kennen gelernt.«
»Ist die Mom scharf?«, fragt ein anderer.
»Würde ich nicht sagen...«
»Und der Junge? Ist der Junge scharf? Ist er Ihnen schon mal an die Wäsche gegangen?« Jetzt reden alle durcheinander.
»Er ist erst vier...« Sie klingen nicht so, als ob sie bloß herumulken. Ich sehe den Gentleman an, der mich an diesen Tisch entführt hat, aber er sitzt da wie erstarrt, knallroter Kopf, die braunen Augen niedergeschlagen.
»Aber irgendeiner von den Dads wird doch scharf sein?«
»Okay, wenn Sie mich jetzt entschuldigen würden...« Ich stehe auf.
»Nun kommen Sie schon.« Jones glotzt mich unverschämt

an. »Sie wollen uns doch wohl nicht weismachen, dass Sie noch nie einen von den Daddys gefickt haben?« Mir platzt der Kragen.

»Wie originell von Ihnen. Wollen Sie wissen, wer die Daddys sind? Das sind die gleichen Typen wie Sie, nur ungefähr zwei Jahre älter. Die vögeln keine Nanny. Die vögeln noch nicht mal ihre eigene Ehefrau. Die vögeln überhaupt nicht mehr. Und warum nicht? Weil sie fett geworden sind, weil sie eine Glatze kriegen, weil sie den Appetit verlieren, und weil sie trinken, zu viel trinken. Und warum trinken sie? Nicht weil sie wollen, sondern weil sie müssen. Also amüsiert euch, Jungs, so lange es noch geht. Denn früher oder später habt ihr gar nichts mehr, nur noch die Erinnerungen an die gute alte Zeit. Und bitte, bleiben Sie sitzen.« Mir schlägt das Herz bis zum Hals. Ich ziehe meinen Pullover an, greife mir meine Tasche und marschiere zur Tür raus.

»Heh, warten Sie!« Der Harvard-Prinz holt mich ein, als ich gerade über die Straße stürmen will. Ich drehe mich um und warte auf ihn. Wenn er sich für seine Freunde entschuldigen will, kann ich nur hoffen, dass er eine plausible Erklärung parat hat, wie zum Beispiel: Sie haben allesamt Krebs im Endstadium, und ihr letzter Wunsch ist ein Schreckensregime. »Die Jungs haben es doch nicht so gemeint.« Das glaubt er ja wohl selber nicht.

»Ach so.« Ich nicke. »Heißt das, sie reden mit allen Frauen so? Oder nur mit denen, die bei ihnen im Haus arbeiten?«

Er verschränkt die nackten Arme und zieht die Schultern hoch. Es ist kühl geworden. »Es sind alte Bekannte aus der Highschool. Und ich sehe sie nur noch ganz selten.«

Da kommt in mir die Böse Hexe durch. »Nicht selten genug. Sie sollten sich schämen.«

Er stammelt: »Sie sind doch nur betrunken.«

»Nein. Sie sind nur Arschlöcher.«

Wir starren uns an. Eigentlich müsste er jetzt die richtigen Worte finden, aber er ist wie gelähmt.

»Also dann«, sage ich schließlich. »Ich habe einen langen Tag hinter mir.« Plötzlich bin ich fix und fertig, und meine Hand tut weh, ein pulsierender Schmerz, wo ich mich verbrannt habe.

Ich drehe mich um und gehe. Ich lasse ihn einfach stehen, auch wenn es mir schwer fällt.

Nanny,
die Party war ein großer Erfolg. Vielen, vielen Dank für ihre Hilfe.
Die Schuhe sind doch ein bisschen zu gewagt für mich, und Mr. X mag die Farbe nicht. Wenn sie Ihnen passen, können Sie sie gern behalten, wenn nicht, bringen Sie sie in die Secondhandboutique an der Ecke Madison und 84ste Straße. Ich habe dort ein Konto.
Eine Frage noch. Haben Sie den Lalique-Bilderrahmen gesehen, der auf Mr. X' Schreibtisch stand? Das Foto von Grayer mit seinem Vater aus dem Skiurlaub in Aspen? Es scheint verschwunden zu sein. Könnten Sie den Partyservice anrufen und sich erkundigen, ob es vielleicht aus Versehen mitgenommen wurde?
Ich bin heute Nachmittag bei Bliss und erhole mich bei einer Wellness-Behandlung. Das heißt, ich bin über das Handy nicht erreichbar.

PRADA! P-R-A-D-A. Das klingt nach Madonna. Das klingt nach *Vogue*. Das klingt nach: Ihr könnt mich alle mal, ihr Khaki tragenden, Handy schwingenden, Golf spielenden, *Wall Street Journal* lesenden, Gangsta-Hip-Hop hörenden, Howard Stern vergötternden, weiße Mütze verkehrtrum aufsetzenden, arroganten kleinen Warmduscher!

Drittes Kapitel
Die Gruselnacht

> Nana hatte noch etwas anderes an sich, was Mr. Darling beunruhigte. Ihm überkam manchmal das Gefühl, dass sie ihn nicht bewunderte.
>
> *Peter Pan*

Nachdem Grayer und ich auf dem Heimweg von der Vorschule noch ein paar kleine Kürbisse zum Dekorieren abgeholt haben, kommen wir gerade rechtzeitig nach Hause, dass ich den Lieferschein einer Sendung im Wert von 4000 Dollar abzeichnen kann. Ehrfürchtig schreiten wir hinter dem Boten her, während er zwei riesige Holzkisten in die Diele schiebt. Nach dem Essen spielen wir Kistenraten. Grayer tippt auf einen Hund, einen Gorilla, einen großen Laster, ein Brüderchen. Ich tippe auf Antiquitäten, neue Badezimmerarmaturen und einen kleinen Käfig für Grayer (was ich aber für mich behalte).

Von Viertel nach vier bis fünf Uhr gebe ich Grayer in die Obhut seiner Klavierlehrerin. In der Zwischenzeit habe ich mich für die Halloween-Party in Mr. X' Firma umgezogen: nagelneue Lederhose und geerbte Prada-Pumps. Als ich wieder zurückkomme, erwartet mich ein Bild der Verzweiflung. Vollkommen aufgelöst steht Mrs. X mit einem Fleischermesser und einem Gummisauger bewaffnet in der Diele und versucht, die Kisten aufzustemmen.

»Soll ich den Hausmeister rufen?«, frage ich, als ich mich an ihr vorbeischlängele. »Vielleicht hat er eine Brechstange.«

»Mein Gott, wären Sie so gut?«, keucht sie.

Ich gehe in die Küche und bitte über die Sprechanlage den Hausmeister um Hilfe. Er verspricht, einen Handwerker heraufzuschicken.

»Es kommt gleich jemand. Was ist denn eigentlich da drin, wenn man fragen darf?«

Schnaubend macht sie sich weiter an der Kiste zu schaffen. »Ich habe – uff! – zwei Broadway-Kostüme nachschneidern lassen. Mein Mann und ich – autsch! – gehen als Mufasa und Sarabi, die Eltern vom König der Löwen.« Sie bekommt langsam einen roten Kopf. »Zu dieser albernen Party.«
»Das ist ja toll. Und wo ist Grayer?«, erkundige ich mich vorsichtig.
»Er wartet auf Sie, damit ihr euch verkleiden könnt! Wir müssen uns beeilen – um sechs müssen wir alle umgezogen und abmarschbereit sein.« Wir alle??

Als der Handwerker am Lieferanteneingang läutet, drehe ich mich um und mache mich auf den langen Weg zum Kinderzimmer, wo Grayer sich klugerweise vor seiner Gummisauger schwingenden Mutter versteckt hat. Von bösen Vorahnungen erfüllt, öffne ich die Tür. Und tatsächlich: Auf dem Bett liegt nicht nur eines, nein, auf dem Bett liegen *zwei* Teletubby-Kostüme, dick und rund, wie halb aufgeblasene Luftballons.

Um Gottes willen. Das darf doch wohl nicht wahr sein!

»Nanny, wir passen zusammen!« Wenn ich tatsächlich einen Hang dazu hätte, mich in perverse Kostüme zu zwängen, könnte ich in einer anderen Sparte wesentlich mehr Kohle verdienen.

Seufzend helfe ich Grayer in das gelbe Kostüm. Um ihn abzulenken, rede ich auf ihn ein, er soll sich vorstellen, es wäre ein Schlafanzug mit Füßen, nur runder. Währenddessen läuft Mrs. X wie ein kopfloses Huhn durch die Wohnung. »Haben wir eine Zange? Nanny, wissen Sie, wo die Zange ist? Die Kostüme sind mit Draht in den Kisten befestigt!« Ihre Stimme schwillt an und ab, wie die Sirene eines vorbeifahrenden Feuerwehrautos.

»Ich kann Ihnen leider auch nicht weiterhelfen!«, rufe ich.

Ein dumpfes Poltern.

Wenige Augenblicke später kommt sie ins Kinderzimmer gestürzt. Als afrikanische Lehmhütte verkleidet, einen schiefen Kopfschmuck auf den dunklen Haaren. »Meinen Sie, ich muss mich schminken? Meinen Sie, ich muss mich schminken?«

»Vielleicht etwas Dezentes? Wie wäre es mit dem Lippenstift, den Sie letztens zum Lunch getragen haben?«

»Nein, ich meinte eher so etwas wie... eine Stammesbemalung.« Grayer reißt die Augen auf und starrt seine Mutter fassungslos an.

»Mommy, ist das deine Verkleidung?«

»Mommy ist noch nicht ganz fertig, mein Schatz. Wenn Nanny dich geschminkt hat, soll sie kommen und mir helfen.« Sie läuft wieder hinaus. Mrs. X hat Schminkstifte besorgt, damit ich uns in Inky Blinky und Tiggy Wiggy verwandeln kann, oder wie die Biester heißen. Aber ich habe kaum angefangen, da juckt es Grayer auch schon im Gesicht.

»Laa-Laa, Nanny. Ich bin Laa-Laa.« Er will sich mit den Plüschpfoten die Nase reiben. »Und du bist Tinky Winky.«

»Bitte, Grover. Nichts verschmieren. Ich will dir doch ein Teletubby-Gesicht schminken.«

Die Lehmhütte kommt zurück. »Du großer Gott, der Junge sieht ja furchtbar aus! Was machen Sie denn da?«

»Er verreibt es immer«, erkläre ich.

Sie ist so aufgebracht, dass ihre Strohhalme zittern. »GRAYER ADDISON X, DU LÄSST JETZT DEIN GESICHT IN RUHE!« Und wieder ist sie verschwunden.

Sein kleines Kinn zuckt. Womöglich wird er sich sein ganzes Leben lang nicht mehr ins Gesicht fassen.

»Du siehst total cool aus, Grover«, sage ich leise. »Komm, wir haben es ja gleich geschafft.«

Er nickt und hält mir die Wange hin.

»Heißt es naguma matoto?«, ruft es aus der Diele.

»Hakuna matata«, schallt es aus dem Kinderzimmer im Chor zurück.

»Okay! Danke!«, antwortet Mrs. X. »Hakuna matata, hakuna matata.«

Da klingelt das Telefon in der Diele. Sie bemüht sich, ruhig zu bleiben. »Hallo? Hallo, Darling. Wir sind fast fertig... Aber ich... Wie du meinst, aber ich habe die Kostüme besorgt, die du haben wolltest... Nein, ich... Ja, ich verstehe, ich dachte bloß... Schon gut, ja, wir sind gleich unten...«

Schwere Schritte auf dem Marmorboden, dann schiebt sich der

Kopfschmuck durch die Tür. »Daddy ist ein bisschen aufgehalten worden. Er fährt in zehn Minuten mit dem Wagen vor und holt uns ab, okay? In neun Minuten müssen wir alle unten sein.« Neun Minuten später – ich habe mich inzwischen in das miefige, sperrige Kostüm gequetscht und mein Gesicht mit weißer Farbe eingeschmiert – sammeln wir uns verlegen neben den Kisten – die kleine gelbe Laa-Laa, das große lila Mondkalb und Mrs. X, die einen eleganten Hosenanzug von Jil Sander trägt.

»Ob es für den Nerz zu warm ist?«, fragt sie, während sie meine Kapuze zurechtrückt, damit das lila Dreieck auf meinem Kopf, das so groß ist wie ein Schuhkarton, auch schön gerade steht.

Ohne die zupackende Hilfe der beiden Portiers, die mich tüchtig – und genüsslich – anschieben, hätte ich es niemals in die Limousine geschafft. Ich kraxele auf den Sitz, der Chauffeur lässt den Motor an. Wir fahren los.

»Wo ist meine Karte?«, fragt Grayer.

Vielleicht liegt es an der dicken Neoprenschicht über meinen Ohren, vielleicht ist es aber auch bloß der Schock, auf jeden Fall scheint Grayers Stimme aus weiter Ferne zu mir zu dringen.

»Meine Karte. Wo ist sie? Wo, wo, wo?« Er schaukelt auf dem Ledersitz, den er sich mit mir teilt, hin und her wie ein Stehaufmännchen.

»Nanny!« Bei dem Ton komme ich schnell wieder zu mir. »Grayer, sag Nanny, was du hast.«

Ich beuge mich zu Grayer hinüber. Ich kann nämlich nicht geradeaus sehen, weil mir die lila Kapuze die Sicht versperrt, wenn ich den Kopf drehe. Na, was fehlt uns denn? Unter dem Make-up ist er knallrot angelaufen, und er japst nach Luft. Er kneift die Augen zusammen und brüllt: »NANNY! ICH HABE MEINE KARTE NICHT MIT!« Du liebe Güte.

»Nanny, man muss ihm die Karte immer anstecken.«

»Es tut mir so Leid.« Ich drehe meinen Birnenkörper noch ein Stückchen weiter in seine Richtung. »Entschuldige, Grayer.«

»Meine Karte, meine Karte!«, röhrt Laa-Laa.

»Schluss jetzt«, befiehlt eine tiefe, körperlose Stimme. »Das reicht.« Mister X, wenn ich mich nicht irre.

Die ganze Limousine hält den Atem an. Na, dann wollen wir uns diesen geheimnisvollen Mann, der sich mir – und wohl auch meinen Mitfahrern – zwei Monate lang fast völlig entzogen hat, doch einmal etwas genauer ansehen. Er sitzt mir gegenüber, dunkler Anzug, sündhaft teure Schuhe. Damit erschöpft sich die Beschreibung aber auch schon ziemlich. Er sitzt nämlich hinter dem *Wall Street Journal*. Ansonsten ist von ihm nur noch die glänzende Halbglatze zu sehen, von der Leselampe über seinem Kopf hübsch ausgeleuchtet. Er hat zwar ein Handy unter dem Kinn klemmen, aber bis jetzt nur den aufmerksamen Zuhörer gespielt. »Schluss jetzt« waren seine ersten Worte, seit wir eingestiegen sind beziehungsweise in den Wagen gestopft wurden.

Er ist eindeutig der Geschäftsführer seiner kleinen Familien-GmbH. »Was für eine Karte?«, fragt er, hinter der Zeitung verschanzt. Mrs. X wirft mir einen Blick zu, der keinen Zweifel daran lässt, dass Grayers Anfall in meinen Geschäftsbereich fällt, angesiedelt irgendwo zwischen mittlerer Führungsebene und Reinigungspersonal.

Es bleibt uns nichts anderes übrig, als umzukehren. Die Portiers von Nr. 721 sind nur allzu gern bereit, mir wieder aus dem Wagen zu helfen.

»Am besten bleibt ihr gleich hier stehen, Jungs«, sage ich, als ich endlich wieder aufrecht stehe. »Ich bin in einer Minute zurück.«

Ich fahre mit dem Lift nach oben, durchsuche schwitzend Grayers Zimmer, muss mich neu schminken, finde die Karte im Wäschekorb und mache mich zackig wieder auf den Weg nach unten, falls man bei einem Kloß von »zackig« überhaupt reden kann.

Die Fahrstuhl kommt, die Tür geht auf, und vor mir steht mein Harvard-Prinz.

Ihm klappt die Kinnlade runter.

Ich glaub', ich sterbe.

»Na und? Noch nie ein Halloween-Kostüm gesehen?«, knurre ich und walze mich hoch erhobenen Hauptes hinein.

»Äh, oh, hm. Aber, aber es ist doch erst der 23. Oktober ...«

»Na und?«

»Äh, doch, ja, na klar hab' ich das. Schon mal ein Halloween-Kostüm gesehen, meine ich«, stammelt er.

»Toll. Kriegen Sie eigentlich auch mal eine Antwort zusammen, ohne zu stottern?« Ich will mich wegdrehen, was mir bei meinem Umfang in dem engen Lift nicht ganz gelingen will.

Er schweigt einen Augenblick. »Ich wollte Ihnen übrigens noch sagen, dass es mir Leid tut, was letztens in der Bar abgegangen ist. Wenn die Typen was getrunken haben, können sie echt unausstehlich sein. Ich weiß, das ist keine Entschuldigung, aber na ja, unter alten High-School-Freunden kann so was schon mal vorkommen.«

»Und?«, sage ich zur Wand.

»Und ...« Jetzt hat es ihm wohl endgültig die Sprache verschlagen. »Und Sie sollten mich nicht nach einem einzigen bierseligen Abend beurteilen.«

Ich kreisele wieder in die andere Richtung und sehe ihn an. »Genauer gesagt, nach einem bierseligen Abend, an dem mich ihre alten High-School-Freunde als Nutte beschimpft haben. Ich hänge manchmal auch mit Leuten ab, mit denen ich nicht ganz auf einer Wellenlänge liege, aber irgendwo hat alles seine Grenzen. Falls zum Beispiel jemand vorschlagen würde, den Abend mit einer kleinen Massenvergewaltigung zu krönen, würde ich ihm Kontra geben.«

»Hm.«

»Hm?«

»Dafür, dass Sie sich nicht gern in eine Schublade stecken lassen, finde ich es ziemlich scheinheilig, dass Sie mich allein nach dem Verhalten meiner Bekannten beurteilen.«

»Na, schön.« Ich hole tief Luft und richte mich, so gut es geht, zu voller Größe auf. »Damit keine Missverständnisse aufkommen: Was mir gegen den Strich geht, ist, dass Sie keinen Mucks gesagt haben.«

Er sieht mich an. »Okay, ich hätte die Jungs bremsen müssen. Es tut mir Leid, dass der Abend so ausgeartet ist.« Er streicht sich eine Haarsträhne hinter das Ohr. »Ich würde es gern wieder gutmachen. Was meinen Sie? Ich gehe nachher mit ein paar Studienkollegen aus, ganz andere Typen, wirklich. Hätten Sie nicht Lust mitzukommen?« Der Fahrstuhl geht auf, davor eine elegant gekleidete Frau mit Pudel, die mich empört anstarren, weil sie wegen meines Kostüms nicht mehr hineinpassen. Die Tür gleitet wieder zu. Wenn ich mich breitschlagen lassen will, muss ich mich beeilen. Mir bleiben nur noch zwei Etagen.

»Wie Sie sehen, muss ich zu einer dekadenten Orgie.« Ich deute mit meiner dreifingerigen Hand auf meinen lila Torso. »Aber ich könnte versuchen, um zehn nachzukommen.«

»Klasse! Ich weiß bloß noch nicht genau, wohin wir gehen. Wir dachten ans Chaos oder an The Next Thing, aber bis um elf sind wir auf jeden Fall im Nightingale's.«

»Mal sehen, ob ich es schaffe.« Mal sehen, ob ich ihn überhaupt finde! Wir sind unten, die Tür geht auf, und ich watschele so sexy wie möglich zum Wagen. Als Zugabe gönne ich ihm sogar noch einen verführerischen Hüftschwung.

Ich warte, bis mein Harvard-Prinz um die nächste Ecke verschwunden ist, dann lasse ich mich von den Portiers wieder in die Limousine stopfen. Endlich können wir losfahren. Ich bin ein bisschen schadenfroh, dass Mrs. X sich vorbeugen und Grayer die Karte selbst anstecken muss. Schließlich ist sie im Gegensatz zu mir im Vollbesitz ihrer zehn Finger.

»Darling, ich habe doch noch erfahren, bei wem die Brightmans ihre Safari gebucht haben...« beginnt sie, aber Mr. X zeigt auf das Handy und schüttelt den Kopf. Da öffnet sie ihre Judith-Leiber-Designerhandtasche in Form eines Kürbisses, holt das Startac heraus und fängt ebenfalls an zu telefonieren. Die plüschige, lila-gelbe Seite der Limousine verharrt in längerem Schweigen.

»... ich finde, Ihr Innenausstatter hat ganz ausgezeichnet gearbeitet...«

»... sehen Sie sich doch diese Zahlen an...«

»... und malvenfarben?«

»... zu dem Zinssatz? Ist er wahnsinnig?«

»… Bambus für die Küche!«

»… in den nächsten drei Jahren zehn Milliarden zurückkaufen …«

Ich stupse Grayer mit dem lila Finger in den gelben Bauch. Er stupst mich mit dem gelben Finger in den lila Bauch. Ich kneife ihn in die Filzbacke. Er kneift mich in die Filzbacke.

»So.« Mr. X klappt das Handy zu und fasst mich ins Auge. »Feiert man in Australien auch Halloween?«

»Hm, tja, ich glaube, es gibt da so ein ähnliches Fest, Allerseelen oder so, aber ich weiß nicht, ob sich die Leute auch verkleiden oder ob die Kinder Leute erschrecken und Süßigkeiten sammeln«, antworte ich.

»Darling«, meldet sich Mrs. X zu Wort. »Das ist Nanny. Sie ist C-a-i-t-l-i-n-s Nachfolgerin.«

»Ach ja, aber natürlich. Und Sie studieren Jura?«

»Ich will neben Mommy sitzen«, quengelt Grayer plötzlich.

»Bleib doch bei mir, Grover. Sonst bin ich ja ganz allein«, sage ich und sehe zu Boden.

»Ich will aber neben meiner Mommy sitzen!«

Mrs. X wirf einen Blick auf Mr. X, aber der hat sich wieder hinter seiner Zeitung verschanzt. »Wir wollen doch nicht, dass Mommy deine Schminke auf den Mantel bekommt. Bleib schön bei Nanny, Schätzchen.«

So geht es noch ein paar Mal hin und her, bis Grayer sich schließlich geschlagen gibt. Stumm wie die Fische bringen wir den Rest der Fahrt hinter uns. Unser Ziel liegt am anderen Ende der Stadt. Wir gleiten durch die belebten, engen Straßen von Lower Manhattan und kommen schließlich im Finanzdistrikt heraus. Die ganze Gegend mit den imposanten Wolkenkratzern wirkt wie ausgestorben. Das einzige Zeichen von Leben sind die Limousinen, die wie eine Kolonne von Leichenwagen vor Mr. X' Firma aufgereiht sind.

Mr. und Mrs. X steigen aus und marschieren schnurstracks hinein. Grayer und ich bleiben hilflos zurück. Wir können zusehen, wie wir unsere birnenförmigen Körper allein aus dem Wagen wuchten sollen.

»Nanny, zähl bis drei, dann schieb' ich dich an! Sag drei, Nanny! SAG DREI!«

Da ich mit dem Gesicht fast auf dem Bürgersteig hänge, während er mir die Füße ins Hinterteil stemmt, ist es kein Wunder, dass er mich nicht hört, als ich »Drei!« brülle.

Mit einiger Anstrengung gelingt es mir, den Kopf nach links zu drehen. Grayer hat den Mund an der Fensterritze: »Hast du's gesagt, Nanny? Hast du bis drei gezählt?«

Hinter mir herrscht hektische Aufregung. Das kleine Superhirn legt sich einen Plan zurecht. »Also, ich bin Rabbit... und du... du bist Winnie Puuh... und... *zählst du mit*? Und du hast zu viel Honig gegessen... und jetzt steckst du im Baum fest. Und eins und zwei und drei. DREI, NANNY. AUF DREI!« Wer weiß, was er da hinter meinem Riesengesäß treibt? Womöglich hat er aus Cocktail-Servietten ein Katapult gebaut.

PLUMPS!

»Ich hab's geschafft, Nanny! Ich hab's geschafft!«

Ich rappele mich hoch und nehme seine dreifingerige Hand in meine. Stolz watscheln wir zum Eingang. Mr. und Mrs. X haben freundlicherweise mit dem Fahrstuhl auf uns gewartet. Schon geht es hinauf in den fünfundvierzigsten Stock, zusammen mit einem Ehepaar, dessen Kinder leider nicht mitkommen konnten: »Hausaufgaben.«

Oben angekommen, tut sich ein riesiger Empfangsbereich vor uns auf. Ich komme mir wie in einen Tim-Burton-Film versetzt vor. An den Marmorwänden hängen Fledermäuse und Spinnweben, von der Decke baumeln Luftschlangen, Spinnen und Skelette, und auf den zahlreichen, strategisch platzierten Stehtischen leuchten handgeschnitzte Kürbisse.

Anscheinend hat die Firma jeden arbeitslosen Schauspieler im Großraum New York zur Truppenbetreuung herangekarrt. Frankenstein sitzt am Empfang, Betty Boop reicht Getränke herum, Marilyn Monroe steht vor einer Gruppe von Mitarbeitern und haucht »Happy Birthday, Mr. President« ins Mikrofon. Grayer macht ein etwas ängstliches Gesicht, bis er Garfield entdeckt, der ein Tablett mit Erdnussbutter-und-Gelee-Broten herumträgt.

»Nimm dir eins, Grayer. Greif ruhig zu«, ermuntere ich ihn. Die Handschuhe stören etwas, aber er ergattert trotzdem ein Schnittchen. Nachdenklich kaut er vor sich hin und schmiegt sich immer fester an mein Bein.

Die Aussicht aus der hinteren Fensterfront ist atemberaubend: die Freiheitsstatue, vom Boden bis zur Decke. Offenbar bin ich die Einzige, die den Blick zu würdigen weiß. Aber andererseits – woher will ich das wissen? Außer mir gibt es kaum noch ein anderes Kindermädchen, bei dem das Gesicht zu erkennen ist. Mrs. X' Idee mit der Verkleidung im Partnerlook scheint der letzte Schrei zu sein: das Kind ist ein kleines Schneewittchen, die Nanny ein großer Zwerg; das Kind ist ein kleiner Rattenfänger, die Nanny eine große Ratte. Aber die Teletubbies schießen eindeutig den Vogel ab. Matt lächle ich zwei Tinky Winkys aus Jamaika zu, die auf der anderen Seite des Raumes stehen.

Ein Ehepaar mit einem kleinen Woodstock und einem großen Snoopy im Schlepptau kommt auf uns zu.

»Wie originell, Darling«, sagt die Frau zu Mrs. X oder vielleicht auch zu Grayer.

»Happy Halloween, Jacqueline«, antwortet Mrs. X und begrüßt sie mit einem flüchtigen Kuss auf die Wange.

Jacqueline, die zum schwarzen Armani-Kostüm einen rosa Pillbox-Hut trägt, droht Mr. X neckisch mit dem Zeigefinger: »Darling, Sie sind ja gar nicht verkleidet, Sie böser Junge, Sie!« Ihr eigener Gatte trägt eine Kapitänsmütze zum Nadelstreifenanzug.

»Ich gehe als Anwalt«, sagt Mr. X. »In Wahrheit bin ich Investment-Banker.«

Jacqueline kichert. »Sie sind mir aber ein Scherzbold!« Sie wirft einen Blick auf Laa-Laa und Woodstock. »Na, ihr Herzchen? Wollt ihr nicht ein bisschen spielen gehen? Es gibt hier eine ganz fantastische Spielecke!« Meine Kollegin Snoopy scheint unter dem Gewicht des Riesenkopfes, den sie aufgesetzt hat, fast in die Knie zu gehen. »Dieses Jahr wird die Party von einer sehr viel besseren Firma ausgerichtet. Es sind dieselben Leute, die auch bei Blackstone das Fest zum Unabhängigkeitstag organisiert haben: Bungee-Springen und Cocktails.«

»Das muss ja wirklich ein Ereignis gewesen sein. Mitzi Newmann ist regelrecht bungeesüchtig geworden. Sie hat sich in Connecticut extra eine Brücke bauen lassen, damit sie auch mal in der Freizeit springen kann. Nun lauf schon zu, Grayer.« Er steht da und beäugt misstrauisch die Gruseldekoration. Er macht nicht unbedingt den Eindruck, als ob er sich von seinen Eltern trennen möchte.

»Geh spielen, Sohn. Wenn du brav bist, zeige ich dir auch nachher das Kasino«, sagt Mr. X. Grayer sieht mich fragend an.

»Wo Daddy mittags essen geht«, erkläre ich. Ich nehme ihn an der Hand, und wir folgen dem Peanuts-Team zur Kinderecke, die mit einem kleinen Gartenzaun vom Rest des Raumes abgetrennt ist. Eine Barbie-Puppe hält uns das Tor auf. »Gute Idee«, sage ich zu ihr. »Erwachsene müssen draußen bleiben.«

Das ganze Kindergehege ist mit Spiel-, Mal- und Basteltischen zugestellt. Außerdem werden verschiedene Aktivitäten angeboten, die komischerweise alle etwas mit Werfen zu tun haben. (Eine ziemlich krasse Fehlkalkulation, denke ich noch, als auch schon der erste kleine Big Bird von einem Ball getroffen zu Boden geht.) Für Erwachsene gibt es hier natürlich nichts zu trinken, also greife ich zur Selbsthilfe, als ein Tablett am Zaun vorbeigetragen wird, und angle mir einen Muntermacher. Gelegentlich beehren uns sogar ein paar Mütter oder Väter, die ihr Kind im Stil eines Oberkellners fragen, ob auch alles zu seiner Zufriedenheit ist. Dann sondern sie noch ein Lob ab: »Ein Marshmallow-Gespenst. Uhh, wie gruselig!«, und setzen ihr Gespräch an der Stelle fort, wo sie unterbrochen wurden: »Sie können sich überhaupt nicht vorstellen, was uns die Renovierung gekostet hat – Unsummen. Aber Bill musste ja unbedingt ein Heimkino haben.« Sie zucken die Achseln, verdrehen die Augen und schütteln den Kopf.

Mrs. X kommt mit Sally Kirkpatrick vorbei, einer Frau, die ich aus Grayers Schwimmkurs kenne. Sie möchte gern zusehen, wie ihr Dreikäse-Batman seinen Gegner beim Ringewerfen vernichtet. Mrs. X sieht mich nicht kommen, als ich von hinten auf sie zugehe, um sie zu fragen, wann Grayer ins Bett muss.

»Deine neue Nanny ist wirklich gut, wenn es darum geht, Grayer ins Wasser zu kriegen«, sagt Mrs. Kirkpatrick.

»Danke. Ich würde ja selbst mit ihm zum Schwimmen gehen, aber dienstags helfe ich immer beim Elternverband aus. Freitags hat Grayer Eislaufen, donnerstags Französisch und mittwochs Sport. Bei dem vollen Programm brauche ich wirklich einen Tag in der Woche für mich selbst.«

»Wem sagst du das? Man kommt zu nichts. Ich sitze zurzeit in vier verschiedenen Wohltätigkeitskomitees. Apropos, kann ich euch für einen Tisch bei der Brustkrebsgala vormerken?«

»Aber natürlich.«

»Und was ist aus Caitlin geworden? Deine Neue scheint nichts Genaueres zu wissen.«

»Sally, es war ein Albtraum. Ich kann nur von Glück sagen, dass ich Nanny so schnell gefunden habe! Mit Caitlin war ich eigentlich nie ganz zufrieden. Aber was will man machen? Man fügt sich ins Unvermeidliche. Na, jedenfalls hat Caitlin es tatsächlich gewagt, mich zu bitten, ihr Ende August eine Woche Urlaub zu geben. Dabei hatte sie doch erst im Januar zwei Wochen frei, als wir in Aspen waren.«

»Nicht zu fassen!«

»Ich kam mir nach Strich und Faden ausgenutzt vor …«

»Ryan, nicht schummeln! Der Reifen gehört Iolanthe«, ruft Sally ihrem Batman zu.

»Ich wusste wirklich nicht mehr aus noch ein«, fährt Mrs. X fort und stärkt sich mit einem Schlückchen Perrier.

»Und da hast du sie entlassen?«, fragt Sally gespannt.

»Zuerst habe ich einen professionellen Problemberater konsultiert.«

»Und an wen hast du dich da gewandt?«

»An Brian Swift.«

»Der genießt ja einen ganz ausgezeichneten Ruf.«

»Er war fantastisch. Er hat mir die Augen geöffnet und mir erklärt, dass Caitlin meine Autorität als Herrin des Hauses in Frage gestellt hat. Und um ihr das unmissverständlich klar zu machen, musste ich sie entlassen.«

»Genial. Du musst mir unbedingt seine Telefonnummer geben. Was meinst du, was für Probleme ich mit Rosarita habe? Kürzlich habe ich sie gebeten, nach Midtown zu fahren und einige Einkäufe für mich zu erledigen, während Ryan Eishockeyunterricht hatte. Aber sie wollte nicht! Sie meinte, womöglich wäre sie nicht rechtzeitig wieder zurück, um ihn abzuholen. Also wirklich. Als ob ich nicht wüsste, wie lange man für die Besorgungen braucht!«

»Unfassbar. Aber auf unsere Kosten Däumchen drehen, wenn die Kinder Unterricht haben. Diese Nannys sind unmöglich.«

»Und sonst?«, fragt Sally. »Habt ihr alle Vorstellungsgespräche hinter euch?«

»Am Dienstag haben wir einen Termin im Collegiate, aber ich habe mich noch nicht ganz entschieden, ob ich ihn wirklich auf der West Side in die Schule schicken will«, sagt Mrs. X und schüttelt den Kopf.

»Aber es ist wirklich eine hervorragende Schule. Wir wären froh und glücklich, wenn Ryan im Collegiate einen Platz bekommen würde. Vielleicht hilft es ja, dass er Geige spielt.«

»Grayer lernt Klavier. Fällt denn das Musizieren bei der Auswahl ins Gewicht?«, fragt Mrs. X.

»Es kommt auf das Niveau an. Ryan nimmt schon regional an Wettbewerben teil.«

»Ach. Wie schön für euch.«

Da ich inzwischen zwei Gläser Wodka-Tonic intus habe und befürchten muss, Mrs. X gegenüber vielleicht nicht ganz die richtigen Worte zu treffen, geselle ich mich lieber wieder zu Grayer, der ausgelassen mit Reissäckchen um sich wirft. Kurz entschlossen greife ich mir noch einen Drink und gönne mir einen Blick auf die Erwachsenen hinter dem Zaun. Die Männer sind groß, die Frauen sind schlank, und alle tragen Schwarz. Mit der linken Hand stützen sie den rechten Ellbogen, damit sie beim Reden elegante Bewegungen mit ihrem Glas vollführen können. Die Kerzen in den Kürbissen sind fast heruntergebrannt, Banker und Bankersgattinnen werfen lange Schatten an die Wand. Ich komme mir fast so vor, als ob ich von der Addams Family umgeben bin.

Die Hitze und der Alkohol haben mich ein wenig benommen gemacht, und ich würde mich gern hinsetzen, aber mit meinem ausladenden lila Gesäß passe ich auf kein Kinderstühlchen. Also hocke ich mich einfach auf den Boden, neben den Tisch, auf dem Grayer jetzt kleine Kuchen dekoriert, um seinem Wurfarm etwas Erholung zu gönnen. Mitten in dem lauten Gewühl und Gewusel fabriziert er ein süßes Meisterwerk nach dem anderen. Ich lehne den Kopf an die Wand und sehe stolz zu, wie er sich gezielt Zuckerstreusel und Silberkügelchen aussucht, während die anderen Kinder darauf warten, dass ihnen ihre Nanny die Verzierungen heranreicht, wie eine Operationsschwester bei einem Eingriff am offenen Herzen.

Irgendwann wacht Grayer aus dem Deko-Delirium wieder auf. Er sitzt da und starrt mit glasigen Augen vor sich hin, die klebrigen Hände von sich gestreckt. Er hat Schweißperlen im Gesicht. In seinem Kostüm muss er vor Hitze fast vergehen. Ich krabble auf allen vieren zu ihm rüber und flüstere ihm zu: »Na, Spatz? Willst du nicht mal eine Pause machen? Komm mal ein bisschen her zu mir.« Er lässt die Stirn auf den Tisch sinken, haarscharf neben seinen letzten Kuchen.

»Komm mit, Grover.« Ich hebe ihn vom Stuhl und rutsche auf den Knien mit ihm zur Wand zurück. Ich nehme ihm die Kapuze ab und wische ihm mit einer Serviette das zerfließende Make-up vom Gesicht und die Glasur von den Händen.

»Ich muss doch noch nach Äpfeln tauchen«, murmelt er, als ich seinen Kopf auf meinen Schoß bette.

»Gleich, aber jetzt machst du erst mal ein paar Minuten die Augen zu.«

Ich trinke einen Schluck und fächle uns mit einem Prospekt, den ich unter einem Aktenschrank gefunden habe, Luft zu. So ist die Party doch schon etwas erträglicher. Grayer wird schwerer und schwerer und döst schließlich weg. Ich schließe die Augen und versuche mir vorzustellen, dass ich in diesen Räumen an einer wichtigen geschäftlichen Besprechung teilnehme, aber das Einzige, was ich vor meinem inneren Auge sehen kann, ist, wie ich in meiner Tinky-Winky-Verkleidung eine Vorstandssitzung leite.

Offenbar nicke ich ebenfalls ein, denn ich fange an, von Mrs. X zu träumen. Sie trägt ein Laa-Laa-Kostüm aus Nerz und will die Kumpel meines Harvard-Prinzen wegen der Geschichte in der Bar zur Rede stellen, weil sie über das »Ausleben von Gefühlen und das Ausloten von Grenzen« so gut Bescheid weiß. Dann kommt auch noch Mr. X angetänzelt, begleitet vom Halloween-Hit »Monster Mash«. Er nimmt seinen Kopf ab, und darunter kommt mein Harvard-Prinz zum Vorschein, der mich bittet, mit ihm aufs Klo zu gehen. Schlagartig bin ich hellwach.

»Nanny, ich muss mal.« »Monster Mash« dröhnt durch den Raum. Unter den Spinnweben an der Wand erspähe ich eine Uhr. Halb zehn schon, so ein Mist. Okay, jetzt heißt es rechnen: zwanzig Minuten Fahrt mit dem Auto, zehn Minuten, um aus dem Kostüm rauszukommen, und noch mal zwanzig Minuten bis ins Nightingale's. Das heißt, ich müsste es schaffen.

»Also los! Sehen wir mal zu, ob wir irgendwo ein Klo finden. Und dann: ab nach Hause.«

Grayer lässt sich Zeit. »Nicht so schnell, Nanny.« Ich schlinge ihn mir über die lila Schulter und bahne mir einen Weg über das mit im Zuckergusskoma liegenden Opfern übersäte Schlachtfeld.

»Achtung, wir haben's eilig! Wissen Sie, wo das Klo ist?«, frage ich eine winzige Inderin in einem Barney-Geröllheimer-Kostüm, die alle Hände voll damit zu tun hat, einen noch winzigeren Barney Geröllheimer zu trösten, der herzzerreißend schluchzt, weil er beim Würstchenspringen nichts abbekommen hat. Sie zeigt hinter sich, auf eine endlose Schlange, die schon um die nächste Ecke reicht. Ich halte nach einer einsamen Grünpflanze Ausschau und bereite eine kleine Notlüge vor: »Stell dir einfach vor, du bist auf dem Spielplatz.«

Grayer zeigt in die entgegengesetzte Richtung. »Das Klo ist da hinten. Im Büro von meinem Daddy.«

Ich lasse ihn wieder runter und sage ihm, er soll mir den Weg zeigen. Er soll so schnell laufen, als ob ihn jemand fangen will. Grayer hält sich die Blase und sprintet los, den menschenleeren Korridor hinunter. Hier ist es dunkler und stiller als im Empfangsbereich, wo noch die Party tobt. Ich muss mich sputen, wenn ich ihn nicht aus den Augen verlieren will. Irgendwann bleibt er vor einer Tür stehen, und ich hole ihn ein beziehungsweise ich pralle buchstäblich auf ihn drauf, denn er ist wie angewurzelt stehen geblieben.

»Hallo, wen haben wir denn da? Du bist Grayer, nicht wahr?« Aus dem Büro kommt eine Frauenstimme. Damit haben wir beide nicht gerechnet. Während Mr. X schnell eine Lampe anknipst, tritt sie hinter seinem Schreibtisch hervor: schwarze Netzstrümpfe, knappes Trikot, eine Melone auf dem Kopf. Ich erkenne sie sofort. »Hallo, Nanny«, sagt sie und bändigt ihre rote Mähne.

Grayer und ich sind sprachlos.

Mr. X kommt auf uns zu. Er rückt sich den Anzug zurecht und wischt sich verstohlen den Lippenstift vom Mund. »Grayer, sag guten Abend.«

»Du hast aber ein schönes Kostüm«, sagt sie munter, bevor Grayer den Mund aufmachen kann. »Ich habe mich als ›Chicago‹ verkleidet, das ist nämlich unser größter Absatzmarkt.«

»Sie hat keine Hose an«, sagt er leise und zeigt auf ihre Beine.

Ohne irgendeinen der Anwesenden eines Blickes zu würdigen, nimmt Mr. X seinen Sohn auf den Arm, verkündet: »Es wird Zeit, dass du ins Bett kommst, Kollege. Wir gehen jetzt deine Mutter suchen«, und stürmt zurück auf die Party.

»Wir haben die Toilette gesucht. Grayer muss mal«, rufe ich ihm nach, aber er sieht sich nicht mehr um. Ms. Chicago ist bereits an mir vorbei zur Tür hinaus und stöckelt in die andere Richtung davon.

Mist.

Ich setze mich auf die Ledercouch und schlage die Hände vors Gesicht.

Ich will nichts davon wissen. Ich will nichts davon wissen. Ich will nichts davon wissen.

Zum Glück steht vor mir auf dem Couchtisch ein Tablett mit eiskaltem Wodka.

Ein Gutes hat die Sache immerhin: Schon wenige Minuten später sitzen wir in der Limousine und rasen Richtung Norden.

Grayer schläft tief und fest, den Kopf auf meinem Schoß. Vermutlich wird es auf dem Sitz eine Pfütze geben, wenn wir aussteigen, aber das soll mir egal sein. Wir haben schließlich beide rechtzeitig Bescheid gesagt.

Mr. X lehnt den Kopf an das Lederpolster und schließt die Augen. Ich lasse die Scheibe einen Spaltbreit herunter und genieße die frische Luft, die vom East River herüberkommt. Ich bin leicht beschwipst – vorsichtig ausgedrückt.

Wie aus weiter Ferne dringt das Geplapper von Mrs. X an mein Ohr. »Ich habe mich mit Ryans Mutter unterhalten, und sie sagt, Collegiate ist eine der besten Schulen im Land. Ich rufe gleich morgen an und mache für Grayer einen Termin aus. Ach ja, und dann hat sie mir noch erzählt, dass sie für den Sommer ein Haus in Nantucket gemietet haben. Anscheinend verbringen Wallington und Susan schon seit vier Jahren den Sommer dort, und Sally sagt, es ist eine schöne Abwechslung von den Hamptons. Auch für die Kinder, damit sie einmal etwas anderes erleben. Und Caroline Horner besitzt ein Haus da oben. Sally sagt, Bens Bruder ist den Sommer über in Paris, das heißt, du könntest seine Mitgliedschaft im Tennisclub übernehmen. Nanny könnte auch mitkommen. Wäre das nichts für Sie, Nanny? Ein paar Wochen Sommerurlaub am Meer? Man kann sich dort wunderbar erholen.«

Als mein Name fällt, werde ich halbwegs munter, und ehe ich's mich versehe, habe ich ihr Angebot mit Begeisterung angenommen.

»*Wunderbar*. Erholung und Spaß. SPASS. Ich kann es kaum erwarten!« Ich versuche, mit meiner dreifingerigen lila Hand das Okayzeichen zu machen. Was für ein Bild: Ich, das Meer, mein Harvard-Prinz. »Nantucket, ich komme! Sonne, Sand und Wellen. Was will man mehr? *Ich ... bin ... dabei*!« Mrs. X wirft ihrem schnarchenden Göttergatten einen fragenden Blick zu.

»Gut.« Sie kuschelt sich tiefer in ihren Nerz. Draußen gleitet die Stadt am Fenster vorbei. »Das wäre also abgemacht. Dann rufe ich morgen den Makler an.«

Eine halbe Stunde später rase ich im Taxi denselben Weg wieder zurück. Unterwegs vergewissere ich mich noch rasch im Taschenspiegel, dass ich auch wirklich keine Schminke mehr im Gesicht habe. Ich beuge mich vor und werfe einen Blick auf die Uhr. Grün leuchtet es mir entgegen: 10:24. Gib Gas, gib Gas, gib Gas.

Mein Herz hämmert, das Adrenalin schärft meine Sinne; ich spüre jedes Schlagloch und rieche noch die Zigarette des letzten Fahrgastes. Ich stehe total unter Strom. Was für eine Nacht aber auch: Halloween unter Bankern, Wodka und Tinky Winky, die Aussicht auf ein Rendezvous mit meinem Harvard-Prinzen. Knallenge Lederhose, Spitzentanga, Prada-Pumps. Ich bin wild entschlossen, keine Frage. Was auch immer ich für Vorbehalte hatte, ob politischer, moralischer oder sonstiger Natur, sie sind wie weggeblasen.

Das Taxi hält an der 13ten Straße, in einem besonders heruntergekommenen Abschnitt der Second Avenue. Ich drücke dem Fahrer zwölf Dollar in die Hand und marschiere hinein. Nightingale's gehört genau zu der Sorte Bar, in die ich seit der Highschool keinen Fuß mehr hineingesetzt habe. Bier in Plastikbechern und betrunkene Kerle, die mit Dartpfeilen bewaffnet sind und es einem fast unmöglich machen, sich mit heiler Haut bis zur Toilette durchzuschlagen, wo es dann auch schon fast egal ist, dass die Tür natürlich nicht schließt. Das reinste Dreckloch.

Mehr als zwei Sekunden brauche ich nicht, um zu erkennen, dass ich meinen Harvard-Prinzen hier nicht finden werde. Denk nach, Kind. Denk nach. Als Erstes wollten sie ins Chaos. »Taxi!«

Am West Broadway springe ich aus dem Wagen und reihe mich in die Schlange derer ein, die auf Einlass warten. Zusammen mit einer Clique spärlich bekleideter Mädchen werde ich durchgewinkt, während sich ein Trupp wütender Typen mit einem der Türsteher anlegt.

»Haste Papiere?«

Ich knipse die Handtasche auf und lasse den Gorilla erst mal ein Trinkpäckchen, ein Spielzeugauto und eine Packung Feuchttücher halten, bevor ich zu meiner Brieftasche vordringe.

»Macht 'nen Zwanziger.« Gut. Gut! Zwei Stunden als Teletubby, aber das ist es mir wert. Über eine dunkle Treppe geht es nach oben. Die Schwarzweißfotos an den Wänden, nackte Frauen mit

Tigerlilien, würden eher in einen Jazzclub passen. Das Hämmern der House-Bässe grenzt an akustische Vergewaltigung. Während ich von den Vibrationen geradezu vorwärts geschubst werde, muss ich an eine Szene aus einem Zeichentrickfilm denken, in der Tom so laut Musik macht, dass der kleine Jerry glatt aus seinem Streichholzschachtelbettchen geschleudert wird.

Ich wühle mich durchs Gedränge und halte die Augen offen, aber wonach? Braune Haare, Harvard-T-Shirt? Das Publikum besteht aus Touristen, NYU-Studenten aus Utah und Schwulen – die Verheirateten mit Stirnglatze aus Staten Island. Eingekleidet haben sie sich offenbar alle in der 8en Straße. Nicht gerade eine Augenweide. Ich habe das Gefühl, als ob das Stroboskop sie extra für mich aus dem Dunkeln herauspickt, wie bei einer ganz privaten Diashow: Hässlicher Typ, hässlicher Typ, hässlicher Typ.

Ich kämpfe mich bis auf die Tanzfläche vor, was mich teuer zu stehen kommt. Die Menge ist nicht nur unattraktiv, sie ist auch ausgesprochen ungelenkig. Aber begeistert bei der Sache. Ungelenkigkeit und Begeisterung – eine tödliche Mischung.

Ich schlüpfe vorsichtig zwischen den schlenkernden Gliedern hindurch und halte auf die Bar zu. Dabei achte ich darauf, immer in Bewegung zu bleiben, da man »unwillkommene Annäherungsversuche« nur auf sich zieht, wenn man stehen bleibt oder sich sogar zum Tanzen hinreißen lässt. Dann dauert es höchstens ein paar Sekunden, bis sich ein unbekanntes Becken an einen presst.

»Einen Martini ohne alles, keine Olive.« Ich brauche einen kleinen Muntermacher, sonst mache ich schlapp.

»Martini? Der hat's aber ganz schön in sich, was?« Großer Gott, mein ganz spezieller Freund, Mr. Jones. Hat mein Harvard-Prinz nicht gesagt, dass er heute mit seinen Studienkollegen ausgeht?

»Schmeckt's? Ist das Ihr Lieblingsdrink?«

»WIE BITTE? ICH KANN SIE NICHT VERSTEHEN!«, trompete ich zurück, während ich hinter seiner weißen Mütze nach meinem Harvard-Prinzen Ausschau halte.

»MARTINI! HAT'S IN SICH!« Tja.

»KEIN WORT! LEIDER!« Ich kann ihn nirgendwo entdecken,

was wohl bedeutet, dass ich Mr. Martini an unseren gemeinsamen Abend bei Dorrian's erinnern muss.

»HAT'S IN SICH!!!« Aber ja doch. Red' du nur.

»WIR HABEN UNS LETZTENS BEI DORRIAN'S KENNEN GELERNT. ICH SUCHE IHREN FREUND!«

»ACH JA, DIE NANNY!« Genau, die Nanny.

»IST ER HIER?«, brülle ich.

»DIE NANNY.«

»JA, ICH SUCHE IHREN FREUND! IST ... ER ... HIER?«

»JETZT NICHT MEHR, ABER ER WAR HIER. MIT SEINEN *KOMMILITONEN*, EIN HAUFEN KÜNSTLERTYPEN. DIE WOLLTEN ZU 'NER DICHTERLESUNG IN EINER GALERIE ODER SO.«

»THE NEXT THING?«, röhre ich ihm ins Ohr. Hoffentlich wird er für immer taub.

»JA, GENAU. EIN HAUFEN SCHWUCHTELN IN SCHWARZEN ROLLKRAGENPULLOVERN, DIE IMPORTIERTEN KAFFEE SAUFEN ...«

»DANKE!« Nichts wie weg hier.

Als ich draußen in der Kälte stehe, bin ich sehr erleichtert, dass mich der Türsteher wieder durch die Absperrung gelassen hat. Ich zücke meine Brieftasche und mache Inventur. Okay, zu Fuß würde ich es in zehn Minuten schaffen und könnte mir die Kohle für das Taxi sparen, aber diese Schuhe sind ...

»Hallo?« Ich drehe mich um, und wen sehe ich? Mich! Ich sitze im Flanellschlafanzug auf Charlenes Futon, habe George auf dem Schoß und schaue mir im Fernsehen einen Lehrfilm an. »Hallo? Kann ich mal ein Wörtchen mit dir reden? Du bist heute Morgen um halb sechs aufgestanden. Hast du überhaupt eine anständige Mahlzeit in den Magen gekriegt? Wann hast du das letzte Mal ein Glas Wasser getrunken? Und deine Füße bringen dich um.«

»Na und?«, frage ich mich selbst, während ich die Spring Street hinunterkrauche.

»Du bist müde, du bist blau, und besonders umwerfend siehst du auch nicht mehr aus. Nichts für ungut. Geh nach Hause. Selbst wenn du ihn findest ...«

»Hör mal zu, du Flanellmaus, du Couchhocker, du Katzenkrauler. Du NIETE. Du bist zu Hause, aber du bist auch allein. Ich weiß, wie das ist. Du hast schon Recht, mir tun die Füße höllisch weh, die Lederhose schnürt mir die Luft ab, und der Tanga kneift in der Poritze – aber ich habe mir dieses Date verdient! Dieses Date muss stattfinden, und warum? Weil ich immer noch Schminke hinter den Ohren habe, darum. Ich habe schwer genug dafür geschuftet! Stell dir doch mal vor, ich sehe ihn nie mehr wieder. Stell dir vor, er sieht mich nicht wieder. Na klar wäre ich gern zu Hause, na klar würde ich gern auf der Couch hocken, aber zuerst muss ich ihn abschleppen. Fernsehen kann ich noch bis ans Ende meiner Tage!«

»Ach, ich hätte nicht gedacht, dass du dafür noch in Stimmung...«

»Darum geht es doch gar nicht! Dafür ist es heute wirklich schon zu spät. Danach steht mir echt nicht der Sinn. Aber ich will, dass ihm die Spucke wegbleibt. Er muss mich in der Lederhose sehen. Es geht auf gar keinen Fall, dass er heute Nacht ins Bett geht und mich, wenn er die Augen zumacht, in einem riesigen lila Teletubby-Kostüm vor sich sieht! Das kann ich nicht zulassen. Gute Nacht.«

Mit wilder Entschlossenheit biege ich in die Mercer Street ein und steuere auf den Türsteher zu. Eine Kunstgalerie mit Türsteher, wo gibt's denn so was?

»Sorry, Lady. Geschlossene Gesellschaft.«

»Aber... Aber... Aber ich...« Mehr kriege ich nicht raus.

»Sorry, Lady.« Und das war's auch schon.

»Taxi.« Ich schwatze dem Fahrer eine Zigarette ab und atme erst einmal tief durch. Die Stadt rauscht im Rückwärtslauf an mir vorüber. In späteren Jahren werden solche Taxifahrten wohl die prägende Erinnerung an meine Jugend sein, davon bin ich überzeugt.

Ist doch wahr. Musste der Kerl denn durch die ganze Stadt streunen, wenn er mich wirklich sehen wollte?

Ich schnipse die Asche aus dem Fenster. Das ist mal wieder das Kalte-Büfett-Syndrom. Für die Boys aus New York City gilt die Devise: Nimm, so viel du kriegen kannst. Warum sich auf eine

Kneipe festlegen, wenn vielleicht schon in der nächsten viel mehr los ist? Warum sich mit einer Frau begnügen, wenn jeden Augenblick ein besseres/größeres/dünneres Weib durch die Tür spazieren könnte?

Um sich nicht entscheiden zu müssen, haben diese Jungs das Chaos zum obersten Gebot erhoben. Sie lassen sich treiben und hoffen auf ihr Glück, meistens nach dem Motto: »Mal sehen, was kommt.« Und in Manhattan kann es einem tatsächlich passieren, dass man morgens um vier noch mit Kate Moss abfeiert.

Wenn das Glück und der Zufall es so wollen, dass ich ihm an drei Wochenenden hintereinander über den Weg laufe, könnte es mit uns etwas werden. Aber die Liebe der Kerle zur Anarchie hat einen Haken. Wer »zufällig« in eine Beziehung mit ihnen hineinstolpert, muss zum Planer werden – sonst tut sich nämlich überhaupt nichts mehr. Statt Freundin sind wir Mutter, Reiseleiterin – oder Kindermädchen. Und von da an geht's bergab. Von meinem Harvard-Prinzen, der sich nicht mal einen Abend lang auf einen Club festlegen kann, ist es nicht mehr weit bis zu Mr. X, der immer zu spät, zu früh oder gar nicht kommt.

Ich ziehe an der geschnorrten Zigarette und denke an *König-der-Löwen*-Kostüme, Netzstrümpfe und Lederhosen, an die vielen Stunden sorgfältiger Planung, die dieser Abend gekostet hat. Der Fahrer biegt in die 93ste Straße ein, und ich fische nach meinem letzten zerknitterten Zwanziger. Das Taxi fährt weiter, und plötzlich kommt mir die Stadt sehr still vor. Ich bleibe noch einen Augenblick auf dem Bürgersteig stehen – die Luft ist bitterkalt, aber sie tut mir gut. Ich hocke mich auf die Treppe und sehe zu den fernen Lichtern in Queens hinüber, die mir über den East River hinweg zuzwinkern. Schade, dass ich keine Zigarette mehr habe.

Ich gehe nach oben, knöpfe die Hose auf, ziehe die Schuhe aus, trinke ein Glas Wasser, schnappe mir den Schlafanzug und George. Zur gleichen Zeit sitzt Mrs. X hellwach im Sessel vor dem beigefarbenen Ehebett und sieht zu, wie sich bei jedem Schnarchen ihres Mannes die Decke hebt und senkt, während irgendwo anders in diesem Großstadtdschungel Ms. Chicago langsam ihre Netzstrümpfe hinunterrollt und allein schlafen geht.

Zweiter Teil

WINTER

VIERTES KAPITEL
Festtagsstimmung
für 10 Dollar die Stunde

»Ooooooooooh Ich hab' meine Nanny so lieb ... Sie ist meine beste Freundin.«

Eloise

Ich drehe den Schlüssel und will die schwere Apartmenttür aufdrücken, aber sie schwingt nur einen Fußbreit zurück.
»Hoppla«, sage ich.
»Hoppla«, sagt Grayer.
»Die Tür klemmt.« Ich strecke den Arm durch den Spalt, um das unbekannte Hindernis zu ertasten.
»MOM-MY! WIR KRIEGEN DIE TÜR NICHT AUF!!!« Grayer weiß sich selbst zu helfen.
Mrs. X kommt auf Strümpfen angetapst. »Ja, Grayer. Mommy ist schon da. Ich musste nur kurz die Geschenke abstellen.« Die Tür geht auf, und sie steht vor uns, bis zu den Knien in einem Meer aus Einkaufstüten. Die ganze Diele ist voll – Gucci, Ferragamo, Chanel, Hermès, das typische Weihnachtspapier von Bergdorf. Unter dem Arm hat Mrs. X ein großes blaues Paket von Tiffany. Das war es wohl, was die Tür blockiert hat. Unsere Begrüßung fällt folgendermaßen aus: »Es ist doch wirklich nicht zu fassen, dass es tatsächlich Leute gibt, die sich in dieser Jahreszeit verloben! Als ob man nicht auch so genug zu tun hätte. Ich musste extra zu Tiffany fahren, um ein silbernes Serviertablett zu kaufen. Hätten sie nicht anstandshalber bis Januar warten können? Das ist doch schon nächsten Monat. Es tut mir so Leid, Grayer, dass ich es nicht zu deiner Weihnachtsfeier geschafft habe. Aber dafür war ja Nanny dabei. Hattet ihr einen schönen Vormittag?«

Ich stelle meinen Rucksack in den Garderobenschrank und schlüpfe aus den Stiefeln, bevor ich mich vor Grayer hinhocke, um ihm aus der Jacke zu helfen. Vorsichtig hält er den Christbaumschmuck, an dem er gerade drei Stunden gearbeitet hat, beim vorweihnachtlichen »Familienbasteln« in der Vorschule, das heißt, im Kreise seiner Klassenkameraden und ihrer Nannys. Er lässt sich auf den Boden plumpsen, damit ich ihm die nassen Stiefel ausziehen kann.

»Grayer hat ein richtiges Meisterwerk gebastelt«, sage ich zu Mrs. X. »Mit Styropor und Glitter ist er der Größte.« Ich stelle seine Stiefel auf die Fußmatte.

»Das ist ein Schneemann. Er heißt Al. Er ist erkältet, deshalb muss er immer Vitamin-C-Tabletten nehmen.« Grayer könnte nicht stolzer klingen, wenn sein Styroporfreund in die Letterman-Show eingeladen worden wäre.

»Aha.« Sie nickt und stützt das schwere Tiffany-Paket auf der Hüfte ab.

»Vielleicht findest du irgendwo ein schönes Plätzchen, wo du Al aufhängen kannst«, sage ich und ziehe Grayer hoch. Er trägt den Schneemann ins Wohnzimmer, so behutsam, als ob er ein Fabergé-Ei in der Hand hält.

Ich stehe auf, klopfe mich ab und erstatte Mrs. X Bericht.

»Sie hätten ihn heute Morgen sehen sollen. Er war richtig in seinem Element! Der Glitter hatte es ihm angetan. Und er hat sich beim Basteln wirklich Zeit gelassen. Sie kennen doch Giselle Rutherford?«

»Jacqueline Rutherfords Tochter? Ach, ihre Mutter ist einfach unerträglich. Als sie mit dem Pausendienst an der Reihe war, hat sie einen Koch engagiert und in der Musikecke eine Omelettbar aufbauen lassen. Nicht zu fassen. Dabei soll man das Essen fertig zubereitet mitbringen. Erzählen Sie, erzählen Sie.«

»Es war so. Die kleine Miss Giselle wollte unbedingt, dass sich Grayer mit dem Schneemann an ihre Farbvorstellungen hält. Weil sie dieses Jahr Weihnachten in South Beach verbringt, sollte alles orange sein.«

»Mein Gott, wie kitschig.« Sie verdreht die Augen.

»Sie hat Grayer den Schneemann aus der Hand gerissen, und er ist mitten in ihrem Glitter gelandet. Ich dachte schon, Grayer würde ausrasten, aber er hat mich nur angesehen und gesagt, die orangefarbenen Krümel wären von den Vitamin-C-Tabletten, die Al nehmen muss, weil er erkältet ist!«

»Ich glaube, er hat einfach Sinn für Farben.« Sie bückt sich und fängt an, ihre Tüten zu ordnen. »Und was macht das Studium?«

»Ich bin im Endspurt. Gott sei Dank, dass ich bald alles hinter mir habe.«

Sie richtet sich stöhnend auf. »Ja, ich bin völlig erschöpft. Die Geschenkeliste scheint von Jahr zu Jahr länger zu werden. Mr. X hat so eine große Familie, so viele Kollegen. Und heute ist schon der Sechste. Ich kann es kaum erwarten, auf die Bahamas zu kommen. Wenn wir nur schon da wären. Ich bin mit meinen Kräften am Ende.« Sie hebt die Tüten hoch. »Bis wann haben Sie Ferien?«

»Bis zum sechsundzwanzigsten Januar«, sage ich. Nur noch zwei Wochen, dann habe ich einen ganzen Monat Urlaub – von der Uni und von Ihnen.

»An Ihrer Stelle würde ich im Januar nach Europa fliegen. Solange Sie noch studieren, solange für Sie der Ernst des Lebens noch nicht begonnen hat.«

Aha! Könnte das vielleicht heißen, dass mein Weihnachtsgeld für ein Ticket nach Europa reicht? Sechs Stunden in einem Teletubby-Kostüm sagen mir, ich bin es wert.

Sie fährt fort: »Paris im Schnee, das müssen Sie gesehen haben. Es gibt nichts Hinreißenderes.«

»Außer Grayer natürlich«, sage ich und lache. In ihrem Büro klingelt das Telefon.

Mrs. X sammelt ein paar weitere Tüten ein, klemmt sich das Tiffany-Paket fest unter den Arm und eilt davon. »Übrigens, Nanny. Wir haben den Baum aufstellen lassen. Hätten Sie vielleicht Lust, mit Grayer in den Keller zu gehen und den Christbaumschmuck heraufzuholen?«

»Aber sicher!«, rufe ich ihr nach. Im Wohnzimmer steht eine herrliche Douglastanne, wie mitten aus dem Fußboden gewachsen. Ich mache die Augen zu und atme ein paar Mal tief ein. Grayer steht vor dem Baum und redet aufgeregt mit Al, der einsam und allein an der Spitze eines der unteren Äste baumelt.

»Pass auf, dein Al stürzt sich gleich in die Tiefe.« Das Leben des Schneemanns hängt an einer umgebogenen Büroklammer.

»NICHT! Er will nicht, dass du ihn anfasst. Das darf keiner außer mir«, protestiert Grayer, als ich sein Kunstwerk retten will. Es dauert eine geschlagene Viertelstunde, bis wir Al an einen sicheren Platz umgehängt haben, ohne dass ich ihn berühre. Ich starre an der turmhohen Tanne hoch und frage mich, ob es wohl jemandem auffallen würde, wenn der Baum dieses Weihnachten ungeschmückt bleibt. Bei dem Tempo, das Grayer vorlegt, kann es nämlich noch gut zwanzig Jahre dauern, bis wir mit dem Dekorieren fertig sind.

»Okay, Freundchen«, sage ich, als er anfängt, mit Al zu tuscheln. »Wir gehen jetzt in den Keller und holen den anderen Schmuck, damit sich dein Freund nicht so einsam fühlt. Wenn er sich noch einmal zu nah an den Abgrund wagt, können es ihm die Engel und die Täubchen vielleicht ausreden.«

»In den Keller?«

»Ja. Kommst du?«

»Ich muss erst noch meine Sachen holen. Meinen Helm und den Gürtel. Geh schon mal vor, Nanny. Wir treffen uns draußen. Ich brauche doch meine Taschenlampe...« Er rennt in sein Zimmer, und ich gehe schon mal den Fahrstuhl holen.

Ich habe kaum auf den Knopf gedrückt, da kommt Grayer mit dem Skateboard ins Vestibül gesaust. Schuhe hat er keine an, nur Socken. »Um Gottes willen, Grover! Sag bloß, das willst du alles in den Keller mitnehmen?!« Er hat seinen Fahrradhelm aufgesetzt und sich eine große Taschenlampe in den Hosenbund gesteckt. Außerdem hängt ein Jo-Jo heraus und etwas, was mir verdächtig nach einem Waschlappen aussieht.

»Okay, es kann losgehen«, sagt er im Kommandoton, als der Aufzug kommt.

»Meinst du nicht, wir sollten uns vor diesem Abenteuer lieber Schuhe anziehen?«

»Brauchen wir nicht.« Er rollt in den Fahrstuhl, ich springe hinterher. Schon sind wir auf dem Weg nach unten. »Im Keller ist es wahnsinnig cool, Nanny. Oh Mann, oh Mann, oh Mann.« Aufgeregt wackelt er mit dem Kopf. Seit einiger Zeit wirft Grayer immer mal wieder gern ein kleines »oh Mann« in die Konversation. Das hat er Christianson abgelauscht, einem charismatischen Vierjährigen, der fast einen Kopf größer ist als der Rest der Klasse. Als der Schneemann Al am Morgen im orangefarbenen Glitter gelandet ist, lautete der erste Kommentar von Giselle und Grayer: »Oh Mann.«

Der Fahrstuhl hält in der Lobby. Grayer fährt mit dem Skateboard vor mir her. Während er sich mit dem Fuß abstößt, hält er mit beiden Händen seine Hose fest, damit sie nicht der Schwerkraft zum Opfer fällt. Als ich ihn einhole, hat er bereits Ramon gebeten, uns den vergitterten Lastenaufzug aufzuschließen. »Ah, Mr. Grayer. Hast wohl was Dringendes zu erledigen da unten, hm?«

»Ja, ja.« Grayer hat gar nicht richtig hingehört. Er ist ganz damit beschäftigt, seine Ausrüstung zu ordnen.

Ramon lächelt, dann zwinkert er mir verschwörerisch zu. »Ein sehr ernsthafter junger Mann, unser Mr. Grayer. Hast du schon eine Freundin, Mr. Grayer?« Mit einem Ruck kommt der Aufzug im Keller zum Stehen. Ramon öffnet das Gitter, und wir treten in den hell erleuchteten, kalten Korridor hinaus, in dem es nach Wäschetrockner riecht. »Abteil 132 – rechts entlang. Seid schön vorsichtig und verlauft euch nicht, sonst muss ich euch suchen kommen.« Er zwinkert noch einmal, wackelt viel sagend mit den Augenbrauen und entschwindet wieder nach oben. Ich stehe allein unter einer nackten Glühbirne.

»Grayer!«, rufe ich den Gang hinunter.

»Nanny! Ich warte schon. Jetzt komm endlich!« Ich folge seiner Stimme durch ein Labyrinth aus Drahtkäfigen, die bis zur Decke reichen. Manche sind voller als andere, aber in allen stehen Koffer, Reisetaschen, Skiausrüstungen und das eine oder andere in Luftpolsterfolie eingewickelte Möbelstück. Als ich um die letzte Ecke komme, liegt Grayer bäuchlings auf dem Skateboard und zieht sich unter einem Schild mit der Nummer 132 mit den Händen an der Gitterwand entlang. »Oh Mann, wie ich mich freue, wenn Daddy nach Hause kommt und den Baum schmückt. Caitlin und ich haben angefangen, und dann hat Daddy die Spitze geschmückt, und dann haben wir alle heißen Kakao getrunken. *Im Wohnzimmer!*«

»Das klingt super. Hier, ich habe den Schlüssel.« Er hüpft auf und ab, während ich das Abteil aufschließe, und dann läuft er an mir vorbei und schlängelt sich geschickt um die Kisten herum. Ich lasse ihn gewähren, da er ganz offensichtlich nicht zum ersten Mal hier unten ist. Und mit Kellern kennt er sich sowieso besser aus als ich. Ich habe nämlich noch nie einen besessen.

Ich hocke mich auf den kalten Betonboden und lehne mich mit dem Rücken an die Abteiltür gegenüber. Ein Keller, ein Abstellraum, das war immer der Traum meiner Eltern gewesen. Manchmal, wenn wir vor dem großen Schrankkoffer saßen, der uns als Couchtisch diente und bis zum Bersten mit unseren Sommerklamotten voll gestopft war, malten wir uns aus, was wir mit nur einer zusätzlichen Abstellkammer alles anfangen könnten. So ähnlich wie eine arme Familie aus Wyoming, die von einem Lottogewinn träumt.

»Weißt du eigentlich, wonach du suchst, Grayer?«, rufe ich, als es zwischen den Kisten minutenlang verdächtig still geblieben ist. Es rumpelt und poltert. »Grayer! Was machst du da?« Ich will gerade aufstehen, da kommt seine Taschenlampe aus dem dunklen Abteil vor meine Füße gerollt.

»Ich hole bloß meine Sachen, Nanny! Leuchtest du mir mal? Dann komme ich an die blaue Kiste ran!« Ich richte den Strahl in das Abteil. Das Licht fällt auf zwei schmutzige Socken und ein khakibraunes Hinterteil, das halb zwischen den Kisten verschwunden ist.

»Kann denn da auch nichts passieren, Grayer? Vielleicht komme ich lieber und...« Und was? Soll ich etwa hinter ihm her kriechen?

»Ich hab' sie gleich. Oh Mann, liegen hier viele Sachen rum. Meine Skier! Da sind meine Skier, Nanny, für wenn wir nach Aspirin fahren.«

»Aspen?«

»Aspen. Jetzt hab ich sie! Hier kommen die Kugeln. Warte,

Nanny. Pass auf.« Er wühlt sich noch tiefer in den Stapel. Es raschelt. Plötzlich kommt aus dem Dunkeln eine Glaskugel auf mich zu. Ich lasse die Taschenlampe fallen und fange sie auf. Sie ist mundgeblasen, ein exklusives Stück von Steuben. Und da fliegt mir auch schon die nächste entgegen.
»GRAYER! AUFHÖREN!« Die Taschenlampe, die auf dem Boden hin und her rollt, taucht Grayers Kisten in ein gespenstisch zuckendes Licht. Wie konnte ich mir bloß von diesem Clown die Zügel aus der Hand nehmen lassen? »Stehen bleiben, Mister. Keine Bewegung. Die Hände über den Kopf. Okay, wir tauschen. Jetzt bist du mal mit Leuchten an der Reihe.«
»Nei-ein!«
»Gra-yer!« Die Stimme der Bösen Hexe.
»NA GUT!« Er krabbelt rückwärts aus seinem Tunnel.
Ich drücke ihm die Taschenlampe in die Hand. »Und nun das Ganze noch mal von vorne. Aber diesmal mit vertauschten Rollen.«

Während ich in der Diele erst noch ein sicheres Plätzchen für den Christbaumschmuck suche, marschiert Grayer schon mal voraus, um die weitere Deko-Strategie zu planen.
»Nanny?«, ruft einen Augenblick später ein kleines Stimmchen nach mir.
»Ja, Grover?« Ich folge ihm ins Wohnzimmer. Vor der Tanne steht eine Leiter, und auf der Leiter steht ein Johnny-Cash-Verschnitt, der Grayers Baum schmückt.
»Die Schachtel mit den Täubchen«, sagt er, ohne uns auch nur eines Blickes zu würdigen. Grayer und ich stehen staunend vor dem Bild, das sich uns bietet. Der ganze Raum ist mit Täubchen, vergoldetem Laub, Putten und Perlenschnüren übersät.
»Runter da. Mein Dad schmückt die Spitze.«
»Warte mal einen Augenblick, Grayer«, sage ich und reiche dem Mann in Schwarz die Täubchen hinauf. »Ich bin gleich wieder zurück.«
»Komm lieber da runter, sonst kriegst du's mit meinem Dad zu

tun«, höre ich Grayer noch rufen, doch da stehe ich schon vor Mrs. X' Büro.
»Herein.«
»Hallo, Mrs. X. Dürfte ich Sie kurz stören?« Das Zimmer, das normalerweise penibel aufgeräumt ist, quillt über von Geschenken. Berge von Weihnachtskarten stapeln sich auf dem Schreibtisch.
»Aber Sie stören doch nicht. Was gibt es denn?«
»Ich...«
»Haben Sie Julio schon gesehen? Ist er nicht ein Künstler? Was für ein Glück, dass ich ihn bekommen konnte. Er ist *der* Christbaumexperte schlechthin. Sie sollten mal den Baum sehen, den er den Egglestons hingezaubert hat – einfach atemberaubend.«
»Ich...«
»Kann ich Sie etwas fragen, wo Sie gerade hier sind? Ist ein karierter Taftrock zu kitschig für eine schottische Weihnachtsfeier? Ich kann mich nicht entscheiden...«
»Ich...«
»Ach, und noch etwas. Ich habe heute zwei bezaubernde Twinsets für Mr. X' Nichten gekauft. Nur wegen der Farbe bin ich mir noch ein bisschen unsicher. Würden Sie vierfädigen Kaschmir in Pastelltönen tragen?« Sie stellt eine Einkaufstüte von TSE vor sich auf den Tisch. »Vielleicht tausche ich sie doch lieber wieder um...«
»Ich hätte nur eine Frage«, falle ich ihr ins Wort. »Grayer hatte sich so darauf gefreut, den Baum zu schmücken. Er hat erzählt, wie viel Spaß es ihm letztes Jahr mit Caitlin gemacht hat. Was meinen Sie? Könnte ich ihm vielleicht einen kleinen Baum für sein Zimmer besorgen, damit er ein paar Kugeln und ein bisschen Weihnachtsschmuck aufhängen kann?«
»Es wäre mir wirklich lieber, wenn wir die Nadeln nicht über die ganze Wohnung verteilen würden.« Sie überlegt. »Wenn er so vernarrt in Weihnachtsbäume ist, könnten Sie ihm doch die Tanne im Rockefeller Center zeigen.«
»Hm...Ja, sicher, gute Idee.« Ich öffne die Tür.
»Danke – Sie sind einfach zu gut zu mir.«

Im Wohnzimmer klopft Grayer mit einem silbernen Babylöffel an Julios Leiter. »Heh! Wo kommt das hin? An welchen Ast soll ich es hängen?«

Julio hat für das Löffelchen nur Verachtung übrig. »Das passt überhaupt nicht in mein Gesamtkonzept.« Grayer ist den Tränen nah. »Na, gut, wenn es unbedingt sein muss. Nach hinten, ganz unten.«

»Grover, ich habe einen Plan. Nimm deinen Freund Al mit, ich hol' schon mal deine Jacke.«

»Grayer, das ist meine Großmutter.«
Ihre Perlen klickern, als sie sich bückt, um ihm die Hand zu geben. »Sehr erfreut, dich kennen zu lernen, Grayer. Und du, mein kleiner Schatz, bist bestimmt Al.« Grayer wird knallrot. »Immer hereinspaziert in die gute Stube. Ich dachte, wir wollten Weihnachten feiern. Mag hier jemand Nusshörnchen?«

»Du bist ein Goldstück, Gran. Wir brauchen unbedingt irgendwas zum Schmücken.« Ich bin noch dabei, Grayer die Jacke auszuziehen, als es hinter uns an der Tür klingelt.

»Irgendwas zum Schmücken? Ich bitte dich.« Sie macht die Tür auf, und was steht davor? Ein riesiger Weihnachtsbaum, umschlungen von zwei Armen. »Hier entlang!«, sagt sie. »Weißt du was, Grayer?«, flüstert sie. »An deiner Stelle würde ich Al die Augen zuhalten. Wir wollen ihn doch überraschen.« Wir schlüpfen aus den Stiefeln und trotten hinter Gran und dem Baum her. Meine Großmutter ist einfach Klasse – sie lässt die Tanne mitten im Wohnzimmer aufstellen. Dann bringt sie noch schnell den Lieferanten zur Tür und kommt strahlend wieder zurück.

»Gran, du brauchtest doch nicht extra eine Tanne zu ...«
»Wenn ich etwas mache, dann richtig, mein Schatz. Moment noch, Grayer. Lass mich mal eben auf das richtige Knöpfchen drücken, dann kann die Party steigen.« Grayer hält Al immer noch die Augen zu. Großmutter legt Frank Sinatra auf – »Bing Crosby konnte ich nicht finden«, flüstert sie mir zu – und knipst das Licht aus. Während Frank »The Lady is a Tramp« anstimmt, zündet sie

im ganzen Zimmer Kerzen an, die eine festliche Stimmung zaubern und unsere Familienfotos in ein warmes Licht tauchen.

Sie beugt sich zu Grayer. »Ich denke, jetzt ist es so weit. Du kannst Al seinen Baum zeigen.« Wir rufen »ta-ta!«, und Grayer zieht die Hand weg. Dann fragt er Al, an welcher Stelle er am liebsten hängen möchte.

Eine Stunde später haben Großmutter und ich es uns auf einem Lager aus Kissen unter den grünen Zweigen bequem gemacht, während Grayer den Schneemann nach Lust und Laune hierhin und dorthin hängt.

»Und? Wie läuft es denn nun mit deinem Harvard-Prinzen?«

»Ich werd' einfach nicht schlau aus ihm. Ich wünsche mir so, dass er anders ist als seine Freunde, bloß: Warum sollte er? Aber wenn ich ihn sowieso nie mehr wiedersehe, kann es mir eigentlich auch schon egal sein.«

»Fahr immer schön mit dem Aufzug, Kindchen. Irgendwann taucht er bestimmt wieder auf. Und was machen deine Prüfungen?«

»Ich hab' nur noch eine vor mir, dann ist es endlich geschafft. Die letzten Tage waren der reinste Wahnsinn – Mr. und Mrs. X sind fast jeden Abend auf einer Weihnachtsfeier. Ich kann erst lernen, wenn Grayer eingeschlafen ist. Aber das ist wahrscheinlich immer noch besser, als Charlene und ihrem haarigen Freund zuzuhören.« Sie sieht mich fragend an. »Ich glaube, damit verschon' ich dich lieber.«

»Pass bloß auf, dass du dir nicht zu viel zumutest. Das ist es nicht wert.«

»Ich weiß. Aber was meinst du, was ich dieses Jahr für ein fettes Weihnachtsgeld kriege? Sie hat was von Paris gemunkelt.«

»Oh là là, très bien.«

»Nanny, Al möchte gern wissen, warum Daddy dieses Jahr nicht die Spitze schmückt«, fragt Grayer leise hinter der Tanne hervor. Ich weiß nicht recht, wie ich ihm antworten soll.

»Sag mal, Grayer.« Großmutter sieht mich aufmunternd an. »Hast du eigentlich schon mal davon gehört, dass man in der Adventszeit von Haus zu Haus zieht und Weihnachtslieder singt?«

Er kommt um den Baum herum. »Nein, wieso?« Er stellt sich zu ihr und legt ihr die Hand aufs Knie.

»Ja, Schatz, das ist ein ganz alter Brauch. Denn weißt du, was das Schönste an Weihnachten ist? Das bist du selbst. Du, mein kleiner Grayer, bist das wunderbarste Geschenk von allen. Es ist ganz einfach, pass auf. Du suchst dir jemanden aus, dem du eine Weihnachtsfreude machen möchtest. Du gehst hin, klopfst an, und wenn die Tür aufgeht, singst du dir die Seele aus dem Leib. Das musst du unbedingt mal ausprobieren!« Er kuschelt sich neben mich, und wir sehen versonnen in die Äste der Tanne hinauf.

»Granny, zeigst du mir, wie das geht? Singst du mir etwas vor?«, fragt er. Ich lächle sie an. Sie setzt sich auf und lehnt sich mit dem Rücken an die Chaiselongue. Im Schein der Kerzen sieht sie aus, als ob sie von innen heraus leuchtet. Frank singt »The Way You Look Tonight«, und Großmutter begleitet ihn. Ich könnte sie küssen. Grayer macht die Augen zu.

◇

Eine Woche später bewegt sich eine Dreiergruppe durch denselben Korridor, durch den ich Grayer auf der Halloween-Party nachgeeilt bin: vorneweg Mrs. X samt ihrem aufgeregten Sohn, ich brav hinterdrein. Wo damals künstliche Spinnweben hingen, prangen heute Tannenzweige und bunte Lämpchen.

Mrs. X öffnet die Tür zu Mr. X' Büro.

»Darling, kommt 'rein.« Er erhebt sich von seinem Schreibtisch, im Rücken die Strahlen der untergehenden Sonne, die durch das raumhohe Fenster hereinfallen. Wie schon beim letzten Mal spüre ich die natürliche Macht, die in diesem Raum von ihm ausgeht. Durch mich sieht er geradewegs hindurch, aber auch für seinen Sohn hat er kaum einen Blick übrig. »Hallo, Sportsfreund.«

Als Grayer ihm die Tüte mit den Geschenken übergeben will, die für eine von der Firma unterstützte Wohltätigkeitsorganisation bestimmt sind, greift sein Vater zum Telefonhörer.

Ich nehme Grayer die Tüte ab und knöpfe ihm den Dufflecoat auf.

»Justine hat gesagt, dass es im Konferenzraum Plätzchen gibt. Geh doch schon mal mit Grayer vor. Ich muss eben noch dieses Gespräch über die Bühne bringen, dann komme ich nach«, sagt Mr. X, die Hand auf der Sprechmuschel. Mrs. X wirft ihren Nerz auf die Couch, und wir trotten wieder hinaus. Durch eine Flügeltür am Ende des Korridors dringen Weihnachtslieder hervor.

Mrs. X sieht aus wie der wandelnde Advent persönlich: tannengrünes Moschino-Kostüm mit einem Besatz aus roten Stechpalmenbeeren und Mistelknöpfen. Aber die absolute Krönung sind ihre Schuhe: Absätze mit Minischneekugeln, in einem ein Rentier, in dem anderen ein Weihnachtsmann. Ich bin nur froh und glücklich, dass ich mich nicht als Schneemann verkleiden musste, und trage meinen Christbaum zum Anstecken voller Stolz auf der Brust.

Mit einem erwartungsvollen Lächeln öffnet Mrs. X die Tür zum Konferenzraum. Hinten an der Wand sitzt eine Hand voll Frauen zusammen, wahrscheinlich Sekretärinnen. Vor ihnen steht eine offene Keksdose, eine Kassette von *Alvin and the Chipmunks* läuft.

»Oh, Entschuldigung. Ich suche die Weihnachtsfeier«, sagt Mrs. X und bleibt am vorderen Ende des Konferenztisches stehen.

»Möchten Sie ein Plätzchen? Ich habe sie selbst gebacken«, sagt eine fröhliche Mollige, an deren Ohrläppchen Christbaumlämpchen blinken.

»Ach.« Mrs. X macht ein verwirrtes Gesicht.

Die Tür schwingt auf und verfehlt Grayer und mich nur um Haaresbreite. Mir stockt der Atem: Es ist Ms. Chicago. Sie steuert direkt auf Mrs. X zu. In dem hautengen Kostüm kommen ihre Formen fast genauso gut zur Geltung wie in ihrer knappen Halloween-Verkleidung.

»Ich habe gehört, hier soll es Plätzchen geben«, sagt sie. Doch da geht die Tür schon wieder auf, und eine stämmige Brünette stürzt so eilig herein, dass wir alle gegen den Tisch gedrückt werden.

»Mrs. X«, japst sie atemlos.

»Hallo, Justine. Fröhliche Weihnachten.«

»Danke, Ihnen auch. Kommen Sie doch mit in die Teeküche, dann mache ich Ihnen einen Kaffee.«
»Aber wozu denn der Aufwand, Justine?« Ms. Chicago lächelt. »Hier gibt es doch auch Kaffee.« Schon steht sie neben der Maschine und hat zwei Styroporbecher in der Hand. »Würden Sie sich bitte darum kümmern, wo die Abrechnungen bleiben?«
»Wollen Sie wirklich nicht mitkommen, Mrs. X?«
»Justine.« Ms. Chicago zieht warnend die Augenbraue hoch, und der Brünetten bleibt nichts anderes übrig, als zu gehen.
»Sind wir zu früh dran?«, fragt Mrs. X.
»Zu früh für was?« Ms. Chicago gießt zwei Becher Kaffee ein.
»Für die Weihnachtsfeier.«
»Die ist erst nächste Woche. Hat es Ihnen Ihr Mann nicht gesagt? Er sollte sich schämen!« Sie lacht und reicht Mrs. X einen Kaffee. Grayer schlängelt sich an Ms. Chicagos nackten Knien vorbei und marschiert ans andere Ende des Tisches, um bei den Sekretärinnen ein Plätzchen abzustauben.

Mrs. X stammelt: »Oh, ach, tja, dann muss mein Mann wohl das Datum verwechselt haben.«

»Männer«, schnaubt Ms. Chicago.

Mrs. X nimmt den Styroporbecher in die linke Hand. »Entschuldigen Sie, aber kennen wir uns?«

»Lisa. Lisa Chenowith«, lächelt Ms. Chicago. »Ich leite die Niederlassung in Chicago.«

»Ach so«, sagt Mrs. X. »Schön, Sie kennen zu lernen.«

»Es tut mir so Leid, dass ich nicht zu Ihrer Dinnerparty kommen konnte. Es soll ja ein ganz reizender Abend gewesen sein. Aber Ihr Mann, dieser Sklaventreiber, hat mich einfach nach Illinois zurückbeordert.« Sie legt den Kopf auf die Seite und grinst zufrieden, wie eine Katze, die einen Kanarienvogel verspeist hat.

»Die Präsente waren hinreißend. Alle waren so begeistert von den Füllhaltern.«

»Das hört man gern.« Mrs. X fasst sich nervös an den Hals. »Sie arbeiten mit meinem Mann zusammen?« Plötzlich gibt es für mich nichts Wichtigeres, als Grayer dabei zu helfen, sich das allerbeste Rentierplätzchen auszusuchen.

»Ich leite das Team, das über die Fusion mit Midwest Mutual verhandelt. Schlimm, nicht wahr? Aber wem sag ich das?«

»Wie wahr«, sagt Mrs. X, aber man hört ihr die Unsicherheit an.

»Dass wir sie auf acht Prozent drücken konnten, war ein echter Coup. Wahrscheinlich hatten Sie deswegen einige schlaflose Nächte.« Ms. Chicago schüttelt mitfühlend das tizianrote Haupt. »Aber ich habe ihm immer gesagt, wenn wir das Verkaufsdatum verschieben und ihnen die Abwicklungskosten ersparen, würden sie schon klein beigeben. Was sie ja dann auch getan haben. Jetzt sind sie so klein mit Hut.«

Mrs. X steht stocksteif da, die Hand um den Styroporbecher gekrallt. »Ja, er hat in letzter Zeit sehr hart gearbeitet.«

Ms. Chicago stöckelt in ihren Schlangenlederpumps zu uns herüber, die Absätze unhörbar auf dem dichten Teppichflor. »Hallo, Grayer. Erinnerst du dich noch an mich?«, fragt sie und beugt sich zu ihm.

Grayer weiß genau, wen er vor sich hat. »Sie hatten keine Hose an.« Das kann ja heiter werden.

Zum Glück geht in diesem Augenblick die Tür wieder auf, und Mr. X schaut herein. »Ed Strauss ist am Apparat – er möchte den Vertrag noch einmal durchsprechen«, sagt er zu Ms. Chicago.

»Ich komme.« Langsam schreitet sie am Konferenztisch entlang. »Fröhliche Weihnachten, alle miteinander.« An Mr. X gewandt fügt sie hinzu: »Ich habe mich so gefreut, endlich einmal Ihre Familie kennen zu lernen.«

Er presst die Lippen zusammen und zieht schwungvoll die Tür hinter ihnen ins Schloss.

»Warte, Daddy!« Grayer hat es so eilig, ihm nachzulaufen, dass ihm der Becher aus der Hand fällt. Dunkel ergießt sich der Traubensaft über sein Hemd und den beigefarbenen Teppichboden. Erleichtert über diese Ablenkung springt alles auf und sucht hektisch nach Papierservietten. Grayer wimmert leise vor sich hin, während sich mehrere maniküre Hände an ihm zu schaffen machen.

»Nanny, können Sie nicht besser auf ihn aufpassen? Bitte machen Sie ihn sauber – ich warte so lange im Auto.« Mrs. X, die ihren Kaffee nicht angerührt hat, stellt den verschmähten Becher auf den Tisch, als ob es ein vergifteter Apfel wäre. Als sie wieder hochsieht, hat sie ein künstliches Lächeln im Gesicht. »Dann bis nächste Woche«, ruft sie den Sekretärinnen zu.

◊

Als Grayer am nächsten Tag nach dem Essen von seinem Kinderstuhl krabbelt, erläutert er mir seine Pläne für die Gestaltung des Nachmittags.
»Weihnachtslieder.«
»Wie bitte?«
»Ich will Weihnachtslieder singen gehen. Ich mache mir mein eigenes Weihnachten. Ich klopfe an die Tür, und du machst auf, und dann singe ich mir die Seele aus dem Leib.« Ich bin überrascht, dass er sich nach über einer Woche noch daran erinnert, aber andererseits ist meine Großmutter natürlich auch ein Mensch, den man nicht so leicht vergisst.
»Okay, und hinter welche Tür soll ich mich stellen?«
»Hinter meine Badezimmertür«, sagt er und geht schon mal voraus. Ich laufe ihm nach und beziehe meinen Posten. Ein paar Sekunden später klopft es leise an.
»Ja?«, sage ich. »Wer ist denn da?«
»NANNY, du sollst bloß die Tür aufmachen. Nicht reden, bloß aufmachen!«
»Wie du willst. Ich bin so weit.« Ich setze mich auf die Toilette und beschäftige mich mit der Suche nach gesplissten Haaren. Irgendwie habe ich das Gefühl, dass dieses Spiel etwas länger dauern könnte.

Wieder klopft es. Ich beuge mich vor und mache auf. Fast hätte ich ihn mit der Tür über den Haufen geworfen.
»NANNY, das ist gemein! Du willst mich umschubsen! Da mag ich nicht. Noch mal von vorne.«

Beim elften Versuch mache ich endlich alles richtig und werde dafür mit einem ohrenbetäubenden »Happy Birthday« belohnt, so laut, dass die Fensterscheibe klirrt.
»Sag mal, Grover. Was hältst du davon, wenn du dazu tanzt?

Dann wäre die Weihnachtsüberraschung perfekt«, schlage ich vor, als ich das Lied überstanden habe. Wenn er sich darauf konzentrieren muss, in Bewegung zu bleiben, kann er vielleicht nicht mehr ganz so laut singen.

»Ich soll nicht tanzen, ich soll mir die Seele aus dem Leib singen.« Er stemmt die Hände in die Hüften. »Du machst die Tür zu, und ich klopfe an.« Das ist ja mal ganz was Neues. Nach einer weiteren halben Stunde fällt mir ein, dass Connie, die Haushälterin, heute da ist. Skrupellos hetze ich ihr Grayer auf den Hals. Bald dringt von der anderen Seite der Wohnung ein gebrülltes »Happy Birthday« herüber, das selbst das Brummen des Staubsaugers übertönt. Fünfmal lasse ich ihn singen, dann überkommt mich das Mitleid, und ich sammle meinen Schützling wieder ein. Schließlich werde ich dafür bezahlt, dass ich mich quälen lasse.

»Sollen wir mit Autos spielen?«

»Nein, ich will singen. Komm, wir gehen wieder ins Badezimmer.«

»Nur wenn du auch tanzt.«

»Oh Mann, oh Mann. Wenn ICH singe, wird nicht getanzt!«

»Dann müssen wir wohl Grandma fragen.«

Ein kurzes Telefonat später: Jetzt tanzt er nicht nur, jetzt singt er auch ein richtiges Weihnachtslied, eine Wohltat für die Ohren. Und ich? Ich habe einen grandiosen Plan geschmiedet.

Während ich Grayers Weihnachtssänger-Outfit (grün-rot-gestreifter Rollkragenpullover, Rentiergeweih aus Filz, bunte Hosenträger) einer letzten kritischen Prüfung unterziehe, damit er auch schön »feierlich« aussieht, kommt Mrs. X nach Hause, Ramon im Schlepptau, der mit Paketen beladen ist.

Ihre Wangen glühen, ihre Augen leuchten. »Es ist das reinste Irrenhaus da draußen, das reinste Irrenhaus! Bei Hammacher-Schlemmer hätte eine Frau wegen des letzten Skrew-Pull-Korkenziehers fast eine Schlägerei mit mir angefangen – dorthin, Ramon, danke. Zum Schluss habe ihn ihr überlassen. Ich wollte mich nicht auf ihr Niveau hinabbegeben. Ich glaube, sie kam vom Land. Ach, und bei Gucci habe ich die hinreißendsten Brieftaschen gefunden. Ob die Clevelander einen Sinn für Gucci haben?

Ich weiß nicht – danke, Ramon. Ach, ich hoffe, sie gefallen ihnen. Und was habt ihr heute Schönes getrieben, Grayer?«

»Nichts«, sagt er und übt ein paar Tanzschritte neben dem Schirmständer.

»Vor dem Mittagessen haben wir ungesüßte Plätzchen gebacken und dekoriert, dann haben wir Weihnachtslieder geübt, und ich habe ihm *Als der Nikolaus kam* auf Französisch vorgelesen«, erinnere ich ihn.

»Ach, wie schön. Ich wünschte, mir würde auch mal jemand etwas vorlesen.« Sie zieht den Nerz aus und reicht ihn aus Versehen beinahe an Ramon weiter. »Ach, das wäre alles, Ramon, vielen Dank.« Sie faltet die Hände. »Und was habt ihr zwei nun Aufregendes vor?«

»Grayer möchte hier im Haus von Tür zu Tür gehen und Weihnachtslieder singen...«

»UND TANZEN!«

»Wir dachten, die älteren Herrschaften würden sich über einen vorweihnachtlichen Gruß sicher freuen.«

Mrs. X strahlt. »Ausgezeichnete Idee. Was bist du doch für ein lieber Junge. Und dann ist er wenigstens b-e-s-c-h-ä-f-t-i-g-t. Ich habe so viel zu tun. Viel Spaß!«

Heute darf Grayer den Fahrstuhl holen. »Wo sollen wir anfangen, Nanny?«

»Bei deinem Freund aus dem elften Stock vielleicht?«

◊

Wir müssen dreimal klingeln, bis sich in der Wohnung etwas regt und jemand »Ich komme schon!« ruft. Doch dann geht die Tür auf, und ich weiß, dass die anderthalb Stunden Probesingen gut investiert waren. Vor uns steht mein Harvard-Prinz. Er trägt Boxershorts mit bunten Christbäumen und ein altes T-Shirt und reibt sich den Schlaf aus den Augen.

»JINGLE BELLS, JINGLE BELLS! JINGLE ALL THE WAY!!!« Grayer läuft vor Anstrengung knallrot an. Er tänzelt hin und her, die Hände abgespreizt, das Geweih wippend. Hoffentlich singt er sich nicht tatsächlich die Seele aus dem Leib.

»OH WHAT FUN IT IS TO RIDE IN A ONE HORSE OPEN SLEIGH!!!« Seine Stimme hallt durch das Vestibül und wird von den Wänden als Echo zurückgeworfen. Man könnte meinen, er wäre ein Einmannchor. Als das Lied zu Ende ist, bückt sich mein Harvard-Prinz zu ihm hinunter, um sich zu bedanken.

Das war keine gute Idee, denn Grayer setzt als kleines Sahnehäubchen noch einmal JINGLE BELLS, JINGLE BELLS! obendrauf, ein schmetterndes Finale aus allernächster Nähe, das an Körperverletzung grenzt.

»Einen wunderschönen guten Morgen, Grayer!«

Grayer lässt sich auf den Fußboden plumpsen und schnappt nach Luft. Ich gebe es zu: Ich bin eine zielstrebige Frau. Ich bin hier, weil ich ein Date will. Ein richtiges Date mit einem konkreten Termin an einem konkreten Ort. Ein Date mit allem Drum und Dran.

»Wir ...«, beginne ich.

»Singen Weihnachtslieder«, tönt es schnaufend von unten.

»Wir gehen von Tür zu Tür und singen Weihnachtslieder.«

»Krieg ich jetzt ein Plätzchen?« Grayer rappelt sich hoch. Er findet, es ist Zeit für eine Belohnung.

Mein spärlich bekleideter Harvard-Prinz hält uns die Tür auf. »Klar, kommt rein. Entschuldigt, dass ich euch im Schlafanzug empfange.« Da gibt's nun wirklich nichts zu entschuldigen. Die Wohnung ist mit dem Apartment von Mr. und Mrs. X praktisch identisch, auch wenn man fast nicht glauben kann, dass man überhaupt noch im selben Gebäude ist. An den backsteinrot gestrichenen Wänden der Diele hängen bunte Kelims und Schwarzweißfotos im Stil alter *National-Geographic*-Aufnahmen. Turnschuhe liegen auf dem Boden verstreut, der Teppich ist voller Hundehaare. Als wir in die Küche kommen, stolpern wir fast über einen großen, angegrauten Labrador.

»Max kennst du ja schon, nicht wahr, Grayer?« Grover hockt sich hin und krault dem Hund die Ohren. So viel Sanftheit sieht ihm sonst gar nicht ähnlich. Max wedelt dankbar mit dem Schwanz. Statt der riesigen Kochinsel, die bei Mrs. X die ganze Küche beherrscht, gibt es bei meinem Harvard-Prinzen einen altmodischen Refektoriumstisch, auf dem sich an dem einen Ende die *Times* zu einem hohen Stapel türmt.

»Möchte jemand Plätzchen?« Unser Gastgeber schwenkt eine Dose Cookies, die er aus einem Turm mit Weihnachtsgebäck auf dem Sideboard hervorgezogen hat. Grayer läuft hinüber und greift eifrig zu. Ich nehme rasch meine fünf Sinne zusammen.

»Eines reicht, Grover.«

»Oh Mann.«

»Ein Glas Milch dazu?« Mein Harvard-Prinz geht zum Kühlschrank.

»Vielen Dank«, sage ich. »Heh, Grayer, hast du nicht etwas vergessen?«

»Danke!«, murmelt er mit vollem Mund.

»Ich habe dir zu danken! Das ist doch das Mindeste, was ich tun kann, nach einem solchen Auftritt.« Er lächelt mich an. »Ich kann mich nicht erinnern, wann mir das letzte Mal jemand etwas vorgesungen hat. Es sei denn, zu meinem Geburtstag.«

»Das kann ich auch. ›Happy Birthday‹ kann ich auch singen ...« Er stellt sein Glas auf den Boden, spreizt die Hände ab und wirft sich in die Brust.

»Stopp! Halt!« Ich mache eine abwehrende Geste. »Das reicht erst mal für heute.«

»Grayer, ich habe heute nicht Geburtstag. Aber ich verspreche dir, dass ich dir Bescheid sage, wenn es wieder so weit ist.« Gut gemacht, so was nennt man Teamwork.

»Okay. Nanny, wir müssen weiter, zu den alten Leuten. Los, komm.« Grayer gibt das leere Glas zurück, wischt sich mit der behandschuhten Hand den Mund ab und geht zur Tür.

Ich stehe auf, auch wenn es mir schwer fällt, mich loszureißen. »Es tut mir Leid, dass ich Sie an dem Abend damals nicht mehr erwischt habe. Die Party hat ziemlich lange gedauert.«

»Machen Sie sich nichts draus, Sie haben nichts verpasst. Im Next Thing war geschlossene Gesellschaft, da sind wir einfach auf eine Pizza ins Ruby's gegangen.« Ruby's? Das ist keine zehn Meter von meiner Haustür entfernt. Was für eine Ironie des Schicksals.

»Sind Sie über die Weihnachtsferien im Lande?«, frage ich, ohne mit der Wimper zu zucken.

»NAN-NY! Der Aufzug ist da!«

»Nur eine Woche, dann fliegen wir nach Afrika.«

Der Fahrstuhl wartet, mein Herz hämmert. »Also, dieses Wochenende hätte ich Zeit«, sage ich und steige ein.

»Ach ja? Klasse«, sagt er.

»Klasse.« Ich nicke; die Tür geht zu.

»KLASSE!«, schmettert Grayer, um sich für den nächsten Auftritt warm zu singen.

◊

Ich kann ihm ja wohl schlecht einen Zettel mit meiner Telefonnummer unter der Tür durchschieben, also muss ich mich, als ich die Park Avenue 721 am Freitagabend verlasse, wohl oder übel damit abfinden, dass ich meinen Harvard-Prinzen wohl nicht mehr sehen werde, bevor er nach Afrika entschwindet. Ich könnte mich sonst wohin beißen.

Am Abend überrede ich Sarah, die die Feiertage in New York verbringt, mich zu einer Weihnachtsfeier von ein paar Kommilitonen zu begleiten. Die ganze Wohnung ist festlich geschmückt. Überall hängen Lichterketten in Form von Chilischoten, und auf ein großes Poster vom Weihnachtsmann hat irgendjemand einen ausgeschnittenen Penis geklebt. Es dauert keine fünf Minuten, da ist uns klar, dass wir keine Lust auf Bud Light aus der Badewanne oder auf Tortillas-Chips aus einer schmierigen Schüssel haben. Auch mit einer schnellen Nummer können uns die Jungs nicht locken.

Auf der Treppe fangen wir Josh ab.

»Nichts los?«, fragt er.

»Wie man's nimmt«, sagt Sarah. »Strip-Poker ist sicher ein reizendes Spiel, aber...«

»Sarah!« Josh fällt ihr um den Hals. »Wir folgen dir!«

Einige Stunden später im Next Thing: Während Josh an der Bar eine Perle anbaggert, hocke ich martiniselig mit Sarah in einer Nische und erzähle ihr von meinem nachmittäglichen Abenteuer.

»Und dann ... dann hat er Grayer ein Plätzchen gegeben! Das muss doch was zu bedeuten haben, meinst du nicht?« Wir zerlegen die Fünf-Minuten-Episode in alle Einzelheiten und interpretieren jede Nuance in Grund und Boden, bis ich überhaupt nicht mehr weiß, woran ich bin. »Und dann hat er klasse gesagt, und dann habe ich klasse gesagt. Klasse, was?«

◊

Als ich am Samstagmorgen aufwache, habe ich einen mörderischen Kater – und meine Schuhe noch an den Füßen. Heute ist der letzte Tag, um Geschenke zu kaufen, und die Liste ist lang: meine Familie, Mr. und Mrs. X, Grayer und die vielen anderen Kinder, die ich im Laufe der Jahre betreut habe. Von den beiden Gleason-Mädchen, die nach London gezogen sind, habe ich schon zwei Glitterstifte und einen Stein mit meinem Namen darauf bekommen. Ich muss langsam in die Gänge kommen.

Ich verschlinge eine Scheibe Toast mit Tomatensauce, kippe einen Liter Wasser hinunter, genehmige mir an der Straßenecke einen doppelten Espresso und schwupp! bin ich in Festtagsstimmung.

Um gut 150 Dollar leichter verlasse ich eine Stunde später die Kinderbuchhandlung Barnes and Noble Junior. Jetzt heißt es erst mal kopfrechnen. Okay, Paris kann ich abschreiben. So wie es aussieht, brauche ich den blöden Bonus schon allein, um Weihnachten zu finanzieren.

Ich springe schnell zu Bergdorf rein, um für Mrs. X eine Rigaud-Kerze zu kaufen. Sie ist zwar klein, aber wenigstens teuer – was der Beschenkten nicht entgehen wird. Während ich vor dem Verpackungsservice anstehe und auf das unverzichtbare silberne Geschenkpapier warte, überlege ich mir, was ich einem Vierjährigen schenken kann, der schon alles hat. Worüber würde er sich am meisten freuen? Ist doch klar, dass sein Vater mit ihm den Weihnachtsbaum schmückt, natürlich. Aber sonst? Hm ... ein Nachtlicht, weil er Angst im Dunkeln hat. Und vielleicht eine Plastikhülle für seine Visitenkarte, damit sie ihm nicht noch total zerfällt.

Das Spielwarengeschäft FAO Schwarz ist gleich über die Straße. Eigentlich bräuchte ich bloß rüberzugehen und in der riesigen Sesamstraßenabteilung ein Grover-Nachtlicht zu kaufen, aber ich kann es nicht, ich kann es nicht, ich kann es nicht.

Ich ringe mit mir, was schneller geht, mit der U-Bahn zu Toys 'R' Us in Queens zu fahren oder mein Glück doch im Tollhaus gegenüber zu versuchen. Wider besseres Wissen schleppe ich mich schließlich doch hinüber. Dann stehe ich in der Kälte erst einmal über eine halbe Stunde mit der gesamten Bevölkerung von Nebraska vor der Tür, bevor mir ein lebensgroßer Spielzeugsoldat Zutritt gewährt.

»Willkommen in unserer Welt. Willkommen in unserer Welt. Willkommen in unserer Welt«, plärrt es gnadenlos aus den versteckt angebrachten Lautsprechern. Ich habe das Gefühl, als ob der unheimliche kindliche Singsang direkt aus meinem Kopf kommt. Trotzdem kann er die gequälten Schreie: »Aber ich will das haben! Ich muss das haben!«, die durch die Luft gellen, nicht übertönen. Dabei bin ich erst in der Stofftierabteilung.

Im ersten Stock herrscht das totale Chaos: Kinder schießen mit Strahlenpistolen, werfen mit Glibberschleim und schubsen ihre Geschwister um. Die Eltern machen die gleiche schicksalsergebene Miene wie ich. Die Verkäufer und Verkäuferinnen versuchen, sich in die Mittagspause durchzukämpfen, ohne sich größere Blessuren einzuhandeln. Ich schaffe es tatsächlich bis in die Sesamstraßenecke, wo sich ein Mädchen von vielleicht drei Jahren auf dem Boden wälzt und laut weinend die Ungerechtigkeit der Welt beklagt.

»Vielleicht bringt es dir der Weihnachtsmann, Sally.«

»NnneiEIeiEIeiEIeiEIeiEIeiEIeiEIeiEIeiEIeiEI-EieinnN!«, heult sie.

»Kann ich Ihnen behilflich sein?« Die Verkäuferin, die ein rotes Hemd trägt, lächelt mich mit glasigen Augen an.

»Ich suche nach einem Grover-Nachtlicht.«

»Ach, ich glaube, die Grover sind ausverkauft.« Und dafür habe ich nun eine halbe Stunde Schlange gestanden? »Wir können ja mal nachsehen.« Ich bitte darum.

Wir gehen in die Nachtlichtabteilung, wo uns eine ganze Wand mit Grovers entgegenleuchtet. »Tja, tut mir Leid. Sie waren im Nu vergriffen.« Sie schüttelt den Kopf und dreht ab, zum nächsten Kunden.
»Da ist er doch«, sage ich und halte einen hoch.
»Ach, ist Grover der Blaue?« Jawohl, Grover ist der Blaue. (Ich fasse es einfach nicht. Bei Barnes and Noble Junior hatten sie auch noch nie etwas vom *Kleinen Krokodil* gehört. In einem Kinderbuchladen! Ich habe schließlich nicht nach dem *Playboy* gefragt.)
Ich stelle mich vor der Verpackungstheke an und übe mich in transzendentaler Meditation, umringt von schluchzenden Kindern.

◊

Am Montagmorgen stehe ich in der Küche und schäle Obst, als Mrs. X den Kopf zur Tür hereinstreckt. »Eine Frage, Nanny. Könnten Sie etwas für mich erledigen? Ich habe bei Saks die Geschenke für die Angestellten besorgt, aber dummerweise hatte ich die Schecks mit dem jeweiligen Weihnachtsgeld zu Hause vergessen. Ich musste die Taschen erst einmal zurücklegen lassen. Nun wollte ich Sie bitten, dafür zu sorgen, dass der jeweils richtige Scheck in die richtige Tasche kommt. Ich habe Ihnen alles aufgeschrieben, und auf den Kuverts steht der betreffende Name. Die Umhängetasche von Gucci ist für Justine, die Einkaufstasche von Coach für Mrs. Butters, LeSportsac für die Haushälterin, und die beiden Hervé Chapelier sind für die Klavier- und die Französischlehrerin. Lassen Sie alles geschenkverpacken, und kommen Sie dann mit dem Taxi wieder heim.«
»Aber gern«, sage ich. Ich bin schon sehr gespannt, wo ich zwischen Gucci und LeSportsac hineinpasse.

Dienstagnachmittag hat Grayer Besuch von seiner Klassenkameradin Allison, einer allerliebsten kleinen Chinesin, die jedem, der sie fragt, voller Stolz verkündet: »Ich habe zwei Daddys!«

»Hallo, Nanny«, begrüßt sie mich immer und knickst dazu. »Was macht die Uni? Ich *liebe* deine Schuhe.« Zum Kringeln.

Ich spüle gerade die Becher der Kinder aus, als das Telefon klingelt. »Hallo?« Ordentlich hänge ich das Geschirrtuch über den Griff der Backofentür.

»Nanny?«, flüstert es am anderen Ende der Leitung.

»Ja?«, flüstere ich automatisch zurück.

»Ich bin's, Justine. Aus Mr. X' Büro. Bin ich froh, dass ich Sie erwische. Könnten Sie mir vielleicht einen Gefallen tun?«

»Sicher«, flüstere ich.

»Mr. X hat mich gebeten, die Geschenke für Mrs. X zu besorgen, und ich weiß nicht, welche Größe sie hat oder welchen Designer sie mag oder was ihre Lieblingsfarben sind.« Sie scheint regelrecht in Panik zu sein.

»Da kann ich Ihnen auch nicht helfen.« Ich staune selbst, dass ich ihre Kleider- und Schuhgrößen nicht sofort auswendig herunterrattern kann. »Warten Sie, Augenblick mal.« Ich gehe ins Schlafzimmer und nehme dort den Hörer ab.

»Justine?«

»Ja?«, flüstert sie. Ob sie sich wohl unter ihrem Schreibtisch verkrochen hat? Oder im Damenklo?

»Okay, ich sehe mal im Schrank nach.« Ihr »Schrank« ist ein großes, schokoladenbraunes Ankleidezimmer mit einer langen, samtbezogenen Bank. Mrs. X leidet dermaßen an Verfolgungswahn, dass sie mich vermutlich nicht nur verdächtigt, routinemäßig in ihren Sachen herumzuschnüffeln, sondern auch, ihre Unterwäsche zu tragen. Mir bricht der kalte Schweiß aus. Es fehlt nicht viel, und ich rufe Mrs. X auf dem Handy an, um mich zu vergewissern, dass sie auch wirklich ganz weit weg ist.

Aber ich reiße mich zusammen und fange an, ihre Kleidung durchzusehen. Zwischendurch beantworte ich Justines Fragen. »Größe zwei... Herrera, Yves Saint Laurent... Schuhe Größe siebeneinhalb, Ferragamo, Chanel... Die Handtaschen sind von Hermès – keine Außenfächer und vor allem keine Reißverschlüsse... Ich weiß nicht, Perlen vielleicht? Sie mag Perlen.« Und so weiter und so fort.

»Sie haben mir das Leben gerettet«, bedankt sie sich überschwänglich. »Ach ja, und noch etwas. Hat Grayer Chemie in der Schule?«
»Chemie?«
»Ja. Mr. X hat mich gebeten, einen Chemiebaukasten und ein Paar Gucci-Slipper für ihn zu kaufen.«
»Ich verstehe.« Wir lachen. »*Der König der Löwen*«, sage ich. »Er ist verrückt nach allem, was mit dem *König der Löwen*, *Aladdin* und *Winnie-Puuh* zu tun hat. Er ist vier.«
»Vielen Dank noch mal, Nanny. Fröhliche Weihnachten!«
Nachdem ich aufgelegt habe, sehe ich mich noch einmal staunend um: der Turm aus Kaschmirpullovern, sorgfältig in Seidenpapier eingeschlagen und einzeln in durchsichtigen Schubfächern verstaut, die Wand aus Schuhen, jeder mit einem Satinspanner versehen, die Reihen der Herbst-, Winter- und Frühlingskostüme, aufgehängt von hell nach dunkel. Vorsichtig ziehe ich eine Schublade auf. Jedes Höschen, jeder BH, jedes Paar Strümpfe ist individuell in einer Klarsichthülle verpackt und beschriftet: »BH, Hanro, weiß«, »Strümpfe, Fogal, schwarz.«

Da klingelt es an der Tür, und der Schreck fährt mir durch alle Glieder. Doch dann höre ich, dass es nur Henry, Allisons Vater, ist. Grayer hat ihn hereingelassen. Ich stoße einen Seufzer der Erleichterung aus, mache die Schublade leise wieder zu und gehe in die Diele. Henry steht da und sieht verwundert zu, wie Grayer und Allison versuchen, sich mit ihren Schals zu peitschen.

»Komm, Allison. Ich will gleich das Essen aufsetzen. Wir müssen los.« Er fängt sie ein, nimmt sie zwischen die Knie und bindet ihr den Schal um.

Ich reiche ihm ihren Lodenmantel, Henry setzt ihr die Mütze auf und trägt sie ins Vestibül.

»Sag Allison auf Wiedersehen, Grayer.« Ich stupse ihn an, und er winkt ihr zum Abschied mit beiden Händen.

»Auf Wiedersehen, Grayer. Vielen Dank für den schönen Nachmittag. *Au revoir*, Nanny!«, ruft sie, als der Fahrstuhl kommt.

»Danke, Nan«, sagt Henry und will einsteigen. Dabei schwingt

Allisons Fuß herum und macht Bekanntschaft mit einem weiteren Mitglied der Familie X.

»Oh!« Mrs. X zuckt zurück.

»Entschuldigen Sie vielmals«, sagt Henry. Allison verbirgt ihr Gesicht an seinem Hals.

»Ist ja nichts passiert. Na, hattet ihr einen schönen Nachmittag, Kinder?«

»Ja!«, rufen Grayer und Allison.

»Also dann«, sagt Henry. »Wir sind etwas in Eile. Ich muss langsam mit dem Kochen anfangen. Richard kommt gleich aus dem Büro, und ich will vorher noch den Christbaumschmuck vom Speicher holen.«

»Hat Ihre Nanny heute frei?«, fragt sie mit einem verständnisvollen Lächeln.

»Wir haben gar kein Kindermädchen...«

»Dann hast du zwei Daddys, die die Spitze schmücken?«, meldet Grayer sich zu Wort.

»Ach Gott«, sagt Mrs. X rasch. »Ich kann mir gar nicht vorstellen, wie es ohne Nanny gehen soll.«

»Sicher, aber so jung sind sie nur einmal.«

»Ja.« Sie spitzt die Lippen. »Grayer, sag auf Wiedersehen!«

»Hab' ich schon, Mommy. Hab' ich schon längst.«

Der Fahrstuhl setzt sich in Bewegung.

◊

Es ist sehr spät, als ich nach unten fahre. Nur noch halb wach träume ich davon, an der Seine spazieren zu gehen und »La vie en rose« zu singen. Es ist der Zweiundzwanzigste, kurz nach Mitternacht. Nur noch vierundzwanzig Stunden, dann habe ich einen Monat Urlaub und einen hübschen Batzen Geld in der Tasche.

»Gute Nacht, James,« sage ich zu dem Portier. Genau in diesem Augenblick kommt mein Harvard-Prinz zur Tür herein, mit roten Bäckchen und einer Einkaufstüte in der Hand.

»Hallo. Feierabend?«, fragt er und lächelt.

»Ja.« Bitte Gott, mach, dass ich keinen gedämpften Mangold zwischen den Zähnen habe.

»Schönen Dank noch mal für die Weihnachtslieder. Haben Sie die Nummer mit ihm einstudiert?«

»Beeindruckt?«, murmele ich mit heruntergezogener Oberlippe.

Genug geplaudert. Wann ist das Date?

»Eine Frage«, sagt er und lockert seinen Schal. »Hätten Sie vielleicht heute Abend noch etwas Zeit? Ich müsste vorher nur schnell nach oben, meiner Mom den Vanillezucker bringen. Sie backt nämlich Weihnachtsplätzchen wie am Fließband.«

Oh! Heute Abend?

Besser jetzt als nie!

»Ja, gute Idee.« Während er mit dem Lift unterwegs ist, laufe ich schnell zum Spiegel und mache mich hektisch zurecht. Hoffentlich findet er mich nicht langweilig. Hoffentlich finde ich ihn nicht langweilig. Ich versuche mich zu erinnern, ob ich mir morgens die Beine rasiert habe. Es wäre furchtbar, wenn er mich langweilt. Und ich will auch nicht mit ihm ins Bett. Jedenfalls nicht heute Nacht. Ich trage noch rasch etwas Lipgloss auf, da ist der Fahrstuhl auch schon wieder da.

»Haben Sie schon gegessen?«, fragt er, als James uns die Tür aufhält.

»Nacht, James«, rufe ich zurück. »Kommt darauf an, was Sie unter essen verstehen. Wenn Sie eine Hand voll Goldfish-Kräcker und ein paar trockene Tortellini als Mahlzeit bezeichnen wollen, dann schon.«

»Worauf hätten Sie Lust?«

»Hm.« Ich überlege einen Augenblick. »Etwas Warmes kriegt man um diese Zeit nur noch im Café oder in der Pizzeria. Sie haben die Wahl.«

»Pizza klingt gut. Was meinen Sie?«

»Mir ist alles recht. Hauptsache, ich komme endlich aus diesem Gebäude raus.«

»Möchten Sie sich auf meine Jacke setzen?« Er klappt den leeren Pizza-Karton zu. Wir hocken auf der Treppe des Metropolitan

Museums, und allmählich kommt die Kälte durch meine Jeans gekrochen.

»Danke.« Ich schiebe mir die blaue Fleece-Jacke unter und sehe hinüber in die Fifth Avenue, auf die blinkende Weihnachtsbeleuchtung des Stanhope Hotels. Mein Harvard-Prinz nimmt den Topf Eiscreme aus der braunen Papiertüte.

»Und? Wie gefällt es Ihnen im neunten Stock?«

»Es ist anstrengend und seltsam.« Ich sehe ihn an. »In der Wohnung herrscht ungefähr so viel Weihnachtsstimmung wie in einem Kühlhaus. Grayer musste seinen selbst gebastelten Schneemann in den Kleiderschrank hängen, weil er nirgendwo sonst hinpasst.«

»Ja, seine Mutter ist mir schon immer ein bisschen überkandidelt vorgekommen.«

»Das ist noch maßlos untertrieben. Und jetzt, vor den Feiertagen, komme ich mir vor wie beim Militär. Sie kommandiert mich herum wie ein Schleifer mit Aufmerksamkeitsdefizitsyndrom.«

»Na, so schlimm wird es schon nicht sein.« Er stupst mich mit dem Knie an.

»Wie bitte?«

»Ich habe früher selbst als Babysitter gejobbt. Man kriegt was zu essen, man sieht ein bisschen fern...«

»Ach, du lieber Himmel. Sagen Sie bloß, so stellen Sie sich meinen Arbeitstag vor? Sie haben ja keine Ahnung. Ich verbringe mehr Zeit mit diesem Jungen als mit irgendeinem anderen Menschen.« Ich rutsche eine Handbreit von ihm weg.

»Und am Wochenende?«

»Am Wochenende sind sie auf dem Land, aber da haben sie auch ein Kindermädchen. Die einzige Zeit, in der sie mal mit ihm allein sind, ist auf der Fahrt nach Connecticut. Deshalb fahren sie auch nachts, wenn er schläft! Die Familie ist eigentlich nie richtig zusammen. Ich dachte erst, sie warten vielleicht auf einen Feiertag, aber das scheint auch nicht so zu sein. Mrs. X feiert Weihnachten für sich allein bei Barney's, und ich kann den ganzen Tag mit Grayer durch die Stadt hetzen. Und warum? Damit sie ihn aus dem Haus kriegt.«

»Aber um diese Jahreszeit kann man mit einem Kind doch so viele spannende Sachen unternehmen.«

»Er ist vier! Den *Nussknacker* hat er verschlafen, vor den Rockettes hat er sich gefürchtet, und als wir bei Macy's drei Stunden lang auf den Weihnachtsmann warten mussten, hat er Hitzepickel gekriegt. Aber die meiste Zeit stehen wir sowieso nur vor irgendeinem Klo in der Schlange. Egal wo. Und Taxis sind auch keine zu kriegen. Nirgends ...«

»Dafür haben Sie sich jetzt aber erst mal eine Portion Eis verdient.« Er gibt mir einen Löffel.

Ich muss lachen. »Es tut mir Leid, aber Sie sind seit achtundvierzig Stunden der erste vernünftige Erwachsene, mit dem ich rede. Ich leide unter einer Überdosis Weihnachten.«

»Ach, sagen Sie das nicht. Es gibt doch keine schönere Zeit in New York – die vielen Lichter, all die Leute.« Er deutet auf die Leuchtdekorationen in der Fifth Avenue. »Da merkt man erst mal, was für ein Glück es ist, das ganze Jahr hier leben zu dürfen.«

Ich schabe mir Karamelleis aus dem Topf. »Sie haben Recht. Noch vor zwei Wochen hätte ich gesagt, dass es für mich keine schönere Jahreszeit gibt.« Wir lassen den Eistopf hin und her gehen. In den Fenstern des Stanhope hängen geschmückte Kränze, von der Markise blinken weiße Lämpchen herüber.

»Das sieht man Ihnen an, dass Sie die Feiertage mögen.«

Ich werde rot. »Sie sollten mich mal am Tag des Baumes erleben. Da laufe ich erst richtig zur Höchstform auf.«

Er lacht. O Gott, der Typ ist zum Anbeißen!

Er beugt sich zu mir. »Und? Halten Sie mich immer noch für ein Arschloch?«

»Das habe ich doch nie behauptet.« Ich lächle ihn an.

»Nur, wenn man nach meinen Freunden urteilt.«

»Na ja ...« AAAAAHHH! ER KÜSST MICH!!!!!

»Hi«, sagt er sanft.

»Hi.«

»Können wir jetzt bitte noch mal ganz von vorn anfangen und das Desaster bei Dorrian's komplett vergessen?«

Ich lächle. »Hi, ich heiße Nan ...«

»Nanny? Nanny!«

»Ja? Entschuldige, was gibt's denn?«

»Du bist dran! Du bist an der Reihe.« Der arme Grover. Jetzt musste er mich schon zum dritten Mal in die Realität zurückholen. In Gedanken bin ich weit weg, genauer gesagt, auf der Treppe des Met.

Ich ziehe meinen Lebkuchenmann von einem orangefarbenen Kästchen auf ein gelbes Kästchen. »Okay, Grover, aber das ist die letzte Partie. Danach müssen wir deine Sachen anprobieren.«

»Oh Mann.«

»Das wird bestimmt lustig. Du kannst mir eine Modenschau vorführen.« Auf dem Bett türmen sich Grayers Sommersachen. Wir sollen aussortieren, was ihm noch passt, damit er für den Urlaub etwas Anständiges zum Anziehen hat. Ich weiß, dass er sich unseren letzten gemeinsamen Nachmittag anders vorgestellt hat, aber Befehl ist nun mal Befehl.

Nachdem wir das Spiel weggeräumt haben, knie ich mich auf den Boden und helfe ihm. Rein in die Shorts, raus aus den Shorts, rein in die Badehose, raus aus der Badehose.

»Aua! Zu klein! Das kneift!« Der kurze Ärmel des weißen Lacoste-Hemds schneidet ihm wie ein Gummiband ins Fleisch.

»Schon gut, schon gut. Ich hol' dich ja wieder raus. Nur Geduld.« Nachdem ich ihn herausgepellt habe, halte ich ihm ein gestärktes Brooks-Brothers-Hemd mit Oxfordkragen hin.

»Das kann ich nicht so gut leiden.« Er schüttelt den Kopf. Bedächtig fügt er hinzu: »Ich glaube, es ist ... zu klein.«

Ich werfe einen Blick auf die geknöpften Manschetten und den steifen Kragen. »Weißt du was? Du hast Recht. Es ist viel zu klein. Da passt du auf keinen Fall mehr rein«, sage ich verschwörerisch, falte das ungeliebte Stück zusammen und lege es zu den anderen ausrangierten Sachen auf den Stapel.

»Nanny, mir ist so langweilig.« Er nimmt mein Gesicht zwischen die Hände. »Ich will keine Hemden mehr anziehen. Komm, wir spielen Candy Land!«

»Bitte, Grover, nur noch die Jacke hier.« Ich helfe ihm in einen Blazer. »Jetzt gehst du bis zur Wand, und dann kommst du wieder zurück. Führ mir mal vor, wie fantastisch du aussiehst.« Er sieht mich zwar an, als ob ich verrückt geworden bin, aber er trottet gehorsam los. Alle paar Schritte dreht er sich um, ob ich nicht etwas im Schilde führe.

»Zeig's mir, Baby!«, rufe ich, als er an der Wand angekommen ist. Er dreht sich um und beäugt mich misstrauisch, bis ich so tue, als ob ich eine Kamera zücke und ihn fotografiere. »Los, Baby! Du bist fantastisch. Zeig mir, was du hast!« Er spreizt die Hände ab und posiert. »Bravo!«, johle ich, als ob Marcus Schenkenberg gerade sein Handtuch verloren hat. Er kichert. Jetzt hat er's kapiert. Er ist mit Leib und Seele bei der Sache.

»Du warst hinreißend, Darling«, sage ich, als ich ihm den Blazer ausziehe. Ich gebe ihm rechts und links ein Küsschen.

»Du kommst doch bald wieder, Nanny?« Er zieht mir seinen Arm weg. »Morgen?«

»Komm, wir schauen uns noch mal den Kalender an. Es sind nur noch ganz wenige Tage, bis ihr in die Karibik fahrt.«

»Auf die Bahamas«, verbessert er mich.

»Auf die Bahamas.« Wir beugen uns über den Nanny-Kalender, den ich gebastelt habe. »Und danach geht es nach Aspen. Da gibt es richtigen Schnee. Da kannst du Schlitten fahren und Schnee-Engel machen und einen Schneemann bauen. Was meinst du, wie schön das wird?«

»Hallo?« Mrs. X ist zurück. Grayer läuft in die Diele, und ich falte noch eben das letzte Hemd zusammen.

»Und, wie war der Nachmittag?«, fragt sie munter.

»Grayer war sehr brav – wir haben alles anprobiert.« Ich lehne mich an den Türpfosten. »Die Sachen, die auf dem Bett liegen, passen ihm noch.«

»Ausgezeichnet. Vielen, vielen Dank.«

Grayer hüpft vor Mrs. X auf und ab und zieht an ihrem Nerz. »Komm mit zu meiner Modenschau! Komm ins Kinderzimmer!«

»Grayer, was haben wir besprochen? Hast du dir die Hände gewaschen?« Sie entwindet sich seinem Griff.

»Nein«, antwortet er.

»Du weißt doch, dass du mit ungewaschenen Händen Mommys Nerz nicht anfassen darfst. Setz dich schön da hin. Ich habe eine Überraschung von Daddy für dich.« Grayer krabbelt auf die mit einem Paisleystoff bezogene Bank. Sie kramt in ihren Einkaufstüten und fördert einen leuchtend blauen Jogginganzug zu Tage.

»Du kommst doch nächstes Jahr auf die Schule für große Jungen, nicht wahr? Daddy findet Collegiate am besten.« Sie dreht das Sweatshirt um. Auf dem Rücken prangt in leuchtenden Lettern der Namenszug der Schule. Ich gehe zu Grayer und helfe ihm, es anzuziehen. Während ich die Ärmel aufrolle, die sich wie Würste um seine Handgelenke legen, tritt sie einen Schritt zurück.

»Ach, da wird sich dein Daddy aber freuen.« Grayer hält es nicht mehr auf der Bank. Er springt herunter und posiert mit abgespreizten Händen, wie bei der Modenschau. »Schatz, was fuchtelst du denn so mit den Händen?« Sie mustert ihn entgeistert. »Das sieht unnatürlich aus.«

Grayer sieht mich fragend an.

Mrs. X folgt seinem Blick. »Grayer, es wird Zeit, dass du dich von Nanny verabschiedest.«

»Ich will nicht.« Er baut sich vor der Tür auf und verschränkt die Arme.

Ich hocke mich vor ihn. »Es sind doch nur ein paar Wochen, Grover.«

»Neieieiein! Du sollst nicht gehen. Du hast gesagt, wir spielen *Candy Land*. Nanny, du hast es mir versprochen.« Tränen laufen ihm über das Gesicht.

»Da fällt mir etwas ein, Grayer. Ich hab' doch noch ein Weihnachtsgeschenk für dich«, sage ich. Ich gehe zum Dielenschrank, atme tief durch, setze ein strahlendes Lächeln auf und hole meine Einkaufstüte heraus.

»Das ist für Sie. Fröhliche Weihnachten!«, sage ich und gebe Mrs. X die Bergdorf-Dose.

»Das wäre doch nicht nötig gewesen«, antwortet sie und stellt das Geschenk auf den Tisch. »Ach ja, wir haben auch eine Kleinigkeit für Sie.«

Ich mache ein überraschtes Gesicht. »Ach?«
»Grayer, würdest du Nannys Geschenk holen?« Er ist schon unterwegs. Ich greife noch einmal in meine Tüte. »Das ist für Grayer.«
»Nanny, hier ist dein Geschenk, Nanny. Fröhliche Weihnachten, Nanny.« Er kommt angelaufen und überreicht mir eine Schachtel von Saks.
»Vielen Dank.«
»Wo ist meins!? Wo ist meins!?« Er zappelt vor mir herum.
»Ich habe es deiner Mom gegeben. Du kannst es aufmachen, wenn ich weg bin.« Ich schlüpfe in meine Jacke. Mrs. X hat bereits den Fahrstuhl geholt.
»Frohe Weihnachten«, sagt sie, als ich einsteige.
»Bye, Nanny!«, ruft Grayer. Er winkt wie eine Marionette.
»Bye, Grayer. Fröhliche Weihnachten!«

◊

Ich kann nicht warten, bis ich draußen bin. Ich denke an Paris und an Handtaschen und an viele Besuche in Harvard. Zuerst lese ich den Geschenkanhänger: »*Liebe Nanny. Was würden wir nur ohne Sie machen? Herzliche Grüße, Ihre Familie X.*« Ich reiße das Geschenkpapier herunter, nehme den Deckel ab und wühle im Seidenpapier.

Kein Kuvert. Großer Gott, *kein Kuvert!* Ich stelle die Schachtel auf den Kopf. Berge von Seidenpapier kommen herausgequollen, und etwas Schwarzes, Pelziges plumpst auf den Fahrstuhlboden. Ich stürze mich darauf wie ein Hund auf den Knochen. Ich bücke mich, schiebe das Seidenpapier zur Seite, um an die Beute zu kommen... und... und... und... es sind Ohrenschützer. Sonst nichts.

Nur Ohrenschützer.
Ohrenschützer!
OHRENSCHÜTZER!!!!!!

FÜNFTES KAPITEL
Stillstand

Mammy lebte in dem Gefühl, alle O'Haras gehörten ihr mit Leib und Seele und sämtlichen Geheimnissen. Nur die Andeutung eines Geheimnisses genügte, sie erbarmungslos wie einen Spürhund auf die Fährte zu setzen.

Vom Winde verweht

»Grandma hat dich überall gesucht, damit wir den Kuchen anschneiden können«, sage ich, als ich das Ankleidezimmer meiner Großmutter betrete, wo sich mein Vater vor dem Trubel der kombinierten Silvester-/Geburtstagsfeier verkrochen hat, die sie ihm, »dem einzigen Sohn, den Gott ihr beschert hat,« unbedingt zum Fünfzigsten ausrichten wollte.

»Schnell, mach die Tür zu! Ich bin noch nicht so weit – zu viele aufgedonnerte Gestalten.« Es mischen sich zwar auch einige eher leger gekleidete Künstler und Schriftsteller unter die Gäste, aber die Mehrzahl trägt Smoking, das einzige Kleidungsstück, das mein Vater, wie er ausdrücklich betont, niemals anziehen würde. Für keinen Menschen auf der Welt. Mit der Antwort: »Ja, wer sind wir denn? Die Kennedys?«, hat er jeden Versuch meiner Großmutter, ihn in die Planung dieses Abends mit einzubeziehen, geschickt abgewehrt. Mich dagegen braucht man nicht zweimal zu bitten, ein Abendkleid anzuziehen. Dafür habe ich zu selten einmal die Gelegenheit, meine Jogginghose an den Nagel zu hängen und die Lady zu spielen.

»Ich will mich wirklich nicht einmischen, aber vielleicht kann ich dich ja mit einer milden Gabe erweichen.« Ich gebe ihm ein Glas Champagner. Er lächelt, trinkt einen kräftigen Schluck und stellt das Glas auf den Frisiertisch, neben seine Füße. Er lässt das Kreuzworträtsel der *Times* sinken, an dem er getüftelt hat, und bedeutet mir, mich zu ihm zu setzen. Inmitten eines Traums aus

Chiffon lasse ich mich auf dem schweren, cremefarbenen Teppich nieder und nippe an meiner Champagnerflöte. Gedämpftes Gelächter und Big-Band-Musik dringen zu uns herein.
»Komm doch wieder raus, Dad. Es ist gar nicht so schlimm. Dieser chinesische Schriftsteller ist auch da. Und er hat noch nicht mal einen Schlips um. Du könntest dich mit ihm zusammentun.«
Er nimmt die Brille ab. »Ich bin lieber mit meiner Tochter zusammen. Wie geht es dir, Spatz? Bist du darüber hinweg?«
Sofort steigt die Wut wieder in mir auf, und meine Festtagsstimmung ist wie weggeblasen. »Aaargh, dieses Weib!« Ich lasse den Kopf hängen. »Letzten Monat habe ich achtzig Stunden geschuftet, und wofür? Ich kann dir sagen, wofür. *Für Ohrenschützer!*«, fauche ich. Durch den Schleier meiner Haare fällt mein Blick auf die Schuhe meiner Großmutter, ordentlich aufgereiht, schwarze Pumps und bunte chinesische Pantöffelchen.
»Ach ja. Wann hatten wir dieses Gespräch zuletzt? Vor einer Viertelstunde?«
»Was für ein Gespräch?«, fragt meine Mutter, die mit einem Teller Hors d'œuvres in der einen und einer Flasche Champagner in der anderen Hand zur Tür hereingeschlüpft kommt.
»Möchtest du raten? Ich gebe dir einen Tipp«, sagt er trocken und hält ihr sein Glas hin. »Man trägt es statt Hut.«
»Oh Gott! Nicht schon wieder. Ich bitte dich, Nan. Es ist Silvester! Kann du diese Geschichte nicht mal einen Abend vergessen?« Sie lässt sich auf die Chaiselongue sinken, schlägt die Beine unter und reicht Dad den Teller.
Ich greife mir die Flasche. »Nein, Mom. Das kann ich nicht! So etwas vergisst man nicht! Genauso gut hätte sie mir einfach ins Gesicht spucken oder mir eine lange Nase drehen können. Jeder weiß, dass man ein anständiges Weihnachtsgeld bekommt. So läuft das in dem Geschäft nun mal. Wieso hätte ich sonst so viele Überstunden machen sollen? Der Bonus ist nicht nur für die zusätzliche Arbeit, er ist auch eine Anerkennung! Alle anderen, die für sie arbeiten, haben Geld und eine Handtasche gekriegt! Und ich, ich kriege ...«

»Ohrenschützer«, tönt es mir im Chor entgegen.

»Wisst ihr, was mein Problem ist? Ich überschlage mich fast, damit es so aussieht, als ob es ganz normal ist, dass ich ihren Sohn großziehe, während sie bei der Maniküre sitzt. Und weil ich ihr in jeder Hinsicht entgegenkomme und versuche, es ihr recht zu machen, bildet sie sich ein, dass ich zur Familie gehöre. Und sie vergisst, dass ich für sie arbeite. Sie glaubt inzwischen selber, dass sie mir einen Gefallen tut, wenn sie mich mit ihrem Sohn spielen lässt!« Ich stibitze Dad ein Häppchen Kaviar. »Was meinst du, Mom?«

»Ich denke, du hast nur eine Wahl. Entweder du knöpfst dir die Frau mal vor und erklärst ihr, was Sache ist, oder du wirfst das Handtuch. Du müsstest dich mal hören; du hast ja seit Tagen kein anderes Thema mehr. Du verdirbst dir ihretwegen eine recht manierliche Party. Und dabei fällt mir ein, wo wir schon einmal eine Band im Haus haben, sollten wir das Tanzen nicht allein deiner Großmutter überlassen.« Sie sieht Dad viel sagend an, woraufhin er sich schnell das letzte Krebsbällchen in den Mund schiebt.

»Das will ich doch! Ich will sie ja zur Rede stellen, aber ich weiß überhaupt nicht, wo ich anfangen soll.«

»Wieso nicht? Du brauchst ihr doch bloß zu sagen, dass du dir euer Arbeitsverhältnis anders vorgestellt hast. Wenn sie Wert darauf legt, dass du Grayer auch weiterhin betreust, werden sich einige Dinge ändern müssen.«

»Klasse«, knurre ich. »Wenn sie mich fragt, wie mein Urlaub war, mache ich sie zur Schnecke? Auch wenn sie mir dann eine knallt.«

»Etwas Besseres kann dir doch gar nicht passieren«, mischt Dad sich ein. »Dann kannst du sie wegen Körperverletzung verklagen, und wir haben alle für den Rest unseres Lebens ausgesorgt.«

So schnell lässt sich meine Mutter nicht aus dem Konzept bringen. »Du lächelst sie an, legst ihr den Arm um die Schultern und sagst: ›Sie machen es einem schwer, für Sie zu arbeiten.‹ Du erklärst ihr freundlich, aber bestimmt, dass man so nicht mit Leuten umspringen kann.«

»Ach, Mom! Du hast ja keine Ahnung, was für ein Typ sie ist. Dieser Frau legt keiner den Arm um die Schultern. Sie ist der reinste Gletscher.«

»Okay. Dann her mit dem Nerz«, befiehlt sie. »Generalprobe.« Diese Generalproben sind die Eckpfeiler meiner Kindheit und Jugend gewesen; sie haben mir durch die schwierigsten Situationen hindurchgeholfen, angefangen bei der Aufnahmeprüfung für das College bis hin zur Beendigung der Beziehung zu meinem ersten Freund. Dad wirft mir die Nerzstola zu, die neben ihm gehangen hat, und schenkt noch einmal reihum nach.

»Okay, du bist Mrs. X, ich bin du. Action.«

Ich räuspere mich. »Willkommen, Nanny. Wären Sie so gut, meine dreckige Unterwäsche mitzunehmen, wenn Sie Grayer zum Schwimmen bringen? Sie können sie dann gleich im Becken auswaschen. Herzlichen Dank, Chlor ist doch das reinste Wundermittel!« Ich ziehe den Nerz hoch und setze ein gekünsteltes Lächeln auf.

Meine Mutter bleibt ruhig und gelassen. »Ich möchte Ihnen helfen. Ich möchte Grayer helfen. Aber wenn ich meine Aufgabe nach besten Kräften erfüllen soll, brauche ich auch Ihre Hilfe. Und dazu gehört, dass ich nur so viele Stunden arbeite, wie wir gemeinsam vereinbart haben.«

»Ach, Sie arbeiten hier? Ich dachte, wir hätten Sie adoptiert!« Ich lege mit gespieltem Entsetzen den kleinen Finger an den Mund.

»Natürlich wäre es mir eine Ehre, mit Ihnen verwandt zu sein, aber ich arbeite hier, und wenn ich dazu weiterhin in der Lage sein soll, werden Sie von nun an meine Grenzen respektieren müssen.« Dad klatscht Beifall, und ich lasse mich nach hinten sinken.

»Das funktioniert im Leben nicht«, stöhne ich.

»Nan, diese Frau ist nicht Gott! Sie ist nur ein Mensch. Du brauchst ein Mantra. Mach es wie Laotse: Nein sagen, um Ja zu sagen. Sprich es mir nach!«

»Ich sage Nein, um Ja zu sagen. Ich sage Nein, um Ja zu sagen«, murmele ich, den Blick auf die Blumentapete an der Decke gerichtet.

Wir haben uns gerade richtig schön in unseren Singsang hineingesteigert, da fliegt die Tür auf, und Musik strömt herein. Ich drehe den Kopf auf die Seite. Es ist meine Großmutter, vom Tanzen erhitzt, steht sie in ihrem wallenden roten Satinkleid in der Tür.

»Kinder, was für eine grandiose Party! Und was macht mein Herr Sohn an seinem fünfzigsten Geburtstag? Er verkriecht sich, genau wie er es auch schon an seinem fünften Geburtstag gemacht hat. Komm, tanz mit mir.« Eingehüllt in eine Parfümwolke trippelt sie zu meinem Vater hinüber und küsst ihn auf die Wange. »Komm mit, du Geburtstagskind, den Kummerbund und die Fliege kannst du hier lassen, aber du musst mit deiner alten Mutter wenigstens einen Mambo tanzen, bevor es zwölf Uhr schlägt!«

Er verdreht die Augen, aber der Champagner hat ihn mürbe gemacht. Ergeben nimmt er die Fliege ab und steht auf.

»Und du, junge Dame.« Das gilt mir, die ich hingegossen zu ihren Füßen liege. »Du nimmst den Nerz mit, und dann wird getanzt.«

»Entschuldige, dass ich einfach so verschwunden bin, Gran. Aber ich bin immer noch nicht über die Ohrenschützer hinweggekommen.«

»Du große Güte! Dein Vater und sein Smoking, du und deine Ohrenschützer! Was seid ihr nur für eine Familie? Bis nächstes Jahr Weihnachten wird mir hier nicht mehr über irgendwelche Kleidungsstücke diskutiert! Hoch mit dir, du Augenweide. Die Tanzfläche wartet.«

Mom hilft mir auf die Beine. Während wir den anderen beiden ins Getümmel folgen, flüstert sie mir zu: »Siehst du? Nein sagen, um Ja zu sagen. Was meinst du, was dein Dad gerade vor sich hin brummelt?«

Etliche Tänze später schwebe ich beschwingt (und leicht beschwipst) nach Hause zurück, wo ich von George begrüßt werde, der sich verschmust an meine Beine schmiegt. Ich nehme ihn auf den Arm und trage ihn in meinen Teil des Apartments. »Frohes neues Jahr, George«, murmele ich in das schnurrende Fellknäuel unter meinem Kinn.

Charlene ist heute Morgen nach Asien geflogen, und ich kann mein Glück noch gar nicht fassen, dass ich die Wohnung jetzt drei Wochen ganz für mich allein habe. Ich schlenkere mir die Schuhe von den Füßen. Wie durch einen Nebel sehe ich, dass mein Anrufbeantworter blinkt. Mrs. X.

»Was meinst du, George, sollen wir es riskieren?« Ich lasse ihn runter, bevor ich das Band abspiele.

»Hi, Nan? Dies ist eine Nachricht für Nan. Ich glaube, es ist die richtige Nummer ...« Es ist mein Harvard-Prinz.

»O Gott!«, kreische ich, drehe mich um und überprüfe mein Aussehen im Spiegel.

»Also. Tja, hm, ich wollte dir nur ein frohes neues Jahr wünschen. Äh, ich bin in Afrika. Und – warte – wie spät ist es bei euch? Sieben Stunden, da macht zehn ... elf ... zwölf. Okay. Also, ich bin hier mit meinen Eltern, und bald geht's ab in die Wildnis. Gerade haben wir mit unseren Führern ein paar Bierchen getrunken. Das ist hier das letzte Telefon vor dem Busch. Aber was ich sagen wollte ... Du hattest bestimmt eine anstrengende Woche. Siehst du? Ich weiß, wie hart du arbeitest, das wollte ich dir nur gesagt haben, äh ... dass ich das weiß ... dass du hart arbeitest, meine ich. Und dann wollte ich dir noch ein frohes neues Jahr wünschen. Also dann – ich hoffe bloß, ich habe die richtige Nummer gewählt. Das war's auch schon. Wollte mich nur mal melden. Äh ... bye.«

Euphorisch tapse ich im Dunkeln zum Bett. »O Gott«, jubiliere ich noch einmal, bevor ich mit einem seligen Grinsen im Gesicht einschlafe.

◊

Klingeling. Klingeling.

»Hier ist der Anschluss von Charlene und Nan. Bitte hinterlassen Sie uns eine Nachricht.« Piep.

»Hallo, Nanny. Hoffentlich sind Sie zu Hause. Sie sind doch zu Hause? Ein frohes neues Jahr.« Ich klappe ein Auge auf. »Hier ist

Mrs. X. Ich hoffe, Sie hatten schöne Ferien. Warum ich anrufe ...« Das gibt's doch nicht, es ist *acht Uhr morgens!* »Also, wir mussten unsere Pläne ändern. Mr. X wird in Chicago gebraucht. Ich bin, das heißt, Grayer ist... wir sind natürlich alle sehr enttäuscht. Weil wir nun doch nicht mehr nach Aspen fahren, wollte ich Sie fragen, ob Sie für den Rest des Monats schon etwas geplant haben.« Am Neujahrsmorgen! Ich strecke die Hand unter der Bettdecke hervor und taste blind nach dem Telefon. Ich ziehe den Stecker raus und werfe ihn auf den Boden.
So.
Ich schlafe wieder ein.

◊

Klingeling. Klingeling.
»Hier ist der Anschluss von Charlene und Nan. Bitte hinterlassen Sie uns eine Nachricht.« Piep.
»Hallo, Nanny. Hier ist Mrs. X. Ich habe Ihnen vorhin schon aufs Band gesprochen.« Ich klappe ein Auge auf. »Ich weiß nicht, ob es ich erwähnt habe, aber es wäre schön, wenn Sie mich heute noch zurückrufen könnten.« Das gibt's doch nicht, es ist *halb zehn!* Am Neujahrsmorgen! Ich strecke die Hand unter der Bettdecke hervor und taste blind nach dem Telefon. Diesmal erwische ich den richtigen Stecker.
Ahh, Frieden.

◊

»Hier ist der Anschluss von Charlene und Nan. Bitte hinterlassen Sie uns eine Nachricht.« Piep.
»Hallo, Nanny. Hier ist Mrs. X.« Das gibt's doch nicht! Es ist zehn Uhr morgens! Die Frau muss übergeschnappt sein. Im Hintergrund höre ich Grayer weinen. Nicht mein Problem, nicht mein Problem. OHRENSCHÜTZER. Ich strecke die Hand unter der Bettdecke hervor und taste blind nach dem Anrufbeantworter. Ich finde den Lautstärkeregler. »Ich dachte nur, weil Sie doch eigentlich keine konkreten Urlaubspläne hatten ...« Ahh, Stille.

Klingeling. Klingeling.
SCHEISSE AUCH, WIE IST DAS MÖGLICH?
O nein, es ist das Handy. Das gottverdammte Handy.
Klingeling. Klingeling.
Aaaahhhhhh! Ich stehe auf, aber ich kann das gottverdammte Ding nicht finden. Mir brummt der Schädel.
Klingeling. Klingeling.
Es liegt unterm Bett! Es liegt unterm Bett! George hat es in die hinterste Ecke gekickt. Im Abendkleid krabble ich unter das Bett, mache den Arm lang, erwische das Ding und werfe es in den Wäschekorb. Dann türme ich alles an schmutzigen Klamotten darauf, was ich finden kann. Da kann es von mir aus weiterklingeln.
Aaahh! Schlafen!
Klingeling. Klingeling.
Ich stehe auf, marschiere zum Wäschekorb, hole das Handy raus, stapfe in die Küche, mache das Gefrierfach auf, schmeiße das Handy rein und lege mich wieder ins Bett.

◊

Als ich fünf Stunden später von selbst aufwache, hockt George am Fußende des Bettes und wartet geduldig auf sein Frühstück. Er legt den Kopf auf die Seite und miaut, als ob er sagen wollte: »Hast wohl mächtig einen draufgemacht, hm?« Ich schleppe mich in meinem zerknitterten Chiffontraum in die Küche, gebe George zu fressen und mache mir eine Kanne Kaffee. Ich wage einen Blick ins Gefrierfach. Hinter den Eisschalen liegt das Handy und leuchtet mich grün an.

»Anzahl der Anrufe: 12«, steht auf dem Display. O nein. Ich gieße mir eine Tasse Kaffee ein und setze mich aufs Bett, um die Nachrichten abzuhören.

»Hallo noch mal. Ich hoffe, ich wiederhole mich nicht. Also, Mr. X kann es nicht einrichten, nach Aspen mitzukommen, und ich habe wirklich keine Lust, ganz allein dort herumzusitzen. Unsere Angestellten wohnen ein ganzes Stück entfernt am anderen Ende der Straße, und ich würde mich sehr einsam fühlen. Also bleiben wir in New York. Es wäre toll, wenn Sie mir Grayer wenigstens ein paar Tage in der Woche abnehmen könnten. Wie wäre es mit montags? Geben Sie mir doch bitte Bescheid. Ich wiederhole noch mal die Nummer...«

Ich überlege nicht lange, und ich murmele auch kein Mantra. Ich stecke den Stecker wieder rein und rufe auf den Bahamas an.

»Hallo?«

»Mrs. X? Hi, ich bin's, Nanny. Wie geht es Ihnen?«

»Ach Gott, das Wetter ist einfach grauenvoll. Mr. X ist fast überhaupt nicht zum Golfen gekommen, und nun muss er das Skifahren auch noch vergessen. Grayer konnte kein einziges Mal aus dem Haus. Man hatte uns eine Vollzeitbetreuung zugesagt, wie im letzten Jahr, aber es gibt wohl nicht genügend Kräfte.« Im Hintergrund läuft *Pocahontas*. »Dann haben Sie meine Nachricht also bekommen?«

»Ja.« Ich halte meinen dröhnenden Schädel.

»Ich glaube, mit Ihrem Telefon stimmt etwas nicht. Sie sollten es mal überprüfen lassen. Ich habe den ganzen Vormittag versucht, Sie zu erreichen. Mr. X reist heute ab, aber ich bleibe noch über das Wochenende und komme erst am Montag zurück. Wir landen um elf. Könnten Sie um zwölf in der Wohnung sein?«

»Also eigentlich« – Ohrenschützer! – »habe ich bereits andere Pläne. Ich sollte doch erst am letzten Montag im Januar wieder anfangen.«

»Ach so. Könnten Sie uns nicht wenigstens ein, zwei Wochen opfern?«

»Die Sache ist die...«

»Einen Augenblick bitte.« Offenbar hält sie die Sprechmuschel zu. »Wir haben kein anderes Video.« Mr. X antwortet etwas, was ich nicht ganz verstehen kann. »Dann legst du eben noch mal dasselbe ein«, faucht sie.

»Mrs. X?«

»Ja?«

Wenn ich ihr jetzt nicht mit einer kleinen Notlüge komme, werde ich sie nie wieder los. »Ich habe Ihren Vorschlag befolgt. Ich fliege nach Paris. Ich könnte also frühestens Montag in zwei Wochen wieder anfangen. Das wäre der Achtzehnte.« Nein sagen, um Ja zu sagen. »Und dann wäre da noch etwas. Vor Ihrer Abreise sind wir gar nicht mehr dazu gekommen, über meine Gehaltserhöhung zu sprechen.«

»Wie bitte?«

»Normalerweise bekomme ich ab Januar immer zwei Dollar mehr die Stunde. Ich hoffe, das ist kein Problem.«

»Äh ... Nein, natürlich nicht. Ich rede mit Mr. X darüber. Noch eine kleine Bitte. Könnten Sie vielleicht morgen in der Wohnung vorbeischauen und die Luftbefeuchter nachfüllen? Aber nur, wenn es Ihnen keine Umstände macht.«

»So ein Zufall, ich bin sowieso in der Gegend.«

»Fantastisch! Dann sehen wir uns in zwei Wochen. Aber lassen Sie es mich bitte wissen, falls Sie vielleicht doch etwas früher wieder anfangen können.«

James hält mir die Tür auf. »Frohes neues Jahr, Nanny. Was führt Sie denn jetzt schon wieder hierher?«

»Mrs. X möchte, dass ich die Luftbefeuchter nachfülle.«

»Möchte sie, hm?« Er grinst mich wissend an.

Dass die Heizung läuft, ist das Erste, was mir auffällt, als ich die Tür aufschließe. In der Wohnung ist es still, und ich komme mir fast wie ein Dieb vor. Ich habe mir gerade den Mantel ausgezogen, da schallt mir plötzlich »Miss Otis Regrets« von Ella Fitzgerald aus der Stereoanlage entgegen.

Ich bleibe wie angewurzelt stehen. »Hallo?« Ich packe meinen Rucksack fester und schleiche an der Wand entlang zur Küche, um mich mit einem Messer zu bewaffnen. Schließlich kennt man die Geschichten, wo sich ein Portier während der Abwesenheit der Eigentümer in deren Wohnung einnistet. Leise öffne ich die Tür.

Auf der Arbeitsplatte steht eine offene Flasche Dom Pérignon, auf dem Herd dampfen Töpfe. Was für ein Irrer würde wohl in eine fremde Wohnung eindringen, um zu kochen?

»Es ist noch nicht fertig. Ce n'est pas fini«, sagt ein Mann mit starkem französischen Akzent. Er kommt aus der Personaltoilette, trocknet sich die Hände an seiner karierten Hose ab und rückt sich die Kochmütze zurecht.

»Wer sind Sie?« Die Musik ist so laut, dass ich die Stimme erheben muss. Vorsichtig mache ich einen Schritt auf die Tür zu. Der Mann sieht mich an.

»Qui est-ce que vous êtes?«, fragt er und stemmt die Hände in die Hüften.

»Äh, ich arbeite hier. Und wer sind Sie?«

»Je m'appelle Pierre. Ich koche. Ich kreiere für Madame le dîner.« Die Spuren der Geschäftigkeit und die köstlichen Düfte tun der Küche gut. Sie hat noch nie so wohlig ausgesehen.

»Was stehen Sie da herum? Gehen Sie.« Er fuchtelt mit dem Messer.

Ich mache mich auf die Suche nach Mrs. X.

Nicht zu fassen, sie ist wieder zurück. Aber vorher vielleicht mal die liebe Nanny verständigen? Das ist natürlich zu viel verlangt. Ich habe ja sowieso nichts Besseres zu tun, als mich darum zu kümmern, dass ihre Ölgemälde nicht austrocknen. Aber wenn sie glaubt, dass ich heute Abend arbeite, hat sie sich geschnitten. Wahrscheinlich ist das alles nur eine Falle, damit ich sofort wieder anfange. Wahrscheinlich hat sie Grayer in einem Netz über dem Luftbefeuchter aufgehängt, um in mir auf den Kopf fallen zu lassen, sobald ich ...

»SHE RAN TO THE MAN WHO HAD LED HER SO FAR ASTRAY«, dröhnt es aus der Stereoanlage. Die Musik folgt mir von Raum zu Raum.

Mrs. X kann mich mal. Ich schaue nur kurz vorbei, wie ich es versprochen habe, und dann bin ich ruck, zuck wieder weg.

»Hallo?« Ich bin wie vom Blitz getroffen. Da ist sie, da kommt sie aus dem Schlafzimmer stolziert, einen achtlos zugebundenen Seidenkimono um den Leib. Ihre Smaragdohrringe funkeln im Licht der Dielenlampe. Mir schlägt das Herz bis zum Hals.

Es ist Ms. Chicago.

»Tag«, sagt sie, genauso freundlich wie vor drei Wochen in dem Konferenzraum. Sie gleitet an mir vorbei.

»Tag«, sage ich. An meinem Schal nestelnd laufe ich hinter ihr her. Als ich um die Ecke biege, öffnet sie gerade schwungvoll die Flügeltür zum Esszimmer. Der Tisch ist für ein romantisches Essen für zwei gedeckt. Ein riesiger Strauß Pfingstrosen, lilaschwarz wie Tintenfischtinte, steht in einem Kreis aus brennenden Kerzen. Sie beugt sich über das warm schimmernde Mahagoni und ordnet das Tafelsilber.

»Ich wollte bloß die Luftbefeuchter auffüllen!« rufe ich, um mich trotz der Musik verständlich zu machen.

»Augenblick.« Sie geht zum Bücherschrank und stellt an dem versteckt angebrachten Kontrollpaneel Lautstärke, Ton und Bässe ein. »So.« Mit einem leisen Lächeln dreht sie sich wieder zu mir um. »Was haben Sie gerade gesagt?«

»Die Luftbefeuchter. Sie trocknen aus. Wenn sie kein Wasser bekommen. Und die Bilder. Sie leiden. Wenn sie austrocknen. Ich wollte sie nur auffüllen. Nur einmal. Nur heute, denn dann halten sie bis... Okay! Dann fang' ich mal an.«

»Danke, Nanny. Mr. X weiß Ihr Pflichtgefühl sicher zu schätzen. Genau wie ich.« Sie nimmt eine Champagnerflöte vom Sideboard. Ich knie mich auf den Boden und ziehe den Stecker des Luftbefeuchters heraus.

»Also los.« Ächzend hebe ich die schwere Kiste hoch und schleppe sie in die Küche.

Insgesamt sind es zehn Geräte, die ich erst ins Wäschezimmer und dann wieder an ihren Platz befördere, auf allen Wegen begleitet von Ella: »It Was Just One of Those Things«, »Why Can't You Behave?«, »I'm Always True to You, Darlin'«. Meine Gedanken drehen sich im Kreis. Das ist nicht ihre Wohnung. Das ist nicht ihre Familie. Und das Schlafzimmer, aus dem sie gerade gekommen ist? Auch nicht ihres, ganz bestimmt nicht.

»Sind Sie fertig?«, fragt sie, als ich den letzten Luftbefeuchter wieder einstöpsele. »Ich hätte nämlich ein Anliegen. Könnten Sie mir vielleicht schnell etwas besorgen?« Sie folgt mir bis zur Wohnungstür. Ich greife nach meinem Mantel. »Pierre hat nämlich die Crème double vergessen. Das wäre nett.« Sie drückt mir einen Zwanziger in die Hand.

Ich starre auf den Geldschein. Dann fällt mein Blick auf den

Schirmständer, in dem Grayers kleiner Regenschirm steht. Er hat zwei große Froschaugen, die aufklappen, wenn man ihn öffnet. Ich halte ihr den Zwanziger hin. »Ich kann nicht... Ich, äh, ich habe einen Termin, beim Arzt.« Aus dem vergoldeten Rahmen sieht mich mein Spiegelbild an. »Ehrlich gesagt, ich kann das einfach nicht.«

Ihr Lächeln wird frostig. »Das Geld können Sie trotzdem behalten.« Der Fahrstuhl kommt. Sie lehnt betont lässig am Türpfosten.

Ich lege den Schein auf das Dielentischchen.

Ihre Augen blitzen. »Hören Sie mal zu, Nanny. Sie heißen doch Nanny? Laufen Sie ruhig zu Ihrer Chefin und sagen Sie ihr, dass Sie mich hier angetroffen haben. Damit ersparen Sie mir nur die Mühe, irgendwo aus Versehen ein Höschen liegen lassen zu müssen.« Sie verschwindet in der Wohnung und knallt die Tür zu.

◊

»Ehrlich wahr? Sie wollte irgendwo ihren Slip deponieren?«, fragt Sarah, als wir am nächsten Tag zusammen an der Stila-Theke stehen, wo sie einen Lippenstift nach dem anderen ausprobiert.

»Was weiß ich denn?! Ob ich ihn suchen soll? Ich habe irgendwie das Gefühl, dass ich versuchen müsste, ihn zu finden.«

»Was zahlen dir diese Leute eigentlich? Wo ist deine Grenze? Gibt es irgendeinen Punkt, an dem du sagst, bis hierhin und nicht weiter?« Sarah spitzt angestrengt die Lippen. »Zu pink?«

»Wie ein Pavianhintern.«

»Wie wäre es mit einem Pflaumenton?«, schlägt die Kosmetikverkäuferin vor. Sarah wischt sich die Lippen ab und fängt noch einmal von vorne an.

»Morgen kommt Mrs. X zurück. Ich kann mir nicht helfen, aber ich glaube, ich muss etwas unternehmen«, sage ich und lehne mich erschöpft an die Theke.

»Kündigen vielleicht?«

»Du spinnst wohl. Und wie soll ich dann die Miete zahlen?«

»TOOTS!!!!« Quer durch das Atrium schrillt aus zwei riesigen Bündeln von Einkaufstüten Sarahs Spitzname aus High-School-

Zeiten zu uns herüber. Wir erstarren. Die Tütenberge kämpfen sich zu uns durch, teilen sich und geben den Blick frei auf Alexandra und Langly, zwei ehemalige Klassenkameradinnen.

Sarah und ich tauschen einen erstaunten Blick aus. In der Schule sind die beiden nur in Birkenstock-Sandalen herumgelaufen und waren Fans der Grateful Dead. Das ungleiche Paar, das jetzt vor uns steht – Alexandra mit ihren fast eins achtzig, Langly mit ihren knapp eins fünfzig –, ist kaum wiederzuerkennen: edle Lammfelljacken, Kaschmirpullover und ein ganzer Klempnerladen Cartier.

»TOOTS!«, jauchzen sie überschwänglich. Alexandra fällt Sarah so begeistert um den Hals, dass sie sie fast mit einer Einkaufstüte am Kopf trifft.

»Toots, wie geht's dir?«, fragt Alexandra. »Hast du einen Kerl?«

Sarah zieht die Augenbrauen hoch. »Nein. Das heißt, ich war mit jemandem zusammen, aber...« Auf ihrer Stirn bilden sich kleine Schweißperlen, da hilft auch kein Make-up.

»Ich habe einen fantastischen Typen – er ist Grieche. Er ist einfach umwerfend. Nächste Woche fahren wir an die Riviera«, gurrt Alexandra. »Und was machst du so?« Die Frage gilt mir.

»Ach, immer noch dasselbe. Ich arbeite mit Kindern.«

»Aha«, sagt Alexandra leise. »Und was machst du im nächsten Jahr?«

»Ich hoffe, dass ich in der Nachmittagsbetreuung arbeiten kann.« Sie kneifen die Augen zusammen, als ob ich gerade ohne Vorwarnung auf eine andere Sprache umgeschaltet hätte. »In einem Programm, das besonders die Kreativität der Kinder fördert. Zur Stärkung der eigenen Ausdrucksfähigkeit. Und um positives Sozialverhalten zu trainieren.« Die beiden starren mich verständnislos an. »Die Moderatorin Kathie Lee Gifford engagiert sich sehr dafür.« Wenn sie jetzt immer noch nichts kapieren, dann... Ja, was dann?

»Aha. Und was machst du?«, fragt Langly Sarah fast im Flüsterton.

»Ich fange bei *Allure* an.«

»Wahnsinn!«, kreischen sie.

»Na ja«, fährt Sarah fort. »Eigentlich nehme ich nur die Anrufe entgegen, aber...«

»Nein, das ist ja sensationell. Ich liebe *Allure*«, sagt Alexandra. »Es gibt einfach keine bessere Frauenzeitschrift.«

»Und was machst du im neuen Jahr?«, frage ich.

»Ich ziehe mit meinem Griechen herum«, antwortet Alexandra.

»Ganja«, sagt Langly leise.

»Schade, aber wir müssen los. Wir sind um eins mit meiner Mutter bei Côte Basque verabredet. Ciao, Toots!« Noch einmal muss Sarah sich von Alexandra umschlingen lassen, dann ziehen die beiden los, um in einem Meeresfrüchtesalat zu stochern.

»Du bist echt zum Schießen«, sage ich zu Sarah. »Du fängst also bei *Allure* an, hm?«

»Die können mich mal. Komm, wir gehen jetzt irgendwo ganz toll essen.«

Wir beschließen, uns einen schicken Lunch zu gönnen. Rotwein und Pizza mit Robiola-Käse bei Fred's.

»Würdest du auf die Idee kommen, deine Unterwäsche bei fremden Leuten liegen zu lassen?«

»Nan«, sagt Sarah warnend. Ich schweige. »Ich verstehe überhaupt nicht, was dich das kümmert. Mrs. X springt mit dir um wie ein Sklaventreiber. Und was hat sie dir zu Weihnachten geschenkt? Einen Kopfschmuck aus totem Tier. Du bist ihr wirklich zu nichts verpflichtet.«

»Sie mag zwar eine überkandidelte Pute sein, aber sie ist auch Grayers Mutter. Und diese Frau schläft mit *ihrem* Mann, in *ihrem* Ehebett. In Grayers Wohnung. So etwas kann ich nicht vertragen. So etwas hat keiner verdient. Dieses Biest! Sie legt es darauf an, erwischt zu werden! Was denkt sie sich bloß dabei?«

»Na ja, wenn mich mein verheirateter Lover ewig hinhalten würde und sich nicht aufraffen könnte, seine Frau zu verlassen, würde ich es vielleicht auch darauf anlegen, dass die Affäre auffliegt.«

»Wenn ich etwas sage, triumphiert Ms. Chicago und Mrs. X ist am Boden zerstört. Wenn ich nichts sage, ist es eine ungeheure Demütigung für Mrs. X...«

»Nan, du brauchst das wirklich nicht auf deine Kappe zu nehmen. Es geht dich nichts an. Früher oder später wird sie es sowieso erfahren. Glaub mir – das fällt nicht in den Tätigkeitsbereich eines Kindermädchens.«

»Aber stell dir doch mal vor, ich sage nichts, und dann findet sie irgendwo dieses Höschen. Wie grauenhaft. Allein der Gedanke! Oder noch schlimmer: Grayer findet es. Diesem Biest ist alles zuzutrauen. Wahrscheinlich hat sie es extra so hingelegt, dass er es als Erster entdeckt.«

»Jetzt nimm dich mal zusammen, Nan. Woher soll er denn wissen, dass es ihr gehört?«

»Weil es wahrscheinlich ein Stringtanga aus schwarzer Spitze ist. Jetzt kapiert er es vielleicht noch nicht, aber eines schönen Tages sitzt er beim Therapeuten, und dann? Es würde ihn umbringen. Los, zieh deinen Mantel an.«

Sarah empfängt Josh mit einem Glas Wein in der Diele. »Herzlich willkommen zur Großen Höschenjagd. Es gibt fantastische Preise zu gewinnen, unter anderem auch Ohrenschützer und einen Besuch in der Besenkammer. Wer möchte unser erster Kandidat sein?«

»Ich bitte, ich!« Josh zieht seine Jacke aus. Ich krieche auf allen vieren im Dielenschrank herum und durchwühle sämtliche Taschen, jedes Paar Stiefel. Nichts. »Mensch, Nan. Was ist denn das für ein Palast? Hier sieht es ja aus wie im Metropolitan Museum.«

»Und es ist auch ungefähr genauso gemütlich«, sagt Sarah. Ich laufe wie eine Gehetzte ins Wohnzimmer.

»Wir haben keine Zeit zum Plaudern!«, rufe ich ihnen zu. »Sucht euch jeder ein Zimmer aus.«

»Gibt es für jedes Stück Unterwäsche Punkte oder nur, wenn ein scharlachroter Buchstabe drauf ist?«, fragt Josh.

»Für essbare Höschen gibt es Extrapunkte. Und für Höschen ohne Zwickel auch«, erklärt Sarah ihm die Spielregeln. Mir ist überhaupt nicht zum Lachen zu Mute.

»Okay, Leute!«, sage ich. »Hört zu! Wir gehen methodisch vor.

Wir fangen in den Zimmern an, die am häufigsten benutzt werden, wo man das Höschen am schnellsten finden würde. Joshua, du nimmst dir das Schlafzimmer, Mrs. X' Ankleidezimmer und ihr Büro vor. Sarah Anne!«

»Zu Befehl, Sir!«

»Küche, Bibliothek, Dienstbotenzimmer. Ich durchsuche das Wohnzimmer, das Esszimmer, das Studierzimmer und das Wäschezimmer. Okay?«

»Und was ist mit dem Kinderzimmer?«

»Du hast Recht. Das nehme ich mir als Erstes vor.«

Ich knipse sämtliche Lampen an, auch die Deckenleuchten, die sonst kaum einmal eingeschaltet werden, und leuchte noch die dunkelsten Ecken der X'schen Wohnung aus.

◊

»Du kannst nicht behaupten, dass wir es nicht versucht haben, Nan«, sagt Josh und bietet mir eine Zigarette an. Wir hocken neben den Recyclingtonnen auf der Hintertreppe. »Wahrscheinlich war das Ganze bloß ein Bluff, weil sie gehofft hat, du rennst damit zu Mrs. X, und sie kann schon mal die Anstreicher kommen lassen.«

Sarah steckt sich auch eine an. »Wer dieses Höschen findet, hat den Sieg verdient. So gut versteckt, wie es ist. Bist du dir sicher, dass deine Ms. Chicago für Mr. X arbeitet und nicht für die CIA?« Sie gibt mir das Feuerzeug zurück.

Josh hält einen Porzellanpekinesen in der Hand, den er bei der Durchsuchung mitgenommen hat. »Sagst du's mir noch mal?«

»Ich weiß es auch nicht genau, aber zwei-, dreitausend Dollar bestimmt«, antwortet Sarah.

»Unglaublich. Aber wieso? Wieso? Ich kapier' das einfach nicht.« Er starrt den Hund ungläubig an. »Wartet mal, ich hole mir noch was.«

»Du stellst das Vieh jetzt genau wieder dahin, wo du es gefunden hast«, sage ich zu ihm. Aber ich kann mich nicht aufraffen, hinter ihm herzulaufen und dafür zu sorgen, dass er es auch wirklich tut. »Es tut mir Leid, dass ich euch mit meiner Höschensuche den Abend versaut habe.« Ich drücke die Zigarette auf dem Eisengeländer aus.

»Ach, komm.« Sarah legt mir tröstend den Arm um die Schultern. »Mach dich nicht fertig. Um diese Leute brauchst du dir keine Sorgen zu machen – die schwimmen doch im Geld.«

»Ja, aber der arme Grayer?«

»Er hat dich, und du hast deinen Harvard-Prinzen.«

»Ach ja? Möchtest du wissen, was ich habe? Eine Anrufbeantworterkassette in meinem Schmuckkästchen und einen Plastiklöffel in meiner Handtasche, den ich als Andenken mit mir herumtrage, aber sonst?«

»Ist ja schon gut. Darf ich das mit dem Plastiklöffel erwähnen, wenn ich auf eurer Hochzeit eine Rede halte?«

»Schätzchen, wenn es jemals eine Hochzeit geben sollte, darfst du den Plastiklöffel sogar zeigen. Komm, wir holen Josh. Dann beseitigen wir noch unsere Fingerabdrücke und verschwinden.«

Als ich nach Hause komme, blinkt mein Anrufbeantworter.

»Hallo, Nanny. Hier ist Mrs. X. Hoffentlich sind Sie noch nicht nach Paris abgereist. Ich konnte Sie wieder nicht auf dem Handy erreichen. Vielleicht sollten wir Ihnen ein neues besorgen, mit einer besseren Reichweite. Warum ich anrufe: Mr. X hat mir eine Woche Verwöhnurlaub auf einer Wellnessfarm zu Weihnachten geschenkt. Ist das nicht herrlich? Auf den Bahamas ist es so grässlich, und ich habe mich immer noch nicht von den Feiertagen erholt. Ich bin völlig erschöpft. Deshalb dachte ich mir, dass ich mich nächste Woche ein bisschen pflege. Mr. X ist bis dahin natürlich zurück in New York. Könnten Sie ihm trotzdem Bescheid sagen, wenn Sie wieder da sind? Nur für den Fall, dass er Sie braucht. Damit wir für alle Eventualitäten gerüstet sind. Ich bin heute Abend auf meinem Zimmer. Rufen Sie mich doch bitte zurück.«

Am liebsten würde ich ihr raten, ihre Wohnung nie wieder zu verlassen.

»Mrs. X? Hallo, ich bin's, Nanny.«

»Ja?«

Ich hole tief Luft.

»Wie sieht es aus? Könnten Sie uns aushelfen?«

»Natürlich«, sage ich. Zu meiner großen Erleichterung erwähnt sie meine Stippvisite in der Wohnung mit keinem Wort.

»Wunderbar. Gut, dann bis Montag – morgen in einer Woche. Mein Flug geht um neun Uhr. Wenn Sie also um sieben da sein könnten... Ach, sagen wir lieber Viertel vor sieben, nur um auf Nummer Sicher zu gehen.«

◊

Ich wälze mich auf die andere Seite, zum achten Mal in den letzten fünfzehn Minuten. Ich bin so müde, dass es sich anfühlt, als hätte ich Blei in den Knochen, aber jedes Mal, wenn ich kurz vor dem Einschlafen bin, hallt Grayers heiserer Husten durch die Wohnung. Ich ziehe mir den Wecker heran: 2:36 Uhr. O Gott.

Ich schlage auf die Matratze ein und drehe mich auf den Rücken. Ich starre an die Decke des Gästezimmers und fange an zusammenzurechnen, wie viele Stunden Schlaf ich in den letzten drei Nächten bekommen habe. Das Ergebnis ist deprimierend. Ich bin fix und fertig. Seit Tagen bin ich nun schon rund um die Uhr im Einsatz und versuche, Grayer bei Laune zu halten, dessen Fieber gestiegen ist.

Als ich ankam, hat Mrs. X mich mit einer Liste in der Hand am Fahrstuhl abgefangen. Ihr Gepäck war schon unten in der Limousine. Sie wollte nur noch »kurz erwähnen«, dass Grayer »leichte Ohrenschmerzen« hatte und dass seine Medizin auf dem Waschbecken stand, neben der Telefonnummer seines Kinderarztes – »nur für den Notfall«. Und dann der Abschuss: »Wir möchten nicht, dass Grayer vor dem Fernseher sitzt. Viel Spaß, ihr zwei!«

Von Spaß konnte wohl kaum die Rede sein. So viel war vom ersten Moment an klar. Grayer lag im Kinderzimmer neben seiner Modelleisenbahn auf dem Boden und spielte teilnahmslos mit einem Güterwaggon.

»Wissen Sie vielleicht, wann Mr. X heute Abend zurückkommt?«, fragte ich Connie, die draußen in der Diele Staub wischte.

»Hoffentlich haben Sie Ihren Schlafanzug mitgebracht«, lautete ihr Antwort, begleitet von einem ärgerlichen Kopfnicken.

In den letzten Tagen habe ich mich immer gefreut, wenn Connie kam. Es tut gut, einen anderen Menschen in der Wohnung zu haben, auch wenn er mit Putzen und Staubsaugen genug zu tun hat. Da die Temperatur seit meiner Ankunft nicht über minus zehn Grad gestiegen ist, waren wir die ganze Zeit ans Haus gefesselt. Das wäre ganz erträglich, ja sogar ideal gewesen, wenn mein Prinz nicht gleich nach seiner Rückkehr aus Afrika wieder nach Harvard gemusst hätte. Er hat gesagt, ich könnte Grayer mit nach oben nehmen, um Max zu streicheln, aber damit wären wohl beide Beteiligten überfordert gewesen. Mag sein, dass Grayers »leichte« Ohrenschmerzen besser geworden sind, aber dafür hat sich sein Husten verschlimmert.

Sein Vater ist natürlich wie vom Erdboden verschluckt – seit meinem ersten Abend ist er nicht mehr nach Hause gekommen. Zahllose Anrufe bei Justine haben mir lediglich die Nummer eines Anrufbeantworters einer Suite im Four Seasons Hotel in Chicago eingebracht. Mrs. X wird auf der Wellnessfarm so gut abgeschirmt, als ob sie Sharon Stone persönlich wäre; es werden keine Gespräche durchgestellt. Heute Nachmittag war ich noch einmal mit Grayer beim Arzt, aber der konnte auch nur raten, ihm weiterhin seine Antibiotika zu geben und abzuwarten.

Wieder ein Hustenanfall – er hat es jetzt noch stärker auf der Brust als am frühen Abend. Es ist so dunkel und so spät, und die Wohnung ist so groß, dass ich allmählich das Gefühl bekomme, von aller Welt im Stich gelassen zu sein.

Ich stehe auf, werfe mir die Kaschmirdecke wie ein Cape um die Schultern und tapse auf bloßen Füßen zum Fenster. Ich ziehe die schweren Chintzvorhänge zur Seite, damit das Laternenlicht von der Park Avenue hereinfallen kann, und lehne mich mit der Stirn an die kalte Scheibe. Auf der anderen Straßenseite fährt ein Taxi vor, ein junges Pärchen steigt lachend aus. Das Mädchen trägt hohe Stiefel und eine dünne Jacke. Sie muss sich an dem Jungen festhalten, als sie den Portier umkurven und ins Haus schwanken. Sie muss halb erfroren sein. Ich trete einen Schritt vom Fenster zurück. Meine Stirn ist eiskalt geworden. Die Vorhänge fallen zu, ich stehe wieder im Dunkeln.

»Nanny?«, ruft Grayer mit seinem kratzigen Stimmchen.

»Ja, Grover. Ich komme.« Meine Stimme hallt in dem großen Zimmer. Ich gehe zu ihm. Vorbeifahrende Autos werfen bizarre Schatten an die Wand. Der warme Schein des Grover-Nachtlichts empfängt mich, genau wie das Brummen des Sonic 2000 Luftfilters. Ich habe das Kinderzimmer kaum betreten, da fährt mir der Schreck in die Glieder. Es geht ihm schlechter. Er atmet schwer, und seine Augen tränen. Ich setze mich auf die Bettkante. »Hallo, Schätzchen. Ich bin ja da.« Ich lege ihm die Hand auf die Stirn. Sie ist glühend heiß. Als ich ihn berühre, beginnt er zu wimmern.

»Ist schon gut, Grover. Du bist richtig krank, darum fühlst du dich so schlecht.« Aber ich weiß nicht mehr weiter. Sein keuchender Atem macht mir Angst. »Ich nehm' dich jetzt aus dem Bett, Spatz.« Als ich die Arme unter ihn schiebe, rutscht mir die Kaschmirdecke von den Schultern. Er fängt an zu weinen. Ich hebe ihn hoch. Wie ein Automat gehe ich mögliche Alternativen durch. Der Kinderarzt. Die Notaufnahme. Mom.

Mit Grayer auf dem Arm gehe ich zum Dielentelefon und lehne mich an die Wand, während ich wähle. Meine Mutter nimmt beim zweiten Klingeln ab.

»Wo bist du? Was ist passiert?«

»Mom, ich kann jetzt nicht lange reden, aber ich bin bei Grayer, und er hatte eine Mittelohrentzündung und Husten, und er muss Antibiotika nehmen, aber der Husten wird immer schlimmer, und ich kann Mrs. X nicht erreichen, sie war anscheinend den ganzen Tag in einem Schwebebad, und er kriegt keine Luft, und ich weiß nicht, ob ich ihn ins Krankenhaus bringen soll, weil das Fieber nicht runtergeht, und ich habe seit zwei Nächten nicht geschlafen und ...«

»Lass mich mal hören, wie er hustet.«

»Was?«

»Halte ihm das Telefon vor den Mund, damit ich ihn husten

höre.« Sie klingt ruhig und bestimmt. Ich tue, was sie gesagt hat, und schon nach einer Sekunde bricht Grayer in ein schlimmes Husten aus. Ich fühle, wie sein Brustkorb vor Anstrengung zittert.

»Ach Mom, ich weiß nicht, was ich machen soll ...«

»Nanny, das ist Krupp. Er hat Krupp. Und du musst jetzt erst mal richtig Luft holen. Du darfst nicht schlappmachen. Atme mit mir zusammen. Erst langsam ein ...«

Ich konzentriere mich auf ihre Stimme und atme tief ein, für Grayer und für mich. »Und jetzt wieder aus. Du brauchst dir keine Sorgen zu machen. Er wird schon wieder. Er hat nur eine Menge Schleim in der Brust. Wo seid ihr gerade?«

»Park Avenue zweiundsiebzig.«

»Nein, wo genau in der Wohnung?«

»In der Diele.«

»Ist das ein schnurloses Telefon?«

»Nein, Mrs. X findet sie unästhetisch.« Grayer stöhnt, und wieder steigt Panik in mir auf.

»Macht nichts. Du gehst jetzt mit ihm in sein Badezimmer und drehst die Brause auf, aber nicht zu heiß, nur angenehm, und dann nimmst du ihn auf den Schoß und setzt dich mit ihm auf den Rand der Badewanne. Mach die Tür zu, damit es schön warm und dunstig wird. Und da bleibst du so lange sitzen, bis er aufhört zu keuchen. Du wirst sehen, der Dampf hilft. Das Fieber hat seinen Höhepunkt erreicht. Morgen früh wird es nicht mehr so hoch sein. Es wird alles wieder gut. Ruf mich in einer Stunde noch mal an, ja? Ich warte.«

Es tröstet mich ein bisschen, dass ich endlich etwas für ihn tun kann. »Okay, Mom. Du bist ein Schatz.« Ich lege auf und trage ihn durch die dunkle Wohnung ins Kinderbad.

»Ich knipse jetzt die Lampe an, Grayer. Mach lieber die Augen zu.« Er presst sein schweißnasses Gesicht an meinen Hals. Das Licht ist blendend hell, so dass ich erst ein paar Mal blinzeln muss, bevor ich den glänzenden Wasserhahn erkenne. Ich halte ihn fest und beuge mich vor, um die Brause aufzudrehen, dann setze ich mich mit ihm auf den Badewannenrand. Als das Wasser unsere Beine umspült, fängt er wieder an zu weinen.

»Ich weiß, Schätzchen. Ich weiß ja. Wir bleiben jetzt so lange hier sitzen, bis die wunderbaren Dampfwolken geholfen haben. Soll ich dir was vorsingen?« Er schmiegt sich an mich und weint und hustet, während der Dampf in dem hell gefliesten Raum immer dichter wird.

»Ich ... will ... zu ... meiner Mommy«, stößt er mit letzter Kraft hervor. Meine Schlafanzughose hängt im warmen Wasser. Ich lege meinen Kopf an seinen und wiege ihn sanft hin und her. Tränen der Erschöpfung und der Sorge laufen mir über das Gesicht und fallen in sein Haar.

»Ach, Grover. Ich weiß ja. Ich will auch zu meiner Mommy.«

◊

Die Sonne fällt durch die Jalousie herein. Umgeben von Grovers Plüschtieren thronen wir in seinem Bett und mampfen Zimttoast.

»Sag es noch mal, Nanny – Tim-Toast.«

Ich lache und stupse ihn sanft in den Bauch. Sein Blick ist klar und ungetrübt. Ich bin so erleichtert über seine 37 Grad, dass ich ihn mit meiner Ausgelassenheit angesteckt habe. »Nein, Grayer. Zimttoast. Sprich es mir nach.«

»Du sollst Tim-Toast sagen. Sprich es mir nach.« Er streicht mir abwesend über das Haar. Ringsum uns rieselt es Toastkrümel.

»Tim-Toast? Du verrücktes Kind. Was denn noch? Etwa Struppi-Eier?«

Er kichert herzhaft über meinen Witz. »Ja! Genau! Tim-Toast und Struppi-Eier! Ich habe sooooo einen Hunger, Nanny. Ich glaube, ich sterbe. Kann ich Eier haben? Struppi-Eier?«

Ich krabbele über ihn hinweg, nehme mir seinen Teller und stehe auf.

»Hallo! Hallo, Mommy ist wieder da!« Ich erstarre. Grayer sieht zu mir hoch und springt aufgeregt wie ein junger Hund vom Bett. Er rennt an mir vorbei. In der Tür kommt sie ihm schon entgegen.

»Hallo! Wieso hast du denn überall Krümel im Gesicht?« Sie wehrt seine Umarmung ab und sieht mich an. Ich sehe das Zimmer mit ihren Augen. Überall liegen nasse Handtücher, Kissen und Decken herum, die Spuren meines improvisierten Nachtlagers. Ich habe nämlich auf dem Fußboden kampiert, nachdem Grayer um sechs Uhr endlich eingeschlafen war.

»Grayer ging es ziemlich schlecht. Wir sind erst spät ins Bett gekommen und...«

»Ich weiß gar nicht, was Sie haben. Er sieht doch sehr gut aus – bis auf die Krümel. Grayer, geh, und wasch dir das Gesicht, damit ich dir dein Geschenk zeigen kann.« Er sieht mich mit großen Augen an und läuft vergnügt hüpfend ins Badezimmer. Für mich grenzt es an ein kleines Wunder, dass er es überhaupt schon wieder so weit schafft.

»Hat er seine Medikamente nicht genommen?«

»Doch, natürlich. Er muss sie noch bis übermorgen schlucken. Aber sein Husten hatte sich sehr verschlimmert. Ich habe versucht, Sie anzurufen.«

Das hört sie gar nicht gern. »Also wirklich, Nanny. Ich dachte, wir hätten uns darauf verständigt, wo Grayer essen darf und wo nicht. Sie können jetzt gehen. Ich habe alles im Griff.«

Immer schön weiterlächeln, Nanny. »Okay, ich ziehe mich nur schnell an.« Mit dem Teller in der Hand gehe ich an ihr vorbei. Die Wohnung ist bei Tageslicht kaum wiederzuerkennen. Ich packe meine Sachen und ziehe Jeans und Pullover an. Das Bett lasse ich ungemacht liegen, so wie es ist. Mein einziger rebellischer Akt.

»Bye!«, rufe ich. Grayers nackte Füße patschen über den Marmor, als er mir im Schlafanzug bis zur Tür nachgelaufen kommt, auf dem Kopf einen viel zu großen Cowboyhut.

»Bye, Nanny!« Er breitet die Arme aus, und ich drücke ihn fest an mich. Ich kann immer noch nicht fassen, dass es ihm wieder so gut geht.

»Mrs. X? Er muss die Antibiotika noch zwei Tage nehmen, deshalb wäre es vielleicht...«

Sie erscheint am anderen Ende der Diele. »Wir haben heute ein volles Programm. Erst gehen wir zum Friseur und dann zu Barney's, um Daddy ein Geschenk zu kaufen. Komm, Grayer. Zieh dich an. Auf Wiedersehen, Nanny.«

Meine Schicht ist vorbei – schon kapiert. Er läuft zu ihr, und sie verschwinden in seinem Zimmer. Ich stehe noch einen Augenblick allein in der Diele. Ich muss mich zurückhalten, dass ich ihr das Medikament nicht direkt neben ihr Handy lege.

»Bye, Partner.« Leise ziehe ich die Tür hinter mir ins Schloss.

SECHSTES KAPITEL
Liebe à la Park Avenue

Aber das Mütterchen stieg frohlockend empor in den Söller,
Um der Fürstin zu melden, ihr lieber Gemahl sei zu Hause.

Die Odyssee

Ich drücke auf die Rücktaste und sehe zu, wie mein fünfter Versuch, einen einleitenden Satz zu Stande zu bringen, Buchstabe um Buchstabe gelöscht wird. Jean Piaget... Was soll ich nur schreiben? Was soll ich nur schreiben?

Ich lehne mich nach hinten, lasse den Nacken kreisen und starre hinaus auf die grauen Wolken, die langsam über die Dächer der alten Stadtvillen hinwegziehen. George schlägt mit der Pfote nach meiner herunterbaumelnden Hand. »Piaget«, sage ich laut und warte auf einen Geistesblitz. Das Telefon klingelt, aber wozu hat man schließlich einen Anrufbeantworter? Entweder ist es Mrs. X, um mir auch noch das letzte Fünkchen Energie aus dem Leib zu saugen, oder es ist meine Mutter, die mir mal wieder ins Gewissen reden will.

»Hier ist der Anrufbeantworter von Charlene und Nan. Bitte hinterlassen Sie uns eine Nachricht.«

»Na, du berufstätige Frau? Ich wollte dir nur schnell ...« Beim Klang meiner Lieblingsstimme greife ich sofort zum Hörer.

»Hallo, du.«

»Tag. Was machst du denn an einem Dienstag um siebzehn Minuten vor zwei zu Hause?«

»Und wie kommst du dazu, mich an einem Dienstag um siebzehn Minuten vor zwei aus Harvard anzurufen?« Ich lasse mich mit dem Stuhl zurückrollen und male mit den Fersen einen großen Kreis auf den Fußboden.

»Ich hab' zuerst gefragt.«

»Bei Jean-Georges hat man offenbar Mr. und Mrs. X' Tischreservierung für den Valentinstag verschlampt. Deshalb hat sie mir eine lange Liste mit Vier-Sterne-Restaurants mitgegeben und mich nach Hause geschickt, damit ich überall anrufe.« Ich werfe einen Blick auf meinen Rucksack, aus dem ich den Zettel noch nicht mal herausgeholt habe.

»Warum ruft sie denn nicht selber an?«

»Solche Fragen stelle ich schon lange nicht mehr.«

»Und? Wo gehen sie jetzt essen?«

»Nirgends! Der Valentinstag ist morgen. Ich vermute, sie will es einfach nicht wahrhaben, dass man in diesen Nobellokalen mindestens dreißig Tage im Voraus reservieren muss oder dass ich tatsächlich schon vor einem Monat einen ganzen Sonntag damit zugebracht habe, sie bei Jean-Georges unterzubringen. Und obwohl wir so früh dran waren, konnte ich erst einen Tisch um zehn Uhr bekommen, aber vorher musste ich auf das Leben meines erstgeborenen Kindes schwören, dass sie um elf wieder draußen sind. Tja, nichts zu machen, tut mir Leid. Sie können froh sein, wenn sie bei Burger King unterkommen.« Ich stelle mir vor, wie Mr. X geistesabwesend seine Pommes in den Ketchup tunkt, während er den Wirtschaftsteil der Zeitung liest.

»Hast du den Slip inzwischen gefunden?«

»Nein. Ich glaube fast, es würde dir Leid tun, wenn wir dieses Thema irgendwann abhaken müssten, stimmt's?« Er lacht.

»Aber gestern gab es falschen Alarm«, fahre ich fort. »Da habe ich mich wie eine Verrückte auf Snoopys Zauberumhang gestürzt.«

»Der Slip muss nicht unbedingt schwarz sein. Du verfällst mal wieder in dein Schubladendenken. Vielleicht ist er pastellfarben oder getigert oder durchsichtig.«

»Hab' ich's nicht gesagt? Dieses Thema lässt dich nicht los«, sage ich vorwurfsvoll.

»Und was treibst du sonst, wenn du keine Tische reservierst oder Höschen suchst?«

»Ich quäle mich mit einer Seminararbeit über Jean Piaget herum.«

»Ja, ja, der gute Jean.«

»Sag bloß, du kennst ihn nicht? Und so was nennt sich eine Eliteuni.«

»Nicht *eine* Elite-Uni, Schatz, sondern *die* Elite-Uni«, näselt er affektiert.

»Schon gut. Also, Piaget ist sozusagen der Großvater der Kinderpsychologie. Ich schreibe über seine Egozentrismustheorie – dass Kinder ihre Umwelt ausschließlich aus ihrem eigenen, begrenzten Blickwinkel wahrnehmen.«

»Klingt nach deiner Chefin.«

»Stimmt, und was das Interessante ist, sie kann sich noch nicht mal allein die Haare waschen. Vielleicht tut sich da ein ganz neues Forschungsgebiet auf. Ach, ich kann mich überhaupt nicht aufraffen, etwas zu tun. Das liegt daran, dass ich einen ganzen Nachmittag frei habe. Einen solchen Luxus bin ich gar nicht mehr gewöhnt. Da fängt man leicht an zu trödeln. Aber egal, kommen wir mal zu dir. Was verschafft mir das Vergnügen deines Anrufs?«

Er hat noch gar nicht richtig angefangen zu antworten, da piepst es in der Leitung, laut und beharrlich. Ich höre, wie sein Anrufbeantworter anspringt.

»... geht um ein Praktikum. Heute kam jemand ins Seminar und hat uns darüber informiert. Es war sehr faszinierend. Er...«

PIEP.

»... Kriegsverbrechen in Kroatien. Und in Den Haag gibt es doch jetzt das Kriegsverbrechertribunal...«

PIEP. Kein Anrufbeantworter, der mich beschützt.

»Es tut mir Leid. Bleibst du einen Augenblick dran?« Ich schalte auf die andere Leitung um und halte den Atem an.

»Nanny! Bin ich froh, dass ich Sie erwische.« Mrs. X' Stimme reißt mich abrupt aus dem nachmittäglichen Geturtel. »Mir ist noch Petrossian eingefallen. Die haben hauptsächlich Kaviar auf der Karte, und die meisten Leute würden doch am Valentinstag eher an ein Viergängemenü denken. Aber uns wäre es recht! Haben Sie es da schon probiert? Könnten Sie es mal versuchen? Ginge das? Dass Sie jetzt gleich bei Petrossian anrufen?«

»Kein Problem. Im Moment bin ich noch bei Le Cirque in der Warteschlange, aber danach ...«

»Ach so. Fantastisch! Okay. Wir würden sogar einen Tisch neben der Küche nehmen.«

»Alles klar. Ich gebe Ihnen Bescheid.«

»Warten Sie, Nanny! Sagen Sie nicht gleich etwas von dem Tisch neben der Küche, warten Sie erst mal ab, ob man Ihnen etwas Besseres anbietet, aber wenn ansonsten alles besetzt ist ...«

»Natürlich, ich bleibe am Ball. Ich melde mich, sobald ich etwas gefunden habe.«

»Gut. Sie können mich auch auf dem Handy erreichen.« Jetzt will sie mir bestimmt gleich wieder ihre Nummer durchgeben.

»Super. Ihre Nummer habe ich hier vor mir liegen. Bye.« Ich schalte wieder zu meiner Lieblingsstimme zurück. »Entschuldige. Wo waren wir stehen geblieben? Hattest du etwas von Verbrechern gesagt?«

»Ja, ich glaube, ich bewerbe mich für das Sommerpraktikum in Den Haag. Nach meinem Seminar über den Konflikt in Kroatien wäre es doch ungeheuer interessant, aus nächster Nähe einen Einblick zu gewinnen und das Gefühl zu haben, etwas tun zu können. Es gibt sicher viele Mitbewerber, aber einen Versuch ist es wert.«

»Ich bin total begeistert.«

»Gut.« Uns verbindet ein warmes Schweigen. »Ich wollte, dass du es zuerst erfährst.«

»Das hört man gern.«

»Schade, dass du am Valentinstag arbeiten musst. Sonst hätten wir zusammen etwas unternehmen können.«

»Und wer von uns fährt in den Semesterferien nach Cancún, wenn ich fragen darf?«

»Das ist unfair. Woher hätte ich denn wissen sollen, dass ich dich kennen lerne?«

»Dass du kein Prophet bist, ist noch lange keine Entschuldigung.«

Wir telefonieren zwar gern und oft miteinander, aber ansonsten sind wir mit unserer Beziehung noch nicht viel weiter gekommen. Erst hatte er Prüfungen, dann hatte Grayer Grippe – nicht besonders sexy. Vorletztes Wochenende war er tatsächlich für einen Abend in der Stadt, aber leider wurde Charlenes Flug gestrichen, und mir blieb nichts anderes übrig, als ein romantisches Dinner für vier zu kochen. Ich habe schon überlegt, ob ich ihn besuchen soll, aber er teilt sich die Wohnung mit drei Kommilitonen, und ich habe ganz und gar keine Lust, mir meine erste Nacht mit ihm dadurch verderben zu lassen, dass a) um drei Uhr morgens Marilyn Manson durch die Wand dröhnt oder ich b) am Morgen danach zusehen muss, wie seine Mitbewohner ihre Unterhosen als Kaffeefilter benutzen. Darauf kann ich verzichten.

PIEP.

»So ein Mist. Entschuldige! Bleib eine Sekunde dran, ja?« Ich schalte um. »Hallo?« Ich mache mich auf das Schlimmste gefasst.

»Und? Sitzen wir neben der Tür?«, fragt sie, fast atemlos vor Spannung.

»Was? Nein, ich hänge noch in der Warteschleife.«

»Bei Petrossian?«

»Nein, bei Le Cirque. Ich rufe zurück, sobald ich etwas weiß.«

»Gut. Aber denken Sie daran, fragen Sie nicht als Erstes nach einem Tisch neben der Küche. Und dann ist mir auch noch das ›21‹ eingefallen. Da ist es doch ziemlich unromantisch. Vielleicht haben die ja noch einen Tisch frei. Okay, dann probieren Sie es als Nächstes bei ›21‹. Ach nein, erst bei Petrossian und danach bei ›21‹. Ja, ›21‹ ist meine dritte Wahl.«

»Alles klar! Ich muss wieder in die Warteschleife.«

»Ja, ja. Bitte melden Sie sich sofort, wenn es geklappt hat.«

»Bye!« Einatmen, ausatmen. Umschalten. »Ja, ein Valentinstag mit dir wäre schön gewesen.«

»Wem sagst du das. He, ich muss los. Das nächste Seminar fängt gleich an. Im April bin ich auf jeden Fall für ein paar Tage zu Hause. Dann sehen wir uns. Viel Glück mit Jean.«

»Noch etwas!« Er hat schon fast aufgelegt, aber ich erwische ihn noch. »Ich finde es wirklich toll, dass du dich für Den Haag bewerben willst.«

»Und ich finde dich wirklich toll. Ich melde mich wieder. Ciao.«

»Ciao!« Ich lege auf. George maunzt erwartungsvoll.

Das Telefon klingelt. Was sonst? Ich starre den Anrufbeantworter an.

»... Charlene und Nan. Bitte hinter lassen Sie uns eine Nachricht.«

»Hier ist deine Mutter. Ich hoffe, du erkennst mich noch. Schließlich ist es weder zwei Uhr morgens noch hast du ein röchelndes Kind auf dem Arm, aber ich kann dir versichern, ich bin es, ein und dieselbe Person. Ich sage dir eins, meine Liebe, es ist ganz egal, ob wir heute oder morgen oder nächste Woche darüber reden, früher oder später musst du den Tatsachen ins Auge sehen. Bis dahin habe ich, was deinen Job angeht, einen guten Rat für dich, der sich mit zwei kleinen Wörtchen zusammenfassen lässt: So nicht! Alles Liebe. Ende der Durchsage.« Ja, genau, mein Job. Was soll ich bloß wegen der Reservierung machen?

»Grandma?«

»Darling!«

»Ich brauche unbedingt einen Tisch für zwei am Valentinstag. Ganz egal wo, Hauptsache, es gibt keine Papierservietten. Kannst du mir helfen?«

»Du willst wohl gleich den Jackpot knacken, was? Geht es nicht eine Nummer kleiner? Dass ich zum Beispiel meine Beziehungen spielen lasse, damit du dir mal für einen Nachmittag die Kronjuwelen ausleihen kannst?«

»Du hast ja Recht. Es ist für Grayers Mutter. Das ist eine lange Geschichte, aber wenn ich nicht irgendwo einen Tisch für sie auftreibe, macht sie mir die Hölle heiß.«

»Die edle Spenderin der Ohrenschützer? Dass du dir ihretwegen solche Mühe machst, hat sie wirklich nicht verdient.«

»Aber könntest du nicht trotzdem deinen Zauberstab für mich schwenken?«

»Hmm. Du rufst im Lutèce an und verlangst Maurice. Sag ihm, ich schicke ihm nächste Woche das Rezept für den Käsekuchen.«

»Du bist die Größte, Grandma.«

»Nein, Schatz. Ich bin nur die Beste. Mach's gut.«

»Ich könnte dich küssen.« Noch ein Anruf, dann kann ich mich wieder den »petits« Egozentrikern widmen.

◊

Die ganze Stadt ist im Valentinsfieber. Ich bin auf dem Weg zu Elizabeth Arden, wo ich mit meiner Großmutter verabredet bin. Seit die Weihnachtsdekorationen im Januar aus den Schaufenstern verschwunden sind, werben die Geschäfte mit dem Tag der Liebe. Sogar der Eisenwarenladen hat einen roten Klositz im Fenster. Früher war es immer schwer erträglich für mich, ewig lang hinter Männern und Frauen in der Schlange zu stehen, die Austern/Champagner/Kondome kaufen wollten, während ich nur schnell eine Grapefruit/Cola/Zahnpasta bezahlen wollte. In diesem Februar bin ich die Geduld in Person.

Dies ist der allererste Valentinstag, an dem ich kein Single bin. Trotzdem halte ich mich an die alten Bräuche, die es einem Alleinstehenden leichter machen, diesen Tag heil zu überstehen. Sarah und ich haben uns Pin-ups von den Tiger Beats gemailt, und ich begleite meine Großmutter zu unserem alljährlichen Verwöhntermin im Schönheitsstudio.

»Darling, Valentinsregel Nummer eins«, beginnt sie, während wir Lemon Water nippen und unsere lackierten Zehennägel bewundern. »Es ist wichtiger, dir selbst etwas Gutes zu tun, als einen Mann zu haben, der dir etwas schenkt, was die falsche Größe oder die falsche Farbe hat.«

»Danke für die Pediküre, Grandma.«

»Gern geschehen, Schatz. Ich gehe jetzt wieder nach oben und lasse mir eine Algen-Körperpackung machen. Hoffentlich vergessen sie mich nicht wieder, wie im letzten Jahr. Eigentlich sollten sie einem einen Summer mitgeben. Stell dir doch mal vor, dass dich irgendein armer Hausmeister so findet, eingekleistert mit Seetang und in eine Plane gewickelt. Regel Nummer zwei: Lass dir nie den letzten Termin des Tages geben.«

Ich danke ihr für den guten Rat, packe meine Sachen zusammen und mache mich auf den Weg zu meiner Valentinsverabredung. Ich muss meinen Süßen von der Vorschule abholen.

Mit einem großen, schiefen Papierherzen in der Hand kommt er mir entgegengestürmt, einen Glitterregen hinter sich herziehend.

»Was hast du denn da, Spatz?«

»Eine Valentinskarte. Ich hab' sie selber gebastelt. Du darfst sie halten.« Ich nehme das Herz und halte ihm das Trinkpäckchen hin, das ich ihm schon mal in der Manteltasche angewärmt habe. Er macht es sich im Buggy gemütlich.

Ich sehe mir sein Kunstwerk an, das bestimmt für Mrs. X bestimmt ist.

»Mrs. Butters hat es für mich geschrieben. Ich habe ihr gesagt, was draufstehen soll, und sie hat's für mich geschrieben. Lies mal vor, Nanny. Lies vor.«

Es hat mir fast die Sprache verschlagen. »ICH HAB DICH LIEB NANNY VON GRAYER ADDISON X.

»Genau. Das habe ich ihr gesagt, dass sie das schreiben soll.«

»Ich freue mich so, Grover. Vielen Dank.« Wenn ich nicht aufpasse, fange ich gleich an zu flennen.

»Du darfst sie halten«, sagt er großzügig und macht sich über den Saft her.

»Weißt du was? Ich stecke sie in das Buggy-Netz, dann kann sie nicht verknicken. Wir haben heute Nachmittag noch ein volles Programm.«

Obwohl es einer der kältesten Tage des Winters ist, habe ich strikte Anweisung erhalten, ihn auf gar keinen Fall vor dem Ende des Französischunterrichts nach Hause zu bringen. Kurzerhand setze ich mich souverän über unsere üblichen Verhaltensmaßregeln hinweg und beschließe, dass wir in der California Pizza Kitchen zu Mittag essen. Anschließend sehen wir uns auch noch den neuen Muppet-Film im Kino an. Ich bin ein bisschen besorgt, dass er sich vielleicht im Dunkeln fürchtet, aber er singt und klatscht von Anfang bis Ende begeistert mit.

»Das war lustig, Nanny. Das war ja so lustig«, sagt er, als ich ihn wieder in den Buggy stecke. Ausgelassen trällern wir das Titellied den ganzen Weg bis zu Madame Maxime vor uns hin.

Nachdem ich ihn bei seiner Französischlehrerin abgeliefert habe, laufe ich auf einen Sprung in die Madison Avenue, um meinem Harvard-Prinzen ein kleines Geschenk zu kaufen.

»Kann ich Ihnen behilflich sein?«, fragt mich die Blondine hinter der Kiehl's-Theke in ihrem berüchtigt zickigen Ton.

»Nein, danke. Ich sehe mich bloß ein wenig um.« Ich gucke mir lieber einen Verkäufer aus, einen hoch gewachsenen Weißen, der ein teures Hemd trägt. »Guten Tag, ich suche ein Valentinsgeschenk für meinen Freund.« Was für ein Gefühl, das auszusprechen. Mein Freund, mein Freund, mein Freund. Ja, ich habe einen süßen Freund. Mein Freund mag keine Wollsocken. Ach, mein Freund arbeitet auch in Den Haag!

»Schwebt Ihnen ein bestimmtes Produkt vor?« Hoppla. Zurück in die reale Welt.

»Hm, ich weiß auch nicht so recht. Er duftet gut. Er rasiert sich. Etwas für die Rasur vielleicht?«

Er zeigt mir jeden erdenklichen Artikel, von dem ein männliches Möchtergernmodel, das sich bei Barney's ein paar Dollar nebenbei verdient, nur träumen mag.

»Meinen Sie wirklich? Einen Konturenstift für die Lippen?«, frage ich. »Aber er spielt Lacrosse.«

Er schüttelt den Kopf ob meiner Kurzsichtigkeit und zaubert noch mehr exotische Cremes und Lotionen hervor.

»Ich möchte ihm nichts schenken, bei dem er denkt, dass ich etwas an ihm auszusetzen habe oder dass man etwas an ihm verbessern müsste. Er ist nämlich perfekt.« Ich entscheide mich schließlich für einen eleganten Nassrasierer. Er wird in rotes Seidenpapier eingeschlagen und kommt in eine schwarze Schachtel, mit einer roten Schleife drum herum. Parfait.

Als Grayer aus dem Unterricht kommt, erwarte ich ihn schon mit seinem Mantel in der Hand. »Bonsoir, Monsieur X. Comment ça va?«

»Ça va très bien, Nanny. Merci beaucoup. Et vous?«, fragt er und winkt mir zu.

»Oui, oui, très bien.«

Maxime schaut zum Klassenzimmer heraus, während ich Grayer warm einpacke. »Grayer macht wirklich große Fortschritte mit den Verben.« Von der Höhe ihrer Charles-Jourdan-Pumps schaut sie lächelnd auf ihn hinunter. »Aber wenn Sie während der Woche die Liste mit den Substantiven mit ihm durchgehen könnten, das wäre *fantastique*. Sie oder natürlich auch Ihr Mann ...«

»Ach, aber ich bin nicht seine Mutter.«

»Ah, mon Dieu! Je m'excuse.«

»Non, non, pas de problème«, sage ich.

»Alors, dann also bis nächste Woche, Grayer.«

Ein eisiger Wind fegt durch den Park, und ich sehe zu, dass wir so schnell wie möglich nach Hause kommen.

»Wenn wir oben sind«, sage ich, als ich im Fahrstuhl vor ihm hocke und ihm den Schal losbinde, »creme ich dir erst mal die Backen mit Vaseline ein. Sie sind ein bisschen wund von der Kälte.«

»Okay. Und was machen wir dann, Nanny? Sollen wir fliegen? Ja, wenn wir oben sind, fliegen wir erst mal 'ne Runde.« Seit ein paar Tagen lasse ich ihn auf meinen Füßen balancieren und spiele Flugzeug mit ihm.

»Erst in die Wanne, Grover. Flugstunde ist nach dem Baden.« Ich schiebe den Buggy über die Schwelle. »Und was möchtest du essen?«

Während ich unsere Mäntel aufhänge, kommt Mrs. X in die Diele. Sie trägt ein bodenlanges rotes Abendkleid und Lockenwickler, aufgeregt wie ein Teenager wegen des Abendessens mit Mr. X.

»Hallo, ihr zwei. Hattet ihr einen schönen Tag?«

»Alles Gute zum Valentinstag, Mommy!«, jauchzt Grayer ihr entgegen.

»Alles Gute zum Valentinstag. Pass auf, Mommys Kleid.« Es folgt das altbewährte Abwehrmanöver.

»Wow, Sie sehen toll aus«, sage ich, als ich meine Stiefel ausziehe.

»Finden Sie?« Sie sieht zweifelnd an sich hinunter. »Ich habe noch etwas Zeit – Mr. X' Maschine aus Chicago landet erst in einer halben Stunde. Könnten Sie mir kurz helfen?«

»Natürlich. Ich wollte nur eben etwas kochen. Ich glaube, Grayer ist ziemlich ausgehungert.«

»Ach. Können Sie nicht einfach etwas kommen lassen? Geld finden Sie in der Schublade.« Das hat es ja noch nie gegeben!

»Aber gern! Grayer, hilfst du mir, etwas auszusuchen?« Für Notfälle habe ich immer einen Packen Speisekarten im Wäschezimmer gehortet.

»Pizza! Ich will Pizza, Nanny! Bitte, bitte!«

Ich ziehe die Augenbrauen hoch. Der kleine Teufel weiß genau, dass ich vor seiner Mutter nicht »Aber du hattest doch heute Mittag schon Pizza« sagen kann.

»Warum nicht? Okay, Nanny. Bestellen Sie die Pizza, legen Sie ein V-i-d-e-o ein, und dann kommen Sie und helfen mir.«

»Hahaha, Pizza, Nanny. Es gibt Pizza«, lacht Grayer und klatscht übermütig in die Hände. Er kann sein Glück kaum fassen.

◊

»Mrs. X?« Ich öffne die Tür.

»Ich bin hier!«, ruft sie aus dem Ankleidezimmer. Sie hat inzwischen ein anderes langes rotes Abendkleid angezogen. Hinter ihr hängt noch ein drittes.

»Wie schön! Einfach hinreißend.« Dieses Kleid hat breitere Träger, und der Rock ist mit roten Blättern aus Samt besetzt. Die leuchtende Farbe bildet einen fantastischen Kontrast zu ihrem dichten schwarzen Haar.

Sie sieht in den Spiegel und schüttelt den Kopf. »Nein, das geht nicht.« Ich betrachte sie prüfend. Mir wird klar, dass ich noch nie ihre Arme gesehen habe. Sie sieht wie eine Balletttänzerin aus, klein und sehnig. Aber sie füllt das Kleid oben herum nicht aus, und es fällt auch nicht richtig.

»Ich glaube, es liegt an der Büste«, sage ich zögernd.

Sie nickt. »Das kommt vom Stillen«, antwortet sie bitter. »Warten Sie, ich probiere das Dritte auch noch an. Möchten Sie ein Gläschen Wein?« Eine offene Flasche Sancerre steht auf dem Frisiertisch.

»Nein, danke. Besser nicht.«

»Ach, kommen Sie. Holen Sie sich ein Glas aus der Bar.«

Ich gehe ins Klavierzimmer. Aus der Bibliothek dringt die Melodie von »I'm Madeline!« herüber.

Als ich wieder ins Ankleidezimmer komme, trägt sie ein herrliches Kleid aus Rohseide. Sie sieht aus wie die Kaiserin Josephine.

»O ja, schon viel besser«, sage ich. »Die hohe Empire-Taille steht Ihnen ausgezeichnet.«

»Ja, aber sehr sexy ist es nicht, oder?«

»Hm... es ist bezaubernd, aber es kommt natürlich darauf an, welcher Look Ihnen vorschwebt.«

»Atemberaubend, Nanny. Ich will atemberaubend aussehen.« Wir lächeln uns an. Dann verschwindet sie hinter dem chinesischen Wandschirm. »Eines hab' ich noch.«

»Behalten Sie die ganzen Kleider?« Ich beäuge staunend die Nullen auf den Preisschildchen.

»Nein, natürlich nicht. Was ich nicht trage, gebe ich wieder zurück. Dabei fällt mir etwas ein.« Sie lugt hinter dem Schirm hervor. »Könnten Sie die aussortierten Kleider vielleicht morgen bei Bergdorf's abgeben?«

»Kein Problem. Wenn Grayer bei seinem Spieltermin ist, habe ich Zeit.«

»Super. Würden Sie mir den Reißverschluss zumachen?« Ich stelle mein Glas ab und gehe zu ihr. Sie ist in ein umwerfendes Etuikleid im Stil der dreißiger Jahre geschlüpft.

»Das ist es«, sagen wir wie aus einem Munde, als sie sich im Spiegel betrachtet.

»Perfekt«, lautet mein Urteil. Und es ist ernst gemeint. Es ist das erste Kleid, das ihre Proportionen vorteilhaft zur Geltung bringt. Darin sieht sie nicht mager, sondern zart wie ein Nymphe aus. Plötzlich wird mir bewusst, dass ich ihr insgeheim die Daumen drücke. Dieser Abend soll ein Erfolg werden, für beide.

»Was meinen Sie? Ohrringe oder keine Ohrringe? Diese Halskette muss ich jedenfalls tragen, sie ist ein Geschenk von meinem Mann.« Sie hält eine Diamantenkette hoch. »Ist sie nicht wunderschön? Aber ich will es mit den Accessoires auch nicht übertreiben.«

»Haben Sie vielleicht kleine Ohrstecker?«

Während sie in ihrer Schmuckschatulle kramt, setze ich mich mit meinem Glas auf die samtbezogene Bank.

»Diese hier?« – Diamantenstecker. »Oder lieber diese?« – Rubine.

»Nein, unbedingt die Diamanten. Bloß nicht zu viel Rot.«

»Ich war heute bei Chanel und habe einen himmlischen Lippenstift gefunden. Und sehen Sie mal hier ...« Sie zeigt mir ihren Fuß. Die Zehennägel sind mit Chanel Redcoat lackiert.

»Himmlisch.« Ich nippe an meinem Wein. Sie legt die Ohrstecker an und trägt rasch etwas Lippenstift auf.

»Was meinen Sie?« Sie dreht sich im Kreis. »Ach, Augenblick noch!« Aus der Manolo-Blahnik-Tüte, die auf dem Fußboden liegt, holt sie einen Karton heraus und nimmt den Deckel ab. Ein elegantes Paar schwarzer Seidensandaletten kommt zum Vorschein. »Zu übertrieben?«

»Ganz und gar nicht. Einfach fantastisch«, sage ich. Sie zieht sie an und dreht sich noch einmal im Kreis.

»Na, was meinen Sie? Fehlt noch etwas?«

»Also, ich würde die Lockenwickler rausnehmen.« Sie lacht. »Nein, Sie sehen bezaubernd aus.« Ich gehe einmal prüfend um sie herum. »Hm, eines vielleicht noch ...«

»Ja?«

»Besitzen Sie einen Stringtanga?«

Sie kontrolliert ihre Rückenansicht im Spiegel. »Ach, du großer Gott. Sie haben vollkommen Recht.« Sie fängt an, in ihrer Wäscheschublade zu stöbern. »Ich glaube, Mr. X hat mir auf unserer Hochzeitsreise einen geschenkt.« Klasse, Nan! Einfach spitze! Musstest du unbedingt dafür sorgen, dass sie zwischen den Höschen herumwühlt?

»Sie könnten natürlich auch unten ohne gehen«, lautet der dringende Rat von der samtbezogenen Bank. Beklommen trinke ich mein Glas aus.

»Da haben wir ihn!« Freudig präsentiert sie mir ihren Fund, einen exquisiten, hauchzarten schwarzen La Perla Stringtanga mit cremefarbener Seidenstickerei. Ich kann nur beten, dass er nicht Ms. Chicago gehört.

Es klingelt an der Tür. »NANNY! Die Pizza ist da!«

»Danke, Grayer!«, rufe ich zurück.

»So geht es. Jetzt kann nichts mehr schief gehen. Vielen, vielen Dank.«

◊

Nachdem Grayer und ich zusammen eine halbe mittelgroße Pizza verputzt haben, hole ich eine Schachtel aus meinem Rucksack. »Und jetzt ein besonderer Valentinsnachtisch«, sage ich und zaubere zwei kleine Kuchen hervor, die mit roten Zuckergussherzen verziert sind. Grayer macht große Augen. Endlich mal was anderes als immer nur Obst und Sojaplätzchen. Ich schenke uns ein Glas Milch ein, und wir lassen es uns schmecken.

»Na, was haben wir denn hier?« Wir sitzen stocksteif da, den angebissenen Kuchen in der Hand.

»Nanny hat einen besonderen Balendinskuchen mitgebracht«, nuschelt Grayer erschrocken mit vollem Mund.

Mrs. X hat das lange Haar zu einem lockeren Knoten geschlungen und sich zu Ende geschminkt. Sie sieht hinreißend aus. »Ach, das ist aber nett. Hast du dich auch schön bei Nanny bedankt?«

»Danke«, prustet er.

»Der Wagen müsste jede Minute da sein.« Sie hockt sich auf die Kante der Bank, um jede Sekunde aufspringen zu können, wenn die Sprechanlage summt. Sie erinnert mich an mich selbst zu meiner High-School-Zeit, wenn ich perfekt gestylt auf den entscheidenden Anruf wartete, wessen Eltern verreist waren, wo die Party stattfinden sollte, und vor allem: ob *er* da sein würde.

Etwas betreten essen wir den Kuchen auf, während sie nervös neben uns sitzt.

»Tja...« Sie steht auf, als ich Grayer die Krümel abputze. »Ich warte so lange in meinem Büro. Sagen Sie mir Bescheid, wenn der Wagen da ist?« Im Hinausgehen wirft sie noch einen letzten Blick auf die Sprechanlage.

»Natürlich.« Allmählich frage ich mich, wie viel Zeit sich Mr. X wohl noch lassen will.

»Komm, Nanny. Jetzt fliegen wir. Können wir?« Er breitet die Arme aus und umkreist mich, während ich den Tisch abräume.

»Bist du nicht ein bisschen zu satt dafür, Grover? Hol doch lieber deine Malbücher, dann können wir in der Küche bleiben und auf die Sprechanlage aufpassen. Okay?«

Ein ganze Stunde vergeht. Wir sitzen still am Tisch und beschäftigen uns mit malen. Nur ab und zu werfen wir einen Blick auf das stumme Kästchen an der Wand.

Um acht Uhr ruft mich Mrs. X in ihr Büro. Sie hat sich vorsichtig auf ihrem Schreibtischstuhl niedergelassen, eine alte *Vogue* aufgeschlagen vor sich. Der Nerz hängt griffbereit über dem Sessel.

»Nanny, würden Sie bitte Justine anrufen, ob sie etwas weiß? Die Nummer steht auf der Notfallliste in der Speisekammer.«

»Aber gern.«

Da sich im Büro niemand meldet, wähle ich ihre Handynummer.

»Hallo?« Im Hintergrund ist leises Besteckgeklapper zu hören. Es tut mir unendlich Leid, dass ich sie bei ihrem Valentinsdinner belästigen muss.

»Hallo, Justine? Ich bin's, Nanny. Entschuldigen Sie die Störung, aber Mr. X hat sich verspätet, und ich dachte, Sie wüssten vielleicht, welche Maschine er nehmen wollte.«

»Die Unterlagen habe ich alle in der Firma.«

»Mrs. X wird langsam ein bisschen nervös«, sage ich. Hoffentlich merkt sie mir an, wie ernst die Lage ist.

»Nanny! Ich kann den roten Buntstift nicht finden!«, ruft Grayer von der Bank.

»Er wird sich bestimmt noch melden.« Sie hält inne, nur noch die Restaurantgeräusche dringen aus dem Hörer. »Es tut mir Leid, Nanny. Ich kann Ihnen wirklich nicht weiterhelfen.« Mein Magen krampft sich zusammen, und auf einmal weiß ich Bescheid.

»Nanny, der rote Stift ist weg. Ich brauche den roten Stift!«

»Okay, danke.«

»Und?«, fragt Mrs. X. Sie steht hinter mir.

»Justine war nicht im Büro, deshalb hat sie die Unterlagen nicht zur Hand.« Ich gehe um sie herum zum Tisch und wühle in dem Eimer mit den Buntstiften, während Grayer sich über sein Malbuch beugt. Vielleicht ist es jetzt so weit. Vielleicht sollte ich etwas sagen. Aber was? Was weiß ich denn schon? Dass Ms. Chicago vor über einem Monat in der Wohnung war. Seitdem kann sich einiges verändert haben. Woher will ich denn wissen, dass er nicht einfach nur aufgehalten worden ist? »Sie könnten den Wetterkanal einschalten«, schlage ich vor und bücke mich nach dem roten Buntstift, der unter die Bank gerollt ist. »Möglicherweise ist es am Flughafen O'Hare zu Verspätungen gekommen.« Ich lege den Stift neben Grayers Faust und richte mich wieder auf. »Ich telefoniere inzwischen mit der Fluggesellschaft. Mit welcher fliegt er normalerweise?«

»Das müsste Justine wissen. Ach ja, und könnten Sie bei Lutèce anrufen, dass sie unseren Tisch nicht vergeben?« Eilig geht sie in die Bibliothek. Grayer schlüpft von der Bank und läuft ihr nach.

Dreimal bekomme ich nur Justines Mailbox, aber nachdem sie mich einfach im Stich gelassen hat, probiere ich es hartnäckig weiter.

»Hallo?« Sie klingt verärgert.

»Sie müssen wirklich entschuldigen, Justine. Mit welcher Fluggesellschaft fliegt er?«

»American. Aber an Ihrer Stelle würde ich wirklich nicht...« Sie bricht ab.

»Was würden Sie nicht?«

»Er meldet sich schon noch. Lassen Sie es lieber...«

»Okay. Na, trotzdem vielen Dank. Bye.«

Ich rufe die Auskunft an und besorge mir die Nummer.

»American Airlines. Vielen Dank für Ihren Anruf. Wendy am Apparat. Kann ich Ihnen helfen?«

»Hallo. Ja, ich hätte gern gewusst, ob es heute Abend bei den Flügen von Chicago nach New York zu Verspätungen gekommen ist oder ob ein Passagier X seinen Flug umgebucht hat.«

»Es tut mir Leid, aber Informationen über bestimmte Passagiere dürfen wir nicht weitergeben.«

»Aber Sie können mir sagen, ob es Verzögerungen gegeben hat?«

»Einen Augenblick, bitte. Ich sehe nach.« Es klingelt auf der anderen Leitung.

»Hallo, hier bei X. Mit wem spreche ich, bitte?«

»Wer sind Sie?«, fragt eine Männerstimme.

»Hallo, ich bin's, Nanny...«

»Wer?«

»Nanny...«

»Ist ja auch egal. Sagen Sie Mrs. X, dass meine Maschine in Chicago eingeschneit ist. Ich rufe sie morgen an.«

»Sie würde sicher gern selbst mit Ihnen...«

»Keine Zeit.« Er hat aufgelegt.

Ich schalte wieder auf die andere Leitung um.

»Hallo, Miss? Danke, dass Sie gewartet haben. Es gibt keine Verzögerungen. Alle Flüge gehen planmäßig.«

»Danke.« Ich lege auf. Mist, Mist. Mist.

Ich gehe langsam durch das Wohnzimmer und bleibe vor der Bibliothek stehen, wo Mrs. X und Grayer auf der marineblauen Ledercouch sitzen und gebannt auf die Wetterkarte des Großraums Chicago starren.

»Bleiben Sie dran. Wenn wir wieder zurück sind, berichtet uns Cindy aus Little Springs, was das Wetter in ihrem Garten so treibt«, sagt der Sprecher munter. Mir ist flau zu Mute.

»Nanny?« Sie kommt so zügig durch die Tür, dass sie fast auf mich prallt. »Mir ist gerade noch etwas eingefallen. Rufen Sie Justine an, und lassen Sie sich die Nummer seines Hotels geben. Das Wetter ist gut – vielleicht hat seine Besprechung länger gedauert.«

»Äh, Mr. X hat auf der anderen Leitung angerufen, als ich mit der Fluggesellschaft telefoniert habe. Genau das hat er eben gesagt. Dass seine Besprechung länger gedauert hat. Er hat gesagt, er ruft morgen Abend wieder an und, äh,...«

Sie hebt die Hand und bedeutet mir zu schweigen. »Warum haben Sie mich nicht geholt?«

»Er, äh, er hat gesagt, er sei in Eile ...«

»Aha.« Sie presst die Lippen zusammen. »Und was hat er sonst noch gesagt?«

Mir läuft der Schweiß am ganzen Körper hinunter. »Er hat gesagt, dass er über Nacht in Chicago festhängt.« Ich senke den Blick, ich kann ihr nicht in die Augen sehen.

Sie kommt einen Schritt näher. »Nanny, ich möchte, dass Sie mir Wort für Wort wiederholen, was er gesagt hat.«

Ich kann nicht, ich kann nicht.

»Nun?« Sie wartet.

»Er hat gesagt, dass er eingeschneit ist und Sie morgen anruft.« Ein Zittern geht durch ihren Körper.

Ich hebe den Kopf. Sie macht ein Gesicht, als ob ich sie geschlagen hätte, und ich sehe schnell wieder zu Boden. Sie geht in die Bibliothek, nimmt die Fernbedienung und schaltet den Fernsehapparat aus. Es wird still und dunkel im Raum. Reglos steht sie da, eine starre Silhouette, vom Licht der Park Avenue hervorgehoben, das rote Seidenkleid warm schimmernd in dem nüchtern blauen Raum.

Grayer sieht mich mit weit aufgerissenen Augen an, die Hände beklommen im Schoß gefaltet. »Komm, Grayer. Sehen wir zu, dass du ins Bett kommst.« Ich gebe ihm die Hand. Er krabbelt von der Couch und geht widerspruchslos mit.

Während er sich die Zähne putzt und den Schlafanzug anzieht, ist er ungewöhnlich schweigsam. Ich lese ihm *Mausi geht ins Bett* vor, ein pädagogisch wertvolles Bilderbuch über eine kleine Maus.

»›Mausi putzt sich die Zähne.‹ Hat Grayer sich die Zähne geputzt?«

»Ja.«

»›Mausi wäscht sich das Gesicht und die Hände.‹ Hat Grayer sich das Gesicht und die Hände gewaschen?«

»Ja.« Und so weiter und so fort, bis er gähnt und ihm die Augen zufallen.

Als ich aufstehe, um ihm einen Kuss auf die Stirn zu drücken, hat er sich mit der Hand in meinen Pullover geklammert. Behutsam mache ich mich los. »Gute Nacht, Grover.«

Zögernd trete ich hinaus in das graue Licht der marmorkalten Diele. »Mrs. X?«, rufe ich. »Ich gehe jetzt. Okay?« Keine Antwort. Ich gehe die lange, dunkle Diele hinunter bis zum Schlafzimmer. Aus dem Ankleidezimmer dringt unterdrücktes Schluchzen hervor. »Mrs. X? Grayer ist eingeschlafen. Brauchen Sie noch irgendetwas?« Stille. »Dann gehe ich jetzt, okay?« Durch die Tür höre ich sie leise weinen. Bei der Vorstellung, dass sie in ihrem herrlichen Abendkleid zusammengesackt auf dem Fußboden liegt, greife ich mir ans Herz.

»Nanny?«, ruft eine um heitere Gelassenheit bemühte Stimme. »Sind Sie das?«

»Ja.« Ich sammele die Weingläser vom Nachttisch ein und passe auf, dass sie nicht klirrend aneinander stoßen.

»Okay, Sie können ruhig gehen. Bis morgen.«

»Äh, es ist noch etwas von der Pizza übrig. Soll ich es Ihnen aufwärmen?«

»Danke, nicht nötig. Gute Nacht.«

»Wirklich nicht? Es würde mir überhaupt keine Umstände machen.«

»Nein, danke. Bis morgen dann.«

»Okay, gute Nacht.«

Ich bringe die Gläser in die Küche und stelle ihr einen Teller mit Obst heraus, nur für den Fall, dass sie es sich doch noch anders überlegt. Ich will warten, bis ich unten bin, bevor ich im Restaurant anrufe und die Tischreservierung storniere.

Ich gehe wieder in die Diele, ziehe Mantel und Stiefel an und hole mein Papierherz aus dem Buggy. Ein roter Glitterregen rieselt auf die schwarz-weißen Fliesen. Ich knie mich hin und presse die Hand auf die Flöckchen, nehme sie vom Boden auf und wische sie in meinen Rucksack.

Als ich sachte die Tür hinter mir schließe, geht das leise Weinen in einen tiefen, fast tierischen Klagelaut über.

SIEBTES KAPITEL
Absagen

> Alle fühlten, dass ihr Zusammenleben sinnlos geworden war, ja, dass in einem Gasthof zufällig versammelte Leute enger miteinander verbunden sein mussten als sie, die Angehörigen der Familie Oblonskij und ihre Hausangestellten. Die Dame selbst blieb in ihren Zimmern, ihr Gatte war drei Tage nicht mehr zu Hause gewesen. Die Kinder liefen verlassen herum.
>
> *Anna Karenina*

Montagmittag warte ich auf dem Schulhof, doch auch nachdem Mrs. Butters jedem einzelnen ihrer dick vermummten Schüler zum Abschied den Kopf getätschelt und ihn an seine wartende Nanny übergeben hat, ist von Grayer nichts zu sehen.

»Mrs. Butters?«, frage ich.

»Ja?«

»War Grayer heute in der Vorschule?«

»Nein.« Sie grinst mich an.

»Aha, danke«, sage ich.

»Bitte.«

»Danke.«

»Na dann...« Mit einem Kopfnicken deutet sie an, dass sie diesen produktiven Dialog für beendet betrachtet, und trottet zurück in die Schule. Ihr samtener Patchwork-Schal flattert im Wind. Ich bleibe noch einen Augenblick stehen, weil ich nicht recht weiter weiß. Als ich schließlich mein Handy herausholen will, bekomme ich von hinten einen heftigen Schlag gegen das Bein.

»Hi-yaaa!«

Ich drehe mich um. Hinter mir steht eine kleine Frau mit einem sehr großen und kräftigen Jungen, der wie ein Karatekämpfer in Position gegangen ist. »Nein, Darwin«, sagt sie tadelnd. »Man geht nicht einfach auf andere Leute los.«

»Wo ist Grayer? Ich will mit seinen Sachen spielen.«

»Entschuldigen Sie, worum geht's denn?«, frage ich und reibe mir das Bein.

Behutsam schiebt sie den Jungen weg, der ihr mit der Hand ins Gesicht gefasst hat, und antwortet geduldig: »Ich heiße Sima. Das ist Darwin. Wir haben heute einen Spieltermin bei Grayer.«

»Ich will mit seinen Sachen spielen. SOFORT!«, kreischt ihr Schützling und reißt die Hände zum Handkantenschlag hoch.

»Freut mich, Sie kennen zu lernen. Ich bin Nanny. Grayer ist heute offenbar zu Hause geblieben. Ich wusste gar nicht, dass er zum Spielen verabredet ist. Ich rufe mal eben seine Mutter an.« Ich wähle, aber ich bekomme nur die Mailbox. »Okay, dann würde ich sagen, wir gehen einfach!« Ich schlage einen munteren Ton an, obwohl mir etwas mulmig bei dem Gedanken ist, was uns wohl in der Park Avenue erwartet. Ich nehme Sima Darwins Schultasche ab, und dann stapfen wir los, durch den Schneematsch. Es dauert keine drei Minuten, da habe ich eine herzliche Abneigung zu Darwin gefasst. Außerdem bin ich ständig auf der Hut vor ihm, um nicht attackiert zu werden. Sima dagegen wehrt seine Schläge sanft, ja fast elegant ab.

Ich schließe auf, öffne langsam die Tür und rufe: »Hallo? Ich habe Darwin und Sima mitgebracht!«

»Du liebe Güte«, murmelt Sima. Unsere Blicke treffen sich. Der Rosengeruch ist überwältigend. Seit dem Valentinstag, dem Beginn der wohl längsten Geschäftsreise aller Zeiten, von der Mr. X noch immer nicht zurück ist, hat er jeden Morgen zwei Dutzend langstielige Rosen in die Park Avenue geschickt. Mrs. X will sie weder in ihrem noch in Grayers Flügel haben, aber sie kann sich offenbar auch nicht überwinden, sie auf den Müll zu werfen. Im Wohnzimmer, im Esszimmer und in der Küche scharen sich inzwischen mehr als dreißig Vasen. Ohne die Klimaanlage wäre es überhaupt nicht auszuhalten, doch auch so scheint der süße Mief nur von einer Seite der Wohnung zur anderen zu wandern.

Nach allem, was ich mir von den Straußkärtchen zusammengereimt habe, hatte Mr. X versprochen, am vergangenen Wochenende mit Frau und Kind nach Connecticut zu fahren, um zur

Abwechslung mal wieder etwas Zeit mit seiner Familie zu verbringen, ein Plan, der mir das erste freie Wochenende seit einem Monat, genauer gesagt, seit dem Valentinstag beschert hat.

»GRAYER! GRAYER!!!«, brüllt Darwin aus Leibeskräften, reißt sich die Jacke vom Leib und rast los.

»Bitte legen Sie ab, und nehmen Sie Platz. Ich sehe nur schnell nach Grayers Mutter und sage ihr Bescheid, dass wir hier sind.« Ich stelle Darwins Tasche neben der Bank ab und schlüpfe aus meinen Stiefeln.

»Schon gut. Ich lasse den Mantel lieber an, danke.« Ihr Lächeln verrät mir, dass ich ihr die Kühlhaustemperatur und die Beerdigungsblumen nicht zu erklären brauche. Nach einem kleinen Vasenslalom erreiche ich Mrs. X' Büro. Es ist leer.

Das wilde Gekicher der Jungen führt mich ins Kinderzimmer. Grayer hat sich im Schlafanzug hinter seinem Bett verschanzt, das im Kampf gegen den hünenhaften Darwin als Barrikade herhalten muss.

»Hallo, Grover.«

Er hat alle Hände voll damit zu tun, Darwin mit Stofftieren zu bombardieren, und sieht mich kaum an. »Nanny, ich habe Hunger. Ich will was zum Frühstück.«

»Du meinst wohl zum Mittagessen. Wo ist deine Mom?« Er duckt sich, als ein Plüschfrosch auf ihn zu gesaust kommt.

»Weiß ich nicht. Und ich meine zum Frühstück.« Aha.

In Mr. X' Büro treffe ich Connie an, die gerade dabei ist, Grayers Fort wieder in eine Couch zu verwandeln. Ein solches Chaos habe ich in dieser Wohnung noch nie erlebt. Überall stehen kleine Teller mit angebissenen Pizzarändern auf dem Boden, die Disney-Kassetten sind ohne Hüllen im ganzen Zimmer verteilt.

»Hallo, Connie. Wie war Ihr Wochenende?«

»Dreimal dürfen Sie raten.« Sie deutet auf die Unordnung. »Ich war das ganze Wochenende hier. Mr. X ist nicht aufgekreuzt, und sie wollte nicht mit Grayer alleine sein. Freitagnacht um elf hat sie mich aus der Bronx wieder herbestellt. Ich musste meine Kinder bei meiner Schwester abgeben. Das Taxi hat sie natürlich auch nicht bezahlt. Und sie hat das ganze Wochenende kein Wort mit dem Kleinen gesprochen.« Sie hebt einen Teller auf. »Gestern Abend habe ich ihr einfach auf den Kopf zu gesagt, dass ich mal wieder nach Hause muss, aber das hat ihr gar nicht gefallen.«

»Ach Gott, Connie. Das tut mir so Leid. Das ist ja furchtbar. Warum hat sie mich denn nicht angerufen? Dann hätte ich wenigstens die Nachtschicht übernehmen können.«

»Damit jemand wie Sie mitbekommt, dass sie ihren eigenen Mann nicht nach Hause kriegt?«

»Wo ist sie?«

Sie zeigt in Richtung Schlafzimmer. »Ihre Majestät ist vor einer Stunde heimgekommen und hat sich sofort verkrochen.«

Ich klopfe an. »Mrs. X?«, rufe ich fragend. Ich öffne die Tür, und es dauert einen Augenblick, bis sich meine Augen auf die Dunkelheit eingestellt haben. Umgeben von Einkaufstüten kauert sie auf dem naturfarbenen Teppichboden. Unter dem Pelzmantel schaut ihr Nachthemd hervor. Die schweren, grob gerippten Seidenvorhänge sind zugezogen.

»Würden Sie die Tür zumachen?« Sie lehnt sich mit dem Rücken an den Schreibsekretär und atmet schniefend in ein Knäuel lavendelfarbenes Seidenpapier, das aus einer der Tüten stammt. Sie putzt sich die Nase und sieht zur Decke hoch. Jede Frage, die ich stelle, könnte die falsche sein. Deshalb warte ich lieber, dass sie den Anfang macht.

Sie starrt ins Dunkel und fragt mit ausdrucksloser Stimme: »Wie war Ihr Wochenende, Nanny?«

»Okay ...«

»Wir hatten ein paar herrliche Tage. Wir haben uns prächtig amüsiert. In Connecticut war es wunderschön. Wir sind Schlitten gefahren. Sie hätten Grayer und seinen Vater sehen sollen. Ein Bild für die Götter. Wirklich, ein ganz fantastisches Wochenende.«

Na, wenn sie es so will ...

»Nanny, wäre es vielleicht möglich, dass Sie morgen früher anfangen?« Sie klingt erschöpft. »Und dafür sorgen, dass Grayer in die Schule kommt? Er ist so ... Er wollte unbedingt seine rosa Hose anziehen, und ich hatte einfach nicht die Kraft ...«

»ICH HAB DICH ERSCHOSSEN! DU BIST TOT!«
»NEIN! DU BIST TOT! TOT, TOT, TOT!«

Das Geschrei der Jungen kommt näher, genau wie das dumpfe Aufprallen der als Wurfgeschosse benutzten Stofftiere.

»Nanny, gehen Sie mit ihnen nach draußen. Bitte ... Gehen Sie mit Ihnen ins Museum, oder lassen Sie sich sonst etwas einfallen. Ich kann nicht ... Ich muss ...«

»FALL ENDLICH UM! DU BIST TOT!«

»Selbstverständlich. Wir sind gleich weg. Kann ich Ihnen irgendetwas ...«

»Nein. Bitte, gehen Sie einfach.« Ihre Stimme bricht, und sie vergräbt das Gesicht wieder im Seidenpapier.

Als ich leise die Tür hinter mir zuziehe, kommt Grayer am anderen Ende der Diele um die Ecke gesprungen. Sein Blick geht erst zur Tür und dann zu mir. Mit etwas zu viel Wucht wirft er mir Winnie Puuh an den Kopf.

Ich atme tief ein. »Okay, du knallharter Bursche. Anziehen!« Ich nehme ihn bei der Hand und verfrachte ihn mitsamt Winnie Puuh ins Kinderzimmer.

»Du hast ja noch den Schlafanzug an, du Doofi«, lautet Darwins hilfreicher Kommentar, als ich Grayer zum Kleiderschrank eskortiere.

Er zieht sein liebstes Kleidungsstück an, das Collegiate-Sweatshirt, das er seit Weihnachten fast ununterbrochen trägt. Dann schlingt er sich lose eine Krawatte seines Vater um den Hals.

»Nein, Grover, die darfst du nicht umtun«, sage ich. Darwin will sie ihm aus der Hand reißen. »Nein, Darwin. Der Schlips gehört Grayer.«

»Siehst du? Siehst du?«, ruft Grayer triumphierend. »Du hast es selber gesagt. Er gehört mir. Das ist mein Schlips. Meine Mom hat's gesagt. Sie hat ihn mir geschenkt.« Da ich nicht noch einmal ins Schlafzimmer gehen will, um dieser Geschichte auf den Grund zu gehen, binde ich ihm schnell einen Knoten. Das Ende der Krawatte baumelt neben seiner Visitenkarte herunter.

»Also dann, Leute. Auf geht's! Wir machen heute Nachmittag einen Ausflug. Eine Überraschung! Wer als Erster seine Jacke angezogen hat, erfährt als Erster, wo es hingeht.« Die Jungen stürzen los, hinein in den Hindernisparcours aus Blumenvasen. Ich sammle noch rasch eine Ladung Stofftiere auf und deponiere sie auf dem Bett.

Als ich in die Diele komme, versucht Sima gerade, Darwin davon abzuhalten, Grayer zu erdrücken, den er gegen die Tür gerammt hat. »Er kriegt doch keine Luft mehr, Darwin!«

»Na, was meint ihr? Habt ihr Lust auf Play Space?«, frage ich. Darwin lässt Grayer sofort los. Mir fällt plötzlich auf, dass ich den Mantel noch gar nicht ausgezogen habe.

»JAAA!« Die Jungen springen begeistert auf und ab.

»Play Space?« Sima nickt. »Gute Idee.« Ich gebe ihr Darwins Jacke und ziehe mir die Stiefel an.

Im Grunde ist Play Space nichts anderes als ein Spielplatz in der Halle. Und wie alles in der großen Stadt kostet es Geld. Für zwanzig Dollar darf man sich mit seinem Schützling zwei Stunden lang an den Geräten austoben. Etwas preisgünstiger als in einem Stundenhotel.

Sima wartet mit den Jungen auf dem Bürgersteig, während ich die Buggys aus dem Kofferraum des Taxis wuchte.

»IST ES NICHT!«

»IST ES DOCH!

»Soll ich Ihnen helfen?«, fragt sie und weicht einem Tritt von Darwin aus.

»Nein«, ächze ich. »Es geht schon.« Ich bin nur froh, dass er mich nicht treffen kann.

Nachdem ich die Buggys auf den Bürgersteig bugsiert habe, nehmen wir die Kinder an die Hand. Um bösen Onkels den Schaufensterbummel zu vermiesen, liegt die Spieloase im ersten Stock. Eine ewig lange Treppe mit kindgerechten Stufen führt hinauf, immer höher und höher, wahrscheinlich bis in den Nanny-Himmel. Unbeeindruckt hält Grayer sich an dem niedrigen Geländer fest und zieht sich nach oben.

»Nach oben, Darwin. Nach oben«, ruft Sima. »Nicht nach unten. Nach oben.« Darwin hört überhaupt nicht zu, er spielt so etwas Ähnliches wie Bockspringen. Dabei bringt er den vorsichtigen Grayer immer wieder in Gefahr, rückwärts die Treppe hinuntergekegelt zu werden. Ich bleibe dicht hinter ihm und ziehe die zusammengeklappten Buggys hinter mir her. Meine Füße sind zu groß für die Stufen.

Als wir endlich oben angekommen sind und ich die Wagen auf dem Buggy-Parkplatz abgestellt habe, gehen wir zur Anmeldung. Wegen des schlechten Wetters ist die Halle gerammelt voll. Wir reihen uns in eine lange Schlange aus zu warm angezogenen Kindern, gereizten Nannys und sogar der einen oder anderen Mutter ein, die ihrem Kind eine Stunde ihrer kostbaren Zeit gönnen will.

»Elizabeth, wir können Pipi machen gehen, wenn wir uns angemeldet haben. Halte bitte noch ein bisschen ein!«

»Hallo, willkommen bei Play Space! Na, wer möchte sich heute anmelden?«, fragt der unerträglich aufgekratzte Mittdreißiger, der hinter der knallroten Theke sitzt.

»Er!«, sage ich und zeige auf Grayer. Der Mann macht ein verwirrtes Gesicht. »Wir«, sage ich und gebe ihm Mrs. X' Mitgliedsausweis. Er überprüft den Namen in den Unterlagen. Nachdem ich ihm zwanzig Dollar hingeblättert habe, bekommen wir unsere Namensschilder ausgehändigt.

»Hallo, ich heiße GRAYER. Ich gehöre zu NANNY«, steht auf seinem.

»Hallo, ich heiße NANNY. Ich gehöre zu GRAYER«, steht auf meinem. Weil wir die Schilder deutlich sichtbar tragen sollen, klebe ich mir meines direkt über die linke Herzkammer, während Grayer seines lieber unten an seinem Hemd haben möchte, über der Visitenkarte und neben dem Schlips seines Vaters. Nachdem Sima und Darwin ebenfalls »beschildert« sind, schließen wir erst mal Jacken, Mäntel und Stiefel in die Garderobensafes ein. In der Cafeteria mache ich für das Mittagessen den nächsten Zwanziger locker – zwei kleine Erdnussbutter-mit-Gelee-Sandwiches und zwei Trinkpäckchen.

»DU BIST TOT! DU BIST TOT!«

»ICH BRING DICH UM! ICH BRING DICH UM!«

»Okay, Jungs. Das reicht!« Die Böse Hexe hat Kopfschmerzen. »Wenn ihr zwei euch nicht vertragen könnt, müssen sich Darwin und Sima an einen anderen Tisch setzen.« Irgendwie schaffen sie es tatsächlich, während des Essens nur noch in gedämpftem Ton miteinander zu streiten. Sima und ich lächeln uns über den Tisch hinweg ermattet an. Sie nimmt ein paar Bissen von ihrem Wurstbrot, und ich mache ein paar Mal den Versuch, ein Gespräch anzufangen, aber im jeweils passendsten Augenblick wirft Darwin ihr Goldfish-Kräcker ins Gesicht.

Bevor wir sie auf den eigentlichen Spielplatz entlassen, gehen wir noch zur Toilette. Die bonbonbunten Kabinen haben ein eigenes kleines Waschbecken, eine niedrige Toilette und einen hoch angebrachten Riegel. Als Grayer fertig ist, lässt er sich von mir die Ärmel hochkrempeln, damit er sich die Hände waschen kann.

»NEIN! ICH WILL NICHT PIPI MACHEN! MACH DU DOCH SELBER PIPI!«, brüllt Darwin in der Kabine nebenan.

Ich bücke mich und drücke Grayer einen Kuss aufs Haar. »Dann komm, Grover. Ab auf die Piste.« Ich gebe ihm ein Papierhandtuch, damit er sich die Hände abtrocknen kann und was sonst noch nass geworden ist.

»Das sagt mein Daddy immer in Aspirin.«

»Ja? Das ist schön. Komm, wir gehen.« Ich werfe das Handtuch in den Abfallbehälter und halte ihm die Hand hin, aber er rührt sich nicht.

»Wann fährt mein Daddy mit mir nach Aspirin?«, fragt er.

»Ach, Grover...« Ich gehe vor ihm in die Hocke. »Ich weiß nicht, ob ihr dieses Jahr überhaupt noch Ski fahren geht.« Er sieht mich fragend an. »Hast du mal mit deiner Mommy darüber geredet?«

Er weicht zurück und verschränkt die Arme über der Krawatte. »Meine Mom sagt, ich soll nicht über ihn reden. Du sollst auch nicht über ihn reden.«

»Mach schon, Grayer!« Darwin tritt gegen die Tür.

»Heh! Hier draußen stehen Leute, die dringend mal müssen!« Eine Frau klopft Sturm.

»Grover, wenn du etwas wissen möchtest, darfst du ruhig fragen...« Ich richte mich auf und entriegele die Tür.

»Du sollst nicht mit mir reden«, sagt er und rennt zu Darwin, der schon am Spielplatzeingang wartet.

»Sie haben Nerven!« Die Frau, die an die Tür gehämmert hat, schiebt ihr Kind an mir vorbei in die Toilette. »Was für ein rücksichtsloses Verhalten, ein kleines Mädchen so lange warten zu lassen!« Sie kneift die stark geschminkten Augen zusammen. »Für wen arbeiten Sie?« Haarsprayfrisur, zwei Zentimeter lange Fingernägel, Versacebluse. »Das meine ich ernst. Für wen arbeiten Sie?«

»Gott«, knurre ich und dränge mich vorbei, um Grayer auf den Spielplatz zu lassen.

Sima und ich heben die Jungen auf die hellblaue Rutsche. Ich taxiere meine Kollegin. Ob sie wohl zu den Kindermädchen gehört, die sich verpflichtet fühlen, ihrem Schützling auf Schritt und Tritt zu folgen und nie von seiner Seite zu weichen?

»Ich glaube, die beiden ...« beginnt sie und hält inne, um ihrerseits meine Miene zu deuten.

Ich nicke abwartend.

»... kommen allein zurecht. Was denken Sie?«

»Ganz meine Meinung«, sage ich erleichtert. Auf Grayers schlechte Laune und Darwins Aggressivität kann ich gern für eine Weile verzichten. »Darf ich Ihnen einen Nachtisch spendieren?«

Als wir uns einen Tisch mit Blick auf die Rutsche ausgesucht haben, gebe ich Sima einen Muffin und eine Serviette. »Ich bin froh, dass Sie nichts dagegen haben, die Jungen laufen zu lassen. Normalerweise lasse ich Grayer auch immer alleine spielen. Ich setze mich dann so lange hier hin und versuche zu lernen. Aber früher oder später kommt immer eine übereifrige Betreuerin an. ›Ähem, Grayer ist im ... *Sandkasten*.‹ Als ob ich wie von der Tarantel gestochen aufspringen und hinrennen müsste«, erzähle ich und lache.

Sima schmunzelt. »Gestern hatten wir einen Spieltermin, und die Mutter wollte unbedingt, dass ich mit Darwin zusammen ein Bild male. Aber er kann es nicht haben, wenn ich auch nur einen Strich auf sein Blatt mache. Dann fängt er immer an zu schreien.

Trotzdem hat sie mich gezwungen, den ganzen Nachmittag neben ihm zu sitzen und den Stift über das Papier zu halten.« Sie wickelt den Muffin aus. »Kümmern Sie sich schon lange um Grayer?«

»Sieben Monate – seit September. Und wie lange sind Sie schon bei Darwin?«, frage ich zurück.

»Ich bin seit zwei Jahren bei Mr. und Mrs. Zuckerman.« Sie nickt, und das dunkle Haar fällt ihr ins Gesicht. Ich schätze sie auf Anfang vierzig. »Wir haben manchmal mit Ihrer Vorgängerin gespielt. Sie war sehr nett. Wie hieß sie noch?« Sie trinkt einen Schluck Milch und lächelt.

»Caitlin. Ja, ich glaube, sie ist wieder nach Australien zurückgegangen.«

»Sie hatte eine Schwester drüben, der es nicht gut ging. Sie lag im Krankenhaus. Bei unserem letzten Spieltermin hat sie mir erzählt, dass sie spart, um sie besuchen zu können.«

»Wie traurig. Ich hatte ja keine Ahnung. Sie war fantastisch. Grayer vermisst sie heute noch.« Aus den Augenwinkeln bekomme ich mit, dass Darwin, der auf der gelben Plastiktreppe der Rutsche über Grayer steht, Mr. X' Schlips stramm zieht. Grayer bekommt keine Luft mehr – er läuft rot an und fasst sich an die Kehle.

Dann löst sich der Knoten, und die Krawatte hängt lose herunter. Darwin reißt sie Grayer vom Hals, rennt damit johlend auf die andere Seite der Halle und verschwindet in einem Klettergerät. Sima und ich springen auf und eilen zu den gegnerischen Fronten.

»Ist ja schon wieder gut, Grayer«, sage ich, als ich bei ihm bin.

Er stößt ein Wutgeheul in Richtung Darwin aus, so laut, dass der ganze Raum verstummt. »GIB MIR DAS WIEDER!! DAS GEHÖRT MEINEM DADDY!! GIB MIR DAS WIEDER!!!!!!« Er weint und fängt an zu zittern. »MEIN DADDY IST SO BÖSE AUF DICH!! SO BÖSE!!!«

Schluchzend sackt er zu Boden. »Mein Daddy ist so böse, so böse auf dich.«

Ich nehme ihn auf den Schoß, murmele ihm besänftigend ins Ohr und wiege ihn hin und her. »Du bist so ein lieber Junge, niemand ist böse auf dich. Dein Daddy ist nicht böse auf dich. Deine Mommy ist nicht böse auf dich. Wir haben dich doch alle furchtbar lieb, Grover.«

Ich trage ihn in die Cafeteria, wo Sima ihn schon mit der Krawatte in der Hand erwartet.

»Ich... will«, japst er, »zu meiner... Mommy!« Ich binde ihm behutsam den Schlips um, helfe ihm auf die grüne Bank und lege ihm meinen Pullover als Kissen unter den Kopf.

»Sima? Sind Sie Sima?«, fragt die Frau aus der Toilette.

»Ja.«

»Ihr Darwin ist ganz allein auf der Rutsche«, verkündet sie.

»Danke.« Sima lächelt sanft.

»Ganz allein«, wiederholt die Mutter, als ob Sima taub ist.

»Okay, vielen Dank.« Sima verdreht die Augen, aber sie geht hinüber, um sich zu vergewissern, dass Darwin sich auf der einen Meter hohen Rutsche auch ja nichts antut. Ich streichle Grayer den Rücken, bis er eingedöst ist.

Sima hilft Darwin, die Beine auf die Rutsche zu schwingen. Als Dank für ihre Mühe bekommt sie einen heftigen Schlag auf den Kopf, bevor er sich juchzend hinunterstürzt. Leicht benommen bleibt sie noch einen Augenblick stehen, dann kommt sie wieder an unseren Tisch.

»Darwin ist ja ein ganz schöner Satansbraten«, sage ich. Was noch stark untertrieben ist. Er macht eher den Eindruck, als ob er das Zeug zum Totschläger hat. Aber es muss wohl einen Grund haben, dass sie es bei ihm aushält. Und zehn Dollar die Stunde reichen bei weitem nicht aus, um sich täglich der Gefahr einer schweren Körperverletzung auszusetzen.

»Ach, es geht schon. Er ist nur voller Wut, weil er ein kleines Brüderchen bekommen hat.« Sie reibt sich den Kopf.

»Wissen Ihre Arbeitgeber, dass er Sie schlägt?«, frage ich vorsichtig.

»Nein. Sie haben auch genug mit dem neuen Baby zu tun. Und er kann ein sehr lieber Junge sein.« Sie atmet flach. Diese Geschichte erlebe ich nicht zum ersten Mal; fast auf jedem Spielplatz gibt es eine Nanny, die von einem wütenden Kind misshandelt wird. Da sie offensichtlich nicht darüber reden will, wechsle ich das Thema.

»Sie haben einen sehr hübschen Akzent.« Ich falte das Papier von meinem Muffin zu einem kleinen Quadrat.

»Ich bin vor zwei Jahren aus San Salvador gekommen.« Sie wischt sich die Krümel ab.

»Haben Sie noch Familie da?«

»Ja, meinen Mann und meine Söhne.« Sie blinzelt ein paarmal und senkt den Kopf.

»Ach«, sage ich.

»Ja, wir sind alle zusammen nach New York gekommen. Mein Mann und ich wollten uns einen Job suchen. In San Salvador war ich Ingenieurin. Aber es gab keine Arbeit mehr, und wir hofften, hier Geld verdienen zu können. Leider hat mein Mann keine Green Card bekommen und musste wieder zurück. Die Jungen hat er mitgenommen, weil ich ja nicht gleichzeitig arbeiten und auf sie aufpassen konnte.«

»Wie oft sehen Sie sie?«, frage ich. Grayer zappelt im Schlaf.

»Wenn möglich, fahre ich Weihnachten für zwei Wochen nach Hause, aber dieses Jahr musste ich mit Mr. und Mrs. Zuckerman nach Frankreich.« Sie faltet Darwins Pullover zusammen und wieder auseinander.

»Haben Sie vielleicht ein Foto? Es sind bestimmt reizende Jungen.« Ich weiß nicht, was ich sagen soll, um sie nicht noch trauriger zu stimmen. Aber wenn meine Mutter hier wäre, hätte sie Sima bestimmt schon längst eine Decke um die Schultern gelegt und ihr irgendwie weitergeholfen.

»Nein, ich habe kein Bild dabei. Es ist ... zu schwer ... für mich.« Sie lächelt. »Aber wenn Grayer irgendwann einen Spieltermin bei Darwin hat, zeige ich Ihnen welche. Und Sie? Haben Sie auch Kinder?«

»Nein. Ich? Nein, um Gottes willen.« Wir müssen beide lachen.

»Aber einen Freund?«

»Mal sehen, was draus wird.« Und dann fange ich an, ihr von meinem Harvard-Prinzen zu erzählen. Inmitten der grellen Lichter und der bunten Farben und umgeben von ohrenbetäubendem Kindergeschrei vertrauen wir uns Abschnitte unserer Lebensgeschichte an, an denen wir weder die Zuckermans noch Mr. und Mrs. X teilhaben lassen und von denen sie nicht das Geringste ahnen. Hinter den großen Fenstern beginnt es zu schneien. Ich schlage gemütlich die Beine unter, Sima legt den Kopf auf ihren ausgestreckten Arm. So verbringen wir den Nachmittag, ich und diese Frau, die einen Uniabschluss in der Tasche hat, in einem Fach, in dem ich nicht mal ein Ausreichend schaffen würde, und die in den letzten vierundzwanzig Monaten gerade zwei Wochen zu Hause war.

◊

In der ganzen letzten Woche habe ich jeden Morgen um sieben Uhr angefangen, um Grayer anzuziehen, bei Mrs. Butters in der Vorschule abzuliefern und anschließend in letzter Sekunde ins Seminar zu hetzen. Mrs. X lässt sich morgens nie blicken, und wenn wir wieder heimkommen, ist sie immer außer Haus, deshalb bin ich überrascht, als Connie eines Nachmittags zu mir sagt, sie wolle mich in ihrem Büro sprechen.

»Mrs. X?« Ich klopfe an.

»Herein.« Etwas beklommen mache ich die Tür auf, aber zu meiner Erleichterung sitzt sie angezogen hinter ihrem Schreibtisch. Obwohl sie adrett gekleidet und sorgfältig geschminkt ist, sieht sie mitgenommen aus.

»Wieso sind Sie so früh zu Hause?«, fragt sie.

»Grayer hatte einen kleinen Unfall mit grüner Farbe, deshalb wollte ich ihn umziehen, bevor wir zum Schlittschuhlaufen gehen...« Das Telefon klingelt, doch sie bedeutet mir zu bleiben.

»Hallo?... Tag, Joyce... Nein, unsere Post ist noch nicht da... Ich weiß auch nicht. Vielleicht liegt es an der Postleitzahl...« Ihre Stimme klingt hohl. »An allen Schulen, wo sie sich beworben hat? Tatsächlich? Das ist ja fabelhaft... Und für welche wollt ihr euch entscheiden?... Zu den Mädchenschulen kann ich leider nicht viel sagen... Aber ihr werdet schon die richtige Entscheidung treffen... Wunderbar. Bye.«

Sie wendet sich wieder mir zu. »Ihre Tochter hat von jeder Schule, bei der sie sich beworben hat, eine Zusage bekommen. Ich verstehe das nicht. Wenn sie wenigstens nett aussehen würde ... Wo waren wir stehen geblieben?«

»Bei Grayers Unfall. Aber zum Glück hatte er wenigstens das Collegiate-Sweatshirt nicht an. Er hat ein wunderschönes Baumbild gebastelt ...«

»Hat er keine Sachen zum Wechseln in der Schule?«

»Doch, normalerweise schon. Aber die hat er letzte Woche gebraucht, nachdem Giselle ihn mit Kleber voll gekleistert hatte. Und ich habe vergessen, einen neuen Satz Kleider mitzunehmen.«

»Und wenn die Zeit zum Umziehen nicht gereicht hätte?«

»Es tut mir Leid. Ich werde gleich morgen frische Sachen in die Schule mitnehmen.« Ich gehe zur Tür.

»Ach, Nanny.« Ich drehe mich um. »Wo ich Sie schon einmal da habe, ich muss mit Ihnen über Grayers Bewerbungen reden. Wo ist er?«

»Er sieht zu, wie Connie Staub wischt.« Zwischen den Sprossen der Küchenstühle. Mit der Zahnbürste.

»Gut, dann nehmen Sie doch bitte Platz.« Sie bietet mir einen Ohrensessel vor dem Schreibtisch an. »Nanny, ich muss Ihnen etwas Schreckliches erzählen.« Sie lässt den Kopf sinken und starrt auf ihre Hände, die sich ineinander krallen.

Mir bleibt die Luft weg. Ich mache mich auf alles gefasst. Auch auf Höschen.

»Wir haben heute Morgen eine sehr schlechte Nachricht erhalten.« Sie bekommt die Worte kaum über die Lippen. »Grayer ist von Collegiate abgelehnt worden.«

»Nein.« Ich bemühe mich, mir meine Erleichterung nicht anmerken zu lassen. »Das glaub' ich nicht.«

»Ich weiß – es ist entsetzlich. Und was das Ganze noch schlimmer macht, in St. David's und St. Bernard's hat man ihn auf die Warteliste gesetzt. Auf die Warteliste!« Sie schüttelt den Kopf. »Jetzt können wir nur noch auf Trinity hoffen, aber wenn es da aus irgendeinem Grund auch nicht klappt, bleiben uns nur noch die todsicheren Kandidaten, und an diesen Schulen lassen die akademischen Leistungen doch sehr zu wünschen übrig.«

»Aber er ist so ein reizendes Kind. Er ist intelligent und kann sich ausdrücken. Er ist witzig. Es macht ihm nichts aus, mit anderen Kindern zu teilen. Ich verstehe das nicht.« Es ist wirklich nicht zu begreifen. Er ist ein Junge, den jeder ins Herz schließen muss.

»Ich grüble schon den ganzen Vormittag darüber nach.« Sie sieht aus dem Fenster. »Unser Bewerbungstrainer hat uns versichert, Collegiate würde ihn mit Kusshand nehmen.«

»Mein Vater hat gesagt, so groß wie in diesem Jahr war die Konkurrenz noch nie. Sie wurden von qualifizierten Bewerbern nur so überrollt. Dabei ging es bestimmt nicht ohne die eine oder andere harte Entscheidung ab.« Immer natürlich unter Berücksichtigung der Tatsache, dass die Bewerber vier Jahre alt sind und man sie nicht unbedingt fragen kann, wie sie zum Haushaltsdefizit stehen oder was sie in fünf Jahren erreicht haben wollen.

»Ihr Vater hat Grayer doch kennen gelernt. Ich dachte, er mochte ihn«, sagt sie spitz. Sie spielt darauf an, dass ich ihn eines verregneten Nachmittags mit zu meinen Eltern genommen habe, um Sophie zu streicheln.

»Aber er mag ihn ja auch. Sie haben ›Rainbow Connection‹ aus der Muppet-Show zusammen gesungen.«

»Hmmm. Interessant.«

»Inwiefern?«

»Nur so.«

»Mein Vater hat direkt mit dem Aufnahmeverfahren nichts zu tun.«

»Wie auch immer. Aber warum ich mit Ihnen reden wollte... Ich mache mir Sorgen, dass sich Grayer wegen des Sweatshirts innerlich schon ganz auf Collegiate eingestellt hat, und ich möchte dafür sorgen, dass...« Sie wird vom Klingeln des Telefons unterbrochen. »Hallo? Tag, Sally... Nein, unsere Post ist noch nicht da... Ach, Collegiate? Herzlichen Glückwunsch, das ist ja hervorragend... Na, Ryan ist ja auch ein ganz besonderes Kind... Ja, das wäre fantastisch. Grayer würde natürlich gern mit Ryan zur Schule gehen... Ein Abendessen? Aber ja, eine gute Idee... Ach, zu viert? Da müsste ich erst den Terminkalender meines Mannes konsultieren. Wir telefonieren nächste Woche noch mal ... Ich freue mich schon. Bis dann!« Sie atmet tief durch und beißt die Zähne zusammen. »Wo waren wir?«

»Grayers Erwartungen?«

»Ach ja. Ich fürchte, dass sein Selbstwertgefühl Schaden nehmen könnte, nachdem Sie ihn in seiner Fixierung auf Collegiate so sehr bestärkt haben.«

»Ich ...«

»Nein, schon gut. Machen Sie sich keine Vorwürfe. Im Grunde ist es meine eigene Schuld, weil ich Sie habe gewähren lassen.« Sie seufzt und schüttelt den Kopf. »Jedenfalls habe ich heute Vormittag mit unserem Kinderarzt gesprochen, und er hat mir eine Lern- und Entwicklungstherapeutin empfohlen, die sich darauf spezialisiert hat, Eltern und Betreuer durch die schulische Übergangsphase zu begleiten. Sie kommt morgen vorbei, wenn Grayer Klavierunterricht hat, und sie möchte gern unter vier Augen mit Ihnen sprechen, um Ihre Rolle bei seiner Entwicklung zu analysieren.«

»Aber gern. Kein Problem.« Ich wende mich zum Gehen. »Ich hätte nur noch eine Frage. Soll ich es ihm heute verbieten?«

»Was?« Sie greift zu ihrer Kaffeetasse.

»Das Collegiate-Sweatshirt.«

»Ach so. Ich würde sagen, er darf es heute ruhig noch tragen, und morgen wird uns dann die Therapeutin beraten, wie wir mit der Situation am besten umgehen.«

»Gut, fein.« Ich gehe in die Küche. Grayer, der auf der Bank sitzt und zusieht, wie Connie den Herd putzt, spielt abwesend mit der Krawatte seines Vaters, und ich frage mich, ob wir uns nicht vielleicht um das falsche Kleidungsstück Sorgen machen.

◊

Ich sitze in Mrs. X' Büro und warte auf die Therapeutin. Verstohlen versuche ich die auf dem Kopf stehenden Notizen zu entziffern, die auf dem Schreibtisch liegen. Obwohl es wahrscheinlich nichts Spannenderes ist als eine glorifizierte Einkaufsliste, fühle ich mich dadurch, dass man mich allein hier hereingeschickt hat, irgendwie zur Heimlichtuerei genötigt. Wenn ich in meinem Kragenknopf eine versteckte Minikamera eingebaut hätte, würde ich bestimmt hektisch jeden einzelnen Zettel knipsen. Bei dieser Vorstellung muss ich lachen, und natürlich geht genau in diesem Augenblick die Tür auf und eine Frau kommt herein, Aktenkoffer vorneweg.

»Nanny.« Sie drückt mir energisch die Hand. »Ich heiße Jane. Jane Gould. Wie geht es Ihnen heute?« Sie spricht eine Spur zu laut und beäugt mich über den Rand ihrer Brille hinweg, während sie den Aktenkoffer auf Mrs. X' Schreibtisch stellt.

»Danke gut, und Ihnen?« Plötzlich bin ich richtig aufgekratzt und rede ebenfalls ein bisschen zu laut.

»Gut. Danke der Nachfrage.« Sie verschränkt die Arme vor ihrem preiselbeerroten Blazer und nickt rhythmisch mit dem Kopf. Sie hat sehr breite Lippen, die – bis in die kleinen Fältchen rings um den Mund – ebenfalls preiselbeerrot geschminkt sind.

Ich nicke zurück.

Sie sieht auf die Uhr. »So, Nanny. Ich hole jetzt meinen Block heraus, dann können wir anfangen.« Sie fährt fort, jede ihrer Handlungen zu kommentieren, bis sie auf Mrs. X' Stuhl Platz genommen hat und einen Stift in der Hand hält.

»Nanny, in den nächsten fünfundvierzig Minuten wird es unser Ziel sein, Grayers Wahrnehmungen und Erwartungen zu eruieren. Vielleicht wären Sie so gut, mir zu erläutern, wie Sie Ihre eigene Rolle, Ihre eigenen Verantwortlichkeiten in Bezug auf Grayers kritischen Scheideweg am Beginn einer neuen Schulphase sehen.«

»Okay«, sage ich, nachdem ich den letzten Satz innerlich noch einmal abgespult habe, um die Frage aufzuspüren.

»Nanny, beginnen wir mit Ihrem ersten Vierteljahr im Hause X. Würden Sie mir bitte erläutern, wie Sie Ihren eigenen Beitrag in Bezug auf Grayers schulische Aktivitäten einschätzen?«

»Nicht übel. Will sagen, ich habe ihn von der Vorschule abgeholt. Aber was die schulischen Aktivitäten angeht, gibt es da, ehrlich gesagt, nicht viel zu berichten ...«

»Ich verstehe, Sie betrachten sich also nicht als aktive, dynamische Beteiligte an seinem Entwicklungsprozess. Könnten Sie mir beschreiben, wie Sie seine geregelten Spielzeiten gestalten?«

»Okay... Grayer spielt sehr gern mit seiner Eisenbahn. Und er hat Freude daran, sich zu verkleiden. Ich beschäftige ihn mit Sachen, die ihm Spaß machen. Ich wusste gar nicht, dass er geregelte Spielzeiten hat.«

»Puzzeln Sie mit ihm?«

»Das mag er nicht so gern.«

»Addieren und subtrahieren Sie mit ihm?«

»Für Mathe ist er noch ein bisschen jung...«

»Wann haben Sie zuletzt Kreise mit ihm geübt?«

»Irgendwann in der letzten Woche haben wir gemalt...«

»Spielen Sie ihm die Suzuki-Kassetten vor?«

»Nur wenn er in der Wanne sitzt.«

»Lesen Sie ihm das *Wall Street Journal* vor?«

»Äh, eigentlich nicht.«

»Den *Economist*?«

»Wenn Sie mich so fragen...«

»Die *Financial Times*?«

»Sollte ich das?«

Sie seufzt laut und kritzelt etwas auf ihren Block. Doch schon geht es weiter. »Wie viele zweisprachige Mahlzeiten hat er in der Woche?«

»Dienstagabends sprechen wir Französisch, aber ansonsten setze ich ihm meistens Gemüsefrikadellen vor.«

»Wie regelmäßig besuchen Sie das Guggenheim Museum?«

»Wir gehen meistens in das Naturgeschichtliche Museum – er findet die Steine toll.«

»Nach welcher Methode kleiden Sie ihn?«

»Er sucht sich selbst aus, was er anziehen will, oder Mrs. X entscheidet. Hauptsache, es ist bequem.«

»Sie orientieren sich demnach nicht an einer bestimmten Kleidungsrichtlinie?«

»Kann man nicht sagen, nein.«

»Dann gehe ich wohl nicht fehl in der Annahme, dass Sie seine Kleiderwahl nicht auf einem Schrankdiagramm festhalten?«

»Nein, das heißt ja. Sie gehen nicht fehl.«

»Und Sie lassen ihn Farben und Kleidergrößen auch nicht ins Lateinische übersetzen.«

»Vielleicht kommen wir im Laufe des Jahres noch dazu.« Sie sieht mich eine Weile kopfnickend an. Ich lächle stur. Sie beugt sich über den Schreibtisch und nimmt die Brille ab.

»Nanny, ich will einmal ganz offen zu Ihnen sein.«

»Bitte sehr.« Ich beuge mich ihr entgegen.

»Ich bezweifle, dass Sie alle Ihre pädagogischen und didaktischen Aktivposten mobilisieren, um Grayers Leistungsvermögen zu optimieren.« Nachdem sie die Katze aus dem Sack gelassen hat, lehnt sie sich zufrieden zurück und faltet die Hände. Das sollte vermutlich eine Beleidigung sein. »Leistungsvermögen optimieren?« Ja, wo sind wir denn hier?

»Das tut mir Leid«, sage ich ernst, denn so viel steht fest: Sie will, dass es mir Leid tut.

»Nanny, soweit ich weiß, studieren Sie Kunsterziehung. Ich bin, ehrlich gesagt, erstaunt, in welche Abgründe von Unwissenheit ich bei Ihnen blicken muss.« Schon gut. Diesmal weiß ich genau, dass es eine Beleidigung war.

»Nun, Jane.« Als ich ihren Namen ausspreche, drückt sie den Rücken durch. »Meine Ausbildung umfasst die Arbeit mit Kindern, die wesentlich weniger privilegiert sind als Grayer.«

»Ich verstehe, dann betrachten Sie es also nicht als Chance, auch in diesem Bereich einen positiven Beitrag zu leisten.« Wie bitte?

»Ich würde alles für Grayer tun, aber er steht momentan sehr unter Stress...«

Sie mustert mich skeptisch. »Stress?«

»Jawohl, Stress. Und ich habe das Gefühl, dass ich ihm am meisten dadurch helfe, dass ich ihm ab und zu eine Auszeit gönne, damit sich seine Fantasie natürlich entwickeln kann, ohne in die eine oder andere Richtung gezwungen zu werden. Aber ich bin ja nur eine Studentin, ich kann mich irren.« Ich habe einen roten Kopf bekommen, und ich weiß, dass ich zu weit gegangen bin, aber ich halte es einfach nicht aus, mich in diesem Büro schon wieder zur Idiotin abstempeln zu lassen.

Sie macht sich Notizen und lächelt mich gleichmütig an. »Aha. Nanny, ich möchte Ihnen empfehlen, dass Sie sich, solange Sie mit Grayer arbeiten, etwas Zeit für Reflexionen nehmen. Ich habe Ihnen hier eine Liste mit Tipps und Tricks zusammengestellt, praktische Ratschläge von Tagesmüttern, Kindermädchen und Betreuerinnen. Ich schlage vor, Sie studieren und internalisieren sie. Dieses Wissen, das von Ihren Berufskolleginnen zusammengetragen wurde, müssen Sie sich zu Eigen machen, wenn Grayer sein volles Potenzial realisieren soll.« Sie drückt mir einen Packen Info-Blätter in die Hand, die mit einer großen Papierklemme zusammengehalten werden, erhebt sich und setzt die Brille wieder auf.

Ich stehe ebenfalls auf. Irgendwie muss ich versuchen, die Dinge doch noch ins richtige Licht zu rücken. »Ich will mich nicht rechtfertigen. Ich habe Grayer sehr gern und befolge alles, was Mrs. X mir aufträgt. In den vergangenen Monaten wollte er das Collegiate-Sweatshirt fast jeden Tag tragen. Mrs. X hat sogar noch ein paar nachgekauft, damit er immer eines anziehen kann, wenn die anderen in der Wäsche sind. Ich möchte nur, dass Sie wissen, wie ich ...«

Sie streckt mir die Hand hin. »Gut. Danke, dass Sie sich so viel Zeit für mich genommen haben, Nanny.«

Ich schlage ein. »Ja, danke. Ich werde mir die Ratschläge heute Abend durchlesen. Bestimmt sind sie sehr hilfreich.«

»Jetzt mach schon, Grover. Iss auf, dann können wir spielen.« Seit fünf Minuten schiebt Grayer den letzten Tortellino auf dem Teller hin und her. Dank Jane war es für uns beide ein sehr langer Nachmittag. Er liegt halb auf dem Tisch, den Kopf auf den Arm gebettet, und starrt auf die Nudel. »Was ist los? Keinen Hunger?«

»Nein.« Ich will ihm den Teller wegnehmen. »Nein!« Er greift danach, und die Gabel fällt auf den Tisch.

»Okay, Grayer. Du brauchst doch nur zu sagen: ›Nanny, ich bin noch nicht fertig.‹ Ich kann warten.« Ich setze mich wieder hin.

»Nanny!« Mrs. X kommt aufgeregt in die Küche gelaufen. »Nanny.« Sie will gerade etwas sagen, als sie Grayer und den einsamen Tortellino sieht. »Na, hat es dir geschmeckt, Grayer?«

»Ja«, murmelt er in seinen Arm.

Aber sie hat nur noch Augen für mich. »Könnten Sie vielleicht einen Augenblick mitkommen?« Ich folge ihr ins Esszimmer, wo sie so plötzlich stehen bleibt und sich umdreht, dass ich ihr aus Versehen auf den Fuß trete.

»Entschuldigung. Hoffentlich habe ich Ihnen nicht wehgetan.«

Sie schneidet eine Grimasse. »Es geht schon. Ich komme gerade aus dem Gespräch mit Jane, und sie sagt, es ist von entscheidender Wichtigkeit, dass wir einen Familienrat einberufen, um Grayer die A-b-s-a-g-e schonend beizubringen. Deshalb möchte ich Sie bitten, in Mr. X' Büro anzurufen und nachzufragen, welcher Termin ihm passen würde. Die Nummer hängt in der Speisekammer...«

»Mrs. X?«, ruft Jane aus der Diele.

»Aber gern, kein Problem. Wird sofort erledigt.« Schnell schlüpfe ich wieder in die Küche. Grayer malt mit seiner Gabel nachdenklich Kreise auf den Teller, die Nudel in der Mitte. Ich bleibe einen Augenblick neben ihm stehen, während ich Jane und Mrs. X belausche.

»Ja, ich habe gerade mit Nanny gesprochen. Ich werde bald wissen, wann mein Mann sich für den Termin freimachen kann«, sagt Mrs. X, ganz die Souveräne.

»Seine Anwesenheit ist nicht unbedingt erforderlich, so lange Grayer wahrnimmt, dass seine primäre Bezugsperson dabei ist. Es reicht vollkommen, wenn Sie selbst mit ihm reden.« Die Stimmen entfernen sich, und ich gehe zum Telefon.

»Büro Mr. X, Justine am Apparat. Kann ich Ihnen helfen?«

»Justine? Hi, ich bin's, Nanny.«

»Hi. Wie geht es Ihnen?«, fragt sie. Im Hintergrund rattert ein Drucker.

»Ich kann nicht klagen. Und Ihnen?«

»Viel zu tun.« Sie seufzt. »Wegen der Fusion geht hier alles drunter und drüber. Seit zwei Wochen bin ich nicht einen Abend vor Mitternacht nach Hause gekommen.«

»Ach je.«

»Na, hoffentlich kriegt Mr. X eine saftige Erfolgsprämie. Dann fällt für mich vielleicht auch etwas ab.« Damit würde ich nicht rechnen. »Und? Wie gefallen Mrs. X die Blumen?«

»Wie bitte?«

»Na, die Rosen. Ich fand das ja ein bisschen übertrieben, aber Mr. X hat gesagt, ich soll sie per Dauerauftrag bestellen.«

»So kommt es tatsächlich auch rüber«, sage ich.

»Ich werde mal sehen, ob ich morgen etwas Abwechslung in den Strauß bringen kann. Was sind denn ihre Lieblingsblumen?«

»Sie mag Pfingstrosen.« Ich muss flüstern, denn in diesem Augenblick kommt Mrs. X herein und baut sich erwartungsvoll vor mir auf.

»Wo soll ich denn im März Pfingstrosen auftreiben?«, seufzt Justine. Der Drucker fängt an zu klappern. »O nein, nicht schon wieder! Entschuldigung – ich kümmere mich drum. Sonst noch was?«

»Ach ja, Mrs. X möchte ein Familientreffen einberufen. Es geht um...«, ich werfe einen Blick auf den Nudelschubser... »um den Kleinen. Wann hätte Mr. X Zeit?«

»Mal sehen... Wenn ich diese Besprechung hier verschiebe...« Sie blättert im Terminkalender. »Hm, hm, hm. Mittwochnachmittag um vier könnte er wieder in New York sein. Ich sehe zu, dass er pünktlich bei Ihnen ist.«

»Super. Danke, Justine.«

»Keine Ursache.«

Ich lege auf. »Justine sagt, er kann Mittwoch um vier hier sein.«

»Na, wenn das der frühestmögliche Termin ist... Dann müssen wir wohl damit leben.« Sie dreht ihren glitzernden Verlobungsring hin und her. »Jane ist der Ansicht, es sei von entscheidender Wichtigkeit, dass er dabei ist...«

Schon klar.

»Das *Wall Street Journal!* Kannst du dir das vorstellen? Der Junge ist vier Jahre alt!«

»Muss das sein?«, ruft mein Vater, als Sophie sich mit der Nase zwischen unsere Beine drängt. »Deine Mutter findet immer noch, dass du kündigen solltest.«

»Ich komme schon klar.« Ich jogge ein paar Schritte weiter. Sophie umkreist uns, bereit für den nächsten Spurt. »Außerdem könnte ich Grayer in dieser Situation auf keinen Fall im Stich lassen.«

Dad läuft den Hügel hinunter. »Sophie! Komm!« Der Hund macht ein verwirrtes Gesicht. »Hierher!« Sophie dreht sich um 180 Grad und setzt mit großen Sprüngen hinter ihm her, einer kalten Böe entgegen. Ihre Ohren flattern im Wind. Sobald sie bei ihm ist und neben ihm her trottet, rufe ich nach ihr, und sie kommt zu mir zurückgeprescht. Dann laufen wir zusammen den Hügel hinunter, bis wir meinen Vater auf dem Hauptweg des Riverside Parks eingeholt haben.

»Hast du dich schon auf dein Vorstellungsgespräch morgen vorbereitet?«, fragt Dad.

»Ich bin ein bisschen nervös, aber Professor Clarkson hat im Seminar mit uns geübt. Mir wäre wirklich wohler, wenn ich meinen Job für das nächste Jahr schon unter Dach und Fach hätte.« Ich ziehe die Schultern hoch. Es geht wirklich eine eisige Brise.

»Du schaffst das schon, glaub mir!« Ich laufe wieder den Hügel hinauf, auf den Saum der Bäume zu. Als ich zurückblicke, gehen die Straßenlaternen an, wodurch es rings um uns noch dunkler zu werden scheint.

Ich stelle mir vor, jeder Lichtkegel wäre eine Sternschnuppe, und ich dürfte mir etwas wünschen. »O ihr elektrischen Götter im Großraum New York, ich habe nur einen bescheidenen Wunsch: eine vernünftige, sinnvolle Tätigkeit mit geregelten Arbeitszeiten. Irgendwann möchte ich gerne mehr Kindern helfen als nur einem – und zwar Kindern, die keine eigene Lern- und Erziehungsberaterin im Schlepptau haben. Danke. Amen.«

◊

Als die U-Bahn hoch über den Straßen der South Bronx ans Tageslicht kommt, scheint plötzlich die Sonne herein. Ich verspüre dieselbe Aufregung wie immer, wenn die Bahn oberirdisch auf ihren dünnen Gleisen über der Stadt dahinsaust. Ein Gefühl wie auf einer Achterbahn.

Ich hole mein Konzept aus dem Rucksack und lese es mir zum x-ten Mal durch. In einem Konfliktbewältigungsteam für städtische Schulen mitzuwirken ist genau die Art von Arbeit, für die ich ausgebildet worden bin. Außerdem wäre es toll, zur Abwechslung mal mit Teenagern zu tun zu haben statt immer nur mit Kleinkindern.

Die U-Bahn hält, und ich trete in das kalte Sonnenlicht hinaus. Als ich auf der Straße stehe, stelle ich fest, dass ich nicht vier Blocks von meinem Ziel entfernt bin, sondern vierzehn. Wahrscheinlich habe ich die Frau am Telefon falsch verstanden. Ich werfe einen Blick auf die Uhr und schlage ein zügigeres Tempo an. Heute Morgen war ich viel zu aufgeregt, um zu frühstücken, aber nach der Neunzigminutenfahrt habe ich richtig Appetit bekommen. Im Laufschritt hetze ich die langen Straßen hinunter, obwohl ich weiß, dass ich unbedingt etwas essen muss, wenn ich nicht mitten in meiner Probestunde ohnmächtig umkippen will.

Völlig außer Puste springe ich in einen kleinen Zeitungsladen, kaufe eine Tüte Erdnüsse und stopfe sie in den Rucksack. Gleich nebenan liegt das Haus, das ich suche. Ich drücke auf die Klingel, die zu dem selbst gemalten Pappschild mit der Aufschrift »Bürger gegen Konflikte« gehört.

Durch das statische Rauschen der Sprechanlage kommt ein unverständliches Gemurmel, dann geht die Tür auf, und ich trete ein. Das Treppenhaus muss wohl früher einmal grün gestrichen gewesen sein. An den Wänden hängen Spielplatzfotos – Kinder, die mit ernsten Gesichtern in die Kamera blicken. Auf dem Weg nach oben habe ich Zeit, mir die Bilder anzusehen. Nach den Frisuren und den Schlaghosen zu urteilen, stammen sie aus den frühen siebziger Jahren, aus der Zeit also, als die Organisation gegründet wurde. Im ersten Stock angekommen, stehe ich vor der nächsten verschlossenen Tür. Auf mein Klingeln ertönt lautes

Hundegebell, dann erscheint eine große Hand, die die Tür einen Spaltbreit öffnet.
»Snowflake, hier geblieben! HIER GEBLIEBEN!«
»Ich wollte zum Vorstellungsgespräch. Bin ich hier richtig?«, frage ich und sehe mich um, ob es hier oben noch einen zweiten Eingang gibt. Offenbar habe ich aus Versehen einen privaten Hausbewohner herausgeklingelt. In der Öffnung erscheint ein bleiches Frauengesicht.
»Doch, doch. Bürger gegen Konflikte. Sie sind hier goldrichtig. Kommen Sie rein, aber passen Sie auf, dass Snowflake nicht abhaut. Er lauert immer auf eine günstige Gelegenheit.«
Ich drücke mich durch den schmalen Spalt und sehe mich praktisch Auge in Auge einem riesigen schwarzen Schäferhund und einer ebenso imposant gebauten Frau gegenüber. Sie trägt einen Overall, und ihr grau meliertes blondes Haar reicht bis zur Taille. Ich lächle und bücke mich, um Snowflake zu streicheln, der Anstalten macht, sich an ihren breit aufgepflanzten Beinen vorbeizudrängen.
»NEIN!«, schreit sie.
Ich zucke hoch.
»Er steht nicht besonders auf Menschen. Nicht wahr, Snowflake, alter Kumpel?« Mit der freien Hand tätschelt sie dem Hund ruppig den Kopf, in der anderen hält sie einen Packen Aktenordner. Nachdem ich nun gewarnt bin, darf Snowflake zu mir durch. Stocksteif lasse ich mich gründlich abschnuppern.
»Ich heiße Reena und bin die Leiterin von Bürger gegen Konflikte. Und Sie sind?« Sie mustert mich kritisch. Ich versuche zu erraten, wie ich mich wohl am besten geben soll.
»Nan. Ich habe einen Termin bei Richard.« Ich probiere es auf die bodenständige, warmherzige und vor allem ernsthafte Tour.
»Nan? Ich dachte, Sie heißen Naminia. Scheiße. RICHARD!«, brüllt Reena so laut, dass ich fast vor Schreck den Kopf einziehe. Sie blättert in den Ordnern. »Er kommt sofort. RICHARD!«, posaunt sie noch einmal.
»Okay! Dann setze ich mich so lange.« Ich will demonstrieren, dass ich für mich selbst denken und handeln kann, da ich den

Eindruck habe, dass Unabhängigkeit bei Bürger gegen Konflikte eine gefragte Tugend sein müsste. Leider muss ich feststellen, dass sich auf den beiden zur Verfügung stehenden Stühlen Kisten mit vergilbten Broschüren stapeln. Also lehne ich mich kurz entschlossen an die Wand, damit ich Reena in dem winzig kleinen Büro nicht die Quere komme. Diese Rücksichtnahme dürfte mir vermutlich einen weiteren Pluspunkt einbringen.

Am anderen Ende des Raums geht eine Tür auf, und ein käsebleicher Mann kommt herein, der so aussieht, als ob er mit Reena verwandt sein könnte. Er hat eine Brille auf und blinzelt mich aus kleinen Äuglein an. Schnaufend vor Anstrengung windet er sich um die Frau und den Hund herum, um mich zu begrüßen. Er schwitzt stark und hat eine angeschmuddelte Zigarette hinter dem Ohr klemmen.

»Naminia!«

»Nan«, knurrt Reena in eine Akte.

»Ach, Nan...? Ich bin Richard, der künstlerische Leiter. Reena und Snowflake haben Sie ja bereits kennen gelernt. Wollen wir gleich anfangen? Dann kommen Sie erst mal mit in den Feelings-Room!« Er gibt mir die Hand und wechselt mit Reena einen Blick.

Der Feelings-Room ist auch nicht viel größer als das Büro, aber dafür stehen dort immerhin weniger Schreibtische.

»Setzen Sie sich doch, Nan.« Das lasse ich mir nicht zweimal sagen. Ich kann es kaum erwarten, endlich zu beweisen, was ich alles auf dem Kasten habe.

»Ich will Ihnen etwas über mich erzählen...« Richard lehnt sich auf seinem Plastikklappstuhl zurück und legt los, wie er sich jahrzehntelang im sozialen Bereich engagiert hat, wie er Reena auf einer Demo kennen gelernt hat, wie sie gemeinsam um die ganze Welt gereist sind, um neue Methoden der Konfliktbewältigung zusammenzutragen, wie er »Tausende von Kindern« persönlich betreut und zu »besseren Menschen« gemacht hat. Es folgt ein ausführliches Kapitel über seine verkorkste Kindheit, über seinen »unehelichen« Sohn, der ihn nicht mehr anruft, und über seine jüngsten Versuche, mit dem Rauchen aufzuhören. Das meiste geht zum einen Ohr rein und zum anderen wieder raus. Während ich mich darauf konzentriere, strahlend zu lächeln, entwickle ich einen Heißhunger auf die Erdnüsse in meinem Rucksack.

Ungefähr eine Stunde später kommt er tatsächlich auf mich zu sprechen: »Wie ich sehe, beschäftigen Sie sich im Nebenfach mit Geschlechterstudien. Wie kommen Sie denn darauf?«

Mit zusammengekniffenen Augen überfliegt er den Lebenslauf, den ich ihm gefaxt habe. Der verschmierte Ausdruck ist kaum zu entziffern. Ganz oben hat er auf das Blatt gekritzelt: »Naminia sowieso, 90 East Sowieso-Street.« Aha, Naminia.

»Da ich im Hauptfach Entwicklungspädagogik studiere, erschien es mir als eine sehr interessante Ergänzung...«

»Dann sind Sie also keine zickige Emanze?« Er prustet laut los und tupft sich mit einem Papiertaschentuch den Schweiß von der Stirn.

Ich lache gequält. »Wie ich schon sagte, schreibe ich gerade bei Professor Clarkson meine Diplomarbeit. In diesem Semester habe ich bei einer Nachmittagsbetreuung in Brooklyn ein Praktikum gemacht...«

»Okay, okay. Lassen Sie uns anfangen. Warten Sie, ich hole Reena, und dann wollen wir uns mal Ihren Probeunterricht ansehen.« Er steht auf. »REENA!« Aus dem Büro dringt lautes Bellen herüber.

Gefolgt von Reena stürmt Snowflake herein. Ich hole das Konzept heraus, gehe zur Tafel und schreibe meine Stichworte an.

Ich atme tief durch. »Ich habe eine Stunde über Gruppendruck unter Vierzehnjährigen in einer neunten Klasse vorbereitet. Die Schlüsselbegriffe stehen an der Tafel. Als Erstes würde ich die Gruppe bitten, in Gemeinschaftsarbeit etwas zu...«

»Frau Lehrerin! Frau Lehrerin!« Richard rudert wild mit den Armen.

»Entschuldigung, sind Sie noch nicht so weit?«, frage ich verunsichert.

Er knüllt ein Blatt Papier zusammen und wirft es Reena an den Kopf, die prompt in ein gespieltes Weinen ausbricht.

»Frau Lehrerin! Reena hat was Schlimmes zu mir gesagt!« Reena heult immer noch wie ein Schlosshund, Snowflake läuft bellend um sie herum.

»Es tut mir Leid, Richard. Ich hatte Sie so verstanden, dass ich nur einen Überblick geben sollte.« Aber bei dem Affentheater, das sie aufführen, dringe ich nicht zu ihnen durch.

Ich räuspere mich. »Okay, ich sollte ja eigentlich eine Stunde für Teenager vorbereiten, aber ich bin flexibel. Ich kann auch auf Vorschulniveau heruntergehen.« Ich werfe einen Blick auf mein Konzept und versuche verzweifelt, den Plan für eine andere Altersgruppe zu modifizieren. Als ich wieder hochsehe, spielen die riesigen Erwachsenen und der riesige Hund hinter den Stühlen Verstecken. Ab und zu fliegt ein Papierknäuel durch die Gegend.

»Kinder? Kinder? JETZT ABER RUHE, ALLE ZUSAMMEN!«, sage ich laut. Ich kann nicht anders. Wenigstens habe ich mir durch meinen Ausbruch ihre ungeteilte Aufmerksamkeit gesichert.

Reena steht auf. »Was fühlen Sie in diesem Moment?«

»Wie bitte?«, frage ich.

Richard zückt sein Notizbuch. »Was empfinden Sie in diesem Augenblick für uns? Was sagt Ihnen Ihr Bauchgefühl?«

Sie sehen mich gespannt an.

»Tja, vielleicht habe ich Ihre Vorgaben falsch verstanden...«

»Scheiße, Nan. Empfinden Sie Wut? Tief drinnen? Hassen Sie uns? Es kommt keine Liebe von Ihnen rüber. Ich will es jetzt wissen. Wie ist Ihr Verhältnis zu Ihrer Mutter?«

»Ehrlich gesagt, verstehe ich nicht, was das Verhältnis zu meiner Mutter mit meinen Fähigkeiten ...«

Reena stemmt die Hände in die breiten Hüften, Snowflake umkreist ihre Fersen. »Wir sind hier eine große Familie. Im Feelings-Room gibt es keine Grenzen. Wenn man eintritt, muss man Liebe und Vertrauen mitbringen und seine Gefühle rauslassen. Aber zur Sache, Nan. Momentan stellen wir sowieso keine weißen Frauen ein.«

Sie macht ein selbstgefälliges Gesicht. Am liebsten würde ich sie fragen, ob das nur für zickige weiße Emanzen gilt. Oder ob sie sich einbildet, dass es einer Farbigen mehr Spaß machen würde, ihre Beziehung zur Mutter mit wildfremden Menschen zu erörtern. Noch dazu mit wildfremden Weißen.

Richard steht auf, schweißgebadet, von einem Raucherhusten geschüttelt. »Es haben sich einfach nur zu viele weiße Bewerberinnen gemeldet. Sie sprechen nicht zufälligerweise Koreanisch?« Ich schüttele stumm den Kopf.

»Nan, uns geht es um kulturelle Vielfalt, um die ideale Gesellschaft. SNOWFLAKE, BEI FUSS!« Der Hund, der sich an meinem Rucksack zu schaffen gemacht hat, gesellt sich gemächlich zu ihm. Er zerkaut meine letzten Erdnüsse.

Ich sehe noch einmal von Richard zu Reena, kalkweiße Gesichter vor bunten Regenbögen auf der abblätternden Wand. »Danke, dass Sie mich zum Vorstellungsgespräch eingeladen haben. Es war sehr interessant, Ihre Organisation kennen zu lernen.« Rasch suche ich meine Sachen zusammen.

Sie begleiten mich zur Tür. »Na, vielleicht im nächsten Semester. Dann haben wir nämlich auf der East Side ein paar Veranstaltungen geplant, um für unsere gute Sache Geld einzutreiben. Wären Sie daran interessiert?« Ich stelle mir vor, wie ich Reena im Metropolitan Museum Mrs. X vorstelle, damit sie sie über ihre Wut ausfragen kann.

»Im Augenblick möchte ich lieber praktische Erfahrungen machen. Trotzdem, danke für das Angebot.« Ich marschiere zur Tür hinaus und schnurstracks zu Burger King, wo ich mir eine extra große Portion Pommes und eine Cola genehmige. Als ich mich auf der festgeschraubten roten Sitzbank niedergelassen habe, atme ich erst mal tief durch und vergleiche Reena und Richard mit Jane und Mrs. X. Irgendwo da draußen muss es doch Leute geben, die einen gesunden Mittelweg verfolgen, die von ihren Kindern weder verlangen, dass sie »ihre Wut rauslassen«, noch dass sie sie bis zur Unkenntlichkeit in sich einkapseln. Ich trinke einen Schluck. Ich werde mich wohl damit abfinden müssen, dass es bis dahin noch ein sehr, sehr langer Weg ist.

◊

»Siehst du? Wenn ich zwei Gummibärchen habe und du hast ein Gummibärchen, dann haben wir zusammen drei Gummibärchen!« Ich halte ihm die Hand hin, damit er sich mit eigenen Augen davon überzeugen kann.

»Die Weißen sind am leckersten und die, die nach Banane schmecken. Wie machen die das, Nanny? Wie machen die das, dass sie nach Banane schmecken?«

»Das weiß ich auch nicht, Grover. Vielleicht zermanschen sie eine Banane und dann zermanschen sie das Gummizeug, und dann manschen sie alles schön zusammen und backen es in einem Gummibärchenförmchen?«

»Ja! In einem Gummibärchenförmchen!« So viel zum Thema Mathe. »Hier, Nanny. Nimm dir noch eins.« Mit dem Pfingstrosenstrauß von gestern kam auch eine große Tüte Gummibärchen.

»Und die Grünen? Wie machen sie die…« Die Wohnungstür fällt ins Schloss. Nur drei Stunden zu spät, alle Achtung.

»DADDY!!« Er läuft in die Diele, ich hinterher.

»Hallo, Sportsfreund. Wo ist deine Mutter?« Er tätschelt Grayer den Kopf, während er seine Krawatte lockert.

»Hier bin ich.« Die ganze Versammlung dreht sich um. Sie trägt einen engen taubenblauen Rock, Pumps, einen Kaschmirpullover mit V-Ausschnitt, Lidschatten, Mascara und Rouge. Tataaa! Ich hätte mich an ihrer Stelle auch aufgestylt, wenn mein Mann nach drei Wochen zum ersten Mal wieder nach Hause gekommen wäre. Ein zittriges Lächeln spielt um ihre Lippen.

»Können wir loslegen?«, fragt Mr. X. Er gönnt ihr kaum einen Blick, sondern marschiert zielstrebig ins Wohnzimmer, wo Janes Tabellen und Diagramme bereitliegen. Grayer und seine Mutter trotten hinter ihm her, ich bleibe allein in der Diele zurück. Ich setze mich auf die Bank und spiele mal wieder die Wartende, meine beste Rolle.

»Darling«, sagt Mrs. X mit einer Spur zu viel Begeisterung. »Soll Connie dir einen Drink machen? Oder lieber eine Tasse Kaffee? CONNIE!« Ich springe fast von der Bank, Connie kommt mit nassen Händen aus der Küche geschossen.

»Mein Gott, musst du so kreischen? Nein, ich habe gerade gegessen«, sagt Mr. X. Connie bleibt drei Schritte vor der Wohnzimmertür stehen. Wir sehen uns an. Ich rücke ein Stück zur Seite, damit sie sich neben mich setzen kann.

»Gut, also gut. Komm mal her, Grayer. Mommy und Daddy möchten mit dir darüber reden, in welche Schule du nächstes Jahr gehst.« Mrs. X probiert es mit einem anderen Eröffnungszug.

»Ich gehe in die Collegiate«, sagt Grayer, der helfen will.

»Nein, Schätzchen. Mommy und Daddy haben beschlossen, dass du in die St. Bernard's gehst.«

»Bernard?«, fragt er. Einen Augenblick lang bleibt alles still. »Können wir jetzt mit der Eisenbahn spielen? Daddy, ich habe eine neue Lok. Sie ist rot.«

»Deshalb kannst du das blaue Sweatshirt nicht mehr anziehen, okay?« sagt sie. Connie verdreht die Augen.

»Warum nicht?«

»Weil Collegiate darauf steht, und du in die St. Bernard's gehst...«, fährt Mr. X gereizt dazwischen.

»Aber ich ziehe es so gerne an.«

»Ja, Schätzchen. Wir kaufen dir ein St. Bernard's Sweatshirt.«

»Aber ich finde das blaue so schön.«

Ich beuge mich zu Connie hinüber und flüstere ihr zu: »Ist denn das zu fassen? Dann soll sie es ihn eben auf links gewendet anziehen lassen. Wen stört das schon?« Sie zuckt ratlos mit den Schultern.

Mrs. X räuspert sich. »Okay, Schätzchen. Darüber können wir ein andermal reden.«

»Daddy, komm mit, und sieh dir meine Eisenbahn an. Ich zeige dir die neue Lok. Sie ist rot und sehr, sehr schnell!« Grayer läuft an uns vorbei und flitzt in Richtung Kinderzimmer.

»Was für eine Zeitverschwendung! Dem Jungen ist es offenbar scheißegal, auf welche Schule er geht.«

»Aber Jane fand es wichtig, dass du dabei bist«, gibt sie hitzig zurück.

»Wer zum Henker ist Jane?«, fragt er. »Hast du eigentlich die leiseste Ahnung, was es bedeutet, mitten in einer Fusion zu stecken? Ich habe keine Zeit für solche Scherze.«

»Es tut mir Leid, aber ...«

»Muss man sich denn hier um alles selber kümmern?«, knurrt er. »Die einzige Aufgabe, die ich an dich delegiert habe, war seine Ausbildung, und nicht mal das hast du hingekriegt.«

»Die Konkurrenz war in diesem Jahr sehr groß!«, ruft sie. »Grayer kann nicht Geige spielen!«

»Was hat denn das Geigespielen damit zu tun?«

»Vielleicht hätte er bei dem Auswahlgespräch ein bisschen besser abgeschnitten, wenn du auch nur eine Stunde deiner kostbaren Zeit mit uns verbracht hättest«, faucht sie zurück.

»Meine kostbare Zeit? *Meine kostbare Zeit?* Ich reiße mir achtzig Stunden in der Woche den Arsch auf, und wofür? Für deine Perlen, deine Achttausenddollarvorhänge und deine ›Wohltätigkeitsarbeit‹! Und dann wagst du es, mich zu kritisieren, was ich mit meiner Zeit anfange?! Wer soll denn seine Schulgebühren zahlen, bitte schön? Du vielleicht?«

»Honey.« Sie lenkt ein. »Natürlich stehst du momentan stark unter Druck. Ich habe eine Idee. Was hältst du davon, wenn wir heute Abend schön essen gehen und einmal in Ruhe über alles reden? Ich habe auch schon einen Tisch reserviert, in dem Restaurant unten am Fluss, das du so magst.« Ihre Absätze klackern durch den Raum. Sie senkt die Stimme. »Und dann nehmen wir uns ein Zimmer im Pierre, vielleicht die Suite mit dem großen Whirlpool ... Du hast mir so gefehlt.«

Ich höre deutlich, dass sie sich küssen. Leises Gelächter dringt in die Diele.

Ich will mich gerade auf leisen Sohlen ins Kinderzimmer stehlen, als Mrs. X gurrt: »Soll ich zusammen mit dem Scheck für die Schulgebühren auch noch eine Spende beilegen? Damit wir bei ihnen gleich einen guten Start haben?«

»Wieso einen guten Start?« Seine miese Laune ist zurück. »Ich dachte, sie haben ihn bereits angenommen?«

»Aber wenn wir vielleicht noch einen Sohn bekommen ...«

»Hör zu, ich muss wieder ins Büro. Der Wagen wartet. Ich rufe dich später an.« Mr. X stürmt im Mantel an mir vorbei. Vermutlich hat er sich nicht einmal die Zeit genommen, ihn zwischendurch abzulegen. Laut knallt die Tür hinter ihm ins Schloss.

»Daddy? WARTE!!!!« Grayer kommt mit seiner roten Lok in der Hand aus dem Kinderzimmer gelaufen. »DADDY!!!« Er wirft sich schreiend gegen die Tür.

Mrs. X kommt mit schleppenden Schritten aus dem Wohnzimmer. Sie bleibt kurz stehen und sieht wütend durch Grayer hindurch. Dann wird ihr Blick glasig, und sie verschwindet wortlos im Schlafzimmer.

»DADDY!!!« Von Weinkrämpfen geschüttelt steht er da, die Hand um die Klinke geklammert. »ICH WILL MEINEN DADDY!!!« Ich setze mich auf den Boden und will ihn in den Arm nehmen. Er lässt den Kopf sinken, fast bis auf die Knie. »NEIN. Ich will meinen DADDY!!!« Draußen schließt sich die Fahrstuhltür. »GEH NICHT WEG!!!«

»Pst, ist ja schon gut.« Ich umfasse ihn und ziehe ihn sanft auf meinen Schoß. »Ist ja gut, Grover.« Seine Tränen saugen sich als dunkler Fleck in meine Jeans. Ich streiche ihm den Rücken und murmele: »Ist schon gut Grover. Pst, du darfst ruhig traurig sein. Wir bleiben jetzt ein bisschen sitzen und sind zusammen traurig, ja?«

»Okay«, nuschelt er.

»Okay.«

Dritter Teil

Frühling

ACHTES KAPITEL
Zuckerguss

Sie hatte ihre eigene Methode, den Herrschaften ihren Standpunkt klar zu machen. Sie wusste wohl, dass es unter der Würde der Weißen war zuzuhören, wenn ein Schwarzer vor sich hin sprach. Sie war vor Antworten und Verweisen sicher, wenn sie sich auch noch so laut vernehmen ließ, und doch blieb keiner über ihre Meinung im Zweifel.

Vom Winde verweht

Connie,
bitte bügeln Sie heute nicht Grayers Bettwäsche, sondern packen Sie stattdessen die folgenden Sachen für Mr. X:
Anzüge
Hemden
Krawatten
Unterwäsche
Socken
Und was er sonst noch benutzt. Bis spätestens 15 Uhr muss alles unten beim Portier zur Abholung bereitstehen. Bitte achten Sie darauf, dass Sie nur die Gepäckstücke benutzen, die ihm gehören (siehe Monogramme).

»Nanny, haben Sie Grayers Fliege gesehen? Ich habe sie gestern Abend herausgelegt.« Mrs. X und Grayer müssen in zwanzig Minuten beim Einführungstee für die neuen Schüler in St. Bernard's sein. Während Mrs. X Grayers Schubladen durchsucht, wurstele ich ihn in ein bretthart gestärktes Hemd mit Kragenstäbchen. Connie packt inzwischen im Schlafzimmer Mr. X' Koffer und Reisetaschen.

»Ich brauche einen Elefanten.« Grayer zeigt auf den Malblock, der auf dem Kinderschreibtisch liegt.

»Gleich, Grayer«, sage ich. »Ich binde dir nur eben noch den Gürtel um.«

»Nein, das ist der Falsche.« Mrs. X schaut aus dem begehbaren Kleiderschrank.

»Das ist aber der, den Sie ausgesucht hatten.«

»Er passt nicht.«

Ich knie mich vor ihn und mustere ihn kritisch von oben bis unten – blaues Nadelstreifenhemd, khakibraune Hose, weiße Söckchen, brauner Gürtel. Mir ist zwar schleierhaft, was daran nicht passen soll, aber ich nehme ihm den Gürtel trotzdem wieder ab.

»Bitte sehr.« Sie reicht mir einen rot-grün gestreiften Leinengürtel herüber.

Ich zeige auf die Schnalle. »Siehst du? G für Grayer.«

»G?« Er sieht an sich herunter. »Ich brauche meine Karte.« Ich greife nach der Plastikhülle mit den zerfledderten Überresten von Mr. X' Visitenkarte.

»Nein.« Sie kommt aus dem Schrank. »Heute nicht. Es ist wie bei den Auswahlgesprächen. Erinnerst du dich noch an die Auswahlgespräche? Keine Visitenkarte.«

»Warte, ich stecke sie dir in die Hosentasche«, sage ich. »Dann kommst du dir vor wie ein Geheimagent.«

»Ich kann die verflixte Fliege immer noch nicht finden.«

»Nanny, ich brauche einen Elefanten.« Ich nehme mir einen grauen Buntstift und male einen unförmigen Körper mit großen Ohren und Rüssel, zu mehr reichen meine künstlerischen Talente nicht. Mrs. X, die wieder im Schrank verschwunden ist, fängt an, Krawatten ins Zimmer zu schleudern.

»Ich will meinen Schlips umtun«, sagt Grayer. Er meint die Krawatte seines Vaters, die ihm bis auf den Boden hängt.

»Nein. Heute nicht.« Seine Mutter stürmt hinaus. Ihre Stimme hallt durch die marmorkalte Diele. »CONNIE! *CONNIE!*«

»Ja, Ma'am?« Grayer senkt stumm den Kopf, ich beschäftige mich mit meinem Kunstwerk.

»Ich habe gerade eine geschlagene halbe Stunde nach Grayers Fliege gesucht. Wissen Sie, wo sie ist?«

»Nein, Ma'am.«

»Ist es etwa zu viel verlangt, dass Sie auf Grayers Kleidung Acht geben? Muss man sich hier denn um alles selber kümmern? Die einzige Aufgabe, die ich an Sie delegiert habe...« Sie seufzt laut, dann herrscht einen Augenblick Stille. »Was stehen Sie noch da herum? Suchen Sie sie!«

»Es tut mir Leid, aber ich kann mir beim besten Willen nicht vorstellen, wo sie abgeblieben sein könnte, Ma'am. Ich habe sie mit den anderen Sachen in sein Zimmer gebracht.«

»Aber sie ist nicht da. Das ist jetzt schon das zweite Mal in diesem Monat, dass Grayer ein Kleidungsstück abhanden gekommen ist. Falls Sie sich Ihren Verpflichtungen nicht gewachsen fühlen, können wir gern darüber nachdenken, ob sich unsere Wege nicht besser trennen sollten.«

»Nein, Ma'am. Ich gehe ja schon. Es ist bloß, weil es schon halb drei ist und die Koffer doch in einer halben Stunde gepackt sein müssen. Und wenn Mr. X die Sachen braucht...«

»Wissen Sie nicht, für wen Sie arbeiten? Sie arbeiten für *mich*. Und ich befehle Ihnen, die Fliege zu suchen. Wenn Sie sich dadurch überfordert fühlen, brauchen Sie es bloß zu sagen. Wenn ich mich nicht irre, bin hier immer noch ich diejenige, die Sie bezahlt.«

Ich stehe mit weichen Knien auf, gehe zum Kleiderschrank und fange selbst an zu suchen. Grayer stellt sich neben mich und lehnt den Kopf an meine Hüfte.

»Ist schon gut, Connie. Ich suche hier«, sage ich leise, als die Haushälterin hereinkommt. »Sehen Sie doch so lange im Wäschezimmer nach.«

In der Diele wird sie erneut von Mrs. X abgefangen. »Sollen wir Mr. X anrufen und ihn fragen, was ihm wichtiger ist? Dass er seinen Krempel gepackt kriegt oder dass sein Sohn in der neuen Schule die richtige Fliege trägt? Vielleicht redet er ja mit Ihnen, Connie. Vielleicht lässt er Ihren Anruf tatsächlich durchstellen.«

»Es tut mir Leid, Ma'am.« Fünf Minuten lang stellen wir die Wohnung hektisch auf den Kopf, aber ohne Erfolg.

»Haben Sie sie?« Mrs. X schaut ins Kinderzimmer.

»Nein, leider nicht.« Ich liege bäuchlings unter Grayers Bett.

»Verdammt! Grayer, komm her, wir müssen los. Dann binden Sie ihm eben den Schlips mit den grünen Punkten um.« Ich robbe unter dem Bett hervor.

»Ich will den Schlips von meinem Daddy!« Er versucht, ihn vom Haken zu nehmen.

»Nein, Grover. Den kannst du ein andermal tragen.« Ich halte seine Hand fest und will ihn behutsam in Richtung Tür schieben.

»Aber ich muss sie jetzt haben!« Er fängt an zu weinen und bekommt rote Flecken im Gesicht.

»Pst, Grover. Bitte.« Ich gebe ihm einen Kuss, und er bleibt stehen. Tränen tropfen auf seinen steifen Kragen. Als ich ihm den Knoten gerade gerückt habe, will ich ihn in den Arm nehmen, aber er stößt mich weg.

»Nein!« Er läuft hinaus.

»Nanny?«, tönt es schrill von Mrs. X.

»Ja?« Ich gehe zu ihr in die Diele.

»Wir sind um vier Uhr wieder da, rechtzeitig zum Schlittschuhtraining. Connie?« Die Haushälterin kommt aus dem Wäschezimmer. Mrs. X schüttelt erst einmal nur stumm den Kopf, als ob sie vor lauter Empörung und Enttäuschung keine Worte findet. »Ich weiß einfach nicht, was ich sagen soll. Es will mir so scheinen, als ob sich derartige Zwischenfälle in letzter Zeit häufen. Bitte machen Sie sich doch einmal ernsthaft Gedanken darüber, ob Sie in diesem Haushalt noch den nötigen Einsatz bringen...«

Ihr Handy klingelt.

»Ja?«, sagt sie, während sie sich von mir in den Nerzmantel helfen lässt. »Hallo, Justine... Ja, um drei ist alles unten... Ja, Sie können ihm ausrichten, sie hat alles gepackt...« Sie geht ins Vestibül. »Ach, Justine? Könnten Sie mir bitte seine Zimmernummer im Yale Club geben?... Nur für den Notfall, falls Grayer etwas passiert und ich ihn erreichen muss... Wie bitte, ich soll *Sie* anrufen?« Sie schnappt nach Luft. »Wenigstens sehen Sie ein, wie unsinnig das ist... Auf Ihre Entschuldigungen kann ich verzichten. Ich will die Telefonnummer meines Mannes... Ich weigere mich, dieses Thema mit Ihnen zu diskutieren!« Sie klappt das Handy mit solcher Wucht zu, dass es auf den Marmorboden fällt.

Beide Frauen bücken sich gleichzeitig danach, aber Mrs. X ist schneller. Mit zitternder Hand wirft sie es in ihre Handtasche. Ihre Blicke treffen sich, eisblaue und braune Augen auf einer Höhe. »Offenbar sprechen wir nicht mehr dieselbe Sprache, Connie«, presst Mrs. X hervor. »Darum will ich mich ganz glasklar ausdrücken. Ich will, dass Sie Ihre Sachen packen und meine Wohnung verlassen. Ich will, dass Sie verschwinden. Sie sind gefeuert.«

Sie richtet sich auf, rückt den Nerz zurecht und schiebt den entgeisterten Grayer vor sich in den Fahrstuhl.

Connie zieht sich am Vestibültisch hoch und geht an mir vorbei in die Wohnung.

Ich muss mich erst einen Augenblick sammeln, bevor ich ihr nachgehe.

Connie steht mit dem Rücken zur Tür in der winzigen Dienstbotenkammer. Ihre breiten Schultern zucken. »Mein Gott, Connie. Kann ich etwas für Sie tun?«, frage ich leise.

Sie dreht sich um – Schmerz und Wut sind ihr so deutlich ins Gesicht geschrieben, dass ich fast zurückpralle. Sie lässt sich auf das alte Klappsofa sinken und löst den obersten Knopf ihres weißen Kittels.

»Ich war zwölf Jahre hier«, sagt sie und schüttelt den Kopf. »Ich bin vor ihr gekommen, und ich dachte immer, ich würde sie noch lange überleben.«

»Möchten Sie etwas trinken?« Ich zwänge mich in die enge Lücke zwischen Couch und Bügelbrett. »Ein Glas Saft vielleicht? Oder soll ich versuchen, ob ich Ihnen etwas aus der Bar besorgen kann?«

»*Sie* will, dass *ich* gehe? *Sie* will, dass *ich* gehe?« Ich setze mich auf Mrs. X' Reisekoffer. »Seit dieses Weib hier im Haus ist, wollte ich weg«, schnaubt Connie. Sie greift sich ein halb gebügeltes T-Shirt und wischt sich die Augen. »Soll ich Ihnen mal was erzählen? Wenn sie auf den Bahamas sind, kriege ich keinen Lohn. Ich kriege nie Geld, wenn sie verreisen. Ist das etwa meine Schuld, dass sie Urlaub machen? Ich habe keinen Urlaub. Ich habe drei Kinder, die ich irgendwie über die Runden bringen muss. Und dieses Jahr – dieses Jahr – hat das Weib ihm gesagt, er soll mich in der Steuererklärung angeben! Das hat's noch nie gegeben! Wo sollte ich denn auf einmal das viele Geld hernehmen? Ich musste mir was von meiner Mutter leihen, damit ich die Steuern zahlen konnte.« Sie lehnt sich zurück. »Letztes Jahr ist Mrs. X allein mit Grayer verreist. Ich wollte auch auf die Bahamas, meine Familie besuchen. Da hat sie mich überredet, dass ich mit ihnen in derselben Maschine fliege. Grayer hat sich beim Start von oben bis unten mit Saft beschüttet, und sie hatte nichts zum Umziehen dabei. Pitschnass war er, und er hat geweint, und Mylady? Mylady hat sich die Schlafmaske aufgesetzt und sich bis zur Landung nicht mehr um ihn gekümmert. Und Geld habe ich fürs Babysitten auch nicht gekriegt. Ich war stinksauer. Deswegen will ich auch kein Kindermädchen sein. Haben Sie schon mal was von Jackie gehört?« Ich schüttle den Kopf. »Jackie war eigentlich seine Säuglingspflegerin, aber sie hat ihn betreut, bis er zwei war.«

»Und dann?«

»Dann hatte sie einen Freund.« Ich sehe sie fragend an. »Zwei Jahre lang kannte sie nichts als Arbeit, sie war noch nicht lange im Land und kannte kaum Leute. Sie hat praktisch hier gewohnt, und sie ist gut mit Mrs. X ausgekommen. Das lag wohl daran, dass Mr. X dauernd unterwegs war und Jackie keinen festen Freund hatte. So was verbindet. Aber dann hat Jackie jemanden kennen gelernt, er sah aus wie Bob Marley, und es kam schon mal vor, dass sie Freitagabend nicht babysitten konnte oder am Wochenende keine Zeit hatte, wenn die X, statt nach Connecticut zu fahren, in der Stadt geblieben sind. Da fing Mrs. X an rumzujammern, Jackie würde keine Rücksicht auf sie nehmen. Aber in Wirklichkeit war sie bloß eifersüchtig, weil Jackie nur noch gestrahlt hat. Sie hatte so ein richtiges Leuchten um sich, von innen heraus, und das konnte Mrs. X nicht vertragen. Also hat sie sie rausgeschmissen. Es hätte Grayer fast das Herz gebrochen. Danach ist er ein richtiger kleiner Teufel geworden.«

»Wow.« Ich muss erst mal tief durchatmen.

»Glauben Sie nicht, das war schon alles. Das Schlimmste kommt erst noch. Jackie hat mich ein halbes Jahr später noch mal angerufen. Sie konnte keine Arbeit mehr kriegen, weil Mrs. X ihr kein Zeugnis gegeben hatte. Können Sie sich das vorstellen? Kein Zeugnis! Das sah doch so aus, als ob sie geklaut oder sonst was angestellt hätte. Jetzt hatte sie in ihrem Lebenslauf eine Lücke von zwei Jahren. Und die Agentur wollte sie auch nicht mehr vermitteln.« Sie steht auf und streicht sich langsam über den Rock. »Dieses Weib ist die reinste Hexe. In den vier Monaten, bevor Caitlin angefangen hat, hatten sie sechs verschiedene Nannys – keine hat es hier lange ausgehalten. Und eine ist gefeuert worden, weil sie ihm im Park einen Muffin zu essen gegeben hat. Ein guter Rat: Wenn Sie Ihren Job behalten wollen, geben Sie ihm am besten nie was zu essen. Und was Mr. X angeht – der hat in seinem Schuhschrank Pornos versteckt. Wirklich übles Zeug.«

Ich bin einigermaßen fassungslos. »Ach, Connie, es tut mir ja so Leid.«

»Sie brauchen mich nicht zu bedauern.« Sie schmeißt das zerknitterte T-Shirt auf die Couch und stapft in die Küche. »Passen Sie lieber auf sich selber auf.« Ich folge ihr.

Sie macht eine leere Delfter Keksdose auf und zaubert eine Hand voll schwarzer Spitze daraus hervor.

EIN HÖSCHEN!

»Und dieses Ding hier habe ich unter dem Ehebett gefunden...«

»Unter dem Ehebett? Sagen Sie bloß.« Es gelingt mir nicht recht, die Überraschte zu spielen.

Sie mustert mich von der Seite. »Hm. Jetzt lässt er schon die andere hier antanzen. Und die führt sich so auf, als ob sie hier zu Hause ist. Ich habe zwei Tage gebraucht, um den Mief von ihrem Parfüm wieder rauszukriegen, bevor Mrs. X aus dem Urlaub gekommen ist.«

»Ob man es ihr nicht sagen sollte? Finden Sie nicht, irgendjemand müsste ihr reinen Wein einschenken?«, frage ich erleichtert. Es tut so gut, dass ich mich endlich mit einer Kollegin darüber beraten kann.

»Passen Sie mal schön auf, Kindchen. Sie haben doch gerade erlebt, was sie mit mir gemacht hat. Es ist nicht mein Problem. Und es ist auch nicht Ihr Problem. Es geht uns nichts an. Am besten packen Sie schnell Mr. X' Sachen zu Ende – ich gehe.« Sie bindet ihre Schürze los und wirft sie auf die Arbeitsplatte.

»Und was wollen Sie jetzt machen?«

»Meine Schwester arbeitet auch hier in der Nähe, sie kennt immer Leute, die eine Haushälterin suchen. Ich finde schon was. Kann höchstens sein, dass ich noch weniger verdiene, falls das überhaupt möglich ist. Aber finden werde ich was. Ich war noch nie arbeitslos.«

Sie geht wieder ins Dienstbotenzimmer, um ihre Sachen zusammenzusuchen. Ich bleibe in der Küche stehen und starre auf den schwarzseidenen Stringtanga, der auf der pfirsichfarbenen Marmorplatte so obszön aussieht wie eine Graffitischmiererei.

◊

Nanny,
Sie haben heute nach dem Tennis einen Spieltermin bei Carter. Bitte seien Sie um 15 Uhr dort. Die Miltons wohnen 10 East, Ecke 67ste Straße. Ich glaube, dass Sie dort auch Abendessen bekommen. Ich diniere bei Bolo.
Ich konnte Grayers Fliege immer noch nicht finden. Haben Sie sie aus Versehen mitgenommen? Bitte sehen Sie zu Hause nach.
Danke.

Als wir endlich ein Taxi bekommen, weint Grayer immer noch. Natürlich dürfte ich es normalerweise nie wagen, ihn in irgendeine türsteherlose Gegend mitzunehmen, aber durch seine außerschulischen Aktivitäten verschlägt es uns mit schöner Regelmäßigkeit in die desolatesten, taxifreiesten Zonen der Stadt. Ich verfrachte ihn und seinen Tennisschläger in den Wagen und rutsche mit dem Rest der Ausrüstung neben ihn auf den Rücksitz.

»Ecke 67ste. und Madison, bitte.« Ich werfe einen Blick auf Grover. »Na, was macht dein Kopf? Tut es noch weh?«

»Nicht so schlimm.« Zwar ist sein Weinen inzwischen in ein leises Wimmern übergegangen, aber alles deutet darauf hin, dass er sich so bald nicht wieder fangen wird. Er stand leider im Weg, als der Trainer die Ballmaschine eingeschaltet hat.

»Würdest du nicht lieber Golf spielen, Grover? Ich finde, Golf ist besser als Tennis. Kleinere Bälle, kleinere Beulen.« Er sieht mich mit feuchten Augen an. »Komm, mach's dir ein bisschen bequem.« Er legt seinen Kopf auf meinen Schoß. Ich streichle ihm über das Haar und kraule ihn sanft hinter den Ohren, so wie es meine Mom immer bei mir gemacht hat. Das Fahren beruhigt ihn, und noch bevor wir die Hälfte der Strecke hinter uns haben, ist er eingeschlafen. Er muss fix und fertig sein. Wir könnten es alle so viel leichter haben, wenn er bloß einen Mittagsschlaf machen dürfte.

Ich schiebe den Ärmel meines Regenmantels hoch und sehe auf die Uhr. Eine Viertelstunde hin oder her, was macht das schon aus?

»Würden Sie bitte erst noch eine große Schleife um den Central Park fahren?«

»Geht klar, Lady.« Ich sehe fröstelnd aus dem Fenster. Der Himmel ist grau, dicke Regentropfen prallen auf die Windschutzscheibe. Das Aprilwetter will einfach nicht aufhören. Mairegen bringt wenigstens Segen.

»Grover, aufwachen. Wir sind da.« Verschlafen reibt er sich die Augen, während ich, den Tennisschläger über der Schulter, an der Sprechanlage der alten Stadtvilla läute.

»Hallo?« Eine Frauenstimme, englischer Akzent.

»Hallo! Wir sind es, Nanny und Grayer.« Keine Antwort. Ich drücke noch einmal auf den Knopf. »Wir sind mit Carter zum Spielen verabredet.«

»Tatsächlich?« Pause. »Na, dann kommen Sie mal rauf.« Der Türöffner brummt, und ich halte Grayer die schwere Glastür auf.

Er tapst an mir vorbei in das marmorne Foyer. Wir blicken auf eine große Treppe, hinter der eine verglaste Rückfront den Blick auf einen Garten freigibt. Stetig fällt der Regen in den steinernen Springbrunnen.

»Hallo?«, sagt eine Kinderstimme, während ich noch mit Grayers Reißverschluss kämpfe. Ich sehe hoch. Ein blond gelockter kleiner Junge in Grayers Alter, der sich mit einer Hand festhält, beugt sich weit über das Treppengeländer zu uns herunter. »Hallo, ich bin Carter.« Ich habe ihn noch nie zuvor gesehen. Grayer kennt ihn offenbar auch nicht.

»Ich heiße Grayer.«

»Hallo?«, ruft die englische Frauenstimme von oben. »Kommen Sie ruhig rauf. Ihre Sachen können Sie unten einfach irgendwo ablegen.« Ich werfe die nassen Mäntel auf den Boden und stelle die Tennisausrüstung daneben.

»Du kannst schon mal vorgehen, Grover.« Das lässt er sich nicht zweimal sagen. Carter und er verschwinden nach oben. Rechts und links der Treppe liegen ein venezianischer Salon und ein Art-Déco-Esszimmer. Ich nehme den Aufstieg in Angriff. Im ersten Stock erwarten mich ein Schlafzimmer im Empirestil und ein afrikanisch angehauchtes Herrenzimmer mit Antilopenköpfen an den Wänden und einem Zebrafell auf dem Boden. Schnaufend schleppe mich in die zweite Etage, Carters Reich, wie mich das große Winnie-Puuh-Gemälde an der Wand vermuten lässt.

»Weiter, weiter!«, werde ich von oben angefeuert.

»Du hast es gleich geschafft, Nanny! Du musst dich anstrengen!«

»Herzlichen Dank, Grover!«, gebe ich zurück. Endlich erklimme ich schwitzend den dritten Stock, eine mehr als geräumige Wohnküche.

»Hallo, ich bin Lizzie. Die Treppe ist ein bisschen viel, was? Möchten Sie ein Glas Wasser?«

»Gern. Ich heiße Nanny.« Wir geben uns die Hand. Meine Kollegin ist vielleicht zwei, drei Jahre älter als ich. Sie trägt einen grauen Flanellrock, eine himmelblaue Bluse und um die Schultern eine marineblaue Strickjacke. Offenbar gehört sie zur Kaste der teuren englischen Importnannys, die unseren Beruf als Berufung sehen, inklusive Ausbildung und Diplom. So ist sie zumindest gekleidet. Die Jungen haben sich bereits in eine Ecke verzogen, wo ein ganzes Dorf aus Playskool-Häusern aufgebaut ist. Wenn ich mich nicht verhöre, spielen sie so etwas Ähnliches wie »heuern und feuern«.

»Bitte.« Lizzie reicht mir das Glas Wasser. »Ich dachte mir, sie sollen sich erst mal eine Stunde richtig schön austoben und dann legen wir ihnen das D-s-c-h-u-n-g-e-l-b-u-c-h ein.«

»Guter Plan.«

»Ich habe keine Ahnung, was ich machen soll, wenn Carter erst buchstabieren gelernt hat. Wahrscheinlich bleibt mir nichts anderes übrig, als auf Zeichensprache umzusatteln.«

Ich starre auf die Rokoko-Küchenschränke, die antikisierten Fliesen, die Zierleisten. »Was für ein Palast! Wohnen Sie hier?«

»Ich habe eine kleine Wohnung im obersten Stock.« Ich werfe einen Blick auf die Treppe. Tatsächlich, es geht noch weiter.

»Sie müssen ja topfit sein.«

»Am sportlichsten ist es, wenn man beim Raufsteigen auch noch einen schlafenden Vierjährigen auf dem Arm hat.«

Ich lache. »Ich habe Carter noch nie gesehen. Auf welche Schule geht er?«

»Country Day«, sagt sie und nimmt mir das leere Glas ab.

»Ach, ich habe früher die Gleason-Mädchen betreut. Die sind auch auf die Country Day gegangen. Eine schöne Schule.«

»Ja – Carter, du lässt ihn jetzt sofort los!« Ich sehe hinüber. Grayer kann sich gerade aus einem Würgegriff befreien.

»Wow, Carter. Wie hast du das gemacht? Zeigst du mir, wie das geht?« Grayers Augen leuchten.

»Na, klasse«, sage ich. »Jetzt wird er mir dauernd an die Kehle springen.«

»Ein kleiner Tritt in die Weichteile wirkt manchmal Wunder.« Sie zwinkert mir zu. Eine Frau ganz nach meinem Geschmack. Wieso habe ich sie bloß nicht schon früher kennen gelernt? »Hätten Sie Lust, den Balkon zu sehen?«

»Aber sicher.« Wir gehen hinaus. Im Schutz der Markise bleiben wir stehen, so dass die Regenspritzer nur unsere Schuhspitzen erreichen, und sehen hinaus auf den Garten und die Rückfronten der gegenüberliegenden Stadtvillen.
»Fantastisch«, sage ich. Es ist so kalt, dass ich meinen Atem sehen kann. »Eine echte Enklave aus dem neunzehnten Jahrhundert.«
Sie nickt. »Zigarette?«, fragt sie.
»Sie dürfen rauchen?«
»Klar.«
»Danke, gern.« Sie gibt mir eine.
»Und wie lange arbeiten Sie schon hier?«, frage ich, als sie ein Streichholz anreißt.
»Ungefähr ein Jahr. Der Job ist ein bisschen verrückt, aber ich habe schon schlimmere gehabt... Vor allem, wenn man auch noch ihm selben Haus wohnt.« Sie schüttelt den Kopf und bläst den Rauch in den Nieselregen. »Man hat keinerlei Privatleben und haust in einem Kämmerchen hinter der Küche. Wenigstens habe ich hier eine schöne Wohnung. Sehen Sie die runden Fenster da oben?« Sie deutet mit der Zigarette hinauf. »Das ist mein Schlafzimmer, und daneben liegt mein Wohnzimmer. Ich habe sogar einen eigenen Whirlpool. Ursprünglich war es mal als Gästesuite vorgesehen, aber... Wie soll ich sagen? Daran ist leider nicht zu denken.«
»Toll. Da kann man ja fast neidisch werden.«
»Dafür bin ich aber auch rund um die Uhr im Einsatz.«
»Sind die Eltern nett?«
Sie fängt an zu lachen. »Ich glaube, er ist nicht übel – aber dafür ist er auch nie da, was ihr wiederum überhaupt nicht gut bekommt. Deshalb wollten sie auch eine Nanny, die im Haus wohnt.«
»Hu-huu! Lizzie! Sind Sie da draußen?« Ich erstarre und halte den Rauch ein.
»Ja, Mrs. Milton. Wir sind auf dem Balkon.« Lässig drückt sie die Zigarette auf der Balustrade aus und wirft sie in den Garten. Achselzuckend folge ich ihrem Beispiel.

»Da sind Sie ja!«, ruft sie, als wir in die Küche kommen. Mrs. Milton, blond wie eine Barbiepuppe, hockt in einem pfirsichfarbenen Seidennegligé auf dem Fußboden und betupft damenhaft ihre Nase. Die Jungen toben um sie herum. »Na, wen haben wir denn hier?« Sie hat einen leichten Südstaatenakzent.
»Das ist Grayer«, sagt Lizzie.
»Und ich bin Nanny.« Ich gebe ihr die Hand.
»Heh, Grayer, ich habe deine Mutter bei Swifty's getroffen. Wenn wir beim Fitnesstraining sind, nehmen wir uns immer vor, dass unsere Jungs endlich mal zusammen spielen sollen. Und dann hab' ich sie bei Swifty's getroffen, beim Lunch, und wir haben einen Termin ausgemacht und schwupp, schon bist du da!« Sie steht auf, hebt ihn hoch und dreht ihn auf den Kopf. Sie trägt flauschige Plüschpantoffeln! Grayer sucht mit den Augen nach mir. Er weiß wohl nicht recht, wie er auf diese überschwängliche Begrüßung reagieren soll. Sie lässt ihn wieder herunter. »Lizzie! Lizzie, Schatz. Haben Sie nicht heute ein Rendezvous?«
»Ja, aber ...«
»Wollen Sie sich nicht langsam umziehen?«
»Es ist doch erst vier Uhr.«
»Na und? Damit kann man nie früh genug anfangen. Lassen Sie sich ruhig Zeit. Ich will ein bisschen mit Carter spielen. Außerdem kann Nanny mir helfen.« Sie geht in die Hocke. »Heh, Jungs. Sollen wir einen Kuchen backen? Wir haben doch eine Backmischung im Haus, Lizzie?«
»Aber immer.«
»Klasse!« Mit wehendem Negligé geht sie in den Küchenteil hinüber, so dass ihre langen braunen Beine gut zur Geltung kommen. Als sie sich umdreht, sehe ich, dass sie unter der Seide vollkommen nackt ist. »Hm, mal überlegen. Eier ... ja, und Milch.« Sie stellt sich alles heraus, was sie braucht. »Lizzie, wo ist das Kuchenblech?«
»In der Schublade unter dem Backofen.« Sie fasst mich bei der Hand und flüstert mir zu: »Passen Sie auf, dass sie sich nicht verbrennt.« Noch bevor ich sie fragen kann, was diese Warnung zu bedeuten hat, ist sie die Treppe hinauf verschwunden.

»Ich mag Schokoladenkuchen.« Grayer meldet schon einmal seine Vorliebe an.

»Wir haben nur Vanille, Spatz.« Mrs. Milton zeigt ihm die Schachtel.

»Ich mag Vanille«, sagt Carter.

»Als ich Geburtstag hatte«, erzählt Grayer, »habe ich einen Kuchen gekriegt. Der sah aus wie ein Football und war ganz, ganz groß.«

»Jippie! Wie wär's mit Musik?« Sie schaltet die Bang & Olufsen Stereoanlage über der Arbeitsplatte ein, *Greatest Hits* von Donna Summer. »Komm her, mein Goldstück. Komm und tanz mit Mommy.« Carter schlenkert mit den Armen und hüpft auf und ab. Grayer lässt es etwas langsamer angehen, erst wackelt er nur vorsichtig mit dem Kopf, aber als »On the Radio« anfängt, spreizt er die Hände ab und legt sich tüchtig ins Zeug.

»Weiter so, Kinder!« Sie fasst die Jungen bei den Händen, und dann geht erst richtig die Post ab, bis zu »She Works Hard for the Money« jagt ein Song den anderen. Ich fange inzwischen schon mal an, die Eier aufzuschlagen und das Blech einzufetten. Als ich den Kuchen in den Ofen gestellt habe und mich nach einer Küchenuhr umsehe, wirbelt Mrs. Milton wie ein Derwisch neben dem Playskool-Dorf herum. Ich komme mir vor wie im Kindergarten.

»Ich muss mal eben für kleine Mädchen«, sage ich, aber es achtet sowieso keiner auf mich. Ich öffne sämtliche Türen, die von der Speisekammer abgehen. Irgendwo muss es doch hier eine Toilette geben.

Als ich in einem kleinen Zimmerchen Licht mache, sehe ich mich unverhofft vier Schaufensterpuppen in prächtigen Abendkleidern gegenüber, jede mit einer Schärpe über der Brust. Miss Tuscon. Miss Arizona. Miss Südwesten. Miss Südstaaten. Tiaras und Zepter, Zeitungsausschnitte und ein Tambourstab sind ordentlich in Glasvitrinen ausgestellt.

Nachdem ich die Kleider und Schärpen bestaunt habe, schaue ich mir die gerahmten Hochglanzfotos von Mrs. Milton an, die eine ganze Wand bedecken. Mrs. Milton als Tänzerin in Las Vegas, für eine Miss Südstaaten wohl der unvermeidlich nächste Schritt auf der Karriereleiter. Aufnahme um Aufnahme reihen sich aneinander. Mrs. Milton in den unterschiedlichsten paillettenbesetzten Kostümen, einen Kopfschmuck auf dem blonden Haar, stark geschminkt und mit falschen Augenwimpern, auf dem Schoß immer anderer Prominenter thronend, angefangen bei Tony Bennett bis hin zu Rod Stewart. Ganz zum Schluss finde ich das Bild, das ich suche, auf halber Höhe der Wand und halb versteckt. Mrs. Milton in einem kurzen, hautengen weißen Kleid, Mr. Milton mit stierem Blick, der Prediger. Der Schriftzug auf dem Rahmen lautet: »The All-Night Chapel of Love, 12. August, 199-.«

Ich schalte das Licht aus und mache mich wieder auf die Suche nach dem Klo.

Als ich in die Küche zurückkomme, starrt Mrs. Milton verloren in den Backofen.

»Sie haben den Kuchen gebacken.«

»Ja, Ma'am.« Nicht zu fassen, ich habe Ma'am gesagt!

»Sie haben den Kuchen gebacken«, wiederholt sie, ohne es richtig zu begreifen.

»Er ist fast fertig«, sage ich tröstend.

»Super! Spitze! Wer will Zuckerguss?« Sie kramt sechs Töpfe Glasur in verschiedenen Geschmacksrichtungen aus dem Kühlschrank. »Carter, bring mir die Lebensmittelfarbe.« Die Jungen kommen tanzend angehüpft. Sie nimmt Zuckerstreusel, Silberkügelchen und Zuckerkonfetti aus dem Schrank und fängt an, die Lebensmittelfarben, die Carter ihr herüberreicht, direkt aus der Tube in die Töpfe zu quetschen. »Jippie!« Sie hat einen Lachkrampf.

»Mrs. Milton.« Ich weiche bang einen Schritt zurück. »Ich glaube, es wird langsam Zeit, dass Grayer und ich nach Hause kommen.«

»Tina!«

»Bitte?«

»Sagen Sie Tina zu mir! Ihr dürft nicht gehen!« Sie steckt den Finger in die Glasur und leckt ihn ab.

»ICH WILL NICHT NACH HAUSE!« Grayer, der eine Hand voll Plastiklöffel umklammert, gerät in Panik.

»Ach was, keiner muss gehen. Und jetzt noch mal! Wer will Zuckerguss?« Sie greift mit beiden Händen in die Töpfe und bombardiert Carter und Grayer mit dem süßen Brei. »Eine Zuckergussschlacht!« Sie gibt jedem der Jungen ein Töpfchen, und im nächsten Augenblick fliegt die Glasur nach allen Seiten. Ich versuche noch, hinter der Kochinsel in Deckung zu gehen, aber da hat Tina mich mit einer klebrigen Ladung schon mitten auf der Brust erwischt. Ich habe keine Essensschlacht mehr mitgemacht, seit ich auf der Middle School war, aber jetzt reicht's mir. Ich greife mir ein Töpfchen rosa Glasur und werfe einen kleinen Klacks nach ihr, als Revanche für meinen Pullover. Ansonsten halte ich mich aus dem Kampfgeschehen heraus.

»Uuh! Aah!« Die drei können sich gar nicht mehr einkriegen vor Begeisterung. Die Jungen wälzen sich johlend auf dem Boden und schmieren sich den Zuckerguss in die Haare. Tina bestreut sie mit Silberkügelchen.

»Was ist denn da unten los?«, ruft Lizzie auf ihre strenge englische Art von oben.

»Ui, jetzt kriegen wir Ärger«, sagt Tina. »Carter, ich glaube, jetzt gibt's Ärger.« Sie kugeln sich vor Lachen. Lizzie kommt in Morgenmantel und Pantoffeln die Treppe herunter.

»Ach, du großer Gott.« Sie blickt sich entsetzt um. Die ganze Küche ist bekleckert, die Glasur läuft an den Fliesen herunter und tropft von den Topfpflanzen.

»Ach, Lizzie, wir haben uns doch bloß ein bisschen amüsiert. Seien Sie kein Spielverderber. Seien Sie nicht so britisch!«

»Tina!« Den Ton kenne ich doch. Wenn das nicht die Böse Hexe ist... »Sie gehen jetzt sofort in die Wanne!« Tina fängt an zu weinen. Sie wird ganz klein in ihrem Negligé und enthüllt dabei etwas zu viel von ihrem imposanten Fahrgestell.

»Aber ich... Aber es... Es war doch bloß Spaß. Bitte erzählen Sie John nichts davon. Fandet ihr es nicht lustig, Jungs?«

»Ich fand es lustig. Nicht traurig sein.« Grayer streichelt ihr mit seinen klebrigen Händen den Kopf.

Tina wirft einen Blick auf Lizzie und schnieft in ihren Ärmel. »Okay, okay.« Sie kauert sich vor die Jungen. »Mommy geht jetzt baden, okay?« Sie tätschelt ihnen die Köpfe und geht zur Treppe.

»Du musst uns bald wieder besuchen kommen, Grayer«, murmelt sie mit dem Rücken zu uns.

»Auf Wiedersehen, Tina!«, ruft Grayer. Sie winkt noch einmal, ohne sich umzudrehen, und ist verschwunden. Der von Carter zu erwartende Protest bleibt aus. Wir ziehen als Erstes die Jungen um. Lizzie leiht Grayer einen Schlafanzug von Carter, und ich verstaue seine verdreckten Sachen in einer Plastiktüte. Dann legen wir ihnen das Dschungelbuch-Video ein und fangen an, die Küche zu putzen.

»Verdammt«, sagt Lizzie, die auf den Knien liegend die Glasur vom Boden wischt. »Womöglich kommt ausgerechnet heute Abend Mr. Milton nach Hause. Wenn er diese Bescherung sieht, schickt er sie gleich wieder ins Sanatorium. Das ist immer sehr schlimm für Carter. Die Mutter wochenlang nicht zu Hause, der Vater dauernd auf Geschäftsreise. Einfach furchtbar.« Lizzie wringt den Schwamm aus. »Er wollte sogar schon mal, dass ich mit ihr in die Klinik gehe. Damit ich ein Gefühl dafür entwickle, wann sie wieder rückfällig wird, und früher eingreifen kann.«

»Was nimmt sie denn?«, frage ich, obwohl ich es mir fast vorstellen kann.

»Koks, Alkohol, Schlafmittel.«

»Und wie lange geht das schon so?«

»Ach, seit Jahren«, sagt sie. »Ich glaube, seit sie nach New York gekommen ist. Sie ist in eine Clique reicher Junkies geraten, Prominente und so. Sie hat es nicht leicht, er ist ja nie da, wenn sie ihn braucht. Aber sie haben keinen Ehevertrag. Ich glaube, er wartet nur darauf, dass sie eine Überdosis erwischt. Dann ist er sie los.«

Mit einem Mal erscheint mir mein kleines »Höschenproblem« doch in einem etwas anderen Licht. »Eigentlich müsste ich kündigen, das ist mir schon klar, aber mein Verlängerungsvisum ist an diesen Job geknüpft. Wenn ich Carter verlasse, muss ich wieder nach Hause, aber ich möchte in Amerika bleiben.« Ich weiß nicht, was ich dazu sagen soll.«»Ihr könnt jetzt ruhig gehen. Den Rest schaffe ich schon alleine.«

»Bestimmt?«

»Aber ja. Ich bin daran gewöhnt. Morgen erwartet mich bestimmt schon das nächste Chaos.«

Obwohl es fast unmöglich ist, Grayer und Carter voneinander zu trennen, gelingt es mir irgendwie, mich und meinen Schützling aus dem Haus zu befördern.

»Auf Wiedersehen, Carter!«, ruft Grayer, während ich nach einem Taxi winke. »Auf Wiedersehen, Tina!« Es kommt mir zwar ein bisschen albern vor, die vier Straßen bis in die Park Avenue mit dem Taxi zu fahren, aber zu Fuß würde ich es nie schaffen, dafür bin ich viel zu schwer bepackt. Ich muss nicht nur Grayers Tennisausrüstung schleppen, sondern auch noch die Plastiktüte mit Grayers Sachen und eine Einkaufstasche mit meinem Regenmantel. Anziehen kann ich ihn nicht, sonst hätte ich die Zuckerstreusel, die an meinem Pullover kleben, auch noch im Mantelfutter.

»Was ist denn mit euch passiert?«, fragt James, als er uns aus dem Taxi hilft.

»Wir hatten eine Essensschlacht mit Tina«, erklärt Grayer und stapft in Carters Tigger-Schlafanzug an mir vorbei ins Haus.

Oben angekommen, lasse ich als Erstes das Badewasser ein und setze einen Topf mit Tofuwürstchen auf. Grayer spielt so lange in seinem Zimmer. »Hallo?«, ruft eine fremde Stimme aus dem Dienstbotenzimmer.

»Hallo?«

Eine Frau, die ich noch nie gesehen habe, kommt aus dem dunklen Raum. Sie trägt Connies Kittel.

»Hallo, ich bin Maria.« Sie hat einen südamerikanischen Akzent. »Ich habe auf Mrs. X gewartet, und da bin ich wohl eingeschlafen. An meinem ersten Tag wollte ich nicht einfach nach Hause gehen, ohne mich zu verabschieden.«

»Hallo. Guten Abend, ich bin Nanny, Grayers Kindermädchen.« Das ist nun schon das dritte Mal an diesem Tag, dass ich mich vorstelle. »Mrs. X isst heute außer Haus, sie kommt sicher erst ziemlich spät zurück. Gehen Sie ruhig heim, ich sage ihr, dass Sie gewartet haben.«

»Das ist nett. Danke.«

»Wer sind Sie denn?« Nackt bis auf die Unterhose steht Grayer in der Tür.

»Grayer, das ist Maria.« Grayer streckt ihr die Zunge raus und rennt wieder ins Kinderzimmer. »*Grayer.*« Ich werfe meiner neuen Kollegin einen entschuldigenden Blick zu. »Es tut mir Leid. Bitte nehmen Sie es nicht persönlich. Er hatte heute einen sehr anstrengenden Tag.« Wie zur Erklärung zeige ich mit einem Lächeln auf meine klebrigen Zuckergussflecken. »Er muss gleich erst mal in die Wanne. Sie können wirklich nach Hause gehen. Das geht schon in Ordnung.«

»Danke«, sagt sie und legt sich ihren Mantel über den Arm.

»Keine Ursache. Dann bis morgen.«

Als sie fort ist, gehe ich durch die Wohnung und knipse die Lampen an, die Connie noch vor zwei Tagen geputzt hat.

Grayer tanzt in der Unterhose vor seinem Spiegel herum. »Badezeit, Barischnikow.« Ich stecke ihn in die Wanne.

»Das hat Spaß gemacht, Nanny. Weißt du noch, wie sie mich mit dem Zuckerguss am Popo getroffen hat?« Er kichert los. Ich mache es mir auf der Toilette bequem, während er die Wand einseift, mit seinen Froschmännern spielt und einen Song von Donna Summer summt.

»Grover, bist du bald fertig?«, frage ich, als ich keine Lust mehr habe, mir mit seinem Babykamm die Glasur aus dem Pullover zu kämmen.

»Piep-piep. Tut-tut. Piep-piep. Tut-tut.« Er wackelt mit seinem kleinen Hinterteil.

»Nun mach. Es ist schon spät.« Ich halte ihm das Handtuch hin.

»Was haben die Mädchen gemacht?«

»Wer?«

»Die Mädchen. Aus dem Lied. Die bösen, bösen Mädchen.« Er schwenkt die Hüften. »Warum sind sie böse?«

»Weil sie nicht auf ihre Nanny gehört haben.«

Als Mrs. X pfeilgerade an mir vorbei ins Schlafzimmer marschiert ist, scheint sie nichts davon bemerkt zu haben, dass ich mich ohne Pullover und Regenmantel in diesen grauenhaft verregneten Aprilabend hinauswagen will. Während ich auf den Aufzug warte, ziehe ich vorsichtig den Pullover wieder an, damit ich nicht friere. Ich habe mir so viel Zuckerguss wie möglich aus den Haaren gefummelt, aber ein paar hart gewordene Bröckchen fühle ich immer noch.

Endlich, der Fahrstuhl.

»O Mist.« Er macht ein entgeistertes Gesicht. »Hi.«

»Hi!« Ich kann's nicht fassen. »Was machst du denn hier?«

»So ein Käse«, sagt er geknickt. »Ich wollte dich doch überraschen. Ich hatte einen genialen Plan, mit Blumen und allem Drum und Dran.«

»Na, die Überraschung ist dir auf jeden Fall gelungen. Wieso bist du nicht in Cancún?« Mit zittrigen Knien betrete ich die Kabine, noch ganz überwältigt vom unerwarteten Anblick meines Harvard-Prinzen in schlammbespritzter Jeans und meinem NYU-Sweatshirt.

»Cancún war doch bloß ein Ablenkungsmanöver. Ich wollte dich morgen Abend – im Anzug – in der Lobby abfangen und dich zum Tanzen entführen.« Er mustert mich von oben bis unten. »Hattet ihr mal wieder ein Happening, Grayer und du?«

»So was Ähnliches, einen Spieltermin in der Hölle. Die Mutter war total zugedröhnt. Und das meine ich nicht metaphorisch. Sie kokst. Sie war voll auf Stoff, und dann wollte sie unbedingt ›Backe, backe Kuchen‹ spielen, und wir mussten mitmachen...«

»Mein Gott, wie habe ich dich vermisst«, fällt er mir ins Wort. Er grinst von einem Ohr bis zum anderen. Als der Fahrstuhl in der Lobby ankommt, beugt er sich zu mir herüber und wischt mir einen Rest Zuckerguss von der Augenbraue. Ohne groß zu überlegen, drücke ich auf den Knopf für den elften Stock. Höflich gleitet die Tür wieder zu.

Der Rest ist Zuckerguss und Schweigen.

◊

In ein marineblaues Bettlaken gehüllt hocke ich auf der Kante seines Küchentischs, während er meine Sachen in den Trockner stopft. »Hunger?« Er dreht sich um, erhellt vom Licht, das aus der Küche der Nachbarwohnung hereinfällt.

»Was hast du denn anzubieten?«, frage ich, als er den Kühlschrank aufmacht.

»Meine Mutter hinterlässt mir meistens eine ziemlich gut bestückte Küche, wenn sie weiß, dass ich allein zu Hause bin. Tortellini?« Er präsentiert mir die Packung.

»Igitt, ich kann keine Tortellini mehr sehen«. Ich tapse hinüber und starre mit ihm in den Kühlschrank.

»Lasagne?«, fragt er.

»O ja! Bitte.«

»Und Wein?«

Ich nicke, nehme eine Flasche Roten heraus und schubse die Tür mit der Hüfte zu. An den Kühlschrank gelehnt, sehe ich zu, wie er in seinen getupften Boxershorts den Tisch deckt. Zum Anbeißen.

»Müssen wir das warm machen?«, fragt er und küsst im Vorbeigehen meine Schulter.

»Wäre wohl nicht falsch. Brauchst du Hilfe?«

»Nein. Setz dich hin, und ruh dich aus.« Er gibt mir ein Glas Wein. »Du hast schließlich einen harten Tag hinter dir, du Zuckerpuppe.« Er nimmt das Besteck aus der Schublade.

»Und wo sind deine Eltern?«

»Sie sind mit meinem Bruder in die Türkei gefahren.«

»Und warum bist du nicht in der Türkei?« Ich nippe an meinem Wein.

»Weil ich hier bin.« Er lächelt.

»Da habe ich aber Glück gehabt.« Ich schenke ihm ein Glas Wein ein.

Er strahlt mich an. »Du siehst fantastisch aus.«

»Was? In diesem alten Fetzen? Das ist doch bloß eine Toga aus der Altkleidersammlung.« Er lacht. »Weißt du was? Ich lerne jetzt mit Grayer Latein. Wie alt warst du, als du mit Latein angefangen hast?«

»Vierzehn oder so.« Er holt die Lasagne aus der Mikrowelle und stellt sie auf den Tisch.

»Na, dann musst du aber ein Spätzünder gewesen sein, Grayer ist nämlich erst vier. Er trägt jetzt übrigens einen Schlips, habe ich dir das schon erzählt? Keinen Kinderschlips, nein, einen ellenlangen Männerschlips, der ihm bis auf die Füße baumelt.«

»Was sagt denn seine Mom dazu?«

»Sie hat es noch nicht mal mitgekriegt. Sie ist ziemlich mit den Nerven am Ende – vor ein paar Tagen hat sie Connie gefeuert, ganz ohne Grund. Und Connie war schon hier, bevor Grayer geboren wurde.«

»Ja, dieser Kerl treibt seine Frauen in den Wahnsinn.«

»Seine ... Wie bitte?«

»Ja, als Mr. X seine erste Frau betrogen hat, hat sie einmal James in der Lobby zur Schnecke gemacht, unter den Augen von ein paar Vorstandskollegen.«

Mir bleibt der Bissen im Halse stecken. »Seine erste ...?«

»Seine erste Frau. Ich glaube, sie hieß Charlotte.« Er starrt mich ungläubig an. »Wusstest du das nicht?«

»Nein, das wusste ich nicht. Er war schon einmal verheiratet?« Rutschiges Bettlaken hin oder her, es hält mich nicht mehr auf meinem Stuhl.

»Ja, aber das ist schon ewig her. Ich dachte, du wüsstest es.«

»Woher denn!? Mir sagt doch keiner was. Das gibt es nicht. Hat er noch andere Kinder?« Ich laufe aufgeregt um den Tisch herum.

»Keine Ahnung, aber ich glaube nicht.«

»Wie war sie? Wie hat sie ausgesehen? Hatte sie Ähnlichkeit mit Mrs. X?«

»Ich weiß nicht. Sie war hübsch. Sie war blond ...«

»War sie jung?«

»Schwer zu sagen. Ich war damals noch ein Kind. Für mich war sie einfach eine Erwachsene.«

»Das hilft mir auch nicht weiter. Streng dich ein bisschen an. Wie lange waren sie verheiratet?«

»Was weiß ich? Vielleicht sieben, acht Jahre ...«

»Aber keine Kinder, hm?«

»Nein, es sei denn, sie haben sie im Wandschrank aufbewahrt.«
Ich bleibe kurz stehen. Was für ein Gedanke, aber zuzutrauen wäre es ihnen fast.
»Und warum haben sie sich getrennt?«
»Wegen Mrs. X«, sagt er und schiebt sich eine Gabel Lasagne in den Mund.
»Was soll das heißen, wegen Mrs. X?«
»Sollen wir nicht lieber wieder darüber reden, wie süß du in dem Laken aussiehst?« Er will mich festhalten, als ich an ihm vorbeistapfe.
»Nein. Was heißt das, wegen Mrs. X?«
»Er hatte eine Affäre mit ihr.«
»WAS??!!« Um ein Haar lasse ich die Hüllen fallen.
»Würdest du dich bitte wieder hinsetzen und deine Lasagne essen?« Er deutet mit der Gabel auf meinen Stuhl.

Ich pflanze mich an den Tisch und genehmige mir erst mal einen kräftigen Schluck Wein. »Okay, aber nur, wenn du mir alles erzählst. Und wehe, du lässt etwas aus.«

»Also gut. Von meiner Mom weiß ich, dass Charlotte X eine große Kunstsammlerin war. Sie hat alles bei Gagosian gekauft, wo die heutige Mrs. X gearbeitet hat. Anscheinend hat Charlotte eines Tages Mr. X in die Galerie geschickt, weil er eine größere Anschaffung absegnen sollte, und da hat's dann gefunkt«, sagt er schmunzelnd.

»Einfach so??!!!« Ich kann es mir einfach nicht vorstellen. Punkt.

»Einfach so. Er hat sie dann manchmal mit hergebracht, wenn seine Frau nicht da war, und die Portiers fingen an zu tuscheln. Es hat gar nicht lange gedauert, da wussten alle Nachbarn im Haus darüber Bescheid.«

»Das glaub' ich nicht, das glaub' ich nicht.«

»Aber es stimmt. Ich habe es selbst gesehen, mit den Augen eines Zwölfjährigen. Sie sah scharf aus.«

»Also bitte.«

»Doch, echt scharf. Roter Lippenstift, knalliges Kleid, hohe Absätze. Scharf, eben.«

»Würdest du jetzt mal zu Ende erzählen?«

»Also, es heißt, Charlotte hat eines Tages ein Paar Strümpfe gefunden, das nicht ihr gehörte. Sie ist damit wie eine Furie in die Lobby gerast und hat James eine fürchterliche Szene gemacht. Sie wollte wissen, wer in der Wohnung gewesen sei. Ein paar Wochen später ist sie aus- und deine Mrs. X eingezogen.«

Ich stelle das Weinglas ab. »Ich kann es einfach nicht fassen, dass du mir davon nichts erzählt hast.« Plötzlich fröstelt es mich unter meinem Laken. Was für unglaubliche Gefühlsdramen sich da unten im neunten Stock doch abspielen.

»Ach, du hattest sowieso schon genug um die Ohren.«

Ich springe auf und stürme zum Trockner. »Ja, ja, was ich nicht weiß, macht mich nicht heiß.« Ich zerre meine feuchten Sachen heraus. »Das ist ja wohl mal wieder typische Männerlogik. Oh, tut mir Leid. Ich wollte dir mit meinem Job wirklich nicht auf die Nerven gehen.«

»Ach, Nan, ich hab mich doch schon entschuldigt.«

»Hast du nicht. Du hast dich nicht entschuldigt.« Mir schießen die Tränen in die Augen. Hektisch versuche ich, mir unter dem Laken den nassen Pullover anzuziehen.

Er kommt um den Tisch und nimmt mir sanft den Pullover ab. »Nan, ich entschuldige mich. Ich habe meine Lektion gelernt: Ich muss Nan immer alles erzählen.«

»Es ist doch bloß, weil du der einzige Mensch bist, der auf meiner Seite steht. Und dann muss ich plötzlich erleben, dass du mir etwas verheimlichst.«

»Ist ja schon gut.« Er zieht mich an sich. »Ich bin dein Fels in der Brandung.«

Ich presse mein Gesicht an sein Schlüsselbein. »Es tut mir Leid. Ich bin nur so ausgebrannt. Dieser Job beschäftigt mich viel zu sehr. Im Grunde müsste es mir schnuppe sein, dass er schon mal verheiratet war. Und heute Abend will ich mich wirklich nicht über den neunten Stock unterhalten.«

Er küsst mich aufs Haar. »Möchtest du lieber ein bisschen Musik hören?« Ich nicke. »Ich vermute mal, Donna Summer muss es nicht unbedingt sein, hm?«

Ich lache und zwinge meine Gedanken wieder zurück in den elften Stock. Ich hülle uns beide in das Laken ein.

◊

Obwohl ich schon an meiner dritten Tasse Kaffee bin, fallen mir fast die Augen zu, während ich Grayers Gemüse dämpfe. Ich bin noch ganz erfüllt von den Erinnerungen an die vergangene Nacht, aber nach nur zwei Stunden Schlaf kommt mir dieser Tag so vor, als ob er gar nicht mehr zu Ende gehen will. Ich kremple die Ärmel des gesprenkelten Pullovers hoch, den mir mein Harvard-Prinz geliehen hat, damit ich nicht in denselben Sachen zur Arbeit erscheinen musste, in denen ich gestern Abend nach Hause gegangen bin. Dabei könnte ich genauso mit einer roten Pappnase aufkreuzen, in dieser Wohnung würde es sowieso keinem auffallen.

Als ich den weichen Kohl auf den Teller löffle, rutscht Grayer bäuchlings von seinem Kinderstuhl.

»Wo willst du denn hin, kleiner Mann?« Ich stecke mir eine gedämpfte Möhre in den Mund.

Er stapft zum Kühlschrank und dreht sich um, um mich zurechtzuweisen. »Das sollst du doch nicht sagen! Ich bin kein kleiner Mann! Ich will Saft. Mach den Kühlschrank auf.« Er stemmt die Hände in die Hüften, sein Schlips baumelt über seiner Schlafanzughose.

»Bitte«, sage ich.

»Bitte! Mach auf! Ich will Saft!« Er ist übermüdet. Die Anstrengungen des Nachmittags machen sich bemerkbar.

Ich öffne den Kühlschrank. »Du weißt, dass es abends keinen Saft mehr gibt. Sojamilch oder Wasser, du kannst es dir aussuchen.«

»Sojamilch«, raunzt er und will mit beiden Händen nach dem Karton greifen.

»Ich bring' sie dir schon, Grover. Setz dich so lange wieder hin.« Ich gehe mit der Milch zum Tisch.

»NEIN! Lass mich. Lass mich, Nanny. Bleib hier. Lass mich.« Abends ist er oft so unausstehlich, dass die letzten Minuten meiner Schicht für uns beide zur Tortur werden.

»Nun beruhige dich mal. Wir können es doch auch zusammen machen«, schlage ich munter vor. Er kommt tatsächlich angeschlurft und stellt sich neben den Tisch, auf Augenhöhe mit der Tasse. Seine Mutter hasst es, wenn ich ihn einschenken lasse. Was nicht heißen soll, dass ich besonders versessen darauf bin. Meistens zieht sich die Aktion ewig hin und endet damit, dass ich auf allen vieren mit einem Schwamm auf dem Boden herumkrieche. Aber heute ist er so schlecht drauf, dass ich mir lieber helfen lasse, als mir noch einen Tobsuchtsanfall einzuhandeln, fünf Minuten bevor ich los muss, um rechtzeitig in mein Acht-Uhr-Seminar zu kommen. Mit vereinten Kräften gießen wir die Sojamilch ein. Es geht fast kein Tropfen daneben.

»Gut gemacht. So, kleiner M... Grover. Jetzt setzt du dich wieder hin und isst schön.« Er klettert auf den Stuhl und stochert halbherzig in dem verkochten Gemüse herum. Die Milch steht vergessen neben seinem Teller. Ich werfe einen Blick auf die Uhr und beschließe, das Geschirr vorzuspülen. So kann ich die letzten paar Minuten wenigstens noch halbwegs sinnvoll herumbringen. An ein Gespräch mit Grayer ist nicht zu denken, dafür ist er viel zu mies gelaunt.

Ich stelle den letzten Topf zum Abtropfen hin und drehe mich nach Grayer um. Als ob er nur darauf gewartet hätte, hebt er die Tasse hoch und kippt die Milch mit voller Absicht auf den Boden.

»*Grayer!*« Ich laufe mit dem Schwamm hinüber und fange an, die Bescherung aufzuwischen. »Grayer! Warum hast du das gemacht?« Ich sehe zu ihm hoch. Verlegen beißt er sich auf die Unterlippe. Anscheinend ist er selbst ein wenig erschrocken über das, was er angerichtet hat. Er rutscht in seinem Stuhl von mir weg. Ich hocke mich neben ihn. »Grayer, ich hab' dich was gefragt. Warum hast du die Milch auf den Boden geschüttet?«

»Weil ich keinen Durst habe. Das kann die doofe Maria wieder sauber machen.« Er wirft den Kopf in den Nacken und starrt an die Decke. »Ich will nicht mit dir reden.« Die Sojamilch saugt sich in meine Pulloverärmel. Eine Woge der Erschöpfung spült über mich hinweg.

»Grayer, das darfst du nicht machen. Man vergeudet kein Essen. Du kommt jetzt herunter und hilfst mir beim Aufwischen.« Als ich seinen Stuhl zurückschiebe, holt er aus und tritt nach mir. Er verfehlt mein Gesicht nur um Millimeter. Ich stehe auf, kehre ihm den Rücken zu und zähle bis zehn. Was ich jetzt brauche, ist ein Plan. Ich darf mich nicht zu etwas hinreißen lassen, was mir später Leid tun würde. Ich sehe auf die Uhr. Mrs. X ist fünfzehn Minuten zu spät dran. In einer Dreiviertelstunde beginnt mein Seminar.

Langsam drehe ich mich wieder um. »Wie du willst, dann bleibst du eben sitzen. Ich wische jetzt noch die Pfütze auf, und dann gehst du sofort ins Bett. Wenn du dich nicht an die Regeln halten kannst, musst du wohl sehr müde sein. Zu müde für eine Gutenachtgeschichte.«

»ICH HAB KEINEN HUNGER!« Er sinkt auf seinem Stuhl zusammen und fängt an zu weinen. Ich drücke den nassen Schwamm in seinen Teller aus.

Als ich das Geschirr in der Spülmaschine verstaut habe, hat Grayer sich fast in den Schlaf geweint. Ich hänge ihm seinen Schlips über die Schulter, nehme ihn auf den Arm und bringe ihn ins Kinderzimmer. Jetzt habe ich noch sage und schreibe zwanzig Minuten Zeit, um es bis zum Washington Square zu schaffen, bevor Professor Clarksons Seminar anfängt. Und die Mutter dieses Kindes hält es nicht einmal für nötig, mich anzurufen. Jedes Mal, wenn der Fahrstuhl brummt, hoffe ich, dass sie mich endlich ablösen kommt. Dann ab ins Taxi und nichts wie zur Uni.

Ich ziehe Grayer die Sachen aus. »Okay, jetzt gehst du schön Pipi machen, damit wir dir das Windelhöschen anziehen können.« Während er im Badezimmer ist, marschiere ich nervös auf und ab. Ist es vielleicht zu viel verlangt, dass ich donnerstags vor acht Uhr gehen kann? Einmal in der Woche müsste das doch wirklich zu schaffen sein.

Grayer steht in der Badezimmertür, pudelnackt bis auf den Schlips. Er läuft zum Bett und schnappt sich seine Schlafanzugjacke.

»Wenn ich die Jacke ganz alleine anziehe, können wir dann

noch was lesen? Ein Buch nur?« Er kämpft mit dem Oberteil, und ich werde weich.

Ich setze mich hin, nehme ihn zwischen meine Knie und helfe ihm. »Grayer, warum hast du die Milch auf den Boden geschüttet?«, frage ich leise.

»Weil ich Lust dazu hatte«, antwortet er und legt mir den Kopf auf den Schoß.

»Grover, das war nicht nett von dir. Damit hast du mir wehgetan. Du darfst nicht so böse sein, auch nicht zu Maria. Ich werde sehr traurig, wenn du sagst, dass sie doof ist. Sie ist meine Freundin, und bald ist sie auch deine Freundin.« Ich nehme ihn in die Arme.

»Nanny, kannst du nicht auf dem Fußboden schlafen? Wenn du bei uns schläfst, können wir morgen früh mit der Eisenbahn spielen.«

»Ich kann nicht, Grover. Ich muss nach Hause, George füttern. Du willst doch auch nicht, dass George ohne Essen schlafen gehen muss. Und jetzt lauf, such dir ein Buch aus. Aber nur eines.« Er will gerade zum Bücherschrank gehen, als wir die Wohnungstür hören. Er rennt in die Diele. Fünf Minuten! Ich habe fünf Minuten, um ins Seminar zu kommen! Ich sprinte hinter ihm her. Mrs. X, die noch nicht einmal ihren Trenchcoat ausgezogen hat, ist schon fast in ihrem Büro verschwunden. Offenbar hatte sie nicht die Absicht, ins Kinderzimmer zu kommen.

»Mommy!« Grayer schlingt von hinten die Arme um sie.

»Mein Seminar«, sage ich. »Ich muss weg. Donnerstags fange ich um acht Uhr an.«

Sie macht sich von Grayer frei und sieht mich an. »Dann nehmen Sie doch ein Taxi«, sagt sie geistesabwesend.

»Äh, ja. Aber es ist schon acht ... Okay, dann ziehe ich mir schnell die Schuhe an. Gute Nacht, Grayer.« Ich werfe mir den Mantel über und schlüpfe in die Schuhe. Hoffentlich ist der Fahrstuhl noch nicht weg.

Sie seufzt. »Grayer, Mommy ist müde. Geh schon mal ins Bett. Ich lese dir noch einen Abschnitt aus deinen Shakespeare-Nacherzählungen vor, und dann wird geschlafen.«

Ich rase am Portier vorbei bis zur nächsten Ecke und winke wie eine Wilde nach einem Taxi. Mit ein bisschen Glück schaffe ich es vielleicht noch bis zur abschließenden Zusammenfassung. Ich kurble die Scheibe herunter und gelobe mir im Stillen, vor dem nächsten Donnerstagsseminar noch einmal meine Arbeitszeiten mit Mrs. X durchzusprechen. Aber ich kann mir schon denken, was aus diesem Vorsatz wird – nicht viel.

◊

Einige Tage später finde ich in meinem Briefkasten nicht nur die üblichen Kataloge, sondern auch zwei Briefe, die mich stutzen lassen. Der erste ist von Mrs. X, ich erkenne das cremefarbene Briefpapier, das normalerweise ausschließlich für ihre Wohltätigkeitsarbeit reserviert ist.

> 30. April
> Liebe Nanny,
> ich möchte mich in einer Angelegenheit an Sie wenden, die meinem Mann und mir Anlass zur Besorgnis gegeben hat. Nach Ihrem übereilten Aufbruch gestern Abend mussten wir zu unserer Bestürzung feststellen, dass Grayer auf den Fußboden des Kinderbadezimmers uriniert hatte.
> Ich habe durchaus Verständnis für Ihre akademischen Verpflichtungen, trotzdem ist es mir unerklärlich, wie Sie diesen Vorfall übersehen konnten. Ich möchte Sie hiermit noch einmal an unsere Vereinbarung erinnern: In den Stunden, die Sie für uns tätig sind, hat Ihr Interesse ausschließlich uns zu gelten. Ein Versäumnis wie das gestrige lässt mich daran zweifeln, ob Sie den Anforderungen Ihrer Aufgabe gewachsen sind.

Bitte beherzigen Sie die folgenden Regeln:
1. Grayer trägt Windelhöschen, wenn er ins Bett geht.
2. Grayer bekommt nach 17 Uhr keinen Saft zu trinken.
3. Sie haben ihn ständig zu beaufsichtigen.
4. Sie machen sich mit den Reinigungsutensilien vertraut und benutzen sie je nach Bedarf.

Ich hoffe, Sie werden Ihre Einsatzbereitschaft einer kritischen Prüfung unterziehen. Sollte sich etwas Ähnliches noch einmal ereignen, werde ich den Lohn für die betreffende Stunde einbehalten. Ich gehe davon aus, dass wir dieses Thema nicht noch einmal diskutieren müssen.

Viel Spaß beim Spielen mit Alex! Bitte vergessen Sie nicht, meinen Mantel vom Schneider abzuholen. Er müsste ab 14 Uhr fertig sein.

Mit freundlichen Grüßen
Mrs. X

Herzlichen Dank.

Der zweite Briefumschlag ist mit roter Tinte beschriftet. Er enthält einen Packen Hundertdollarnoten. Sie werden von einer silbernen Geldscheinklammer zusammengehalten, die mit einem X graviert ist.

Liebe Nanny,
in der dritten Juniwoche bin ich wieder in New York. Es wäre schön, wenn Sie die folgenden Dinge für die Wohnung besorgen könnten:
Lillet - 6 Flaschen

Gänseleberpastete - 6
Teuscher Champagnertrüffel - 1 Schachtel
Steaks - 2
Godiva Schokoladeneis - 2 große Töpfe
Austern - 4 Dutzend
Hummer - 2
Lavendelwasser
Das Wechselgeld können Sie behalten.
Vielen Dank, Lisa C.

Was haben diese Weiber bloß alle mit ihrem Lavendelwasser?

NEUNTES KAPITEL
O Gott

Die terzeronische Kinderfrau wurde als große Last angesehen, nur gut genug, Leibchen und Schlüpfer zu knöpfen und das Haar zu bürsten und zu scheiteln; da es ein gesellschaftliches Gebot zu sein schien, dass das Haar gebürstet und gescheitelt zu sein hatte.

Das Erwachen

Sarah öffnet die Tür nur so weit, wie es die vorgelegte Kette erlaubt. Sie trägt einen Flanellschlafanzug und hat die Haare mit einem Bleistift zum Knoten hochgesteckt. »Okay, eine halbe Stunde – mehr nicht. Und damit meine ich dreißig Minuten. Ich bin nach Hause gekommen, weil ich in Ruhe für meine Abschlussprüfung lernen will, und nicht, um in der schmutzigen Wäsche der Familie X zu wühlen.«

»Und wieso hast du dich zum Büffeln nach New York verzogen?«, fragt Josh, als Sarah die Kette abnimmt und uns hereinbittet.

»Kennst du Jill, meine Zimmergenossin?«

»Ich glaube nicht.« Josh zieht seine Jacke aus.

»Da hast du nicht viel verpasst. Sie ist an der Schauspielschule, und ihre Abschlussprüfung besteht darin, dass sie den Dozenten fünf Minuten aus ihrem Leben vorspielt. Schmeiß die Jacke einfach auf die Bank. Dafür muss sie jetzt natürlich üben. Und das sieht so aus: Sie steht auf, sagt ›Verdammt noch mal!‹ und setzt sich wieder hin. In einer Tour, ununterbrochen. Ich versteh' überhaupt nicht, was daran so schwierig sein soll, fünf Minuten still auf dem Hintern zu sitzen und in einer Illustrierten zu blättern!« Sie verdreht die Augen. »Wollt ihr was trinken?« Wir folgen ihr in die Küche, in der noch dieselbe gelbe Gänseblümchentapete an der Wand hängt wie zu unserer Kindergartenzeit.

»Sing Slings«, wünsche ich mir, Sarahs Spezialcocktail.
»Schon unterwegs.« Sie nimmt den Shaker und den Cherry Brandy aus dem Hängeschrank. »Setzt euch doch.« Sie deutet auf den langen grünen Tisch am Fenster.
»Schade, dass der Tisch nicht rund ist. Das wäre doch viel cooler, oder? Ritter und Ritterinnen der Tanga-Runde«, sagt Josh.
»Josh«, sage ich. »Diesmal geht es nicht um den Slip, diesmal geht es um den Brief.«
»Im Wohnzimmer hätte ich einen runden Couchtisch anzubieten«, schlägt Sarah vor.
»Ohne runden Tisch läuft hier gar nichts«, verkündet Josh.
»Nan, du kennst ja den Weg«, sagt Sarah und gibt mir eine Tüte Knabberzeug mit. Ich gehe mit Josh ins Wohnzimmer vor und lasse mich neben dem Couchtisch auf dem Perserteppich nieder. Sarah folgt mit den Singapore Slings. »Okay«, sagt sie, als sie vorsichtig das Tablett abstellt. »Eure Zeit läuft – legt los.«
»Zeig uns erst mal die Sore«, sagt Josh und trinkt einen Schluck. Ich hole den Plastikbeutel mit dem Höschen und Ms. Chicagos Brief aus dem Rucksack und deponiere sie feierlich auf dem Tisch. Eine Zeit lang sitzen wir stumm um die Beweisstücke herum und starren sie an, als ob jede Sekunde ein Küken daraus schlüpfen könnte.
»Mann, also doch eine Tanga-Runde«, murmelt Josh und will nach dem Beutel greifen.
»Nein!« Ich gebe ihm einen Klaps auf die Hand. »Das Höschen bleibt in der Tüte – Gesetz der Tafelrunde. Kapiert?«
Er faltet brav die Hände im Schoß und seufzt. »Würdest du zur Erbauung des Hohen Gerichts bitte noch einmal einen Überblick über die Faktenlage geben?«
»Vor vier Monaten habe ich Ms. Chicago praktisch in Mrs. X' Ehebett angetroffen, und nun bekomme ich aus heiterem Himmel einen Brief von ihr – unter meiner eigenen Adresse!«
»Beweisstück A«, sagt Sarah und wedelt mit dem Brief.
»Was bedeutet, dass sie weiß, wo ich wohne! Sie hat mir nachspioniert! Bin ich vor der Baggage denn nirgendwo sicher?«
»Das geht wirklich zu weit«, gibt Sarah mir Recht.

»Dazu müsste man erst mal wissen, wie weit man bei Nan gehen darf und wo ihre Grenze ist. Beziehungsweise, ob sie überhaupt eine hat«, sagt Josh.

»Natürlich gibt es bei mir eine Grenze. Meine Grenze ist die Achtundachtzigste Straße. Bei mir zu Hause haben sie nichts verloren!« Ich werde leicht hysterisch. »Ich muss meine Diplomarbeit schreiben! Ich habe Prüfungen! Ich muss mir eine Stelle suchen! Ich habe keine Zeit für solche Scherze! Ich kann nicht mit der Unterhose von Mr. X' Geliebter im Rucksack durch die Uni laufen. Ich weiß überhaupt nicht mehr, wo mir der Kopf steht. Da kann ich mich nicht auch noch mit ihren Geheimnissen belasten!«

»Hör zu, Nan.« Sarah legt mir beruhigend die Hand auf den Rücken. »Du brauchst dir nicht alles gefallen zu lassen. Du kannst kündigen. Schmeiß ihnen doch die Brocken vor die Füße.«

»Und wie soll das gehen?«, frage ich.

»Du schickst der Tussi ihren Krempel zurück«, sagt Josh. »Ganz einfach. Dann kapiert sie schon, dass du bei ihrem Spielchen nicht mitmachst.«

»Und Mrs. X? Was, wenn irgendwann alles rauskommt und sie erfährt, dass ich ihr die Sache mit dem Höschen die ganze Zeit verschwiegen habe?«

»Was kann sie dir schon groß tun? Dich umbringen?«, fragt Sarah. »Dich lebenslänglich in den Knast stecken?« Sie erhebt ihr Glas. »Den Krempel in die Post und kündigen.«

»Ich kann nicht kündigen. Ich habe keine Zeit, mir einen neuen Job zu suchen, und mein richtiger Job – falls ich denn überhaupt einen finden sollte – fängt erst im September an.« Ich reiße die Tüte Käsekräcker auf. Mein Selbstmitleid ist verflogen. »Außerdem kann ich Grayer nicht im Stich lassen.«

»Früher oder später wird es ja doch dazu kommen«, erinnert mich Josh.

»Ja, bloß will ich es mir bis dahin mit seiner Mutter nicht verscherzen. Aber ihr habt Recht. Ich schicke ihr die Sachen zurück.«

»Wahnsinn, und dafür haben wir bloß zwanzig Minuten gebraucht«, freut sich Sarah. »Dann könnt ihr mich ja noch zehn Minuten abhören.«

»Der Spaß hört nie auf«, sage ich.

Josh nimmt mich in den Arm. »Nimm es nicht so tragisch, Nan. Es wird schon wieder. Heh, da fällt mir was ein. Überleg mal. Du wusstest schon Monate, bevor das Höschen aufgetaucht ist, dass es ein schwarzer Spitzentanga sein würde. Aus dem Talent müsste sich doch was machen lassen.«

Ich trinke aus. »Wenn dir eine Gameshow einfällt, bei der ich dieses Talent zu barem Geld machen kann, lass es mich bitte wissen.«

◊

Ich werfe einen Blick auf das Chaos aus schiefen Bücherstapeln, dick mit Neonstift markierten Fotokopien und leeren Pizzakartons, das sich in meinem Teil der Wohnung angehäuft hat, seit ich am Freitag von der Arbeit gekommen bin. Es ist vier Uhr morgens, und ich habe achtundvierzig Stunden am Stück an meiner Diplomarbeit geschrieben. Ursprünglich hatte ich wesentlich mehr Zeit dafür eingeplant, aber was hätte ich machen sollen? Grayer in der Wohnung allein seinem Schicksal überlassen? Ich hatte keine andere Wahl.

Ich werfe einen Blick auf den braunen Briefumschlag, der seit der Tanga-Runde vor einer Woche an meinem Drucker lehnt. Das Geld und der Slip sind drin, eine Briefmarke ist drauf. Ich muss ihn bloß noch in den Briefkasten werfen, wenn ich mich in vier Stunden auf den Weg mache, um die Arbeit abzugeben. Dann kann ich sowohl Ms. Chicago als auch die Uni erst einmal als Erinnerungen abhaken.

Ich nehme mir noch ein Hand voll M&Ms aus der Tüte. Ich habe nur noch höchstens fünf Seiten vor mir, aber ich kann kaum noch die Augen aufhalten. Hinter dem Wandschirm schnarcht es laut. Hässlicher, haariger Pilotenheini.

Während ich gähnend die müden Glieder recke, zerreißt ein weiteres Sägegeräusch die Stille, so dass George quer durch den

Raum geschossen kommt und sich in einem Wäschehaufen verkriecht.

Ich bin so müde, dass meine Lider brennen, als ob ich auf dem Spielplatz Sand in die Augen bekommen hätte. Irgendwie muss ich wieder wach werden. Ich bahne mir einen Weg durch meine Müllhalde und stöpsle den Kopfhörer der Stereoanlage ein. Ich setze ihn auf, hocke mich vor den Tuner und suche mir einen Sender mit hämmernder Tanzmusik. Ich lasse den Kopf im Takt wippen und drehe den Ton immer lauter, bis mir der Beat bis runter in die Glückssocken fährt. Ich stehe auf und fange an zu tanzen, so weit mich das Kopfhörerkabel lässt. Die Bongos dröhnen in meinem Schädel, und ich hüpfe mit geschlossenen Augen zwischen den Büchern herum. Hoffentlich bringt mich das Adrenalin wieder auf Touren.

»NAN!« Ich reiße die Augen auf und pralle zurück. Vor mir steht Mr. Haarig, eine Hand lässig kratzend in die Boxershorts geschoben. Ansonsten hat er nur noch ein T-Shirt an. »SPINNST DU? ES IST KURZ VOR VIER UHR MORGENS!«, brüllt er.

»Wie bitte?« Ich nehme den Kopfhörer ab, wodurch die Musik aber leider auch nicht leiser wird. Mr. Haarig zeigt wütend auf die Anlage. Bei meinem Getanze habe ich den Stecker des Kopfhörers rausgezogen.

Ich stürze mich auf den Aus-Knopf. »Ach, entschuldige. Ich muss morgen abgeben, und ich bin so schweinemüde. Ich hab bloß versucht, ein bisschen munter zu werden.«

Er stapft wieder rüber in den dunklen Teil der Wohnung. »Ach, leck mich doch«, knurrt er vor sich hin.

»Hauptsache, du hast es bequem!«, murmle ich unhörbar hinter ihm her. »Hauptsache, du kannst hier in Ruhe schlafen, obwohl deine Freundin auf dem Nachtflug vom Jemen nach New York eingesetzt ist! Hauptsache, ich armes, Miete zahlendes, Nebenkosten blechendes, nur bei Tageslicht aufs Klo könnendes Etwas störe deine Kreise nicht!« Ich beiße die Zähne zusammen und klemme mich wieder hinter den Computer. Vier Stunden, fünf Seiten. Noch eine Ladung M&Ms und los. Nicht schlappmachen, Nan.

Um halb sieben rappelt der Wecker, aber bis ich mein müdes Haupt von den Kissen hochgereckt habe, dauert es dann doch noch ein paar Sekunden. Erst nach einem extrem ungehaltenen »WAS SOLL DER SCHEISS?« von nebenan bin ich richtig wach. Sechzig Minuten Schlaf in achtundvierzig Stunden, was will man mehr? Mühsam entknote ich meine verknäulten Glieder und fische meine Jeans unter dem Bett hervor. Die Morgensonne fällt durch das offene Fenster und taucht das Chaos in ein rötliches Licht. Es sieht aus, als ob eine Horde von Bibliothekaren die ganze Nacht durchgefeiert hätte. Der Computer brummt, die Vögel zwitschern. Ich beuge mich über den Schreibtischstuhl, tippe die Maus an, um den Bildschirmschoner wegzubekommen, und klicke auf »Drucken«. Dankbar, dass mein Computer sich bemüßigt fühlt, vor jeder größeren Entscheidung meine Zustimmung einzuholen, klicke ich »OK« an. Während der Drucker die üblichen Startgeräusche von sich gibt, schleppe ich mich zerschlagen ins Badezimmer, um mir die Zähne zu putzen.

Als ich zurückkomme, hat sich nicht das Geringste getan. »O nein«, stöhne ich und sehe mir den Statusreport an. Pling, bekomme ich eine Meldung auf den Bildschirm. Der schwere Ausnahmefehler siebzehn sei aufgetreten, ich solle den Rechner neu starten oder den Kundendienst anrufen. Toll.

Ich speichere meinen Text ab und schalte den Computer aus. Vorher nehme ich natürlich noch die Diskette raus, auf die ich um halb sechs die endgültige Version gespeichert habe. Ich springe in die Stiefel, schlinge mir einen Pulli um die Taille, schmeiße den Rechner wieder an und warte, dass der Bildschirm angeht. Ich werfe einen Blick auf die Uhr: zehn vor sieben. Noch eine Stunde und zehn Minuten, um das Machwerk unter Clarksons Tür durchzuschieben. Ich drücke alle verfügbaren Tasten, aber der Bildschirm bleibt schwarz. Mein Herz hämmert. Ich kann machen, was ich will, der Computer streikt. Ich schnappe mir die Diskette, meine Handtasche, meine Schlüssel, das Ms.-Chicago-Päckchen und stürze hinaus.

Ich renne die Second Avenue rauf, mit beiden Armen rudernd,

um ein Taxi anzuhalten. Ich entere das Erste, das mir zu nahe kommt, und zermartere mir das Hirn, in welchem der unzähligen, über das halbe Stadtgebiet verteilten Uni-Gebäude sich das Computerzentrum befindet. Aus irgendeinem Grund kann ich mir solche Sachen nie merken. Es muss wohl eine Freudsche Fehlleistung sein, hervorgerufen durch eine Mischung aus logistischer Unfähigkeit und Angst vor der Bürokratie.

»Äh, fahren Sie doch erst mal in die Richtung West Fourth und Bleecker Street. Dann gebe ich Ihnen noch genauer Bescheid!« Wir fahren los. Bei jeder roten Ampel steigt der Fahrer voll auf die Bremse. Bis auf die Wagen der Straßenreinigung sind die Straßen fast leer. Männer in Anzügen und Mänteln verschwinden, Aktenkoffer voraus, in den U-Bahn-Eingängen. Warum ich die Arbeit bis acht Uhr persönlich abgeben muss, ist mir ein Rätsel. Bei anderen Leuten gilt das Datum des Poststempels. Ich weiß, ich weiß, ich mache mir selbst etwas vor. Würde ich in diese Kategorie fallen, würde ich jetzt wie ein Irre mit dem Taxi zur Post rasen.

Am Waverly Place springe ich aus dem Wagen. Während ich noch nach Diskette, Brieftasche und Schlüsseln greife, werde ich von einer ramponierten jungen Frau mit verschmiertem Makeup aus dem Weg gerempelt, die sich erschöpft auf den Rücksitz fallen lässt. Mir steigt der unverkennbare Duft einer durchgemachten Nacht in die Nase – Bier, kalter Zigarettenrauch und Drakkar Noir. Immerhin ein Trost, dass ich kein Erstsemester mehr bin. Sonst würde ich mich jetzt womöglich auch von einem One-Night-Stand nach Hause quälen.

Es ist gut Viertel nach sieben, als ich endlich, von nicht viel mehr als meinem Gefühl geleitet, das Computerzentrum im vierten Stock des Pädagogikgebäudes erreiche.

»Ausweis?«, sagt das Mädchen mit den grünen Haaren und den weißen Lippen, das sich hinter einem großen Kaffeebecher verschanzt hat. Ich wühle in meiner Brieftasche, bis mir einfällt, dass die Karte, die sie sehen will, zurzeit auf dem Grund meines Rucksacks schlummert.

»Hab ich leider nicht dabei. Ich muss nur schnell was ausdrucken, es dauert höchstens fünf Minuten, Ehrenwort.« Ich kralle mich an die Theke und starre sie gebannt an. Sie verdreht die stark geschminkten Augen.

»Geht nicht.« Sie deutet träge auf die lange Liste mit den Benutzungsbedingungen, die hinter ihr an der Wand hängt.

»Okay. Mal sehen. Hier, hier habe ich meinen Ausweis vom Grundstudium und ...« Ich rupfe eine Karte nach der anderen aus der Brieftasche. »Und den Ausweis für die Unibibliothek. Da, es steht sogar drauf, dass er fürs Hauptstudium gültig ist!«

»Aber kein Foto.« Sie blättert in ihrem X-Man-Comic.

»BITTE, ich flehe dich an. Auf den Knien, wenn es sein muss. Mir bleiben höchstens noch achtundzwanzig Minuten, um die Arbeit auszudrucken und abzugeben. Es ist meine Diplomarbeit; meine ganzer Abschluss steht auf dem Spiel. Du kannst mir ja auf die Finger schauen, während ich drucke.« Ich kriege kaum noch Luft.

»Ich darf meinen Platz nicht verlassen.« Sie schiebt den Stuhl ein paar Zentimeter zurück, aber sie sieht mich noch nicht einmal an.

»Heh! Heh, du da, du mit der Skimütze!« Das spindeldürre Kerlchen mit dem Namensschild um den Hals, das untätig am Fotokopierer rumhängt, hebt den Kopf. »Arbeitest du hier?«

Er kommt gemächlich angezuckelt. »Sie will ausdrucken, kann sich aber nicht ausweisen«, informiert ihn seine Kollegin.

Ich beuge mich über die Theke und lege ihm die Hand auf den Arm. Er trägt eine blaue Lacklederhose. »Dylan!« Es ist mir gelungen, seinen Namen zu entziffern. »Dylan, ich brauche deine Hilfe. Bitte, du musst mich zu einem Drucker begleiten, damit ich meine Diplomarbeit ausdrucken kann, die ich in genau fünfundzwanzig Minuten vier Straßen weiter abgeben muss.« Ich versuche, gleichmäßig ein- und auszuatmen, während sich die beiden beraten.

Er beäugt mich skeptisch. »Es ist bloß so ... Es mogeln sich immer wieder irgendwelche Leute rein, die hier nichts zu suchen haben. Die keine Studenten sind, meine ich. Und deshalb ...« Er bricht ab.

»Um halb acht in der Früh, Dylan? Tatsächlich?« Ich reiße mich zusammen. »Ich würde sogar das Papier bezahlen. Ich hab' einen Vorschlag. Du kannst mir beim Ausdrucken zusehen, und wenn wir zwei, du und ich, dabei etwas anderes fabrizieren als eine Diplomarbeit, kannst du mich hochkantig rausschmeißen!«

»Ach, ich weiß nicht.« Er lümmelt sich gegen die Theke. »Womöglich bist du von der Columbia University.«

»Mit einem Grundstudiumsausweis von der NYU?« Ich fuchtele mit der Plastikkarte vor seinem Gesicht herum. »Überleg doch mal, Dylan! Streng deinen Kopf an! Warum würde ich die Arbeit dann nicht einfach an der Columbia ausdrucken? Warum sollte ich mich quer durch die halbe Stadt schleppen, um mich an dir und deiner Kollegin vorbeizuschummeln, wenn ich einfach nur ins Computerzentrum der Columbia spazieren bräuchte? O Gott, ich habe keine Zeit, mit euch zu diskutieren. Wie hättet ihr es denn gern? Wollt ihr, dass ich meinen Abschluss nicht kriege und gleich hier vor eurer Nase mit einem Herzstillstand aufs Linoleum kippe, oder seid ihr so gut, mir SAGE UND SCHREIBE FÜNF MINUTEN AN EINEM EURER VERFLUCHTEN MISTDRUCKER ZU GÖNNEN?« Ich bin so außer mir, dass ich ein paar Mal mit dem Schlüsselbund auf die Theke haue. Sie glotzen mich blöde an, während der Lederhosenheini das Für und Wieder meiner Argumentation abwägt.

»Na schön... Okay, aber wenn es keine Diplomarbeit ist, dann... dann zerreiße ich das Ding in tausend Fetzen.« Er hat noch nicht ausgesprochen, da bin schon an ihm vorbei, knalle die Diskette in Drucker Nummer sechs und klicke mit letzter Kraft auf »Drucken«.

Allmählich wache ich aus dem Tiefschlaf auf. Ich ziehe mir den Pullover vom Gesicht und sehe auf die Uhr. Ich habe fast zwei Stunden gepennt. Ich war so müde, dass ich es nicht mal mehr bis zu Josh geschafft habe. Halb weggetreten, habe ich irgendwo bei den BWLern diese versiffte Couch gefunden, wo mich dann die Erschöpfung übermannt hat.

Ich setze mich hin und wische mir den Sabber aus dem Mundwinkel, was mir einen lüsternen Blick von einem Kerl einbringt, der ein paar Meter weiter sitzt und sich in seinem *Wall Street Journal* Stellen mit dem Neonmarker anstreicht. Ohne ihn eines weiteren Blickes zu würdigen, hole ich meine Brieftasche und die Schlüssel aus ihrem Versteck, das heißt, aus dem Polsterspalt, auf dem ich sitze, und beschließe, mir einen teuren Kaffee aus der edlen Espresso-Bar an der Ecke zu spendieren.

Gemütlich schlendere ich den LaGuardia Place entlang. Der Mai zeigt sich von seiner prächtigsten Seite. Es ist warm und sonnig, die Bäume vor der Citibank strotzen vor Knospen. Ich lächle in den wolkenlosen Himmel hinauf. Ich bin eine Frau, die ihren Weg aufrecht und entschlossen bis zum Ziel gegangen ist! Ich bin eine Frau, die allen bürokratischen Hindernissen zum Trotz mit großer Wahrscheinlichkeit ihr Diplom in der Tasche hat!

Im Washington Square Park setze ich mich mit meinem Fünf-Dollar-Kaffee auf eine Bank, lehne mich an die schmiedeeiserne Lehne und aale mich in der Sonne. Um diese Zeit ist hier kaum jemand unterwegs, nur ein paar Kinder und Drogendealer, aber weder die einen noch die anderen können mir meine selige Stimmung verderben.

Eine Frau mit einer McDonald's-Tüte unter dem Arm schiebt einen karierten Buggy zur Bank gegenüber. Sie setzt sich hin, rollt den Wagen vor sich, holt zwei Egg McMuffins heraus und gibt einen dem Kind. Tauben trippeln um meine Füße und picken zwischen den Steinen herum. Ich habe noch eine ganze Stunde, bevor ich Grayer abholen muss; vielleicht sollte ich ein bisschen shoppen gehen und mir ein luftiges Kleidchen kaufen, in Erwartung der warmen Sommernächte, in denen ich mit meinem Harvard-Prinzen am Hudson River sitzen und Martinis schlürfen werde.

Die Frau nimmt noch ein Päckchen aus der Tüte. Während ich so vor mich hinträume, wie gut ich jetzt eine Portion Bratkartoffeln vertragen könnte, wandert mein Blick über den Kinderrucksack, der an dem Buggy hängt. Ja, Bratkartoffeln und einen Milchshake, Schokolade vielleicht. Abwesend sehe ich mir die Zeichentrickfiguren auf dem Rucksack an. Kleine birnenförmige

Gestalten. Alle in unterschiedlichen Farben mit komischen Gebilden auf dem Kopf. Es sind ... Ich kneife die Augen zusammen. Es sind ... Teletubbies! Ich verschlucke mich. Ein Schwall Kaffee schießt mir aus dem Mund.

O Gott. O NEIN. BITTE NICHT. Während ich prustend nach Luft schnappe, suchen die Tauben eiligst das Weite. Bruchstückhafte Erinnerungen an Halloween kommen zurück, die Heimfahrt in der dunklen Limousine, Mrs. X, die sich in ihren Nerzmantel kuschelt, Grayer, der neben mir auf dem Sitz schläft. Mr. X schnarcht, Mrs. X redet. Sie plappert irgendwas über das Meer vor sich hin. Mir steht der kalte Schweiß auf der Stirn. Ich versuche krampfhaft, die Bruchstücke zusammenzufügen.

»O Gott«, sage ich laut. Worauf die Frau mit dem Buggy schnell ihre Tüte nimmt und sich auf eine andere Bank setzt, näher an der Straße. Irgendwie habe ich es in den letzten sieben Monaten geschafft, jede Erinnerung daran zu verdrängen, dass ich auf dem Rücksitz einer Limousine gesessen und eingewilligt habe, mit der gesamten Familie X nach Nantucket zu fahren, dass ich, von einer Überdosis Wodka-Lemon beschwingt, das Unheil geradezu herausgefordert habe.

»O Gott. O nein.« Ich hämmere mit den Fäusten auf die Bank ein. Das darf nicht wahr sein. Ich will, ich will, ich will nicht mit ihnen unter einem Dach wohnen. Es ist schon schlimm genug hier in der Stadt, wo ich nach getaner Arbeit nach Hause flüchten kann. Ob ich Mr. X im Schlafanzug sehen werde? In Unterwäsche? Ob wir ihn überhaupt zu sehen bekommen?

Was mag Mrs. X sich bloß davon erhoffen? Einen kleinen Familienurlaub? Ob sie ihre Probleme vor dem Kamin gründlich ausdiskutieren werden? Oder sich mit Kanupaddeln bewusstlos schlagen? Ob sie Ms. Chicago im Gästehaus unterbringen? Ms. Chicago ...

»Scheiße!« Ich springe, wie von der Tarantel gestochen, hoch und klopfe meine Hosentaschen ab. »Scheiße. Scheiße. Scheiße.« Ich habe die Schlüssel, ich habe die Brieftasche. »Wo ist das verdammte Kuvert?« Während ich die letzten beiden Stunden Revue passieren lasse und mir überlege, wo ich den Umschlag vergessen haben könnte, zieht es mich in fünf verschiedene Richtungen gleichzeitig. Ich rase in die Espresso-Bar, zu der stinkigen Couch, zu Professor Clarksons Briefkasten.

Zuletzt stehe ich, schnaufend und schwitzend, wieder vor der Theke im Computerzentrum.

»Also, wenn du jetzt nicht verschwindest, müssen wir wirklich den Sicherheitsdienst rufen.« Dylan schlägt einen strengen Ton an.

Ich kriege kein Wort heraus. Mir ist schlecht. Ich wollte ein durch und durch integrer Mensch sein. Und jetzt? Jetzt bin ich die Frau, die achthundert Dollar und einen gebrauchten Slip geklaut hat. Eine Diebin und eine Perverse in einer Person.

»Zieh lieber Leine. Um zwölf Uhr fängt Bobs Schicht an, und der ist nicht halb so cool wie ich.« Zwölf Uhr? Okay. Dann muss ich erst mal Grayer abholen und ihn auf Darwins Geburtstagsfeier schleifen.

»AUFHÖREN! LASS DAS SEIN!«, schreit Grayer, das Gesicht gegen die Gitterstangen der eisernen Reling gequetscht.

Ich gehe vor seinem Angreifer in die Hocke, um ihm ein paar passende Worte ins Ohr zu zischen. »Darwin, wenn du Grayer nicht in zwei Sekunden loslässt, schmeiße ich dich über Bord.« Das kleine Monster glotzt mich wie vom Blitz getroffen an. Ich erwidere seinen Blick mit einem freundlichen Lächeln. Nach nur drei Stunden Schlaf und um achthundert Dollar leichter Gute Hexe/Böse Hexe spielen zu müssen, ist ein kleines bisschen zu viel verlangt. Bürschchen, ich warne dich; komm mir heute ja nicht in die Quere.

Darwin stolpert ein paar Schritte zurück. Grayer, der einen roten Abdruck quer über der Backe hat, klammert sich an mein Bein. Er hat noch Glück, denn das Geburtstagskind hat ihn erst vor wenigen Minuten aufs Korn genommen. Seit nun schon zwei Stunden werden wir mit mindestens fünfzig anderen Gästen wie Gefangene auf dem Jazzdampfer der Circle Line festgehalten, um uns schikanieren und piesacken zu lassen.

»Darwin! Schatz, gleich darfst du die Kerzen ausblasen. Geh schon mal zum Tisch, damit Sima dir mit dem Kuchen helfen kann.« Wie eine Erscheinung in Pink und Gold kommt Mrs. Zuckerman zu uns herübergeschwebt. Ihre Diamanten sprühen und funkeln so gleißend in der Nachmittagssonne, dass man fast blind werden könnte.

»Na, Grayer, was hast du denn? Möchtest du keinen Kuchen?« Sie wirft ihre Dreihundertdollarmähne auf die linke Schulter und lehnt sich neben mich an die Reling. Ich bin viel zu müde, um Konversation zu betreiben, aber immerhin gelingt mir so etwas Ähnliches wie ein charmantes Lächeln.

»Ein tolles Fest.« Nachdem ich mir wenigstens ein Kompliment abgerungen habe, nehme ich Grayer auf den Arm, damit er vor weiteren Attacken sicher ist und in das weiß schäumende Kielwasser hinuntersehen kann.

»Sima und ich haben Darwins Ehrentag monatelang geplant. Wir mussten uns wirklich etwas einfallen lassen, nachdem wir doch im letzten Jahr mit der ganzen Gesellschaft in der Residenz des Bürgermeisters übernachtet haben. Können Sie sich vorstellen, was es heißt, da noch etwas draufzusetzen? Also habe ich zu Sima gesagt: ›Dann mal los! Bringen Sie Ihre Kreativität ein, dafür haben wir Sie schließlich. Zeigen Sie uns, was in Ihnen steckt.‹ Ich muss zugeben, sie hat sich selbst übertroffen.« Vom Heck des Bootes dringen laute Schreie herüber, und im nächsten Augenblick rennt Sima in panischer Angst an uns vorbei. Darwin ist ihr dicht auf den Fersen, ein brennendes Tiffany-Feuerzeug in der Hand.

»Darwin«, sagt Mrs. Zuckerman mit einem sanften Tadel in der Stimme. »Du sollst Sima helfen, du sollst sie doch nicht in Brand stecken.« Fröhlich lachend nimmt sie ihm das Feuerzeug ab und klappt den Deckel zu. Mit strenger Miene übergibt sie es dem verlegenen Kindermädchen. »Sorgen Sie dafür, dass er nicht wieder damit durch die Gegend läuft. Ich muss Sie doch hoffentlich nicht daran erinnern, dass es ein Geschenk von seinem Großvater ist.«

Sima nimmt das silberne Feuerzeug mit gesenktem Kopf entgegen. Sie fasst Darwin bei der Hand und manövriert ihn vorsichtig wieder zu seinem Kuchen.

Mrs. Zuckerman beugt sich vertraulich zu mir. Die goldenen Cs auf ihrer Brille blitzen. »Ich habe so ein Glück mit ihr gehabt. Wir sind wie Schwestern.« Ich lächle und nicke. Sie nickt zurück.

»Bitte grüßen Sie doch Grayers Mom von mir, und richten Sie ihr unbedingt aus, dass ich ihr einen ganz hervorragenden S-c-h-e-i-d-u-n-g-s-Anwalt empfehlen kann. Für meine Freundin Alice hat er zehn Prozent mehr herausgeschlagen, als ihr laut Ehevertrag zugestanden hätte.«

Instinktiv lege ich Grayer schützend die Hand auf den Kopf.

»Na, dann noch viel Spaß, ihr zwei!« Sie wirft ihre Mähne auf die andere Schulter und zieht in die Kuchenschlacht. Vermutlich weiß es schon die halbe Stadt, dass Mr. X jetzt im Yale Club wohnt.

»Möchtest du auch ein Stück Kuchen, Grover?« Ich packe ihn mir auf die andere Hüfte, rücke seinen Schlips zurecht und lege ihm die Hand an die Wange, wo der Abdruck war. Seine Augen sind glasig, er ist fast so fertig wie ich.

»Mein Bauch tut weh. Mir ist schlecht«, murmelt er. Ich versuche mich zu erinnern, wo auf diesem Schiff die Toiletten sind.

»Zwickt es oder brennt es eher?« Seekrankheit oder Sodbrennen, das ist hier die Frage.

»Nanny, ich ...« Während er noch stöhnend das Gesicht an meine Schulter presst, durchzuckt es ihn plötzlich. Ich schaffe es im letzten Augenblick, ihn über die Reling zu halten, so dass immerhin zwei Drittel seines Mageninhalts über Bord gehen und nur ein Drittel auf meinem Sweatshirt landet.

Ich reibe ihm sanft den Rücken und wische ihm mit der Hand den Mund ab. »Das war ein harter Tag, was, Grover?« Er nickt kläglich.

◊

Zwei Stunden später stehen wir im Vestibül. Grayer hält sich die Blase und hüpft in seinen Nikes von einem Bein auf das andere.

»Nur noch eine Sekunde einhalten, Grover.« Ich werfe mich

noch einmal gegen die Wohnungstür, und diesmal geht sie endlich auf. »Und jetzt los!« Er zischt an mir vorbei.

»Uff!« Ein lautes Rumpeln. Ich drücke die Tür ein bisschen weiter auf. Grover liegt neben einem Berg aus Badetüchern auf dem Fußboden, von einer Hutschachtel niedergestreckt.

»Hast du dir wehgetan, Grover?«

»O Mann, war das cool, Nanny. Das hättest du sehen müssen. Bleib stehen. Ich mache es dir noch mal vor.«

»Nein, lieber nicht.« Ich hocke mich vor ihn, um ihm die Turnschuhe und die verdreckte Windjacke auszuziehen. »Vielleicht geht es beim zweiten Mal nicht mehr so glimpflich ab. Los, Pipi machen.« Er nimmt die Beine in die Hand. Ich steige vorsichtig über die Hutschachtel, den Badetuchberg, zwei Lilly-Pulitzer-Tüten, drei L.L.Bean-Kartons und einen Sack Holzkohlebriketts hinweg. Die Indizien lassen nur zwei Schlüsse zu: Entweder wir fahren nach Nantucket, oder wir ziehen in die Vorstadt.

»Nanny? Sind Sie das?« Die Stimme kommt aus dem Esszimmer. Ich werfe einen Blick hinein. Der gesamte Tisch ist mit Mr. X' Sommersachen bedeckt, den einzigen Klamotten, die Connie und ich nicht eingepackt haben.

»Ja. Wir sind wieder da.« Ich schiebe zwei Barney-Tüten zur Seite.

»Ach.« Mrs. X erscheint in der Tür, einen Stapel pastellfarbener Kaschmirpullover auf dem Arm. »Sie sind ja über und über mit Erbrochenem bespritzt.« Sie schaudert einen halben Schritt zurück.

»Grayer ist ein kleines Malheur passiert.«

»Können Sie nicht besser aufpassen, was er auf diesen Festen zu sich nimmt? Wie geht es Mrs. Zuckerman?«

»Sie lässt Sie herzlich grüßen.«

»Eine ungeheuer kreative Frau. Ihre Geburtstagsfeiern sind unübertroffen.« Sie sieht mich gespannt an. Bestimmt erwartet sie, dass ich ihr den ganzen Nachmittag nachspiele, inklusive Sockenpuppentheater und Commedia-dell'-arte-Aufführung. Aber ich bin zu müde.

»Sie, äh, sie hat mich gebeten, Ihnen etwas auszurichten.«

»Ja?«

Ich hole tief Luft. »Sie hat gesagt, sie, äh, sie könnte Ihnen einen hervorragenden Anwalt empfehlen.« Ich sehe krampfhaft auf den Kleiderstapel.

»Nanny«, sagt sie eisig. »Das hier sind die Sommersachen meines Mannes, für unseren Urlaub.« Sie wendet sich ab und schlägt einen künstlich aufgekratzten Ton an. »Ich selbst habe mit dem Packen noch gar nicht angefangen. Es kann einem ja keiner sagen, wie das Wetter sein wird. Einige unserer Bekannten sind vor Hitze fast umgekommen, die anderen sind halb erfroren.« Als sie die Pullover auf den Tisch legt, fallen ein paar zusammengerollte Tennissocken herunter. »Maria!«

»Ja, Ma'am.« Maria, die in der Küche ist, erscheint in der Schwingtür.

»Könnten Sie die Pullis falten?«

»Ja, Ma'am. Sofort.« Sie verschwindet rückwärts wieder in der Küche.

»Ich will nicht zu viel einpacken, aber ich will auch im Urlaub nicht waschen müssen, und ich weiß noch nicht mal, ob es auf der Insel überhaupt eine anständige Reinigung gibt. Ach ja, dabei fällt mir ein, wir reisen am Fünfzehnten ab, Punkt acht geht es ...«

»Ist das der Freitag?«, frage ich. Sie wirft mir einen irritierten Blick zu. »Entschuldigen Sie, ich wollte Sie nicht unterbrechen, aber am Fünfzehnten habe ich an der Uni meine Abschlussfeier.«

»Na und?«

»Deshalb kann ich nicht morgens um acht Uhr weg.«

»Ich denke nicht, dass wir die Abreise Ihretwegen verschieben können«, sagt sie und geht in die Diele, um die Einkaufstüten zu holen.

»Die Sache ist die: Meine Großmutter veranstaltet an dem Abend ein Fest für mich. Ich könnte also frühestens Samstag fahren.« Ich folge ihr.

»Aber wir haben das Haus ab Freitag gemietet, wir können nicht erst am Samstag anreisen.« Sie redet, als ob sie Grayer vor sich hätte.

»Das ist mir schon klar. Könnte ich nicht am Samstag mit dem Bus nachkommen? Wahrscheinlich wäre ich nachmittags so gegen fünf Uhr da.«

Unsere kleine Prozession zieht wieder ins Esszimmer. Die Tüten kommen zu den anderen Sachen auf den Tisch. »Wenn ich Sie recht verstehe, soll das heißen, dass Sie uns von den vierzehn Tagen, an denen wir Sie brauchen, zwei Tage nicht zur Verfügung stehen wollen. Ich weiß nicht, Nanny. Ich weiß es wirklich nicht. Am Freitag sind wir bei den Blewers zum Abendessen eingeladen, und am Samstag veranstalten die Piersons mittags ein Barbecue. Ich weiß nicht, was ich sagen soll.« Sie seufzt. »Ich muss es mir überlegen.«

»Es tut mir wirklich Leid. Ansonsten jederzeit, aber an meiner Abschlussfeier muss ich unbedingt teilnehmen.« Ich bücke mich und hebe die heruntergefallenen Socken auf.

»Verstehe. Nun, ich werde es mit Mr. X besprechen, und dann gebe ich Ihnen Bescheid.« Ob ich an meiner eigenen Abschlussfeier teilnehmen darf oder was?

»Okay. Ach, und da wäre noch eine Kleinigkeit, mein Lohn. Diese Woche ist nämlich meine Miete fällig...« Und du hast mich seit drei Wochen nicht bezahlt. Und jetzt schulde ich der Geliebten deines Göttergatten auch noch achthundert Dollar.

»Ich hatte so viel um die Ohren. Aber ich werde versuchen, diese Woche noch zur Bank zu kommen. Das heißt, sobald Sie mir Ihre Stunden aufgeschrieben haben und ich Zeit hatte, sie durchzusehen.«

Sie hält inne. Splitternackt steht Grayer in der Tür.

»GRAYER!«, kreischt sie. Wir erstarren. »Wie lautet unsere goldene Regel?«

Er sieht sie an. »Keine Penisse in der Wohnung?«

»Genau. Keine Penisse in der Wohnung. Wo gehören Penisse hin?«

»Penisse gehören ins Badezimmer.«

»Jawohl, ins Badezimmer. Nanny, sorgen Sie bitte dafür, dass er sich etwas anzieht.« Grayer stapft ernst vor mir her, seine nackten Füße platschen über den Marmor.

Im Kinderbad liegt ein Kleiderhaufen auf dem Fußboden. »Ich hatte einen Unfall.« Er stupst mit den Zehen ein Holzauto an. »Ist schon gut.« Ich hebe die Sachen auf und lasse ihm ein Bad ein. »Jetzt sehen wir erst mal zu, dass du wieder sauber wirst, okay?«
»Okay.« Er will, dass ich ihn auf den Arm nehme. Ich ziehe mir das schmutzige Sweatshirt aus und hebe ihn hoch. Während wir darauf warten, dass die Wanne voll wird, gehe ich ein bisschen auf und ab und schaukele ihn sacht. Todmüde legt er seinen Kopf auf meine Schulter. Ich wickele ihm ein Handtuch um, damit er nicht friert. Im Spiegel sehe ich, dass er am Daumen lutscht.

◊

Nanny,
ich weiß nicht, ob Sie die Fähre in Ihre Berechnungen mit einbezogen haben, aber Sie müssten für die Überfahrt eine Stunde zusätzlich veranschlagen. Ich habe mir zwei Alternativen überlegt: a) Sie nehmen Freitagabend den Bus um 23 Uhr und sind um sechs in Nantucket, oder b) Sie nehmen Samstagmorgen den Sechsuhrbus und kommen gegen eins in Nantucket an, also noch rechtzeitig zum Barbecue, falls wir erst etwas später hingehen.
Bitte lassen Sie mich wissen, wie Sie sich entscheiden.

Liebe Mrs. X,
vielen Dank, dass Sie sich die Mühe gemacht haben, sich Alternativen für meine Anreise zu überlegen. Ich möchte Ihnen natürlich keine Umstände bereiten, aber da ich am Freitagabend verschiedene Feiern besuchen möchte, wird es mir kaum möglich sein, den frühen Bus zu nehmen. Ich werde bis spätestens 19 Uhr in Nantucket ankommen. Selbstverständlich gehe ich davon aus, dass Sie mich für die ausgefallenen Stunden nicht entlohnen.
Apropos Lohn. Haben Sie es inzwischen vielleicht zur Bank geschafft? Meine Miete ist fällig. Beiliegend

finden Sie die Liste meiner Arbeitsstunden. Herzlichen Dank noch einmal für Ihre Vorschläge.
　Mit besten Grüßen
　Nanny

*Nanny,
Ihre Halsstarrigkeit bezüglich Ihrer Anreise erstaunt mich ein wenig. Trotzdem habe ich die Hoffnung auf einen Kompromiss noch nicht aufgegeben. Vielleicht könnten Sie um 15 Uhr in Nantucket sein und anschließend gleich mit dem Taxi zu den Piersons weiterfahren?*

Liebe Mrs. X,
natürlich möchte ich Ihnen so weit wie möglich entgegenkommen. Es wäre eventuell machbar, dass ich bereits um 18 Uhr eintreffe.
　Nanny

*Nanny,
das Problem hat sich erledigt. Die uns von der Agentur für Hauspersonal vermittelte Reinigungskraft wird sich um Grayer kümmern, bis Sie ankommen.
　P.S. Ich hätte noch eine Frage zu den Stunden, die Sie für Mittwoch, den Dritten, aufgelistet haben. Wenn mich die Erinnerung nicht trügt, war ich an dem Tag mit Grayer einkaufen.*

Liebe Mrs. X,
was den Dritten angeht, werden Sie vermutlich Recht haben. Ich hoffe, Sie haben nicht vergessen, dass ich, wie bereits erwähnt, am Donnerstag wegen der mündlichen Prüfung schon um 14 Uhr gehen muss.
　Danke, Nanny

Liebe Mrs. X,
ich wollte Sie nur noch einmal kurz daran erinnern, dass ich morgen die Mündliche habe, deshalb muss ich um

Punkt 14 Uhr weg. Denken Sie auch an mein Geld? Das wäre schön.

Liebe Mrs. X,
also dann: bis um 14 Uhr!
◊

»Wo bleibt sie bloß!« Zum x-ten Mal in fünf Minuten sehe ich auf die Backofenuhr. 14:28. In genau siebenundvierzig Minuten muss ich zum mündlichen Examen antanzen. Meine akademische Karriere wird noch damit enden, dass die Prüfer einen leeren Stuhl abfragen!
»Nicht schreien.« Grayer runzelt die Stirn.
»Entschuldige, Grover. Kann ich dich mal eben einen Augenblick allein lassen?«
»Musst du Pipi machen?«
»Ja. Vergiss deine Milch nicht.« Ich lasse ihn vor seinem Teller mit Melonenstückchen zurück und gehe ins Personalklo. Ich drehe den Wasserhahn auf, schließe die Tür, betätige die Spülung, drücke mir einen Waschlappen auf den Mund und brülle: »SCHEISSE!« Mein Schrei wird vom Frottee verschluckt. »Wo bleibt das Weib? Verfluchte Scheiße.« Ich kauere mich auf den Boden, Tränen schießen mir in die Augen. »Scheiße.«
Warum habe ich nicht mit Lippenstift »zwei Uhr« auf jeden Spiegel in der Wohnung geschrieben? Warum habe ich ihr nicht ein Schild mit einer riesigen Zwei an ihren Paschminaschal gesteckt, als sie heute Morgen gegangen ist? Ich bin fast so weit, dass ich mir Grayer schnappe, auf die Madison Avenue rausrenne und ihren Namen brülle. Plötzlich schlägt meine Frustration in ein lautloses, hysterisches Gekicher um, obwohl mir die Tränen noch immer über das Gesicht laufen.
Ich atme tief durch, gebe mir ein paar Klapse ins Gesicht, wische mir die Tränen ab und versuche, mich Grover zuliebe zusammenzureißen. Als ich wieder in die Küche gehe, ist mein Kichern immer noch nicht ganz abgeklungen. Ich mache die Tür auf, und neben dem Tisch steht Mrs. X.

»Nanny, ich möchte wirklich nicht, dass Sie Grayer mit dem Besteck allein lassen.«

Er hat doch nur einen Löffel. »Entschuldigung.«

»Sie sind heute ja so schick.« Sie stibitzt Grayer ein Stück Melone vom Teller.

»Danke. Es ist wegen meiner mündlichen Prüfung, die in fünfunddreißig Minuten anfängt.« Ich stürze zur Tür.

»Ach ja, ich wusste doch, da war noch was.« Sie schlendert lässig zur Arbeitsplatte und stellt ihre Alligatortasche ab. »Ich war heute Morgen auf der Bank. Wollen wir uns in mein Büro setzen und die Liste durchgehen, die Sie mir gegeben haben?« Sie nimmt ein Kuvert heraus.

»Danke, keine Zeit. Ich muss los.« Ich bin schon halb in der Diele.

Sie stemmt die Hand in die Hüfte. »Ich dachte, Sie bräuchten das Geld unbedingt heute.«

»Aber wenn ich jetzt nicht gehe, komme ich zu spät.« Ich greife mir meine Unterlagen vom Dielentisch.

Sie seufzt so laut, dass ich zurück in die Küche hetze.

»Streng dich an, Nanny!« Grayer reckt den Kopf nach mir. »Ich drück' dir die Daumen.«

»Danke, Grover.«

»Ich habe unendlich viel zu tun, und ich weiß nicht, wann wir noch einmal eine Gelegenheit finden werden, diese Sache zu erledigen, Nanny. Ich war extra auf der Bank ...«

»Super. Schon gut, dann bringen wir es eben jetzt über die Bühne. Danke.« Aus den Unterlagen ziehe ich die aktuelle, neu getippte Liste meiner Arbeitsstunden der vergangenen fünf Wochen heraus. »Wie Sie sehen, sind es durchschnittlich vier- bis fünfhundert Dollar die Woche.«

Während ich nervös von einem Bein aufs andere trete, sieht sie die Liste durch. »Der Betrag fällt aber um einiges höher aus als der, auf den wir uns geeinigt hatten.«

»Es ist ja auch schon zwei Wochen her, dass ich Ihnen die ursprüngliche Liste gegeben habe. Seitdem habe ich mehr als sechzig Stunden angehäuft.«

Seufzend blättert sie mir die Zwanziger und Fünfziger auf den Tisch, wobei sie ganz genau darauf achtet, dass auch ja nicht zwei Scheine zusammenkleben. Ihre Hermès-Armreifen klirren, als sie mir den Packen überreicht. »Das ist wirklich viel Geld.« Ich lächle sie an. »Aber es ist ja auch für fünf Wochen.« Im Vorbeistürmen tätschle ich Grayer noch schnell zum Abschied den Kopf. »Einen schönen Nachmittag zusammen!«

◊

Ich massiere mir genüsslich die Spülung in die Haare. Der Gedanke zu kündigen will mir einfach nicht mehr aus dem Sinn. Ich sehe es bildlich vor mir, wie ich Mr. und Mrs. X unter der Markise der Park Avenue 721 mit einem deftigen Fußtritt auf den Grünstreifen befördere. Herrlich. Leider verliert das Bild ein wenig von seinem Glanz, als Grayer sich hineinschiebt. Den langen Männerschlips um den Hals, sieht er mich mit großen Augen fragend an, während seine Eltern in den akkurat gestutzten Büschen mit Armen und Beinen zappeln. Ich seufze und halte das Gesicht ins heiße Wasser. Und das Geld darf ich auch nicht vergessen. Mir wird schlecht, wenn ich daran denke, dass ich Ms. Chicago fast die Hälfte von dem schicken muss, was mir Mrs. X heute ausbezahlt hat.

Ein leises Miau reißt mich aus meinen Gedanken. Ich ziehe den Vorhang zur Seite. George, eine schwarze Silhouette im Kerzenlicht, hockt brav neben der Wanne und wartet, dass ich ihn nass spritze. Ich tröpfle ihm etwas Wasser auf den Kopf, und schon saust er hinter die Toilette.

Wenigstens habe ich die Wohnung für mich alleine, ein gemütlicher Abend, um das Mündliche zu feiern. Und um elf Uhr ein nächtliches Telefonrendezvous mit meinem Harvard-Prinzen, auf das ich mich freuen kann. Ich wickele mir das Badetuch um, krame meine Sachen zusammen und puste die Kerze aus. Als ich aus dem Badezimmer komme, bleibe ich wie angewurzelt stehen. Vom anderen Ende der Wohnung dringen Stimmen herüber. Genauer gesagt, von meinem Ende der Wohnung.

»Hallo?«, rufe ich. Das Licht brennt. Ich weiß sofort, dass

Charlene zu Hause ist. Sie schaltet nämlich immer als Erstes sämtliche Lampen an.

»Ich bin wieder da«, ruft Charlene zurück. Ihr Ton verheißt nichts Gutes. Ich ziehe das Handtuch fester und tapse hinüber. Meine Schreibtischlampe leuchtet auf die Kerze hinunter, die ich angezündet habe, bevor ich duschen gegangen bin. Der haarige Pilot vermisst mein Bett.

»Das ist ja die reinste Rumpelkammer, Nanny«, sagt sie, während sie das Maßband aufrollt. »Komm, wir gehen rüber und nehmen uns die andere Seite vor.« Mr. Haarig drängelt sich so ruppig an mir vorbei, dass er George fast auf den Schwanz tritt, und baut sich neben meiner Stereoanlage auf.

»Ich hatte heute mündliche Prüfung, deswegen war ich jeden Abend in der Bibliothek.« Ich gehe einen Schritt zur Seite und stopfe meine Unterwäsche tiefer in das Knäuel unter meinem Arm. Zielstrebig marschiert sie zu ihrem Freund hinüber. »Sagt mal, kann ich euch irgendwie helfen?«

Sie drückt ihm das eine Ende des Maßbands in die Hand und misst die Entfernung zur gegenüberliegenden Wand aus. »Ich wollte nur mal sehen, ob seine Couch hier reinpasst.« Mir wird flau im Magen. Das ist das genaue Gegenteil von dem gemütlichen Abend, der mir vorgeschwebt hat. Sie richtet sich auf und zieht ihren marineblauen Rock glatt. »Nanny, ich wollte diese Woche mit dir reden, aber du bist ja nie ans Telefon gegangen ...«

»Mein Mietvertrag läuft aus. Ich ziehe Ende des Monats ein«, verkündet Mr. Haarig. Na, klasse.

»Du hast also noch zwei Wochen, um dir was anderes zu suchen. Das müsste reichen«, sagt sie und nimmt meinen Füller von der Kommode, um sich die Maße auf einem Zettel zu notieren. »Julie und ihr Verlobter kommen in einer Stunde zum Kartenspielen. Machst du mit?« Sie geht an mir vorbei. »Mein Gott, hier hinten ist ja alles beschlagen. Hast du wieder im Dunkeln geduscht? So was Verrücktes.« Sie schüttelt den Kopf.

Ich gewinne die Fassung wieder, als Mr. Haarig ihr nachschlappt und nur knapp einer Attacke von George aus dem Hinterhalt entgeht. »Eigentlich habe ich heute Abend noch was vor«, sage ich mit gesenktem Kopf. George postiert sich unter meinem Kinn und wartet auf seinen Tropfen. Ich greife zum Telefon. Hoffentlich hat Josh Lust, sich mit mir zu treffen.

◊

Am nächsten Tag muss ich erst mal alle meine Taschen durchwühlen, bis ich endlich die Serviette finde, auf der Josh mir die Telefonnummer des Maklerbüros aufgeschrieben hat. Ich sende ein Stoßgebet für die Wohnungslosen zum Himmel und wähle.

»Hallo, hallo.« Ein grässlicher New Yorker Akzent nach dem siebten Klingeln.

»Hallo, ich hätte gern mit Pat gesprochen.«

»Sie arbeitet hier nicht mehr.«

»Ach. Na, vielleicht können Sie mir auch weiterhelfen. Ich suche ab dem ersten Juli eine Wohnung.«

»Sorry.«

»Wie bitte?«

»Da kann ich nichts für Sie tun. Es ist doch erst Anfang Juni. Wenn Sie für Juli eine Wohnung suchen, kommen Sie Ende des Monats mit einem Bündel Scheinchen vorbei, mindestens zwölftausend, würde ich sagen. Dann können wir reden.«

»Bar?«

»Bar.«

»Sie sagten zwölftausend Dollar? In bar?«

»In bar. Für den Vermieter. Die erste Jahresmiete müssen Sie bar im Voraus zahlen.«

»Für das ganze erste Jahr?«

»Und Sie müssen nachweisen können, dass Sie jährlich mindestens das Vierundvierzigfache der Monatsmiete verdienen, natürlich netto, und Ihre Bürgen ...«

»Meine wer?«

»Ihre Bürgen. Die Menschen, die dafür geradestehen, dass die Miete gezahlt wird, auch wenn Sie sterben. Meistens sind es die Eltern. Jedenfalls müssen die Bürgen im Großraum New York wohnen, damit sie im Notfall gepfändet werden können, und ihr

Einkommen muss – netto – mindestens das Hundertfache der Monatsmiete betragen.«

»Ist das nicht ein bisschen übertrieben? Ich suche doch bloß eine kleine Wohnung, kein Luxusapartment ...«

»Mein Gott! Wir haben Juni! Juni! Jeder Amerikaner unter fünfunddreißig macht jetzt seinen Uniabschluss und zieht nach New York.«

»Aber so viel Geld bar auf die Hand?«

»Schätzchen, die Wall-Street-Typen kriegen von ihren Firmen den Umzug bezahlt. Wenn Sie gegen die eine Chance haben wollen, müssen Sie im Voraus bezahlen.«

»O nein.«

Sie holt tief Luft. »Was wollten Sie denn so anlegen?«

»Ich weiß nicht ... Sechs-, siebenhundert?«

»Im Monat?« Sie hält den Hörer etwas weiter weg, während sie trocken lacht. »Kindchen, tun Sie sich und uns einen Gefallen. Suchen Sie sich ein WG-Zimmer.«

»Aber ich möchte nicht in eine WG.«

»Dann empfehle ich Ihnen, sich eine Dose Tränengas zu kaufen und nach Queens zu ziehen.«

»Hätten Sie vielleicht etwas in Brooklyn?«

»Nur Manhattan.« Sie legt auf.

Mich überkommt das kalte Grausen, als auf der anderen Seite des Wandschirms ein Kondompäckchen aufgerissen wird. Bitte nicht! Ich werfe mich aufs Bett und ramme mir die Kopfkissen auf die Ohren. Die Kündigung kann ich abhaken. Bis zu meiner Abschlussfeier bin ich wahrscheinlich so weit, dass ich Mrs. X anflehe, mir in der Park Avenue Obdach zu gewähren.

◊

Mein Harvard-Prinz führt Großmutter, die sich für diesen Abend extra die Salsa-Band ihres Lieblingsmexikaners ausgeliehen hat, noch einmal auf die Tanzfläche. Die Wohnung ist über und über mit bunten Lampions geschmückt. »Und tanzen kann er auch noch!«, ruft sie mit wehendem Flamenco-Rock zu meinen Eltern und mir herüber. Wir sitzen draußen auf der Terrasse.

Meine Mutter beugt sich zu mir. »Da hast du ja wirklich das große Los gezogen.«

»Ich weiß«, sage ich stolz.

»Achtung! Eifersüchtiger Vater in Hörweite«, sagt Dad, der neben uns auf der Gartenliege hockt. Der Abend ist so warm, dass Grandma das Büfett unter freiem Himmel aufbauen lassen konnte. Zwischen den von Kerzen beleuchteten Tischen mischen sich meine Freunde zwanglos mit den Freunden meiner Eltern.

»Der Typ da hinten hat mich gefragt, ob ich ihm für eine Ellenbogenskulptur Modell sitze«, sagt Sarah, die meiner Mutter einen Teller mit Kuchen mitgebracht hat.

»Mit den Ellenbogen fängt es immer an«, warnt mein Vater.

Das Lied ist zu Ende, mein Harvard-Prinz und Großmutter applaudieren der Kapelle und kommen zu uns heraus.

»Darling!«, sagt Grandma, die sich bei ihm untergehakt hat. »Hast du auch etwas von dem Kuchen abbekommen?«

»Ja, Gran«, antworte ich.

»Du da.« Sie schnipst mit den Fingern. Das gilt meinem Vater, der sich gemütlich zurücklehnt. »Ab auf die Tanzfläche. Und nimm deine Frau mit.« Mom steht auf und hält Dad die Hand hin. Die beiden entschweben im Takt der lateinamerikanischen Klänge. »Wie geht es euch, Kinder?«, fragt Großmutter und nimmt mit meinem Harvard-Prinzen auf der Liege Platz. »Habt ihr alle genug zu essen und zu trinken bekommen?«

»Eine himmlische Party, Frances. Danke«, sagt Sarah. »Wenn ihr mich einen Augenblick entschuldigen würdet. Ich muss mich mal kurz um Joshua kümmern. Als ich ihn zuletzt gesehen habe, war er ein bisschen grün um die Nase.« Sie geht hinein.

Ich lege den Kopf in den Nacken und sehe zu den Sternen hinauf. »Ein seltsames Gefühl, dass es mit dem Lernen nun ein Ende hat...«

»Man lernt im Leben nie aus, Kind«, verbessert mich Großmutter und nascht von Dads stehen gebliebenem Kuchen.

»Da hast du Recht. Ich mache gerade einen Grundkurs in Immobilienkunde.« Ich nehme mir eine Gabel und lange ebenfalls zu. »Wenn ich aus Nantucket zurückkomme, bleibt mir noch genau ein Wochenende, um eine Wohnung zu finden und bei Charlene auszuziehen.«

»Bei Mrs. Haarig«, wirft mein Harvard-Prinz ein.

Grandmas Armreifen klimpern lustig, als sie entschuldigend nach meiner Hand greift. »Es tut mir so Leid, dass du nicht bei mir unterschlüpfen kannst, aber ich habe das Gästezimmer schon für Orve und seine Töpferscheibe hergerichtet.« Orve ist in diesem Jahr schon zum zweiten Mal ihr Logiergast. Großmutter nimmt jeden Sommer junge Künstler bei sich auf, die ihr, im Austausch für Unterkunft und Verpflegung, Unterricht in verschiedenen Techniken geben. »Du wirst schon etwas finden – da bin ich mir ganz sicher.«

»Alles andere wäre ein Wunder, Darling«, sagt mein Süßer, den optimistischen Ton meiner Großmutter imitierend.

Sie zwinkert ihm zu und steht auf. An ihrem Hals glitzert es.

»Neue Kette, Grandma? Die ist aber hübsch.«

»Nicht wahr? Ich habe sie letzte Woche zufällig bei Bendel's entdeckt und konnte nicht widerstehen.« Sie spielt mit der originellen goldenen Halskette. »Sie lag ganz allein und verlassen in der Vitrine und hat mich angefleht, sie mitzunehmen. Man ist ja schließlich kein Unmensch.« Lachend mischt sie sich wieder unter ihre Gäste. Zum ersten Mal seit der Zeugnisübergabe am Nachmittag bin ich mit meinem Schatz allein.

»Komm.« Er nimmt mich bei der Hand und geht mit mir zur Balustrade. Wir blicken auf den nächtlichen Park hinaus. »Deine Familie ist ein Gedicht.«

»Ich kann mich wirklich nicht beklagen«, sage ich und lege die Arme um ihn.

»Ich werde dich so vermissen.« Er drückt mich an sich.

»Ach ja? Während du dich in Amsterdam mit Pornostars und Haschisch amüsiert?«

»In Den Haag! Bis nach Amsterdam sind es mindestens zwanzig Minuten. Keine Pornostars. Kein Haschisch. Nur ich, einsam und allein. Ich und eine Bande von Kriegsverbrechern.«

Ich drehe den Kopf und stelle mich auf die Zehenspitzen, um ihm einen Kuss zu geben. »Du Ärmster«, murmele ich.

Er küsst mich erst auf die Nasenspitze und dann auf die Stirn.
»Du hast es doch aber auch nicht schlecht getroffen. Sonnenbaden am Strand, umschwärmt von Rettungsschwimmern, Beachvolleyballern, Seglern...«
»Ach ja? Ich fahre schließlich nicht an die Riviera, sondern ans Ende der Welt, nach Nantucket.« Ich schlage mit der flachen Hand auf die Balustrade. »O nein, so ein Mist. Ich habe vergessen, den Anrufbeantworter abzuhören!«
Er verdreht die Augen. »Nan...«
»Warte, warte, warte. Es dauert nur zwei Minuten. Ich möchte bloß wissen, wann sie mich morgen von der Fähre abholen. Rühr dich nicht vom Fleck. Ich bin sofort wieder da.«

Ich gehe zum Telefonieren in Großmutters Schlafzimmer. Nachdem ich ein paar Spitzenkissen zur Seite geschoben habe, setze ich mich auf die Tagesdecke und tippe den Code für die Fernabfrage in das rosa Telefon, das auf dem Nachttischchen steht. Das gedämpfte Licht erinnert mich an früher. Immer wenn ich als Kind bei Grandma übernachten durfte, hat sie das Licht so lange brennen lassen, bis ich eingeschlafen war.

Tatsächlich, ein Anruf von Mrs. X. Es ist ein Gefühl, als hätte mir jemand von hinten ein paar Eiswürfel ins Kleid gesteckt.

»Gute Nachrichten, Nanny. Unsere Bekannten, die Horners, fliegen morgen früh um neun nach Nantucket und haben sich freundlicherweise bereit erklärt, Sie mitzunehmen. Das heißt, Sie wären um halb zehn hier. Die Horners sind *sehr* gute Freunde, also kommen Sie bitte auf keinen Fall zu spät. Treffpunkt ist der Abflugbereich für Privatmaschinen auf dem Westchester County Airport. Am besten fahren Sie um 7:15 Uhr mit dem Metro-North Train bis Rye und von dort mit dem Taxi weiter bis zum Flugplatz. Die Horners haben drei Töchter, sie dürften also leicht zu erkennen sein. Bitte denken Sie daran, dass es eine Gefälligkeit ihrerseits ist, und seien Sie pünktlich. Ich schlage vor, Sie finden sich spätestens um 6:50 Uhr an der Grand Central Station ein, damit Sie den Zug nicht verpassen...«

Piep.

»Ihr Anrufbeantworter hat mich abgeschnitten. Noch eine Bitte. Würden Sie bitte unterwegs einen Zeitungsartikel über Lyme-Borreliose abholen, den ich bei James für Sie hinterlegt habe? Grässliche Krankheit. Außerdem könnten Sie ein Zeckenspray für Kinder besorgen. Es sollte unbedingt hypoallergen sein, damit Grayer keinen Hautausschlag bekommt. Wir bräuchten auch noch sechs Paar weiße Baumwollkniestrümpfe von Polo. Nehmen Sie einen Schuh von Grayer mit, wegen der richtigen Größe. Ich habe James ein Paar dagelassen. Sie können es zusammen mit dem Zeitungsartikel bei ihm abholen. Ausgezeichnet. Dann bis morgen.«

Piep.

»Nanny.« Im ersten Augenblick habe ich Mühe, die Stimme einzuordnen. »Wie in meinem Brief angekündigt, werde ich morgen in New York eintreffen. Hoffentlich hatten Sie keine Probleme, die Gänseleberpastete zu besorgen. Viel Spaß in Nantucket und liebe Grüße an Grayer.«

ZEHNTES KAPITEL
Nanny-Urlaub, *all inclusive*

Gut. Ich wurde erwachsen und ging als Gouvernante. [...] Ich möchte so gern mit jemandem sprechen, aber mit wem denn ... ich habe niemanden.

Die Gouvernante, in: Der Kirschgarten

»Auf Wiedersehen!«, rufen die Horners mir zum Abschied zu. Dann sind sie fort, und ich bleibe allein auf dem Nantucket Airport zurück.

Ich hocke mich auf meine Reisetasche und kämpfe meine Übelkeit nieder – ein fast aussichtsloser Kampf nach dem fünfundzwanzigminütigen Flug bei sintflutartigem Regen, dichtem Nebel und heftigen Turbulenzen, in der sechssitzigen Maschine zusammengepfercht mit vier Erwachsenen, drei Kindern, einem Goldfisch, einem Meerschweinchen und einem Retriever. Nur aus Rücksicht auf die Horner-Töchter habe ich darauf verzichtet, mir bei jedem Ruckeln die Seele aus dem Leib zu brüllen.

Die Luft schmeckt salzig, es geht eine kräftige Brise. Ich kuschele mich in mein Sweatshirt und warte.

Und warte.

Und warte.

Aber nein, keine Ursache. Ich bitte Sie. Dass ich bis tief in die Nacht mein Examen gefeiert habe? Nichts zu danken. Nein, nein, lassen Sie sich ruhig Zeit – ist doch gemütlich hier in dem kalten Nieselregen. Hauptsache, ich bin hier, in Nantucket. Es dürfte ein tröstlicher Gedanke für Sie sein, mich irgendwo in einem Fünfzehnkilometerradius von Ihnen zu wissen. Ich denke, das Wichtigste, das Allerwichtigste ist es, dass ich kein eigenes Leben habe und mich nicht um meine eigenen Angelegenheiten kümmere, egal wie dringend sie auch sein mögen, sondern dass ich für Sie und Ihre verdammte Familie dauernd auf Abruf bereitstehe.

Zügig kommt der Rover auf den Parkplatz gefahren. Man winkt mir zu, aber offenbar hat man es eilig. Mir bleibt kaum Zeit einzusteigen, bevor der Wagen wieder weiterrollt.

»Nanny!«, schreit Grayer. »Ich habe einen Kokichu!« Er hält mir ein gelbes japanisches Spielzeug unter die Nase, als ich zu ihm hineinspringe. In der Heckklappe steckt ein sehr großes Kanu, das die halbe Rückbank einnimmt.

»Nanny, passen Sie bitte auf das Boot auf. Es ist eine Antiquität«, sagt Mrs. X stolz.

Ich krabbele unter das Kanu, klemme die Reisetasche zwischen meine Füße und ziehe den Kopf ein. Mit einigen Verrenkungen gelingt es mir, Grayers Knie zu tätscheln. »Hallo, Grover. Ich hab' dich vermisst.«

»Nantucket ist das reinste Paradies für Antiquitätensammler. Ich habe vor, mich nach einem Couchtisch für das zweite Gästezimmer umzuschauen.«

»Du bist wohl nicht recht bei Trost«, knurrt Mr. X.

Sie überhört die Bemerkung und sieht im Kosmetikspiegel der Sonnenblende zu mir nach hinten. »Und? Wie war das Flugzeug? Ich meine die Innenausstattung.«

»Äh, es hatte braune Ledersitze.«

»Haben Sie einen Imbiss bekommen?«

»Sie haben mir Erdnüsse angeboten.«

»Sie wissen ja gar nicht, was für ein Glückspilz Sie sind. Jack Horner entwirft fantastische Schuhe. Caroline ist eine wunderbare Frau. Ich habe sie im letzten Jahr bei einer Wohltätigkeitsveranstaltung ihres Bruders kennen gelernt. Es ist zu schade, dass sie in Westchester wohnen, sonst wären wir die besten Freundinnen.« Sie überprüft ihre Zähne im Spiegel. »Jetzt würde ich mit Ihnen gern die Pläne für heute Nachmittag besprechen. Anscheinend wird das Barbecue bei den Piersons doch etwas förmlicher ausfallen, als wir gedacht hatten. Ich schlage daher vor, dass Sie mit Grayer zu Hause bleiben. Etwas Ruhe und Erholung werden Ihnen gut tun.«

»Gern. Uns fällt bestimmt etwas ein, womit wir uns die Zeit vertreiben können, nicht wahr, Grayer?« Vor meinem inneren Auge sehe ich uns schon gemütlich nebeneinander im Liegestuhl auf dem Rasen dösen.

»Caroline wollte sich noch wegen des Abendessens melden. Geben Sie ihr einfach meine Handynummer, wenn sie anruft. Ich habe sie Ihnen aufgeschrieben, sie hängt neben dem Telefon in der Küche.« Herzlichen Dank. Um mir eine zehnstellige Nummer zu merken, brauche ich immer ungefähr neuneinhalb Monate.

Wir biegen von der Hauptstraße auf einen Privatweg ein, der durch einen dichten Wald führt. Zu meiner Überraschung sind die meisten Bäume noch relativ kahl.

»Der Frühling war hier ziemlich kalt.« Mrs. X kann Gedanken lesen. Der Weg endet vor einem Bungalow aus den fünfziger Jahren, den man nur als Bruchbude bezeichnen kann. Die weiße Farbe blättert ab, in der Fliegendrahttür klafft ein Loch, und von der Regenrinne baumelt ein Stück Dachpappe herunter.

»Da wären wir. Willkommen in unserem trauten Rattenloch«, sagt Mr. X. Er springt aus dem Wagen und stapft davon.

»Aber Darling, ich dachte, wir wollten nicht...« Mrs. X steigt ebenfalls aus und eilt ihm nach. Ich schnalle unterdessen Grayer los und hieve meine Tasche heraus. Dann halte ich ihm die zerfetzte Drahttür auf, obwohl er wahrscheinlich genauso gut hindurchkrabbeln könnte.

»Honey, ich kann doch auch nichts dafür, dass uns der Makler veraltete Fotos geschickt hat.«

»Für fünftausend Dollar die Woche hättest du die Angaben überprüfen müssen.«

Mrs. X dreht sich mit einem strahlenden Lächeln zu uns um.

»Grayer, zeig doch Nanny schon mal ihr Zimmer.«

»Komm mit, Nanny. Es ist echt cool!« Er läuft voraus, die Treppe hinauf, bis zu einem kleinen Zimmerchen am Ende des Flurs. Unter der niedrigen, schrägen Decke stehen dicht nebeneinander zwei Betten. Auf dem einen liegen Grayers Sachen. »Ist das nicht toll, Nanny? Jetzt kannst du jede Nacht bei mir schlafen!« Er hüpft mit dem Hinterteil auf dem Bett herum. Ich ziehe den Kopf ein und bücke mich, um einen warmen Pulli und eine Jeans aus der Reisetasche zu kramen. In New York herrschte nämlich Sommer, und ich war eigentlich davon ausgegangen, hier in Shorts herumzulaufen.

»Okay, Grover. Ich ziehe mich schnell um.«

»Kann ich dich dann nackig sehen?«

»Nein, ich gehe ins Badezimmer. Du wartest hier. Wo ist das Bad?«

»Da!« Er deutet auf die gegenüberliegende Seite des Flurs.

Ich mache die Tür auf. »AAAAaaaaaaaaaaaaaaaaaahhhh!« Auf dem Klo hockt eine rothaarige kreischende kleine Furie. »Das ist meine Intimsphäre!«

»Entschuldigung!« Ich knalle die Tür wieder zu.

»Grayer, wer war das?«, frage ich.

»Carson Spender. Sie ist übers Wochenende zu Besuch.«

»Aha.« Draußen fährt ein Wagen vor. Ich gehe zum Fenster und sehe, wie Mr. X einen Range Rover neben das Haus dirigiert. Schnell laufe ich zu dem winzigen Mansardenfenster am Ende des Korridors, das aufs Meer hinausgeht. Der fremde Wagen kommt neben vier anderen zum Stehen. In dem ungepflegten Garten tummeln sich mindestens zehn Kinder.

»Grover?« Auf einem Bein hüpfend, kommt er zu mir. Ich hebe ihn hoch, damit er hinaussehen kann. »Was sind denn das für Kinder?«

»Weiß ich auch nicht. Irgendwelche Kinder.« Ich drücke ihm einen Kuss auf den Kopf und lasse ihn wieder runter. In diesem Augenblick geht die Badezimmertür auf. Carson wirft mir einen vernichtenden Blick zu, bevor sie auf der Treppe verschwindet.

»Läufst du auch schon mal nach unten, Grayer? Ich ziehe mich nur schnell um, ja?«

»Ich will bei dir bleiben.« Er kommt hinter mir her.

»Okay, dann warte draußen.«

»Aber dann bin ich so alleine, Nanny.« Ich öffne die Tür einen kleinen Spalt und ziehe mir die Shorts aus. »Nanny? Kannst du mich hören?«

»Ja, Grover.« Er steckt seine Finger unter der Tür durch.

»Nanny, kannst du meine Finger fangen? Probier mal!« Ich sehe einen Augenblick nach unten, dann knie ich mich hin und kitzele sanft seine Fingerkuppen. Er gluckst vergnügt.

»Weißt du was, Grover?« Gerade muss ich daran denken, wie er mich in der ersten Woche ausgesperrt hat. »Iss sdrecke dir die Tsunge rauss. Und du kannsd es nisst sehen. Ätss.«

»Quatsch, das glaube ich nicht.«

»Und wieso nicht?«

»Das würdest du nie machen, Nanny. Los, beeil dich. Ich zeige dir den Swimmingpool. Das Wasser ist eiskalt!«

Männer in leichten Leinenanzügen und fröstelnde Frauen in Sommerkleidern stehen wie die Verkehrshütchen auf dem Rasen herum, während ihre Kinder um sie herumwuseln.

»Mommy! Die da hat meine Intimsphäre verletzt!« Carson scheint mich entdeckt zu haben.

»Ach, Nanny, da sind Sie ja«, sagt Mrs. X. »Wir müssten so gegen sechs zurück sein. Im Kühlschrank finden Sie alles für den Lunch. Einen schönen Nachmittag!«

»Viel Spaß! Viel Spaß!«, ertönt es fröhlich von allen Seiten. Die Erwachsenen steigen ein, die Autos fahren los – die Kindersitze bleiben leer.

Ich blicke in zwölf erwartungsvolle Gesichter. Mein Traum von einem gemütlichen Nachmittag im Liegestuhl zerplatzt wie eine Seifenblase. »Okay, Leute, ich bin Nanny. Ich erkläre euch jetzt die Spielregeln. Erstens: KEINER VON EUCH geht in die Nähe des Swimmingpools. KEINER! Haben wir uns verstanden? Wenn ich einen von euch hinter dem großen Baum da hinten erwische, sperre ich ihn in die Besenkammer, bis seine Eltern wiederkommen. Kapiert?« Zwölf Köpfe nicken ernst.

»Aber wenn es Krieg gibt und der einzige sichere Platz ist beim Swimmingpool und ...«

»Wie heißt du?«, frage ich das freche Kerlchen mit Brille und Sommersprossen.

»Ronald.«

»Ronald, keine albernen Fragen mehr. Wenn es Krieg gibt, gehen wir in den Schuppen. So, und jetzt spielt!« Ich laufe ins Haus, um Grayers Malsachen zu holen. Drinnen sehe ich schnell noch hier und da aus dem Fenster, um mich zu vergewissern, dass sich auch ja keiner zum Pool schleicht.

Ich lege Buntstifte, Malblock und Klebestreifen auf den Gartentisch. »Okay, alle mal herhören! Ihr kommt jetzt einer nach dem anderen zu mir und sagt mir, wie ihr heißt.«

»Arden«, antwortet ein kleines Mädchen, das von Kopf bis Fuß in Osh-Kosh gekleidet ist.

Ich schreibe ARDEN und eine große 1 auf und klebe ihr das improvisierte Namensschild aufs T-Shirt. »Okay, Arden, du bist die Eins. Jedes Mal, wenn ich ›Abzählen!‹ rufe, schreist du ›Eins!‹. Verstanden? Eins, mehr brauchst du dir nicht zu merken.« Sie klettert auf meinen Schoß und spielt meine Assistentin. Abwechselnd reicht sie mir Klebeband oder Stifte.

Eine Stunde lang lasse ich sie einfach nur auf der Wiese herumtoben. Einige beschäftigen sich mit Grayers Spielsachen, andere spielen einfach nur Fangen, und ich blicke auf das nebelbedeckte Meer hinaus. Alle fünfzehn Minuten rufe ich »ABZÄHLEN!«. Wie aus der Pistole geschossen hagelt es Antworten.

»Eins!
»Zwei!«
»Drei!«

Stille. Ich spanne die Muskeln an für einen Sprint zum Pool.

»Jessy, du bist doch die Vier, du Doofi.«

»Vier!«, piepst ein leises Stimmchen.

»Fünf!«
»Sechs!«
»Sieben!«
»Grayer!«
»Neun!«
»Zehn!«
»Elf!«
»Zwölf!«

»Okay, Leute! Essen fassen!« Weil ich mich nicht traue, sie allein draußen zu lassen, während ich die Vorräte inspiziere, muss die gesamte Truppe mit. »Alle Mann ins Haus!«

»Ach, nein!«
»Nach dem Mittagessen können wir wieder im Garten spielen.« Hinter Nummer 12 schiebe ich die kippelige Terrassentür zu.
»Was gibt es denn zu essen, Nanny?«, fragt Grayer. »Ich habe schrecklichen Hunger.«
»Das weiß ich auch nicht. Gehen wir mal nachsehen.« Grayer, der gerade angefangen hat, zusammen mit Nummer 7, 9 und 3 die Couch in ein Fort zu verwandeln, kommt mit in die Küche. Ich mache den Kühlschrank auf. »Okay, was kann ich euch anbieten?« Tolle Auswahl: drei Magerjoghurts, eine Packung zuckerfreie Plätzchen, Cornflakes, ein fettfreies Sauerteigbrot, Senf, Brie, Marmelade und eine Zucchini.
»Kompanie, herhören!« Elf hungrige Kinder, die sich mit vollem Einsatz der Zerlegung des Wohnzimmers widmen, halten inne und sehen mich gespannt an. »Ihr habt die Wahl: Marmeladenbrote mit komischem Brot oder Käsebrote mit komischem Käse. Cornflakes ohne Zucker. Kommt bitte nacheinander in die Küche, probiert den Käse und das Brot und entscheidet euch, was ihr lieber essen möchtet.«
»Ich will Erdnussbutter mit Gelee!«, brüllt Ronald.
Ich fahre herum und durchbohre ihn mit meinem Todesblick.
»Wir haben Krieg, Ronald. Im Krieg wird gegessen, was der Offizier befiehlt.« Ich salutiere ihm zackig. »Und jetzt wollen wir alle gute Soldaten sein.«
Als ich das letzte Käsebrot streiche, fallen die ersten Regentropfen. Wie eine Wand läuft das Wasser an der Schiebetür hinunter.

»Bye, Carson!«, rufen Grayer und ich, als der Wagen der Spenders am Sonntagabend aus der Ausfahrt rollt.
»Bye, Grayer!« ruft sie aus ihrem Kindersitz zurück. Mir dreht sie eine lange Nase. Sosehr ich mich über das Wochenende auch bemüht habe, es ist mir offensichtlich nicht gelungen, die Sympathie zurückzugewinnen, die ich mir durch das Eindringen in ihre »Intimsphäre« verscherzt habe.

»Grayer, bist du fertig?« Mrs. X kommt aus dem Haus, letzte Hand an ihren rechten Perlenohrring legend. Sie trägt eine Seidenjacke in Grün und Creme, den Frühlingsfarben von Prada.

»Mommy, darf ich meinen Kokichu mitnehmen?«, fragt er.

Wir sind bei den Horners zu einem »zwanglosen« Abendessen eingeladen, und Grayer möchte die vierjährige Ellie, die ein Meerschweinchen besitzt, mit seinem neuen Spielzeug beeindrucken.

»Ich denke, es spricht nichts dagegen. Du kannst ihn ja erst im Auto lassen. Wenn ich es dir sage, darfst du ihn holen, okay? Nanny, wollen Sie nicht schnell nach oben laufen und sich umziehen?«

»Ich bin schon umgezogen.« Ich vergewissere mich rasch, dass ich mich nicht irre. Nein, ich trage tatsächlich eine helle Baumwollhose und einen weißen Pullover.

»Wie Sie meinen. Aber vermutlich werden Sie sowieso die meiste Zeit mit den Kindern draußen sein.«

»Okay, alles einsteigen!« Mr. X hebt Grayer hoch und schleppt ihn wie einen Sack Kartoffeln zum Auto.

Mr. X ist kaum losgefahren, da fängt er auch schon an, über die Freisprechanlage Anweisungen auf Justines Mailbox zu diktieren. Der Rest der Fahrgäste schweigt. Grayer presst seinen Kokichu an sich, ich hocke zusammengeklappt unter dem Kanu und starre auf meinen Bauchnabel.

Als Mr. X fertig ist, seufzt er. »Es ist ausgesprochen ungünstig, dass ich diese Woche nicht im Büro sein kann. Genau der schlechteste Zeitpunkt.«

»Aber du hast doch gesagt, dass es bei euch Anfang Juni etwas ruhiger zugeht«, verteidigt sie sich.

»Ich wollte dich nur vorwarnen, dass ich höchstwahrscheinlich am Donnerstag wegen einer Besprechung zurück in die Stadt muss.«

Sie schluckt. »Und wann kommst du wieder?«

»Kann ich noch nicht sagen. Durchaus möglich, dass ich übers Wochenende bleibe, um die Führungsriege aus Chicago bei Laune zu halten.«

»Ich dachte, die Sache mit Chicago wäre abgeschlossen«, bemerkt sie spitz.
»So einfach ist das nicht. Jetzt geht es um Probleme wie Entlassungen, die Zusammenlegung von Abteilungen und Umstrukturierungen.«
Sie schweigt.
»Außerdem war ich bis dahin eine ganze Woche hier«, sagt er und biegt nach links ab.
»Wieso fährst du nicht weiter aufs Meer zu?«, fragt sie gereizt. Wir haben Schwierigkeiten, das Haus zu finden, weil es laut Wegbeschreibung auf der Landseite der Hauptstraße liegen soll.
»Ich kann mir beim besten Willen nicht vorstellen, dass sie keinen Seeblick haben«, sagt Mrs. X, als sie uns zum dritten Mal um denselben Kreisverkehr dirigiert. »Gib mir mal die Beschreibung wieder.«
Er knüllt den Zettel zusammen und schmeißt ihn ihr auf den Schoß, ohne den Blick von der Straße zu nehmen. Sie streicht ihn sorgfältig glatt.
»Ich hab' eine richtig originelle Idee«, grollt er. »Wie wär's, wenn wir einfach der Beschreibung folgen und sehen, wo wir rauskommen?«
»Ich bin schon ganz verhungert«, stöhnt Grayer.
Es dämmert schon, als wir bei den Horners ankommen. Das zweistöckige Haus ist wunderschön mit Holzschindeln verkleidet. Ferdie, der Retriever, liegt friedlich schlafend unter einer Hängematte auf der Veranda, und die Grillen veranstalten ein Begrüßungskonzert. Jack Horner kommt durch die Fliegendrahttür, lässig gekleidet in verwaschene Jeans und Birkenstocksandalen.
»Schnell! Nimm die Krawatte ab!«, flüstert Mrs. X.
»Sie können parken, wo Sie wollen!«, ruft Jack Horner fröhlich.
Wir dürfen erst aussteigen, nachdem sich Mr. X hastig seines Blazers, seiner Krawatte und seiner Manschettenknöpfe entledigt hat.
Ich recke meinen verbogenen Rücken und hole schon einmal den Rhabarberkuchen aus der Kühltasche, den Mrs. X am Morgen im Supermarkt gekauft hat. »Lassen Sie nur, den nehme ich«,

sagt sie und reiht sich hinter Mr. X ein, der eine Flasche Wein in der Hand hält. Hinter ihr trippelt Grayer mit seinem Kokichu her: wie die drei Weisen aus dem Morgenland.

»Jack!« Die Männer begrüßen sich mit Handschlag und Schulterklopfen.

Ellie lugt um die Tür. »Mom! Sie sind da!«

Jack führt uns ins Wohnzimmer. Es ist sehr gemütlich eingerichtet. Die eine Wand ist von oben bis unten mit Kinderzeichnungen bedeckt, und auf dem Couchtisch prangt eine Makkaroniskulptur.

Caroline kommt aus der Küche, sie trägt Jeans und eine weiße Bluse und trocknet sich die Hände an der Schürze ab. »Hi! Entschuldigen Sie, ich kann Ihnen leider nicht die Hand geben – ich habe gerade die Steaks mariniert.« Ellie schlingt die Arme um das Bein ihrer Mutter. »Hatten Sie Schwierigkeiten, uns zu finden?«

»Aber gar nicht, die Wegbeschreibung war perfekt«, antwortet Mrs. X rasch. »Bitte sehr.« Sie überreicht Caroline den Kuchen.

»Vielen Dank. Ellie, hast du nicht Lust, Grayer dein Zimmer zu zeigen?« Sie stupst die Kleine sanft mit der Hüfte an.

»Willst du dir mal meinen Kokichu ansehen?« Er hält ihr das flauschige gelbe Knäuel hin. Sie dreht sich um und saust die Treppe hinauf, Grayer prompt hinterher.

»Nanny, würden Sie bitte nach den Kindern sehen?«, fragt Mrs. X.

»Ach, lassen Sie sie doch ruhig ein bisschen toben. Ich habe Ellies Messersammlung weggeschlossen, Grayer passiert schon nichts«, sagt Caroline und lacht. »Möchten Sie ein Glas Wein, Nanny?«

»Mein Stichwort. Was darf ich Ihnen anbieten?«, fragt Jack.

»Hätten Sie Scotch da?«, fragt Mr. X.

»Wein wäre fein, danke«, sagt Mrs. X und lächelt.

»Rot? Weiß?«

»Ich nehme dasselbe wie Sie. Wo sind denn Ihre großen Mädchen?«

»Sie decken den Tisch. Würden Sie mich einen Augenblick

entschuldigen? Ich müsste noch einmal kurz nach dem Essen sehen«, sagt Caroline.

»Kann ich Ihnen irgendwie helfen?«, frage ich.

»Das wäre lieb, danke.«

Jack und Mr. X begeben sich nach draußen, echte Kerle, die sich um das Feuer kümmern müssen, während wir mit Caroline in die Küche gehen, wo Lulu und Katie, acht und sechs Jahre alt, die Servietten rollen und in Ringe stecken.

»Nanny!« Sie springen auf und fallen mir um den Hals, was Mrs. X ganz und gar nicht behagt. Ich hebe Katie hoch, halte sie an den Beinen fest und lasse sie hintenüber kippen. Dann ist Lulu mit demselben Kunststück an der Reihe.

»Würden Sie den Salat anmachen?« Caroline gibt mir die Schüssel und das Dressing.

»Aber gern.« Während ich mich nützlich mache, steigt mir der süße Duft eines frisch gebackenen Kuchens in die Nase.

»Kann ich auch etwas tun?«, fragt Mrs. X.

»Besser nicht. Wir wollen Ihnen doch Ihre wunderschöne Jacke nicht ruinieren.«

»Honey?«, ruft Jack aus dem Garten.

»Lu, würdest du schnell nach draußen laufen und Dad fragen, was er möchte?« Im Handumdrehen ist die Kleine wieder zurück.

»Er sagt, der Grill ist heiß.«

»Okay, dann kannst du ihm schon mal die Steaks rausbringen. Aber sei schön vorsichtig, sonst müssen wir heute Abend alle gegrillten Käse essen.«

Lulu hebt das Tablett hoch und geht langsam zur Tür. Sie lässt den Stapel Fleisch nicht eine Sekunde aus den Augen.

»Wo essen denn die Kinder?«, fragt Mrs. X beiläufig.

»Mit uns zusammen.«

»Aber natürlich«, sagt sie scheinheilig.

»Ich hätte eine große Bitte an Sie.« Caroline kommt um den Tisch herum und legt Mrs. X die Hand auf den Arm.

»Sie brauchen es bloß zu sagen.«

»Nächste Woche erwarten wir eine alte Studienkollegin von mir. Sie hat sich gerade scheiden lassen und will von Los Angeles wieder nach New York ziehen. Es wäre nett, wenn Sie sie ein bisschen unter Ihre Fittiche nehmen könnten.«

»Das ist doch selbstverständlich.«

»Leider wohnen wir oben in Westchester, sonst würde ich ihr ja gern selbst helfen, in New York etwas Anschluss zu finden. Und noch etwas. Falls Sie einen guten Makler wissen, Sie sucht eine Bleibe.«

»In unserem Haus steht eine Fünfzimmerwohnung zum Verkauf.«

»Danke, aber sie hat wohl eher an ein Einzimmerapartment gedacht. Sie ist in einer schlimmen Lage. Erst hat ihr Exmann sie b-e-t-r-o-g-e-n, und nun steht sie auch noch ohne einen Penny da. Anscheinend ist sein gesamtes Vermögen auf die Firma überschrieben oder so. Sie ist völlig leer ausgegangen.«

Mrs. X macht große Augen. »Das ist ja furchtbar.«

»Ich wäre Ihnen wirklich für jede Hilfe dankbar. Wenn meine Freundin angekommen ist, melde ich mich gleich bei Ihnen.«

Die Mädchen haben aus silbern beschrifteten Blättern reizende Tischkärtchen gebastelt. Katie und Lulu möchten unbedingt neben mir sitzen, Mrs. X, die den Platz zwischen Grayer und Ellie bekommt, ist vollauf damit beschäftigt, den Kindern das Fleisch klein zu schneiden und sich von Ellie nach ihrer Jacke ausfragen zu lassen.

Ferdie kommt angetrottet, hockt sich vor Jacks Füße und hofft darauf, dass für ihn auch ein Häppchen abfällt.

»Als ich ein Junge war, hatten wir auch einen Retriever«, sagt Mr. X, während er sein zweites Steak dick mit Senf einstreicht.

»Ferdie ist ein richtiges Inselgewächs«, sagt Caroline. »Hier auf Nantucket, gleich um die Ecke, gibt es einen der besten Privatzüchter. Falls Sie sich einen Welpen zulegen wollen ...«

»Was für ein wunderschönes Haus.« Mrs. X, die in ihrem Salat stochert, wechselt geflissentlich das Thema.

»Carolines Großvater hat es gebaut«, sagt Jack.

»Eigenhändig, ohne Nägel, im strömenden Regen, wenn man ihm glauben darf«, schmunzelt seine Frau.

»Sie müssten mal die überteuerte Strandhütte sehen, die meine

Frau gemietet hat. Wir können froh sein, wenn uns nicht das Dach wegfliegt«, grinst Mr. X. Er hat Mais zwischen den Zähnen.

»Wo studieren Sie eigentlich, Nanny?«, fragt Jack.

»An der NYU – aber seit Freitag habe ich mein Diplom in der Tasche.«

»Herzlichen Glückwunsch!« Lächelnd buttert er für Lulu einen gegrillten Maiskolben. »Und? Haben Sie schon eine Stelle in Aussicht?«

»Neugierig wie alle Väter nun mal sind!« Caroline lacht zu uns herüber. »Die Frage brauchen Sie nicht zu beantworten, Nanny.« Sie steht auf. »Wer möchte Kuchen?«

»ICH! ICH!«, rufen Grayer und die Horner-Mädchen wie aus einem Munde.

Als sie in der Küche verschwunden ist und ich den Tisch abräumen will, hält Jack mich zurück. »Jetzt können Sie es mir ruhig sagen«, flüstert er laut. »Sie ist weg. Haben Sie schon etwas in Aussicht?«

»Ich fange bei einer Kinderinitiative in Brooklyn an«, flüstere ich ebenso vernehmlich zurück.

»Honey!«, ruft er. »Keine Sorge! Sie hat eine Stelle!«

Lächelnd kommt Caroline mit einem Topf Eiscreme und neun Schüsseln zurück.

»Jack, du bist ein hoffnungsloser Fall. Lulu, fragst du mal, wer Kaffee möchte?«

Als gute Gastgeberin serviert Caroline beide Kuchen. Der kalte, gekaufte in der Aluschale ist allerdings nicht sehr gefragt.

»Mommy, ich will ein Meerschweinchen«, sagt Grayer, der müde in seinem Kindersitz hängt. Sobald er eingeschlafen ist, lassen Mr. und Mrs. X den Abend noch einmal Revue passieren, während ich versuche, unter dem Kanu eine halbwegs bequeme Stellung zu finden.

»Er hat mir beim Grillen erzählt, dass er in diesem Jahr zwölf neue Märkte aufgetan hat...« sagt Mr. X, beeindruckt von Jacks Geschäftstüchtigkeit.

»Ich habe mir etwas überlegt.« Mrs. X wendet sich ihrem Mann zu und legt ihm die Hand auf den Arm. »Ich könnte doch am Donnerstag mit dir zurückfliegen. Und dann machen wir uns ein romantisches Wochenende in der Stadt.«

Er zieht ihr den Arm weg und biegt nach links ab. »Du weißt doch, ich muss mich um meine Geschäftsfreunde kümmern. Du würdest dich zu Tode langweilen.« Er stöpselt das Handy ein und fängt an zu telefonieren.

Sie holt ihren Terminplaner heraus und blättert in den leeren Seiten. »Nanny, etwas möchte ich noch anmerken«, ruft sie vorwurfsvoll nach hinten.

»Ja?« Ich schrecke aus dem Halbschlaf hoch.

»Ich finde es nicht korrekt, wie Sie beim Essen die gesamte Konversation dominiert haben. Bitte halten Sie sich von nun an doch ein bisschen mehr zurück.«

◊

Darling, ich bin bei den Sterns zum Tee. Um fünf komme ich wieder. Ein Vorschlag - wenn du schon unbedingt nach New York musst, könntest du nicht versuchen, am frühen Sonntagmorgen zurück zu sein? Die Horners haben uns nämlich zum Brunch eingeladen.

Viel Glück bei deinem Match! Ich liebe dich.

◊

Ich hoffe, du hattest viel Spaß beim Golf. Mach dir keine Sorgen, ich werde schon nicht einsam sein, wenn du in der Stadt bist. Caroline hat sich angeboten, mir Gesellschaft zu leisten. Du kannst also ganz beruhigt fliegen. Natürlich haben die Horners kaum Zeit, aber es wird sich schon jemand finden, der sich um mich kümmert. Wir sehen uns dann um sechs im Club. Ich liebe dich.

◊

Darling, ich wollte dich nicht wecken, du hast so schön geschlafen. Bin in die Stadt gefahren.

Ich habe die Maklerin angerufen. Sie hat mir versichert, dass die Gegend hier doch recht ungefährlich ist. Du kannst Grayer und mich also unbesorgt allein lassen. Uns wird bestimmt nichts passieren. Du brauchst keine Angst um uns zu haben.

◊

Es ist der Abend vor Mr. X' Abreise. Wir sitzen im Rover und warten auf Mrs. X. Ursprünglich waren die X mit den Longacres im Il Coniglio zum Essen verabredet, während Grayer und ich zu Hause bleiben und uns einen »gemütlichen Abend« machen sollten. Aber dann hat Grayer so hysterisch angefangen zu schreien, als seine Eltern zum Umziehen zurückkamen, dass Mr. X darauf bestand, ihn mitzunehmen, damit er – Zitat – »endlich die Klappe hält«.

Auf meinem üblichen Platz unter dem Kanu fallen mir fast die Augen zu. In den letzten fünf Nächten habe ich kaum einmal mehr als fünf Stunden Schlaf bekommen, und das, nachdem ich tagsüber für sämtliche Bekannte der Xes eine Art Kinderhort betreiben musste.

Mr. X nimmt das Handy vom Ohr. »Wenn wir nicht gleich fahren, ist die Reservierung weg. Sehen Sie mal nach, wo sie so lange bleibt.« Bevor ich aussteigen kann, kommt Mrs. X in hochhackigen Pumps aus dem Haus gestöckelt. Sie hat ein trägerloses schwarzes Kleid angezogen, um die fröstelnden Schultern einen roten Kaschmirschal. Mr. X würdigt sie kaum eines Blickes und lässt den Motor an.

»Schatz, wann soll ich dich morgen zum Flughafen fahren?«, fragt sie, während sie sich anschnallt.

»Brauchst du nicht. Ich nehme die Frühmaschine um sechs. Ich bestelle mir ein Taxi.«

»Ich will mit Daddy mitfliegen«, quengelt Grayer, der Hunger hat und natürlich keinen Mittagsschlaf machen durfte.

»Mrs. X? Sind Sie inzwischen dazu gekommen, mal nachzusehen, ob wir ein Mittel gegen Mückenstiche im Haus haben?«

Meine Stimme hallt dumpf unter dem Kanu hervor.

»Nein. Sagen Sie bloß, Sie werden immer noch gestochen? Ich verstehe das einfach nicht. Sie sind die Einzige.«

»Wäre es vielleicht möglich, dass wir kurz an der Apotheke anhalten, damit ich mir etwas gegen die Stiche besorgen kann?«

»Ich glaube kaum, dass wir dafür Zeit haben.« Im gelben Licht des Kosmetikspiegels zieht sie ihren Lippenstift nach.

Ich kratze mich durch die Hose am Bein. Es ist, als ob ich in Flammen stehe. Der Juckreiz ist so stark, dass ich nachts auch dann nicht schlafen kann, wenn zur Abwechslung mal weder Mr. X noch Grayer schnarcht. Ich will doch nur in die Apotheke! Ist denn das zu viel verlangt?

Nach unbehaglichen zwanzig Minuten biegen wir auf den Parkplatz des Restaurants ein. Im Fenster des Souvenirshops hängen die berühmten T-Shirts mit der Silhouette des Kaninchens, dem das Il Coniglio seinen Namen verdankt. Sie gelten als ausgefallenes Statussymbol und haben sich bis weit aufs Festland verbreitet. Natürlich würde ich auch gerne eines besitzen.

Das Restaurant selbst gleicht einem mit viel Geld auf alt und urig getrimmten Anglerladen. Die Preise sind entsprechend, die Portion Pasta für fünfundzwanzig Dollar.

»Darling, wie ich mich freue!« Eine Frau mit einer üppigen Blondhaarfrisur, der wohl auch die stürmischste Nantucket-Brise nichts anhaben könnte, kommt auf Mrs. X zu. »Sie sehen hinreißend aus! Mein Gott, dagegen komme ich mir ja regelrecht bieder vor!« Sie zieht ihre sündhaft teure Outdoorjacke um sich.

Die Männer begrüßen sich mit Handschlag, dann wird Grayer vorgestellt. »Grayer, kennst du Mrs. Longacre noch?«

Sie tätschelt ihm abwesend den Kopf. »Gott, ist der Junge groß geworden. Kommt, Kinder. Setzen wir uns.« Wir bekommen einen zugigen Ecktisch zugewiesen. Die Kellnerin bringt einen grünen Kinderstuhl, in den Grayer beim besten Willen nicht hineinpasst.

»Mrs. X, ich glaube, der Stuhl ist zu klein.«

»Unsinn.« Sie wirft einen Blick auf ihn. »Na gut, vielleicht kann er sich ja auf ein Telefonbuch setzen.«

Es gelingt mir tatsächlich, drei schmuddelige Telefonbücher aufzutreiben. Während ich sie ihm unterschiebe, bestellen die Erwachsenen Cocktails. Ich hole die Buntstifte heraus und fange an,

Grayer eine Geschichte zu erzählen, die ich ihm nebenher auf der Papiertischdecke illustriere.

»Natürlich ist das Inselleben etwas Herrliches, aber ich weiß nicht, wie ich es hier ohne Faxgerät aushalten würde«, sagt Mrs. Longacre. »Wenn man sich vorstellt, dass die Leute früher ohne Fax und Handy verreisen mussten, nicht auszumalen. Ich bin gerade dabei, ein kleines Dinner für hundert Personen zu organisieren, das ich in der Woche nach unserer Rückkehr geben will. Letzten Sommer habe ich im Urlaub Shellys gesamte Hochzeit geplant.«

»Ich wünschte, ich hätte unser Faxgerät auch mitgebracht«, sagt Mrs. X und zieht den Kaschmirschal über die nackten Schultern hoch. »Ich erwarte nämlich jeden Tag eine Nachricht von unserer Hausverwaltung, ob es klappt, dass ich im ersten Stock eine Einzimmerwohnung kaufen kann.«

»Ach, bei Ihnen gibt es Einzimmerwohnungen?«

»Ja, die ehemaligen Dienstbotenquartiere. Die meisten werden von Miteigentümern als Zweitwohnungen genutzt. Ich hätte so gern ein Plätzchen, wo ich auch mal allein sein kann. Wenn Grayer zu Hause ist, bin ich hin und her gerissen. Einerseits möchte ich mit ihm zusammen sein, andererseits muss ich mich auch meiner Wohltätigkeitsarbeit widmen.«

»Ich drücke Ihnen die Daumen! Unsere älteste Tochter hat sich vor kurzem auch eine kleine Wohnung gesucht. Sie hat zwei Kinder und brauchte unbedingt etwas Eigenes, damit sie zwischendurch auch mal abschalten kann. Eine geniale Idee.«

Die Bedienung bringt die Cocktails. Plötzlich saust auf Kniehöhe ein Kind an ihr vorbei, und das Tablett mit den Drinks neigt sich gefährlich in Mrs. X' Richtung.

»Aaaan-drew ... Komm zu deiner Mommy.« Doch der menschliche Wirbelwind lässt sich von den halbherzigen Rufen seiner Mutter nicht davon abbringen, zwischen Tischen und Gästen hindurchzutoben.

Die flehenden Blicke des Oberkellners prallen wirkungslos an den Eltern ab, die offenbar nicht die leiseste Absicht haben, ihr Kind zu bändigen.

»Ach, sind das nicht die Cliftons?« Mrs. X geht kurz hinüber, um ihre Bekannten zu begrüßen. Küsschen links, Küsschen rechts.

»Nanny, malst du mir ein Huhn?«, fragt Grayer, während die Männer ihre Golfergebnisse vergleichen.

»Ich hatte eben einen grandiosen Einfall«, sagt Mrs. X, als sie sich wieder zu uns setzt. »Die Cliftons sind mit ihrem Sohn da. Ich habe ihnen vorgeschlagen, dass Nanny mit der ganzen Truppe auf den Parkplatz geht, bis das Essen kommt.« Mit der ganzen Truppe? Soll ich vielleicht mit Mrs. Clifton neben dem Müllcontainer Blindekuh spielen?

Ich gehe mit Grayer und dem tanzenden Derwisch nach draußen. Es ist kalt und dunkel. Die Jungen klettern eine Zeit lang auf einem öligen Stück Treibholz herum, bis Andrew vorschlägt, »ein bisschen in der Matsche zu spielen«.

»Kommt gar nicht in Frage. Wir gehen jetzt erst mal Hände waschen.« Ich lotse sie sanft in Richtung der Damentoilette.

»Nein!«, brüllt Andrew. »Ich bin ein Junge. Ich gehe doch nicht aufs Mädchenklo!«

Zum Glück kommt uns vor den Toiletten Mr. Clifton entgegen. »Sie können mit mir gehen«, sagt er. Nicht zu fassen, ich bin frei! Ich kann tatsächlich ungestört aufs Klo gehen.

Ich habe gerade die Kabine verriegelt, als ich höre, wie Mrs. X und Mrs. Longacre hereinkommen. »Ganz meine Meinung!«, tönt Mrs. Longacre. »Heutzutage kann man gar nicht vorsichtig genug sein. Sie kennen doch Gina Zuckerman? Sie hat einen Sohn in Grayers Alter – Darwin, wenn ich mich nicht irre. Anscheinend hat ihn seine Kinderfrau, irgendeine Südamerikanerin, am Arm gepackt! Gina hat den ganzen Vorfall auf Band. Natürlich hat sie das Weib postwendend wieder zurück in die Pampa befördert.«

Ich halte den Atem an, als es in der Nachbarkabine leise plätschert.

»Wir haben vor ein paar Wochen auch eine Nannycam installiert«, sagt Mrs. X. »Ich bin noch nicht dazu gekommen, mir die Bänder anzusehen, aber ich empfinde es als ungemein beruhigend, dass ich praktisch ständig ein Auge auf meinen Sohn halten kann.«

Sei still. Sei still!

»Müssen Sie nicht gehen?«, fragt Mrs. Longacre, als sie aus der Kabine kommt.

»Nein, ich wollte mir nur die Hände waschen«, antwortet Mrs. X.

Grayer hämmert an die Tür. »Nanny!«

Mrs. X macht auf. »Grayer! Was suchst du denn hier?« Sie geht zu ihm hinaus. Ich warte ab, bis auch Mrs. Longacre mit dem Händewaschen fertig ist, dann entriegele ich die Tür.

NANNYCAM?! *NANNYCAM???!!!* Was lassen sich diese Leute wohl als Nächstes einfallen? Regelmäßige Drogentests? Leibesvisitationen? Einen Metalldetektor in der Diele? Was bilden sie sich eigentlich ein? Ich spritze mir kaltes Wasser ins Gesicht. Wie schon zum x-ten Mal in den letzten neun Monaten ermahne ich mich, nicht an die Erwachsenen zu denken, sondern an das Wohlergehen meines kleinen Schützlings.

Als ich zum Tisch zurückkomme, versucht Mrs. X gerade, Grayer auf die rutschenden Telefonbücher zu setzen. Sie funkelt mich wütend an. »Wo haben Sie gesteckt, Nanny? Grayer ist unbeaufsichtigt im Restaurant herumgelaufen. Es ist unannehmbar, dass Sie ...«

Die Wut in meinem Blick, die ich offenbar nicht ganz verbergen kann, lässt sie mitten im Satz innehalten. Ich rücke Grayer die Telefonbücher zurecht, schneide ihm das Hühnchen klein und esse eine Gabel Kartoffelpüree.

»Ach, Nanny. Könnten Sie nicht mit den Kindern nach draußen gehen, bis wir fertig sind?«, säuselt sie.

Den Rest des Essens verbringe ich auf dem Parkplatz, im kühlen Seewind, und füttere Grayer aus einer Styroporschale mit sandigem Hühnerfleisch. Nach einer Weile gesellt sich erst Andrew dazu, dann schließen sich uns noch drei weitere Kinder an. Ich beschäftige sie mit allen Spielen, die mir einfallen.

Aber irgendwann ist auch mein Repertoire erschöpft. Am liebsten würde ich die ganze Bagage verkaufen.

Nachdem ich Grayer ins Bett gepackt habe, stelle ich erst mal die Küche nach Ammoniak auf den Kopf. Während ich unter der Spüle herumkrame, stöckelt Mrs. X mit klackenden Absätze über das Linoleum. Wortlos drückt sie sich um mich herum und öffnet den Hängeschrank.

»Was treiben Sie denn da unten?« Mr. X ist ebenfalls hereingekommen, er hält die Zeitung in der Hand.

»Ich suche Ammoniak, gegen meine Mückenstiche«, sage ich, den Kopf zwischen den Rohren und der Flasche Chlorbleiche. Irgendwo muss das alte Hausmittel doch zu finden sein.

»Und ich suche den Scotch. Ich wollte dir einen Schlummertrunk bringen.« Sie dreht sich trippelnd zu ihm um. Langsam gleitet ihr der Kaschmirschal von den Schultern und landet scharlachrot neben ihren nackten Beinen. Sie hat eine Gänsehaut.

»Ammoniak?«, sagt er. »Hm.«

Seine schweren Schritte wandern wieder in die Diele hinaus.

»Schatz?« Sie folgt ihm bis zur Tür. »Wollen wir nicht im Bett noch etwas lesen?« Ihr Stimme klingt rauchig.

Es raschelt. Offenbar hat er ihr die Zeitung gegeben. »Ich muss mir noch den Flug bestätigen lassen. Das kann dauern. Du brauchst nicht auf mich zu warten. Gute Nacht, Nanny.« Mrs. X' Wadenmuskeln spannen sich an.

»Gute Nacht und guten Flug«, sage ich. Schöne Grüße an Ms. Chicago.

Sie geht ihm nach. Endlich kann ich in Ruhe nach meinem Ammoniak suchen. Aber ich finde bloß Meister Proper und jede Menge Desinfektionsmittel.

Als ich eine Stunde später aus dem Badezimmer komme, sehe ich, wie Mr. X leise die Schlafzimmertür aufmacht. Ein Lichtstrahl fällt heraus.

»Darling«, haucht es von drinnen. Die Tür schließt sich.

◊

»Daddy, du bist ja noch da!«, ruft Grayer, der sich am nächsten Morgen die *Sesamstraße* ansieht, und springt auf, als Mr. X ins Wohnzimmer kommt.

»Hallo«, sage ich überrascht. »Ich dachte, Sie wären ...«
»Na, Sportsfreund.« Er setzt sich auf die Couch.
»Wo ist Mommy?«, fragt Grayer.
»Mommy ist in der Dusche.« Sein Vater grinst. »Hast du schon gefrühstückt?«
»Ich will Cornflakes.« Er hüpft aufgeregt um die Couch herum.
»Dann wollen wir doch mal sehen, was wir für dich tun können. Ich hätte Lust auf Eier und Würstchen.« Wir haben doch Donnerstag? Es ist doch nicht etwa noch Mittwoch? Bitte nicht, den Mittwoch habe ich mir nämlich auf meinem kleinen Kalender, den ich mir neben dem Bett in die Wand geritzt habe, schon längst ausgestrichen.

Mrs. X kommt hereingeschwebt. Sie trägt ein Bikinioberteil und einen Sarong, sonst nichts – wenn man mal von ihrer Gänsehaut absieht. Sie strahlt über das ganze Gesicht und ist regelrecht von einer Aura des Triumphes umgeben.

»Morgen, Grayer. Guten Morgen, Schatz.« Sie gleitet hinter die Couch und massiert ihrem Gatten die Schultern. »Holst du die Zeitung, Darling?« Er legt den Kopf nach hinten und sieht sie an. Lächelnd gibt sie ihm einen Kuss.

»Aber klar.« Er steht auf und haucht ihr im Vorbeigehen einen Kuss auf die Schulter. Nun weiß ich endlich, was noch peinlicher ist als ihre dauernden Streitereien.

»Könnte ich mitkommen und mir etwas gegen meine Mückenstiche besorgen?«, frage ich. Vielleicht kann ich ihre frisch entflammte Verliebtheit wenigstens für meine Zwecke ausnutzen. Einen Versuch ist es allemal wert.

»Nein. Ich möchte, dass Sie auf Grayer aufpassen, während ich mich anziehe.« Mr. X nimmt die Autoschlüssel vom Tischchen neben der Tür und geht hinaus. Als vor dem Haus der Wagen anspringt, fragt sie: »Grayer, was würdest du dazu sagen, wenn du ein Brüderchen oder Schwesterchen bekommst?«

»Ich möchte ein Brüderchen! Ich möchte ein Brüderchen!« Er läuft zu ihr hinüber. Sie wehrt ihn ab und passt ihn wie einen Hockeyball an mich weiter.

Mr. X ist eben losgefahren, da klingelt das Telefon. Mrs. X zieht

sich erst noch das Sweatshirt über, das er über die Couchlehne gehängt hat, bevor sie den schweren, olivgrünen Hörer abnimmt.
»Hallo?«, fragt sie gespannt. »Hallo?« Sie rückt ihren Sarong gerade. »Hallo?« Sie legt auf.
    Sie wirft mir einen misstrauischen Blick zu. »Sie haben doch hoffentlich diese Nummer nicht weitergegeben?«
    »Nein, nur an meine Eltern, für den Notfall.«
    Sie ist schon halb im ersten Stock, als das Telefon erneut zu klingeln beginnt. Sie kommt die Treppe wieder herunter.
    »Hallo?«, fragt sie zu vierten Mal. Inzwischen klingt sie ein bisschen gereizt. »Ach, guten Tag...« Ein gekünsteltes Lachen. »Nein, er ist nicht da ... Nein, er kommt heute nicht, er hat es sich anders überlegt. Ich sage ihm, er soll Sie zurückrufen, wenn er wieder da ist ... Chenowith, richtig? Ja, alles klar. Sind Sie in Chicago oder New York? ... Gut, auf Wiederhören.«
    Keine Teuscher-Trüffel für dich, Ms. Chicago.

◇

Als Mr. X wieder da ist, gehe ich in die Küche, um ihm zu helfen, das übliche Sortiment Krebs erregender zuckerfreier Joghurts, Tofuwürstchen und Kekse auszuladen und zu verräumen.
    »Hat jemand angerufen?«, fragt er, als Mrs. X hereinkommt, und macht sich über eine Käsestange her.
    »Nein«, sagt sie. »Warum, hattest du einen Anruf erwartet?«
    »Nein.«
    Das war es dann wohl.

◇

Klingeling. Klingeling. Klingeling.
    Am nächsten Nachmittag döse ich im Garten vor mich hin. Plötzlich mischt sich in das gemütliche Brummen eines Flugzeugs das Schrillen des Telefons. Ich schrecke hoch. Nicht zum ersten Mal. Ich schlage die Mücken tot, die sich über meine nackten Beine hergemacht haben, erhebe mich von dem morschen Gartenstuhl und will ins Haus gehen. Da hört das Klingeln abrupt auf. Auch das nicht zum ersten Mal.

Am Morgen habe ich voller Argwohn zugesehen, wie ein Laster vorfuhr und ein alter Mann drei große Mietfahrräder ablud. Ob ich Grayer wohl beim Radeln huckepack nehmen soll? Seinen Eltern ist alles zuzutrauen. Inzwischen würde ich nicht mal mehr mit der Wimper zucken, wenn sie mir vorschlagen würden, mich doch bitte mit ihm auf den Gepäckträger zu schnallen, damit sie mehr Platz im Wagen haben. Grayer, für den das rote Zehngangrad bestimmt war, musste seinem Vater erst erklären, dass er nur mit Stützrädern fahren kann. Ich weiß bis heute nicht, ob der Mann einfach keinen Schimmer hat oder nur übertrieben optimistisch ist, was Grayers Fähigkeiten angeht. Auf jeden Fall wurde ein Erwachsenenrad gegen ein Kinderrad eingetauscht, und dann brach die gesamte Familie X zu einer gemeinsamen Tour auf. Ich durfte – man höre und staune – allein zurückbleiben. Als sie in Richtung Stadt davonradelten, hatte ich meinen freien Nachmittag schon voll verplant. Erst joggen, dann ausgiebig baden und zuletzt ein Schläfchen halten. Aber nachdem ich mir die Shorts und das Sport-Bustier angezogen hatte, habe ich es nur bis zu dem klapprigen Liegestuhl geschafft. Ich habe mich hingesetzt, um mir die Laufschuhe zu binden, und das war's dann auch schon. Na, wenigstens das mit dem Schläfchen hat geklappt.

Ich taste unter dem Stuhl nach meiner Uhr. Natürlich ramme ich mir sofort einen Splitter unter den Nagel, was sonst? Ich lutsche an meinem Finger. Sie sind schon über eine Stunde weg.

Ich laufe ins Haus, drehe in der Küche das heiße Wasser auf und halte die Hand darunter. Da habe ich nach einer Woche endlich mal ein paar Stündchen für mich allein, und was passiert? Ich werde von diesem grässlichen Haus attackiert!

Klingeling. Klingeling. Klingeling.

Ich lehne über der Spüle und rühre mich keinen Millimeter vom Fleck. Nach dem fünften Klingeln gibt sie auf. Keine Ausdauer mehr, die Dame.

Das heiße Wasser hilft nicht, ich bekomme den Splitter nicht raus. Mir bleibt nichts anderes übrig, als mir aus Streichhölzern, einer Maiskolbengabel und einer Flasche Wodka, die vergessen im Gefrierfach liegt, ein improvisiertes Erste-Hilfe-Set zusammenzubasteln. Während ich mir die Instrumente für den Eingriff auf dem Küchentisch zurechtlege, starre ich versonnen auf das rissige grüne Linoleum. Zu schade, dass man sich nicht einfach telefonisch eine Freundin ins Haus bestellen kann, so wie eine Stripperin oder ein singendes Telegramm. Schwupp, würde eine flippige junge Frau mit Tortillachips, Margaritas und einem coolen Video vor mir stehen. Oder wenigstens mit ein paar schicken Illustrierten. Wenn ich noch ein einziges Mal im *Good Housekeeping* vom Juli '88 blättern muss, verwandele ich mich noch in ein Würstchen im Schlafrock.

Ich greife zur Wodkaflasche. Da! War das etwa ein Knirschen draußen auf dem Kies? Sind sie wieder zurück? Ich atme wieder aus, schraube den Deckel ab und schenke mir ein. Eiskalter Wodka auf der Zunge, ein herrliches Gefühl. Ich knalle das leere Glas auf den Tisch, mit dem Boden nach oben, wie ein Cowboy.

Auf dem Sideboard steht ein altersschwaches Radio.

Klingeling. Klingeling. Klingeling.

»Er ist nicht hier!«, rufe ich in Richtung Wohnzimmer.

Ich schalte das Radio an und versuche einen Sender zu finden. Fetzen von Nachrichten- und Oldiesendungen kommen aus den knackenden, rauschenden Lautsprechern. Langsam drehe ich den Knopf immer weiter, wie ein verzweifelter Astronaut, der ein Funksignal auffangen will. Irgendwo in dem Wellensalat muss doch ein Song von Billy Joel zu finden sein. Ich reiße den Kopf hoch. Es ist nicht Billy... es ist Madonna!

Noch einen Millimeter, dann stimmt die Einstellung. Es hält mich nicht mehr auf meinem Stuhl. *Holiday* von Madonna, ich kann mein Glück nicht fassen. Ich ramme den Knopf mit der Maiskolbengabel fest, drehe die Lautstärke bis zum Anschlag auf und singe mit. Es gibt ein Leben jenseits von Nantucket, erinnert mich meine verruchte blonde Freundin mit den katzengrünen Augen, es gibt ein Leben OHNE MR. UND MRS. X!

»*If we took a holiday, oohya...*« Ich rocke in meinen Joggingklamotten durch die Küche und stelle den Wodka wieder kalt. Splitter, Mückenstiche, Schlafmangel? Wie weggeblasen! Es gibt nur noch eins: *Holiday, (oohya)!* Wie ein Rockstar der achtziger Jahre hechte ich ins Wohnzimmer, schnappe mir Grayers Monstertruck als Mikro und röhre los, was das Zeug hält.

Ich wälze mich gerade lasziv von der Rückenlehne der Couch, als die Fliegendrahttür aufgeht und Mr. X hereinkommt. Wie erstarrt bleibe ich in der Hocke kauern, den Monstertruck noch in der Hand, aber Mr. X sieht mich gar nicht. Er schmeißt sein Handy in den wackeligen Ohrensessel und marschiert zur Treppe. Ich schnelle hoch und werfe einen Blick in den Vorgarten. Grayer liegt wie ein Häufchen Elend in der Einfahrt, Mrs. X' Silhouette bewegt sich von ihm weg auf das Haus zu. Ich springe über die Spielsachen hinweg, rase in die Küche, reiße die Maiskolbengabel heraus, schalte das Radio ab, sprinte zurück und erreiche im selben Moment das Wohnzimmer, als sich die Haustür schließt.

Mrs. X beäugt skeptisch meine nackte Mitte. »Grayer hat einen Spieltermin. Ziehen Sie ihn bitte um., Nanny. Er behauptet, er hätte sich das Knie aufgeschürft, aber ich kann nichts erkennen. Hauptsache, Sie sorgen dafür, dass er mit dem Geflenne aufhört. Mein Mann hat Kopfschmerzen.« Sie rauscht an mir vorbei und reibt sich die Schläfen. »Ach, noch etwas. Irgendetwas stimmt mit seinem Handy nicht. Kümmern Sie sich bitte darum.«

Von oben brüllt Mr. X: »Wo ist mein Koffer? Was hast du mit meinem Koffer gemacht?«

Während ich mir schnell die Jogginghose anziehe, macht sich der Splitter in meinem Finger wieder schmerzhaft bemerkbar. Ich sehe mir Mr. X' Handy an. Das Display verrät, wo der Anruf herkommt: aus der Park Avenue 721.

Klingeling. Klingeling. Klingeling.
Meine Augenlider sind schwer wie Blei.
Klingeling. Klingeling.
Wieso sagt er ihr nicht einfach, dass er nicht mehr wiederkommt, verdammt noch mal?
»Nanny!«, stöhnt Grayer, als ihn das Telefon zum dritten Mal in

dieser Nacht aus dem Schlaf reißt. Viel fehlt nicht mehr und ich rufe das Weib selber an und stoße ihr Bescheid, wo sie sich das Telefon und die Gänseleberpastete hinstecken kann.

Gut, dass unsere Betten so dicht beieinander stehen. Ich taste nach Grayers Hand, sie ist schweißnass. »Das Monster«, sagt er. »Es ist so gruselig. Es will dich fressen, Nanny.« Das Weiße seiner Augen leuchtet im Dunkeln.

Ohne ihn loszulassen, drehe ich mich zu ihm um. »Überleg mal. Weißt du noch, was für eine Farbe das Monster hatte? Vielleicht kenne ich es ja. Ich bin nämlich mit ein paar Monstern befreundet.«

Er schweigt einen Augenblick. »Blau.«

»Blau, aha! Das hört sich doch sehr nach dem Krümelmonster aus der Sesamstraße an. Und das wollte mich fressen?«, frage ich schläfrig.

»Meinst du wirklich, es war das Krümelmonster?« Er lockert den Klammergriff um meine Hand.

»Aber klar. Es wollte mit uns spielen, und dann hat es dir aus Versehen Angst gemacht, und jetzt wollte es sich bei mir entschuldigen. Sollen wir Schäfchen zählen?« Oder die Sekunden, bis das Telefon wieder klingelt?

»Nein. Singst du mir das Lied vor, Nanny?«

Ich gähne. »Neunundneunzig Flaschen stehen auf der Bar, neunundneunzig Flaschen, das ist wirklich wahr«, trällere ich leise, seinen warmen Atem auf meiner Haut. »Und wenn eine Flasche umkippt, trari, tra-rumms, trara, steh'n achtundneunzig Flaschen zusammen auf der Bar.« Seine Hand wird immer schwerer. Als nur noch neunzig Flaschen übrig sind, ist er tief und fest eingeschlafen.

Sachte hebt und senkt sich sein Brustkorb. Er hat eine Hand unter sein Kinn geschoben, sein Gesicht ist entspannt und friedvoll. »Ach, Grover«, wispere ich.

◊

Am nächsten Morgen, nach drei Tassen Kaffee: Ich habe mir etwas gegen meine Mückenstiche und eine Telefonkarte besorgt und mich in die einzige Telefonzelle der Stadt verkrochen. Hektisch tippe ich die Nummer ein.

»Hallo?« Es ist mein Süßer.

»Ah, Gott sei Dank. Ich dachte schon, ich hätte dich nicht mehr erwischt.« Ich lehne mich erleichtert gegen das Telefon.

»Nein, ich bin noch da. Ich packe noch. Meine Maschine geht erst um acht. Wo bist du?«

»In der Stadt. Sie haben mich unterwegs abgesetzt und sind zu einem Hundezüchter gefahren.« Ich fische die Schachtel Zigaretten heraus, die ich mir bei meinem eiligen Einkaufsbummel ebenfalls gegönnt habe, und reiße das Zellophanpapier herunter.

»Eine Hundezucht?«

»Mr. X möchte einen kleinen flauschigen Ersatz für sich selbst kaufen. Er reist nämlich heute Nachmittag ab. Mehr als eine Woche trauten Familienurlaub konnte er wohl nicht ertragen.« Ich stecke mir eine Zigarette an und inhaliere tief. »In diesem Kaff muss es irgendein Gesetz geben, das den Verkauf von etwas anderem als Aromalampen, Flaschenschiffen und süßen Strandkieseln untersagt...«

»Nan, warum kommst du nicht einfach nach Hause?« Eine Familie spaziert vorbei, Eiswaffeln in der Hand. Ich drehe mich schuldbewusst weg, damit sie meine Zigarette nicht sehen.

»Aber ich brauche doch das Geld für den Umzug. Mist! Wenn ich daran denke, wie oft ich nach der Arbeit in die Stadt gegangen bin und meinen halben Lohn auf den Kopf gehauen habe, um mich mit irgendeinem Schnäppchen zu trösten, könnte ich mich erschießen!« Ich ziehe noch ein letztes Mal an der Zigarette und trete sie auf dem Bürgersteig aus. »Ich bin so unglücklich«, sage ich leise.

»Du Arme, das hört man.«

»Alle hier behandeln mich wie Luft.« Mir kommen die Tränen. »Du kannst es dir nicht vorstellen. Am liebsten soll ich mit keinem Menschen reden, und dann tun sie auch noch alle so, als ob ich dankbar sein müsste, dass ich überhaupt auf Nantucket sein darf. Als ob es eine Gnade wäre. Ich bin so einsam.« Jetzt weine ich wirklich.

»Ich bin so stolz auf dich. Du hast es geschlagene sieben Tage ausgehalten! Den Rest schaffst du auch noch, Grayer zuliebe. Und, was hast du an?« Ich muss grinsen und putze mir die Nase.

»Einen Stringtanga und einen Cowboyhut, was dachtest du denn? Und du?« Ich knöpfe meine Jacke bis oben hin zu und ziehe mir den Rollkragen über das Kinn. Der Wind vom Atlantik ist eisig.

»Eine Jogginghose.« Gott, wie er mir fehlt.

»Also dann: einen guten Flug und eine sichere Landung und denk immer daran, dass du nicht mit den Pornostars Haschisch rauchen sollst. Ich wiederhole: Tulpen, Grachten und Anne-Frank-Museum – okay. Pornostars – nicht okay.«

»Schon kapiert! Halt die Ohren steif, und lass dich nicht...« Die Leitung ist tot. Die Telefonkarte ist alle. Verdammt, verdammt, verdammt.

Dann muss ich mich eben mit einem Berg von Strandkieseln trösten. Als ich die Telefonzelle verlasse, rutsche ich aus, stolpere in eine Hecke und schlage mir am Zaun den Ellenbogen an.

Mit Tränen in den Augen begebe ich mich schweren Herzens zu unserem Treffpunkt. Ich habe eben noch Zeit, die Zigarettenschachtel in die Jeans zu stopfen, als auch schon der Land Rover auf den Parkplatz rollt. Grayer sieht mit düsterer Miene aus dem Fenster.

»Schnell jetzt. Ich will die Mittagsmaschine nehmen«, sagt Mr. X, als ich mich unter das Kanu zwänge. Es beginnt zu regnen. Dicke Tropfen klatschen auf die Windschutzscheibe.

Ein lautes Kläffen hallt durch den Wagen.

»Er soll aufhören, Nanny!«, quengelt Grayer. »Der soll das sein lassen.«

◊

Mr. und Mrs. X eilen im Laufschritt durch den nachlassenden Regen ins Haus, während ich Grayer losschnalle und die wimmernde Holzkiste hinter ihnen her trage. Ich habe sie gerade auf den Flokatiteppich gestellt und den Retrieverwelpen herausgehoben, als eine ältere Frau mit schulterlangen grauen Haaren aus der Küche kommt.

»Grandma!«, ruft Grayer.

»Da seid ihr ja endlich. Ich dachte schon, ich sei im falschen Haus gelandet«, sagt sie und bindet ihren Schal los, sorgsam darauf achtend, den stockfleckigen Wänden nicht zu nahe zu kommen.

»Mutter.« Mr. X macht ein Gesicht, als ob ihm jemand eine Ladung mit dem Elektroschocker verpasst hätte. Aber er fängt sich schnell wieder. Er geht automatisch auf sie zu und küsst sie auf die Wange. »Wo kommst du denn her?«

»Das ist ja eine tolle Begrüßung. Deine reizende Frau hat mich gestern angerufen, um mich in eure ... Nissenhütte einzuladen, für die ihr wahrscheinlich Unsummen hinlegen musstet.« Sie sieht zur Decke hoch, an der die Farbe abblättert. »Obwohl ich, offen gestanden, nicht verstehe, warum ich nicht erst morgen hätte kommen können«, sagt sie zu Mrs. X. »Ich habe die Neunuhrdreißigfähre genommen. Ich wollte euch vom Boot aus anrufen, aber es war dauernd besetzt. Natürlich wäre es viel lustiger gewesen, im Regen zu warten und eines der inseltypischen Brotprodukte zu verzehren, die man bei euch am Hafen kaufen kann, aber ich habe dann doch beschlossen, ein Taxi zu nehmen.« Ich stehe ein wenig abseits und kann mir die *grande dame*, deren Schoß Mr. X entsprungen ist, in aller Ruhe betrachten. Bisher habe ich Frauen wie Elizabeth X nur auf den Klassentreffen der Eliteuniversität für Frauen kennen gelernt, zu denen mich meine Großmutter manchmal mitgeschleppt hat. Uralter Bostoner Geldadel, ein Teil Katherine Hepburn, ein Teil Sesamstraßen-Oscar aus der Mülltonne.

»Elizabeth, willkommen.« Mrs. X schwebt auf ihre Schwiegermutter zu und gibt ihr einen eher verhaltenen Kuss. »Darf ich dir den Mantel abnehmen?« Bitte die Gewerkschaft verständigen – Mrs. X hängt persönlich den Mantel eines anderen Menschen auf!

Elizabeth legt ihren beigefarbenen Burberry-Trenchcoat ab. Darunter trägt sie ein blau-weiß getupftes Faltenkleid. »Darling?« Mrs. X wendet sich an Mr. X, der noch immer unter Schock zu stehen scheint. »Du sagst doch immer, dass du deine Mutter viel zu selten siehst, und da wollte ich dich überraschen.«

»Hi, Grandma!«, sagt Grayer ungeduldig.

Sie stemmt die Hände in die Hüften und bückt sich ihm maximal eine Handbreit entgegen. »Du bist deinem Vater wie aus dem Gesicht geschnitten. Und jetzt geh spielen.« Sie richtet sich wieder auf. »Wer ist das? Und was ist das?«

»Elizabeth, das ist Nanny, Grayers Kindermädchen.« Ich nehme den Welpen auf den anderen Arm und halte ihr die Hand hin.

Sie ignoriert die Geste und holt eine Packung Benson & Hedges aus ihrer Handtasche.

»Das ist Grayers neuer Hund«, sagt Mr. X fröhlich.

»Ich hasse ihn«, meldet sich Grayer von der Couch.

»Können wir dir einen Cocktail anbieten, Mutter?«

»Scotch und Soda, danke.«

»Ach, ich fürchte fast, wir haben nur Wodka im Haus«, sagt Mrs. X.

»Dann soll... Entschuldigen Sie, wie war noch gleich Ihr Name?«

»Nan«, antworte ich.

»Ich kann doch auch fahren, Mutter.«

»Ich bin gerade drei Stunden durch den strömenden Regen gefahren, um meinen Sohn zu besuchen. Meinen Sohn, der, so wie er aussieht, jeden Augenblick einen Herzinfarkt bekommen könnte.« Sie tätschelt seinen Bauchansatz. »Nan soll fahren.«

»Aber, Mutter, sie wäre nicht durch die Versicherung abgedeckt, wenn...«

Sie sieht mich an. »Nan, können Sie Auto fahren?«

»Ja.«

»Haben Sie einen gültigen Führerschein bei sich?«

»Ja.«

»Sohn, gib ihr die Schlüssel. Brauchen wir sonst noch was?«, fragt sie Mrs. X.

»Nein, ich glaube, wir haben alles, Elizabeth.«

»Morgen kommen die Clarks und die Havemeyers auf einen

Sprung vorbei. Und wie dich kenne, meine Liebe, hast du nur Karnickelfraß im Haus. Nan, kommen Sie mit in die Küche. Ich stelle Ihnen eine Einkaufsliste zusammen.«

Brav folge ich ihr in die avocadogrüne Küche. Ich stelle die Hundekiste, die ich hinter mir hergezogen habe, neben den Tisch und setze die junge Hündin sanft auf ihr Handtuch. Kaum habe ich die Kiste verriegelt, fängt sie wieder an zu bellen.

Während ich einen Zettel hole, reißt Elizabeth die Schränke auf. »Mein Gott, was für eine Absteige«, murmelt sie vor sich hin. »Okay.« Sie diktiert: »Scotch, Gin, Tonic, Clamato, Tomatensaft, Tabasco, Worcestersauce, Zitronen, Limonen.« Sie sieht in den Kühlschrank und schnalzt abfällig mit der Zunge. »Was zum Teufel soll denn Sojamilch sein? Seit wann haben Sojabohnen ein Euter? Ist mir da irgendwas entgangen? Carr's Kräcker und Brie. Fällt Ihnen noch etwas ein?«

»Hm, Macadamianüsse, Brezeln und Kartoffelchips?«

»Perfekt.« Von meiner Großmutter habe ich gelernt, dass man, wenn man die reiche weiße Oberschicht zu Gast hat, immer nur winzige Mengen in silbernen Schüsselchen hinstellt. Dann wirken plötzlich sogar Pringles edel. »Sohn! Schaff den verdammten Köter in die Garage! Von dem Gekläffe bekommt man ja Migräne!«, brüllt sie.

»Bin schon da, Mutter.« Mr. und Mrs. X stürzen herein.

»Du hast ja so Recht, Elizabeth. Nanny, helfen Sie Mr. X, die Kiste zu tragen«, kommandiert Mrs. X.

Auf dem Weg in die kalte Garage rede ich beruhigend auf die junge Hündin ein. Sie sieht mich mit ihren braunen Augen an, während sie schwankend versucht, das Gleichgewicht zu halten. »Ist ja gut, du braves Mädchen«, murmele ich.

Mr. X starrt mich an, als ob er sich wundert, mit wem ich rede.

Als wir die Kiste auf dem feuchten Betonboden abstellen, kommt Mrs. X hinter uns her die morsche Treppe herunter. »Nanny, hier sind die Schlüssel.« Sie hält sie hoch. »Ach, so ist es doch schon viel besser.« Sie mustert den Hund mit einem verächtlichen Blick. »Hier wird sich das Tier sicher viel wohler fühlen ...«

Mr. X lotst sie am Ellenbogen in die Ecke neben dem Heizungskessel. »Wie kannst du es wagen, sie einzuladen, ohne mich vorher zu fragen?«, fährt er sie an. Ich bücke mich unauffällig und ziehe das verrutschte Handtuch in der Hundekiste gerade.

»Aber Schatz, es sollte eine Überraschung sein. Ich wollte doch nur...«

»Ich weiß ganz genau, was du wolltest. Na, ich hoffe, du bist jetzt zufrieden. Das hoffe ich wirklich.« Er macht auf dem Absatz kehrt und stürmt wieder nach oben.

Mit dem Rücken zu mir bleibt Mrs. X noch einen Augenblick in der Ecke stehen, den Blick auf die Mülltonnen geheftet. »Und ob ich zufrieden bin.« Sie streicht sich mit den Fingern über die Stirn. »Zufrieden ist gar kein Ausdruck«, sagt sie tonlos ins Dunkel hinein.

Mit unsicheren Schritten geht sie an mir vorbei, die Treppe zur Küche hinauf, die Autoschlüssel noch in der geballten Faust.

»Entschuldigung, Mrs. X«, sage ich und richte mich auf, bevor sie durch die gesplitterte Tür verschwinden kann.

Mit verkniffener Miene dreht sie sich um. »Ja?«

»Äh, die Schlüssel.«

»Ach ja.« Sie schleudert sie mir zu und gesellt sich wieder zu ihrer Familie.

ELFTES KAPITEL
Ein Knall und ein Wimmern

> Er war entschlossen, sich als Herr des Hauses zu erweisen, und als Nana sich weigerte, das Kinderzimmer zu verlassen, packte er sie am Nacken und schleifte sie hinaus. Er schämte sich seiner eigenen Handlungsweise, konnte aber nicht dagegen an.
> *Peter Pan*

Sekunden nachdem ich endlich, endlich eingeschlafen bin, werde ich von einem Schluchzen geweckt. Ich hieve mich aus dem Bett und lege mich zu Grayer, der im Schlaf um sich drischt und mit den Monstern kämpft, die uns beide den Schlaf rauben.

»Pst, Pst.« Als ich ihn in den Arm nehmen will, bekomme ich einen Schlag aufs Auge. »Aua, Scheiße.« Ich setze mich hin.

»Bitte mäßigen Sie in Grayers Anwesenheit Ihre Wortwahl.« Mrs. X steht im Nachthemd in der Tür. »Und?«, fragt sie, aber sie kommt keinen Schritt näher.

»Ich glaube, er hatte einen Albtraum.«

»Aha. Sorgen Sie bitte dafür, dass er leise ist. Mr. X hat morgen sein Tennisturnier.« Schon ist sie wieder verschwunden.

»Pst, ich bin ja bei dir, Grover«, flüstere ich und streichle ihm den Rücken.

Zitternd presst er sich an mich. »Aber du gehst weg. Du lässt mich alleine.« Er fängt an zu weinen.

»Grover, ich bin da. Ich bin doch da.«

Er rutscht ein kleines Stück von mir, stützt sich auf den Ellenbogen und nimmt mein Gesicht zwischen seine kleinen Hände. Im trüben Schein des Grover-Nachtlichts sieht er mir lange in die Augen. Ich weiche seinem Blick nicht aus. Seine Konzentration ist so stark, dass ich fast ein wenig erschrecke, als ob er verzweifelt versucht, sich mein Gesicht einzuprägen. Nach einer Weile legt er sich wieder hin, und allmählich weicht die Spannung aus seinem

Körper. Ich lege den Arm um ihn und flüstere ihm leise ins Ohr, bis ich die Monster vertrieben habe.

◊

Ich konnte nicht mehr einschlafen. Ich ziehe noch ein letztes Mal an meiner Zigarette und trete sie im nassen Gras aus. Schwarz zeichnet sich die Silhouette des Hauses im Mondschein ab.

»Wuff!« Das noch immer namenlose Hündchen schmiegt sich an meine Beine.

»Sei still, du.« Ich nehme es wie ein Baby auf den Arm. Seine glatten Krallen kitzeln mein Kinn. Vorsichtig tapse ich zur Hintertür. Sie quietscht, wie immer. Ich ziehe die durchgeweichten Tennisschuhe aus und gehe in die Küche.

Der Hund zappelt, als ich ihn in die Kiste setze. Ich bin so erschöpft und aufgewühlt, dass ich zittere. Gebannt starre ich auf den Kühlschrank. Ich schleiche auf Zehenspitzen hinüber und nehme den Wodka aus dem Gefrierfach, ich giere regelrecht nach einem Drink. Aber im Licht der Eisbox muss ich feststellen, dass meine eiserne Überlebensreserve schon sichtlich angegriffen ist. Ich fülle ein bisschen Wasser nach und schiebe die Flasche wieder unter die gefrorenen Gemüseburger. Was hat Nantucket bloß aus mir gemacht? Ehrenwort, noch eine Woche in dieser Hölle, und ich fange an, heimlich im Badezimmer Crack zu nehmen.

Auf dem Weg nach oben sehe ich, dass im Wohnzimmer endlich jemand den Hörer neben das Telefon gelegt hat. Das wurde aber auch langsam Zeit. Ich schlüpfe unter die kratzige Wolldecke und warte auf den Schlaf. Im Halbdämmer träume ich von Ms. Chicago, die pünktlich zum Frühstück mit dem Fallschirm im Vorgarten landet.

◊

Zwei Stunden später krabbelt Grayer über mich hinweg. Er muss aufs Klo.

»Nanny, Zeit fürs Frühstück!«

»Wo? In Frankreich?« Ich bin so zerschlagen, dass ich kaum aus den Augen sehen kann. Als ich mit ihm ins Badezimmer gehe, muss ich mich an der Wand entlangtasten. Ich ziehe ihm die Schlafanzughose herunter. Während er auf dem Klo sitzt, ziehe ich die Jalousie hoch. Ich muss die Augen zusammenkneifen, so hell flutet das Morgenlicht herein.

Nachdem ich mir ein Sweatshirt übergezogen habe, schlurfen wir nach unten.

»Was möchtest du frühstücken?«, frage ich und hebe den Welpen aus der Kiste.

»Nein, Nanny. Lass den Hund da drin«, jammert er und dreht sich weg. »Nicht rausnehmen.«

»Grayer, was möchtest du zum Frühstück?«

»Ich weiß nicht. Froot Loops?«, sagt er weinerlich. Ich packe mir die Hündin auf die Schulter. Sie bellt und schleckt mein Gesicht ab.

»Tut mir Leid, Kollege. Du weißt doch, dass wir nur Sojaflocken haben.«

»Ich will keine Sojaflocken! Ich will Froot Loops!«

»Und ich will ein Privatleben, Grover. Man kriegt nicht immer alles, was man will.« Er nickt. Während er in seinen Sojaflocken herumstochert, gehe ich rasch mit dem Welpen Gassi.

◊

Um acht Uhr werde ich von klappernden Schritten auf der Treppe geweckt. Es ist Mrs. X in einem weiteren umwerfenden Outfit, das sie extra für Nantucket gekauft hat. Lässig legt sie den Telefonhörer wieder auf die Gabel. »Grayer, mach das Fernsehen aus. Was möchtest du zum Frühstück?«

»Er isst immer ...« beginne ich.

»Ich will Froot Loops! Und Nanny wollte mir keine geben!«

»Nanny, warum haben Sie Grayer nichts zu essen gegeben?«, fragt sie und schaltet den Fernseher ab.

»NEIN! NEIN! ANLASSEN!«, brüllt er wie ein Baby, worauf der Hund hysterisch zu bellen beginnt.

»Reg dich ab«, sage ich leise. Das wirkt, aber nur für eine Sekunde. Dann fällt ihm wieder ein, dass ich hier gar nichts zu bestimmen habe, und das Heulkonzert geht weiter. Er beruhigt sich erst, als er mit seinem zweiten Schoko-Donut vor dem wieder eingeschalteten Fernseher sitzt. Gähnend sinniere ich darüber nach, ob sie ihm wohl auch eine Nutte besorgen würden, wenn er nur laut genug schreit.

»Ich dachte, ich hätte mich unmissverständlich ausgedrückt.« Mrs. X sieht den Retriever an, als ob er Ungeziefer wäre. »Der Hund hat im Wohnzimmer nichts zu suchen. Bringen Sie ihn bitte wieder in die Garage.« Ich nehme den Welpen auf den Arm.

»Haben Sie Grayers Spielzeugtasche für den Club gepackt?«

»Nein, ich wollte ihm Gesellschaft leisten.«

»Nun, im Moment ist er ja wohl beschäftigt.«

Nickend hebe ich die Tasche hoch.

»Noch eine Frage. Haben Sie Feuchttücher besorgt?« Aber klar doch, dafür habt ihr mich ja schließlich mit meinem eigenen Privatchauffeur ausgestattet. Ich komme ja noch nicht mal allein in die Apotheke, du Monster.

»Hat Mr. X sie nicht mitgebracht, als er einkaufen war?«, frage ich. Da klingelt das Telefon.

Mrs. X nimmt ab. »Hallo?« Während sie den Hörer umkrallt, lässt sie mich nicht aus den Augen. »Hallo!« Sie knallt den Hörer so wütend wieder auf die Gabel, dass das Bambustischchen wackelt. »Das weiß ich nicht. Haben Sie die Tücher auf die Einkaufsliste geschrieben?« Sie stemmt die Hand in die Hüfte.

»Die Liste von gestern habe ich überhaupt nicht zu Gesicht bekommen.«

Sie seufzt. »Schatz?«, ruft sie nach oben. »Hast du Feuchttücher besorgt?«

Keine Reaktion. Alles starrt gespannt zur Decke. Irgendwann kommt er in seiner weißen Tenniskluft die Treppe herunter. Er steuert direkt die Küche an.

»Hast du Feuchttücher gekauft?«, ruft sie hinter ihm her.

»Schatz? Du weißt doch, die kleinen Tücher, mit denen ich Grayer abwische?«

Er geht bis zur Tür, dreht sich um und sagt zu *mir*: »Richten Sie meiner Frau aus, ich habe gekauft, was auf der Liste stand.« Damit verschwindet er in der Küche. Mrs. X atmet langsam aus. Wunderbar. Sehr verehrte Damen und Herren, bis zum Ende des Dramas wird die Rolle der Gelackmeierten von Nanny gespielt.

»Was ist denn das in Gottes Namen für ein Radau?« Mrs. X die Ältere steht im Pucci-Morgenrock in der Tür und fuchtelt mit ihrer dick beringten Hand in Richtung Fernseher. »Können wir vielleicht diesen grauenvollen lila Dinosaurier abschalten?«

»Nein!« Grayer prustet Schokoladenkrümel auf das Sofa.

»Entschuldige, Elizabeth«, sagt Mrs. X und reibt sich die Schläfen. »Möchtest du Kaffee?«

»Schwarz wie Tinte.« Da sich keine der beiden Damen vom Fleck bewegt, liegt es wohl an mir, diesen tintenschwarzen Kaffee herbeizuzaubern.

»Setz dich doch ein bisschen auf die Veranda, Elizabeth. Nanny bringt dir den Kaffee dann nach draußen.«

»Willst du, dass ich mir eine Lungenentzündung hole?«

»Vielleicht wäre es in der Küche gemütlicher.« Mrs. X knöpft sich die Strickjacke zu.

»Mein fauler Herr Sohn hat vermutlich die Zeitung noch nicht besorgt?«

»Nein, aber die von gestern liegt noch auf dem Tisch.«

»Die hätte mir gestern etwas genützt. Ich verstehe wirklich nicht, warum du mich unbedingt hierher lotsen musstest, in diese ... Hütte. Wenn ihr mich besucht hättet, würde Sylvia uns jetzt Eier zum Frühstück braten.«

»Im nächsten Jahr, Elizabeth, versprochen.«

Nachdem ich den Hund wieder in die Kiste gesetzt habe, löffle ich das Kaffeepulver in die Filtertüte. Mrs. X kommt herein. Mr. X, der am Küchentisch den *Economist* gelesen hat, steht auf und verschwindet durch die Hintertür.

Sie beißt sich auf die Unterlippe. Sie holt einen Joghurt aus dem Kühlschrank und packt ihn wieder weg. Sie nimmt ein Brot heraus, dreht es um, um sich die Nährwerttabelle auf der Tüte anzusehen, und legt es zurück ins Fach. Sie klappt die Tür wieder zu, nimmt die Sojaflocken vom Kühlschrank und schüttelt sie lustlos.

»Haben wir eine Grapefruit im Haus?«, fragt sie.

»Ich glaube nicht, dass Mr. X welche mitgebracht hat.«

»Egal. Ich esse im Club.« Sie stellt die Schachtel wieder hin. Sie fährt mit dem Finger über die Arbeitsplatte und kommt langsam auf mich zu. »Hm... Vor ein paar Tagen hat jemand für Sie angerufen, ein junger Mann. Es war eine schreckliche Verbindung.«

»Ach ja? Es tut mir Leid, wenn...«

»Das war nicht zufälligerweise der Junge aus dem elften Stock, oder?«, fragt sie.

»Doch. Ja, das war er.« Ich nehme eine Kaffeetasse aus dem Schrank. Kann sie nicht bitte, bitte das Thema wechseln?

»Der Name kam mir bekannt vor, aber es hat ein paar Stunden gedauert, bis mir wieder eingefallen ist, woher. Es würde mich interessieren, wo Sie ihn kennen gelernt haben. Bei uns im Haus? War Grayer dabei?« Mir ist völlig klar, was für ein Bild sie vor sich hat. Nicht nur, dass ich womöglich in ihrem Ehebett Sex hatte, sondern vor allem, dass ich mir besagten Sex dadurch ermöglicht habe, dass ich Grayer ein Mittagsschläfchen habe machen lassen. Schwer zu sagen, welcher Gedanke entsetzlicher für sie wäre.

»Ja... Es war ein Zufall...«

»Na, da haben Sie aber einen tollen Fang gemacht.« Sie geht zum Fenster und sieht zu ihrem Mann hinaus, der mit dem Rücken zum Haus im Garten steht. Allmählich lichtet sich der Nebel. »Seine Mutter hat mir erzählt, dass seine letzte Freundin... Sie war eine Schönheit. Immer wenn ich mit ihr im Aufzug gefahren bin, habe ich ihr gesagt, dass sie unbedingt eine Karriere als Model anstreben sollte. Tadellose Erscheinung.« Sie dreht sich um und mustert meinen Schlafanzug. »Jedenfalls hat sie ein Fulbright-Stipendium bekommen und studiert jetzt in Europa. Sie haben sich vermutlich nie um ein solches Stipendium beworben, oder? Aber wahrscheinlich kommen Auszeichnungen von einem solchen Kaliber für Studenten der NYU ohnehin nicht in Betracht.«

»Ich wollte nach meinem Abschluss lieber mit Kindern arbeiten... Ich interessiere mich nicht so sehr für ein Auslandsstudium...« Sie geht einfach hinaus. Mit ungläubiger Miene lehne ich mich an den avocadogrünen Küchenschrank. Der Kaffee ist fertig.

»Liebe Mrs. X, du kannst mich mal kreuzweise«, knurre ich halblaut, während ich einschenke.
»Wie bitte?« Ich fahre herum. Hinter mir steht Mr. X und mampft einen Donut.
»Nichts. Äh, kann ich Ihnen helfen?«
»Meine Mutter hat gesagt, bei Ihnen gibt es Kaffee.«
Noch immer ziemlich erschüttert von der Fulbright-Attacke, hole ich eine zweite angeschlagene Tasse aus dem Schrank.
»Nimmt Ihre Mutter Milch und Zucker?«
»Um Gottes willen! Schwarz, schwarz, schwarz.«
»Dann hätte ich vielleicht lieber den Filter weglassen sollen.« Er lacht. Eine Sekunde lang sieht er genauso aus wie Grayer.
»Nanny! Wo bleibt der Kaffee?« Ich eile ins Wohnzimmer, so schnell es mit der vollen Tasse geht.

»Und dann sage ich zu ihm, wenn er meint, er kann mich aufs Kreuz legen, hat er sich in den Finger geschnitten!« Mit gequälter Miene hört Mrs. X zu, wie Elizabeth ihr von den Schwierigkeiten bei der Wartung ihres Swimmingpools erzählt.

»Nanny, ziehen Sie ihm bitte etwas an. Wir fahren in den Club. Grayer, du kannst heute mit deiner Mommy den ganzen Tag deinem Daddy beim Tennisspielen zuschauen.« Grayer ist in die *Sesamstraße* vertieft und beachtet sie kaum.

Ich ziehe ihn vor dem laufenden Fernseher an.

»Nein, Nanny. Ich will das Puuh-T-Shirt anziehen. Das da kann ich nicht leiden«, protestiert er, als ich ihm das Power-Ranger-T-Shirt hinhalte.

»Das Puuh-T-Shirt! Wie sich das anhört!«, sagt Elizabeth, die aufsteht, um nach oben zu gehen.

»Winnie-Puuh«, erläutere ich, als sie an mir vorbeikommt.

Während ich ihm das anstößige T-Shirt in die Hose stopfe, kommt Mrs. X aus der Küche.

Klingeling.

Sie hebt den Hörer kurz an und lässt ihn krachend wieder fallen. »Nein, ausgeschlossen.« Sie zeigt mit dem Finger auf mich.

»Wir fahren in den Club. Ziehen Sie ihm ein Lacoste-Hemd an.«

»Nein! Ich will aber das Puuh-Hemd!« Er steht kurz vor einem erneuten Schreikrampf.

»Grayer, das T-Shirt kommt nicht in Frage«, sagt sie abschließend. Sie nimmt ihre Handtasche und wartet, bis ich ihm das neue Hemd übergezogen und ihm noch einmal die Haare gebürstet habe.

»Nanny, seine Shorts sind zerknittert. Na ja, auf der Fahrt wären sie wahrscheinlich sowieso faltig geworden.« Ich frage mich, ob sie wohl schon die Möglichkeit in Betracht gezogen hat, ihn die ganze Strecke bis zum Nantucket Yacht Club auf dem Rücksitz des Autos stehen zu lassen.

◊

»Grayer, du bleibst beim Wagen, während Mommy und Nanny die Strandsachen auspacken«, ruft Mrs. X hinter ihrem Sohn her, der bereits in Richtung Golfplatz losgelaufen ist. Seufzend öffnet sie die Heckklappe und fängt an, mich wie ein Maultier zu beladen. Mr. X und Elizabeth sind schon vorausgegangen, das erste Spiel fängt gleich an.

»So, das wäre alles.« An meinem rechten Arm baumelt eine Strohtasche mit Badesachen für die ganze Gesellschaft, an meinem linken Arm eine Sporttasche mit Sonnencreme, Sandspielzeug und Sportgeräten. Dazwischen türmt sich ein Berg aus Stranddecken und Badetüchern, auf die Mrs. X als Tüpfelchen auf dem i nun auch noch zwei aufgeblasene Schwimmflügel packt. Ich hebe gehorsam den Kopf, damit sie mir die orangefarbenen Plastikdinger unter das Kinn klemmen kann.

»Grayer Addison X, ich habe gesagt, du sollst warten!«, brüllt sie mir halb ins Gesicht, halb über die Schulter. Sie hängt sich ihr kleines Handtäschchen über den Arm, fasst Grayer, der sich folgsam wieder eingefunden hat, bei der Hand und spaziert los. Der gelbe Sarong flattert in der kühlen Brise. Ich packe meine Last fester und passe auf, dass ich nicht ins Stolpern gerate, während ich vorsichtig hinter ihnen her tapse. Auf dem Weg zum Strand begrüßt sie den gesamten Club, sie kennt jede Mutter und jedes Kind mit Namen. Zum Glück zwingen mich die Schwimmflügel, den Kopf so schräg zu halten, dass niemand sehen kann, ob ich Grimassen schneide. Was ich nämlich nach Kräften tue. Wir streifen die Sandalen ab und wandern über die Holzplanken zum Sand.

Nach einem kleinen Sonnenschirmslalom deutet sie mit dem Kopf auf ein freies Fleckchen Strand, was wohl heißen soll, dass ich dort unser Lager aufschlagen soll. Grayer hüpft im Kreis um mich herum, während ich die Decke ausbreite.

»Kommt! Wir gehen schwimmen. Jetzt gleich. Jetzt gleich.« Ich beschwere die Decke mit einer Tasche und werfe einen Blick auf Mrs. X, aber die ist bereits in ein Gespräch vertieft.

»Wir müssen dir erst die Badehose anziehen, Grover.« Wir gehen zu der Strandhütte, die uns jemand, der »Bens Bruder« heißt und zurzeit in Paris ist, für eine Woche geliehen hat. Nachdem ich die Holztür hinter uns zugezogen habe, stehen wir im muffigen Halbdunkel, kaum ein Sonnenstrahl dringt durch die Ritzen. Grayer will sofort wieder hinausstürmen, sobald er mit dem zweiten Bein in der Badehose steht.

»Warte, Grover. Du hast noch was vergessen.« Ich winke ihm mit Chanel Bébé SPF 62, mit dem ich ihn ständig eincremen muss.

»Ich will nicht!« Er macht Anstalten, mir zu entwischen, aber ich halte ihn fest.

»Ich habe eine Idee, du schmierst mein Gesicht ein, und ich schmiere dein Gesicht ein. Wie wär's?«

»Ich zuerst.« Er gibt nach. Ich drücke ihm etwas weiße Creme auf die Finger, und er verteilt sie auf meiner Nase. Dann bin ich an der Reihe. Ich versuche, mir gleichzeitig noch seine Backen vorzunehmen, damit wir vor Sonnenuntergang wieder aus der Hütte kommen.

»Nanny, wir wechseln uns ab. Nicht schummeln!« Er cremt meine Ohren ein.

»Entschuldigung, Grover. Ich wollte nur ein bisschen schneller machen, damit du endlich schwimmen gehen kannst.« Ich schmiere ihm Ohren und Brust ein.

»Dann mach' ich es selber.« Eifrig klatscht er sich die Sonnencreme auf Arme und Beine. Als ich mich bücke, um das Zeug auch noch auf den restlichen vier Fünfteln seinen nackten Haut zu verteilen, flitzt er an mir vorbei zum Strand. Mein Blick fällt auf zehn pediküre Zehennägel.

»Nanny, vergessen Sie das Sonnenschutzmittel nicht. Ach ja, und es gibt heute Quallenalarm. Ich schlage vor, Sie bringen unsere Sachen zum Pool. Bis später.«

◊

Nachdem ich unseren ganzen Krempel zum Pool geschleppt habe, wird leider bald darauf das Wasser abgelassen, weil ein Kind »ein kleines Malheur« hatte. Wir ziehen zum Spielplatz um, ein großer Name für das eingezäunte, schattenlose Areal mit nur einer Schaukel und sonst nichts. Gnadenlos brennt die Sonne herab, während Grayer sich nach besten Kräften bemüht, mit den anderen sieben Kindern zu spielen, die alle wesentlich älter oder jünger sind als er. Alles, was an mitgebrachtem Spielzeug verfügbar ist, wird geteilt. So bringen wir den Vormittag mit Malen, Ballspielen und Nasebohren irgendwie herum.

Als Grayer so weit ist, dass er fast eine Zweijährige von der Schaukel schubst, weil er an ihr Trinkpäckchen will, gehe ich mit ihm zu den Tennisplätzen, um mir von Mr. X Geld für einen Saft geben zu lassen. Gut zwanzig Minuten lang irren wir in der Hitze zwischen den Tribünen herum. Die Suche gestaltet sich einigermaßen schwierig, es gibt dort einfach zu viele Männer mit Halbglatze und Sonnenvisier.

»Da ist er! Da ist mein Dad!« Immer wieder zeigt Grayer hoffnungsvoll auf irgendeinen weiß gekleideten Spieler, nur um jedes Mal aufs Neue enttäuscht zu werden.

Als wir ihn schließlich auf dem allerletzten Court entdecken, wirft sich Grayer gegen den Zaun, krallt sich in die Maschen und brüllt wie Dustin Hoffman in der *Reifeprüfung*:

»DaaAAAAaaddDDdyyyyYYYYyyyyy!!!!«

Elizabeth zischelt uns tadelnd an, Mr. X kommt mit einem mörderischen Blick zu uns herübergestapft. »Grayer hinter Gittern« ist wohl nicht besonders gut für das Image, das er den ganzen Vormittag über aufgebaut hat.

»Na, na, Sportsfreund. Nicht weinen«, trompetet er so laut, dass es bis in die hinterste Ecke des Platzes zu hören ist. Ich lege Grayer sanft die Hand auf die Schulter. »Schaffen Sie ihn auf der Stelle hier weg!«, flüstert Mr. X aufgebracht, sobald er dicht genug vor uns steht. »Und da!« Er reißt sich das Handy vom Gürtel und rammt es durch den Zaun. »Nehmen Sie das verfluchte Ding mit!« Er marschiert wieder aufs Spielfeld, bevor ich ihn nach dem Geld fragen kann. Von Elizabeth ist auch keine Hilfe zu erwarten. Sie starrt wütend vor sich hin und pafft cool an ihrer Zigarette. Ich stecke das Handy ein, nehme den schreienden Grayer auf den Arm und schleppe ihn zum Parkplatz, weil ich wirklich nicht weiß, wo ich sonst mit ihm hin soll.

Ich bin kurz davor, Grayer beizubringen, wie man aus dem Rasensprenger trinkt, als wir endlich Mrs. X auf dem Golfplatz aufstöbern.

»Da seid ihr ja!«, ruft sie, als ob sie uns seit Stunden gesucht hätte. »Grayer, hast du Hunger?« Er klammert sich an meine Hand.

»Ich glaube, er hat eher Durst ...«

»Wir fahren gleich zu den Benningtons, sie haben ein paar Familien zum Barbecue eingeladen. Ist das nicht schön?« Er lässt sich schwitzend und mit knallrotem Kopf ins Gras fallen. Mir bleibt nichts anderes übrig, als ihn zum Auto zu tragen, immer hinter seiner Mutter her, die sich unterwegs das eine oder andere Schlückchen aus ihrer Perrier-Flasche genehmigt.

Als wir bei den Benningtons vorfahren, fällt mir als Erstes der Filipino in der weißen Jacke auf, der einen Pudel an der Leine um den Springbrunnen führt. Dann erst sehe ich, dass auf der gekiesten Auffahrt schon mindestens fünfzehn Wagen parken. Wie macht man das? Wie organisiert man ein spontanes Barbecue für fünfzehn Familien, wenn man nur wenige Minuten Vorsprung hat, wie die Benningtons, die den Club erst kurz vor uns verlassen haben? Als wir das Grundstück durch das weiße Tor betreten und in den Teil des Gartens kommen, wo der Swimmingpool liegt, springt mir die Antwort ins Gesicht. Man ruft mit dem Handy zu Hause an und mobilisiert das Personal.

Ich stehe da und staune. Eines ist klar: Wenn ich mal heirate, wird meine Hochzeit nie und nimmer so grandios ausfallen wie diese zwanglose kleine Grillparty. Was mich so überwältigt, ist nicht so sehr der manikürte Rasen, der bis hinunter ans Meer reicht, oder die üppig prangende Blütenpracht oder die Tatsache, dass in die Eiswürfel, die der Mann mit der weißen Jacke hinter der Bar in die Gläser gibt, Weintrauben eingefroren sind, oder dass ein dritter Filipino am Grill die Hamburger wendet. Es sind noch nicht einmal die Tische mit den gestärkten Blümchendecken, die hübsch auf dem Rasen verteilt sind, nein: was mir den letzten Schlag versetzt, sind die geschnitzten Melonen – Büsten amerikanischer Präsidenten!

Ich komme wieder zu mir, als mir Grayer einen Hot Dog auf den Fuß fallen lässt. Seit sein Vater ihm aus Gedankenlosigkeit eine Dose Cola überlassen hat, die er normalerweise gar nicht trinken darf, ist er wieder fit wie ein Turnschuh. Er hat sich von oben bis unten mit Ketchup bekleckert. Auch das Lacoste-Hemd hat etwas abbekommen, wie ich schadenfroh bemerke.

»Komm mit, Grover. Wir holen dir ein neues Würstchen.« Nachdem wir gegessen haben, tollt er mit den anderen Kindern auf dem Rasen herum, während ich mir ganz für mich allein einen kleinen Wodka-Tonic gönne. Inzwischen habe ich meine Lektion gelernt, ich unterhalte mich nicht mehr mit anderen Gästen.

Die Horners treffen ein, begleitet von einer attraktiven, braun gebrannten Frau. Caroline geht mit ihr zu Mrs. X, Jack schlendert mit den Mädchen zum Grill. Ich beobachte interessiert, wie Mrs. X ihren Charme anknipst. Während sie versonnen mit ihrer Perlenkette spielt, erstarrt ihr Gesicht zur mitfühlenden Maske. Die Fremde muss wohl Carolines geschiedene Freundin aus Kalifornien sein. Schon nach wenigen Minuten geht Mrs. X die Luft aus. Sie hält ihr leeres Glas hoch und entfernt sich, um sich einen neuen Drink zu besorgen.

Jack, der sich inzwischen einen Hot Dog geholt hat, gesellt sich zusammen mit Mr. X zu den beiden Frauen. Die vier unterhalten sich angeregt, bis irgendwann Lulu angehüpft kommt und ihre Eltern entführt. Mr. X und die Frau schlendern in meine Richtung. Ich drücke mich tief in meinen Stuhl und mache die Augen zu. Dabei könnte mich Mr. X wahrscheinlich noch nicht mal bei einer polizeilichen Gegenüberstellung identifizieren.

»Tja«, höre ich ihn sagen, als sie vorübergehen. »Ich habe zwei Jahreskarten, also, falls Sie Interesse hätten...«

»Geht denn Ihre Frau nicht mit?«, fragt sie.

»Das war einmal. In letzter Zeit ist sie so mit unserem Sohn beschäftigt...« Mit wem? Ich glaub, ich hör' nicht recht.

Ich setze mich wieder aufrecht hin, gespannt, ob Mrs. X bemerkt hat, mit wem ihr Mann einen Spaziergang zum Wasser unternommen hat. Aber sie ist in ein Gespräch mit Mrs. Longacre vertieft. Plötzlich fängt es in meiner Hosentasche an zu vibrieren.

»Was zum...?« Ich hole Mr. X' Handy heraus und versuche es abzuschalten, ohne meinen Drink zu verschütten. Hektisch drücke ich auf irgendwelche Knöpfe.

»Hallo?«, sagt eine Stimme in meiner Hand.

»Hallo?« Instinktiv nehme ich das Handy hoch.

»Wer ist da?«, fragt eine Frau herrisch.

»Nanny«, sage ich. Wer sie ist, weiß ich sofort, auch ohne zu fragen.

»Nanny?« Es klingt, als ob sie weint. »Ist er da?«

»Nein.« Ich blicke zum Wasser, aber von Mr. X und seiner neuen Freundin ist nichts mehr zu sehen. »Es tut mir Leid, aber ich muss jetzt...«

»Nein. Machen Sie nicht Schluss. Bitte. Bitte sagen Sie mir nur, wo er ist«, fleht sie mich an.

Ich überlege kurz. »Augenblick.« Ich lasse das Handy unauffällig neben meiner Hüfte herunterbaumeln, gehe mit schnellen Schritten hinauf zum Haus und verschwinde durch die erste offene Terrassentür, die ich finden kann. Grayer behalte ich die ganze Zeit im Auge. Ich hole tief Luft, bevor ich das Gespräch fortführe.

»Ich glaube kaum, dass ich Ihnen helfen kann. Auch wenn es vielleicht abgedroschen klingt, aber ich arbeite bloß hier ...«

»Was macht er denn bloß auf Nantucket? Er geht nicht ans Telefon, er ...«

»Was er macht?« Ich weiß nicht, was ich sagen soll. »Er ... er spielt Tennis ... und er isst Donuts.«

»Aber er hasst sie, er hasst es, mit ihr zu verreisen. Das kann ihm doch keinen Spaß machen ...«

»Nein, dass es ihm Spaß macht, würde ich auch nicht behaupten wollen.«

»Wirklich nicht?«, fragt sie. Ich sehe nach draußen, auf die »Party«: Männer mit Halbglatze und Bauchansatz, Zweit- und Drittfrauen, die nur die Zeit bis zur nächsten Schönheitsoperation totschlagen. Eltern, die sich nicht im Geringsten um ihre tobenden Kinder kümmern. Und Nannys, die still und brav im feuchten Gras hocken und auf die nächste Anweisung warten.

»Nein«, sage ich. »Hier hat keiner Spaß.«

»Was? Was haben Sie gesagt?«

»Ich würde Sie gern etwas fragen. Sie haben doch anscheinend das Gefühl, dass Sie hier etwas verpassen. Ich hätte gern gewusst, was Sie sich davon versprechen, hier zu sein. Was reizt Sie daran?«

»Sie wissen doch überhaupt nicht, wovon Sie reden. Wie alt sind Sie? Achtzehn?« Die weinerliche Phase ist offenbar vorbei, der Ton wird schärfer. »Ich denke, das geht Sie überhaupt nichts an.«

»Soll ich Ihnen was sagen? Sie haben vollkommen Recht. Es geht mich wirklich nichts an!« Am liebsten würde ich das Handy zur Terrassentür hinausschmeißen, so dass es im hohen Bogen in Mrs. X Perrierglas landet. »Wer hat mich denn bei mir zu Hause mit einem Brief belästigt? Wer hat mich denn in diese Geschichte hineingezogen? Wenn Sie eine heimliche Affäre haben wollen, bitte schön. Heimlich heißt, dass niemand etwas davon erfährt. Heimlich heißt nicht, dass Sie sich Helfershelfer suchen.« Ich starre auf das Handy. »Sind Sie noch da?«

»Ja.«

»Wollen Sie meine bescheidene Meinung hören? Ich kenne diese Familie jetzt seit neun Monaten. Ich kenne sie in- und auswendig. Sie können mir glauben, hier gibt es nichts, was die Mühe lohnt.«

»Aber ich...«

»Und bilden Sie sich nicht ein, dass es nur an ihr liegt. Das stimmt nämlich nicht. Sie war früher das, was Sie heute sind. Sie können Cole Porter auflegen, bis Sie schwarz werden, Sie können die Heizung bis zum Anschlag aufdrehen, es wird Ihnen nichts nützen. Sie werden immer hinter ihm herlaufen müssen, so wie alle anderen auch.« Die Kinder spielen Fangen auf der Wiese.

»Mann«, sagt sie. »Das war aber eine beeindruckende Moralpredigt von einer Frau, die mir achthundert Dollar gestohlen hat.«

Grayer gerät ins Stolpern, er fällt. Ich halte den Atem an. Es scheint ewig zu dauern, bis er heil wieder gelandet ist.

»Haben Sie zugehört?«, fragt sie. »Hallo? Nanny? Ich habe gesagt, ich rechne fest damit, dass...«

»Was denn? Muss ich es Ihnen erst auf Spanisch sagen? Steigen Sie aus der Beziehung aus, so lange Sie noch einen Pulsschlag haben! Und dieser Rat ist weit mehr wert als achthundert Dollar. Ich würde sagen, wir sind quitt.« Ich schalte das Handy aus. Im nächsten Augenblick zerreißt ein gellender Schrei die Stille.

Mit einem Satz bin ich auf der Veranda. Panisch bahne ich mir einen Weg durch die nur zögernd auseinander weichenden Leinenkleider und Khakihosen. Vor mir läuft Mrs. X über den Rasen.

»Nannnyyy!«, schreit Grayer. Mrs. X ist zuerst bei ihm. »Nannnyyy!« Sie beugt sich über ihn, aber er schlägt nach ihr und schlingt seinen blutenden Arm um meine Beine. »Nein! Ich will meine Nanny!« Ich setze mich ins Gras und nehme ihn auf den Schoß. Mrs. Bennington kommt mit dem Erste-Hilfe-Kasten, die anderen Erwachsenen stehen tatenlos dabei.

»Komm, Mommy möchte es sich doch nur mal ansehen«, sage ich. Er streckt ihr den Arm hin, aber während er sich von ihr verarzten lässt, birgt er sein Gesicht an meiner Schulter.

»Singst du mir das Flaschenlied?«, sagt er mit Tränen in den Augen, als Mrs. X ihm umständlich Jod auf die Wunde pinselt.

»Neunundneunzig Flaschen stehen auf der Bar«, singe ich leise und kraule ihm den Rücken. »Neunundneunzig Flaschen, das ist wirklich wahr...«

»Und wenn eine Flasche umkippt...« murmelt er.

»Wo ist mein Mann?«, fragt Mrs. X plötzlich und blickt sich suchend um. Genau in diesem Moment kommt Mr. X mit Carolines Freundin um die Hecke. Er hat ihr den Arm um die Taille gelegt. Sie sehen etwas verlegen aus. Offensichtlich haben sie nicht damit gerechnet, dass sich bei ihrer Rückkehr alle Augen auf sie richten würden.

◊

Während Grayer in der Badewanne sitzt und plantscht, halte ich seinen Arm, damit er sich das Batmanpflaster nicht nass macht. Er lehnt seinen Kopf an meine Hand. »Wenn ich groß bin, kaufe ich mir ein Schiff. Ein blaues Schiff mit einem Swimmingpool drauf.«

»Hoffentlich ist das Wasser in deinem Swimmingpool wärmer als heute im Club.« Ich wasche ihm mit der freien Hand den Rücken.

»O Mann! Wir tun ganz warmes Wasser rein. So warm wie in der Badewanne. Und du darfst mich besuchen und mit mir schwimmen.«

»Danke für die Einladung, Grover. Aber wenn du groß bist, hast du viele Freunde, und ich bin dann eine ganz, ganz alte Frau...«

»Zu alt zum Schwimmen? Das stimmt nicht, Nanny. Du lügst.«

»Du hast Recht, Grover. Ich habe geflunkert. Okay, ich komme mit auf dein Schiff.« Ich lasse den Kopf auf den kühlen Wannenrand sinken.

»Und du kannst Sophie mitbringen. Sie kriegt ihren eigenen Pool. Einen Pool für die Tiere. Und Katie kann ihr Meerschweinchen mitbringen. Okay, Nanny?«

»Und dein Hundchen, Grover? Hast du dir schon einen schönen Namen ausgedacht?«, frage ich. Wenn das Tier endlich einen Namen hat, muss es vielleicht nicht noch einen Tag ganz allein verbringen.

»Ich will ein Meerschweinchen, Nanny. Ellie kann den Hund haben.«

»Aber die Horners haben doch schon einen Hund.«

»Okay, dann nehmen wir eben keine Hunde auf dem Schiff mit. Nur Meerschweinchen. Und dann schwimmen wir und schwimmen wir und schwimmen wir.« Er lässt seinen Plastikflugzeugträger im Kreis fahren.

Ich schmiege meine Nase in sein Haar und schließe die Augen, während er seine Boote parkt. »Okay, abgemacht.«

◇

Ich warte, bis Grayer fest eingeschlafen ist und sich Elizabeth auf ihr Zimmer zurückgezogen hat, bevor ich ins Wohnzimmer hinuntergehe. Mr. und Mrs. X lesen Zeitung. Sie sitzen stumm rechts und links der Couch in den zerschlissenen Sesseln. Jeder hält seinen Teil der Zeitung in das Licht der neben ihm stehenden Lampe. Ich setze mich mitten auf die leere Couch, aber keiner von beiden würdigt mich eines Blickes.

Ich atme tief durch und sage im unterwürfigsten Ton, den ich mir abringen kann: »Äh, ich wollte nur fragen, ob es vielleicht möglich wäre, wenn ich vielleicht, statt am Samstag mit Ihnen zurückzufahren ...«

Mrs. X lässt die Zeitung sinken. »Ich bin schwanger«, sagt sie ruhig.

Er rührt sich nicht. »Was hast du gesagt?«

»Ich bin schwanger«, sagt sie mit stählerner Stimme.

Er nimmt die Zeitung herunter. »Was?«

»Schwanger.«

»Bist du dir sicher?« Er reißt die Augen auf, seine Stimme zittert.

»Wenn man einmal schwanger war, kennt man die Symptome.« Lächelnd zieht sie ihren Trumpf aus dem Ärmel.

»Mein Gott.« Auf seiner Stirn bildet sich ein Schweißfilm.

»Und morgen beim Frühstück sagen wir es deiner Mutter.«
Stillschweigend fügt er sich in ihren Entschluss.

Bitte, lieber Gott, lass mich zwischen den Polstern versinken.

»Und nun zu Ihnen, Nanny.« Ihr kaltes Lächeln wandert zu mir. »Was kann ich für Sie tun?«

Ich stehe auf. »Es ist nicht so wichtig. Wir können auch ein andermal darüber reden. Ach ja, und herzlichen Glückwunsch.«

»Nein, ich finde, der Zeitpunkt ist ideal. Meinst du nicht auch, Schatz?« Sie lächelt ihn an.

Er starrt nur stumm zurück.

»Setzen Sie sich, Nanny«, sagt sie.

Ich schlucke. »Nun, es ist so, ich muss mir dieses Wochenende eine neue Wohnung suchen, und deshalb dachte ich, wenn Sie mich vielleicht am Freitagabend auf dem Weg zu Ihrer Party an der Fähre absetzen könnten ... Es ist nur, weil samstags immer so viel Verkehr ist, und ich habe noch nicht mal angefangen zu packen, und ich muss bis Montag damit fertig sein, und ich dachte bloß, wenn es Ihnen keine Umstände machen würde ...«

Mrs. X fasst mich eisig ins Auge. »Da habe ich eine bessere Idee, Nanny. Reisen Sie doch heute Abend schon ab. Mr. X kann Sie mit dem Auto zur Fähre bringen. Wir haben Elizabeth hier – es kann sich also im Notfall immer jemand um Grayer kümmern.«

»Aber nein, so eilig ist es auch wieder nicht. Ich dachte nur, weil samstags so viel Verkehr ist. Ich bleibe gerne noch, ich möchte gern noch bleiben ...« Mein Herz hämmert, als mir mit einem Mal dämmert, was plötzlich auf dem Spiel steht. Wenn ich daran denke, dass Grayer in ein paar Stunden aus einem Albtraum aufwachen wird und ich nicht da bin, wird mir ganz anders.

Mrs. X fällt mir ins Wort. »Es macht uns wirklich nichts aus. Schatz, wann geht die nächste Fähre?«

Er räuspert sich. »Das weiß ich nicht genau.«

»Du kannst Nanny ja trotzdem zum Hafen fahren – die Boote fahren ziemlich regelmäßig.«

Er steht auf. »Ich hole meine Jacke.« Er ist weg.

Sie wendet sich wieder mir zu. »Dann können Sie ja inzwischen schon mal packen gehen.«

»Mrs. X, ich muss wirklich nicht schon heute Abend abreisen. Ich wollte nur vor Montag meine Sachen ausgeräumt haben.« Sie lächelt. »Offen gesagt, Nanny, habe ich den Eindruck, dass Sie es in letzter Zeit an Engagement fehlen lassen. Und ich glaube, Grayer hat es auch schon gespürt. Wir brauchen jemanden, der sich voll und ganz für ihn einsetzt, meinen Sie nicht auch? Dafür kosten Sie uns schließlich genug Geld. Und wo wir jetzt das zweite Kind erwarten, sollten wir lieber in eine Hilfe investieren, die eine professionellere Berufsauffassung hat.« Sie erhebt sich. »Ich helfe Ihnen, damit Sie Grayer nicht wecken.«

Sie folgt mir zur Treppe. Auf dem Weg nach oben spiele ich die unmöglichsten Szenarien durch, die es mir ermöglichen würden, mich wenigstens noch von Grayer zu verabschieden. Sie kommt mir bis in das kleine Zimmer nach, baut sich mit verschränkten Armen zwischen den Betten auf und lässt mich nicht aus den Augen, während ich um sie herummanövriere und hastig meine Sachen in die Reisetasche stopfe.

Grayer stöhnt und wälzt sich im Schlaf auf die andere Seite. Wenn ich ihn doch nur wecken könnte.

Als ich unter ihren Blicken zu Ende gepackt und mir die Tasche über die Schulter geschlungen habe, verharre ich noch eine Sekunde. Ich bin wie gebannt von Grovers Hand, die, fest zur kleinen Faust geballt, aus dem Bett hängt. Das Batmanpflaster schaut unter dem hochgerutschten Schlafanzugärmel hervor.

Mrs. X winkt mich zur Tür. Plötzlich überkommt es mich. Ich beuge mich zu Grayer hinunter, um ihm eine verschwitzte Haarsträhne aus der Stirn zu streichen. Kurz vor seinem Gesicht fängt sie meine Hand ab und raunt mit zusammengebissenen Zähnen: »Wir wollen ihn doch nicht wecken.« Sie scheucht mich zur Treppe.

Mir schießen die Tränen in die Augen, ich kann nichts mehr sehen und muss mich am Geländer festhalten. Sie rempelt von hinten gegen meine Tasche.

»Ich ... ich ... ich wollte noch ...«, stammle ich mit zugeschnürter Kehle. Ich drehe mich zu ihr um.

»Was?«, faucht sie und beugt sich drohend vor. Im Zurückweichen schwingt meine schwere Tasche nach unten, und ich verliere das Gleichgewicht. Bevor ich die Treppe hinunterfallen kann, packt sie mich instinktiv am Arm. Wir sehen uns an, Auge in Auge auf einer Stufe. »Was?«, fährt sie mich an.

»Sie war in der Wohnung«, sage ich. »Ich dachte, das sollten Sie wissen ...«

»Sie Kindskopf!« Explosionsartig entladen sich über Jahre hinweg angestaute Wut und Erniedrigung. »Sie haben keine Ahnung, wovon Sie da reden. Ist das klar?« Jedes Wort ist wie ein Schlag in die Magengrube. »Und ich würde mich an Ihrer Stelle sehr vorsehen, was ich für Gerüchte über diese Familie verbreite ...«

Mr. X hupt. In der Küche fängt der Hund zu bellen an. Als wir am Fuß der Treppe ankommen, wacht Grayer auf. »Nanny!«, ruft er. »NAANNYYY!!«

Mrs. X drängt sich an mir vorbei. »Dieser Köter«, schimpft sie und stößt die Schwingtür auf. Der Hund springt heraus und kläfft sie an.

»Hier«, sagt sie und reißt den Welpen grob vom Fußboden hoch.

»Aber ich kann doch nicht ...«

»NANNY, KOMM HER. MACH DAS LICHT AN. NANNY, WO BIST DU?«

»Hier.« Mrs. X hält mir das strampelnde Bündel entgegen. Automatisch greife ich zu, bevor sie es fallen lässt. Sie reißt die Haustür auf, nimmt ihre Handtasche vom Dielentisch und holt ihr Scheckheft heraus. Während sie hektisch einen Scheck ausstellt, sehe ich sehnsüchtig zur Treppe. Sie drückt mir den Wisch in die Hand.

Ich drehe mich um und stolpere auf die dunkle Auffahrt hinaus, begleitet von Grayers immer panischer werdenden Schreien.

»NAAAANNNNYYYY! ICH BRAUCHE DICH!«

»Gute Reise!«, ruft sie mir hinterher, während ich mit wackeligen Knien auf den Rover zugehe, dessen Scheinwerfer den Weg in ein gespenstisches Licht tauchen.

Ich setze mich auf den Beifahrersitz, nehme den Hund auf den Schoß und schnalle mich mit zitternden Händen an.

»Ach«, sagt Mr. X mit einem Seitenblick auf den Welpen. »Tja, Grayer ist wohl doch noch ein bisschen zu jung dafür. In ein paar Jahren vielleicht.« Er lässt den Motor an und fährt los. Bevor ich mich umdrehen kann, um mir das Haus ein letztes Mal einzuprägen, schieben sich die Bäume davor. Über leere Landstraßen geht es in halsbrecherischem Tempo zum Hafen. Vor dem menschenverlassenen Anleger hält er an. Als ich ausgestiegen bin, sagt er: »Na dann ... Und viel Glück noch bei Ihrem Medizinstudium. Die Prüfungen müssen ja der reinste Hammer sein.« Damit braust er davon. Sprachlos starre ich ihm nach.

Langsam gehe ich in das Hafengebäude und suche den Fahrplan. Die nächste Fähre legt erst in einer Stunde ab.

Zappelnd macht sich der Welpe unter meinem Arm bemerkbar. Irgendwie muss ich ihm eine Tragetasche basteln. Von dem Donut-Verkäufer, der gerade seinen Stand zumachen will, lasse ich mir ein paar Plastiktüten und eine Schnur als provisorische Leine geben. Ich packe meine Sachen von der Reisetasche in die Tüten um, polstere die Tasche mit einem Sweatshirt aus und setze den Retriever hinein.

»Na also«, sage ich. Die junge Hündin sieht zu mir auf, bellt einmal und fängt an, gemütlich am Plastik zu nagen. Ich lehne mich auf dem zerkratzten Sitz zurück, lege erschöpft den Kopf in den Nacken und blicke hinauf ins Neonlicht.

Ich höre ihn immer noch nach mir schreien.

ZWÖLFTES KAPITEL
Und tschüss

> Aber niemand hat jemals erfahren, wie Mary Poppins dabei zu Mute war, denn Mary Poppins hat nie jemandem etwas davon erzählt.
>
> *Mary Poppins*

»Yo, Lady!« Ich bin mit einem Schlag hellwach. »Hafenbehörde – Endstation!«, brüllt der Busfahrer. Hastig krame ich meine Sachen zusammen. »Versuchen Sie nicht wieder, irgendwelche Tiere an Bord zu schmuggeln, Kindchen. Sonst schicke ich Sie nächstes Mal zurück nach Nantucket, und zwar zu Fuß«, sagt er und grinst mich über das Lenkrad hinweg blöde an.

Die Hündin knurrt laut vor Empörung. Ich kraule sie, um sie zu beruhigen.

»Danke«, murmele ich. Fettsack.

Dann stehe ich mitten im Bahnhofsmief und muss die Augen zusammenkneifen, so hell ist es in der orange gekachelten Halle. Die Greyhound-Uhr zeigt 4:33 Uhr an. Es dauert eine Minute, bis ich richtig zu mir komme. Das Adrenalin in meinen Adern ist aufgebraucht. Ich stelle die Reisetasche zwischen meine Füße und ziehe mir das Sweatshirt aus. Obwohl es noch so früh ist, hängt bereits schwer und schwül die Sommerhitze in der Luft, zusammen mit dem Schweiß der Pendler.

Ich gehe rasch ins Freie, vorbei an Bäckereien und geschlossenen Zeitungskiosken bis zum Eingang an der Eight Avenue, wo Nutten und Taxifahrer auf Kunden warten. Ich lasse die Hündin an der Leine aus der Tasche, damit sie sich an einer Mülltonne erleichtern kann.

»Wohin?«, fragt der Fahrer, als ich mich mit meinem Gepäck auf die Rückbank gesetzt habe.

»Ecke Zweite und 93ste Straße.« Ich kurble das Fenster herunter. Die Hündin streckt hechelnd den Kopf aus der Tasche, während ich in den Plastiktüten nach meinem Geld krame. »Wir sind gleich da, Schätzchen. Es ist nicht mehr weit.« Als ich die Brieftasche aufklappe, flattert Mrs. X' Scheck heraus. »Verdammt.« Ich bücke mich, um ihn im Dunkeln vom Boden aufzuklauben.
»Zahlbar an: Nanny. Fünfhundert Dollar.« Fünfhundert Dollar. *Fünfhundert* Dollar? Zehn Tage. Sechzehn Stunden am Tag. Zwölf Dollar die Stunde. Das macht an die sechzehnhundert Dollar – nein, achtzehnhundert – nein, neunzehnhundert!
FÜNFHUNDERT DOLLAR!
»Ich habe es mir anders überlegt«, sage ich zu dem Fahrer. »In die Park Avenue 721.«
»Wie Sie meinen, Lady.« Er wendet. »Es ist Ihr Geld.«
Mein Geld, wie wahr.

◊

Ich drehe den Schlüssel im Schloss und drücke die Wohnungstür auf. Es ist dunkel und still. Vorsichtig stelle ich die Reisetasche auf den Marmorboden, und sogleich krabbelt die Hündin heraus. Die Plastiktüten schmeiße ich einfach in die Ecke. »Wenn du pinkeln musst – bitte schön.«
Ich schalte die Beleuchtung ein. Ein kreisrunder Lichtkegel fällt auf den Dielentisch. Die Strahlen, die durch die Kristallglasschüssel fallen, zaubern wunderschöne kalte Wellenlinien an die Wand.
Ich beuge mich vor und stütze mich mit den Händen auf die Glasplatte, die das braune Samtdeckchen schützt. Selbst jetzt noch, selbst nach dieser Katastrophe, kann ich nicht an die X denken, ohne mich von ihrem Reichtum ablenken zu lassen. Aber wahrscheinlich ist genau das der Sinn und Zweck der Sache. Mit Prunk und Protz zu blenden.
Ich richte mich wieder auf. Auf dem Glas prangen zwei perfekte Handabdrücke.

Entschlossen wandere ich von Zimmer zu Zimmer und mache überall Licht, als ob ich, wenn ich ihre Wohnung hell erleuchte, deutlicher und klarer erkennen kann, wie es möglich war, dass ich so hart gearbeitet habe, um dafür so sehr gehasst zu werden.
Ich gehe ins Büro.
Maria hat Mrs. X' Post so sortiert, wie sie es am liebsten hat – Briefe, Kataloge und Illustrierte auf separaten Stapeln. Nachdem ich ein bisschen darin gestöbert habe, schlage ich ihren Kalender auf.
»Maniküre. Pediküre. Shiatsu. Innenausstatter. Lunch.«
»Aufgeblasene Pute«, knurre ich.
»Montag, 10:00 Uhr, Vorstellungsgespräch Nanny-Agentur.«
Wie bitte? Vorstellungsgespräch? Ich blättere rasch ein paar Wochen zurück.
»28. Mai: Vorstellungsgespräch Rosario.
2. Juni: Vorstellungsgespräch Inge.
8. Juni: Vorstellungsgespräch Malong.«
Einen Tag nachdem ich gesagt habe, dass ich wegen meiner Abschlussfeier später nach Nantucket nachkommen möchte, fangen die Vorstellungsgespräche an. Mir stockt der Atem, als ich die Notiz lese, die sie an jenem Nachmittag an den Rand geschrieben hat.
»Nicht vergessen: Morgen unbedingt Problemberater anrufen. Ns Verhalten ist inakzeptabel. Vollkommen egozentrisch. Keine Berufsethik. Respektiert keine professionellen Grenzen. Nutzt uns rücksichtslos aus.«
Ich klappe den Kalender wieder zu. Ich stehe da, wie vom Schlag getroffen. Da schießt mir ein Bild in den Kopf: Mrs. Longacres Handtasche in der Klokabine des Il Coniglio, und plötzlich kriege ich einen Koller.
Ich stürme ins Kinderzimmer und sehe ihn sofort – den riesigen Plüschbären, der einen Tag nach dem Valentinstag ohne jede Erklärung auf Grayers Regal aufgetaucht ist.
Ich nehme ihn herunter und öffne die Rückenklappe: Tatsächlich, eine kleine Videokamera mit Kontrollknöpfen. Während ich das Band zurücklaufen lasse, kommt die Hündin herein und verschwindet in Grayers Kleiderschrank.

Ich drücke auf Aufnahme, stelle den Bären auf die Kommode und drehe ihn ein paar Mal hin und her, bis ich das Gefühl habe, dass die Einstellung stimmt.
»*Ich* bin egozentrisch? *Mein* Verhalten ist inakzeptabel?«, brülle ich.
Ich atme tief durch, um mich nicht von meiner Wut überwältigen zu lassen, und fange noch einmal von vorne an.
»Fünfhundert Dollar. Was ist das für Sie? Ein Paar Schuhe? Ein halber Tag im Kosmetiksalon? Ein Blumengesteck? Aber für mich, für mich sind fünfhundert Dollar eine Zumutung, Lady. Okay, Sie haben Kunst studiert, deshalb vermute ich mal, dass Mathe nicht gerade Ihre starke Seite ist. Ich will Sie wirklich nicht überfordern, aber die Rechnung sieht folgendermaßen aus: Für zehn Tage Schinderei in der Hölle haben Sie mich mit einem Stundenlohn von drei Dollar abgespeist! Also, bevor Sie bei der nächsten Wohltätigkeitsgala ein Jahr meines Lebens als Anekdote zum Besten geben, denken Sie bitte daran, wie Sie mich ausgebeutet und geknechtet haben. Sie besitzen eine Handtasche, einen Nerz *und einen Ausbeuterbetrieb!*
Und ich nutze Sie aus?
Sie haben ja überhaupt keine Ahnung, was ich alles für sie tue.«
Wütend stapfe ich vor dem Bären auf und ab. Irgendwie muss ich die Retourkutschen, die ich mir neun Monate lang verkniffen habe, in eine halbwegs verständliche Botschaft fassen.
»Okay, jetzt passen Sie mal auf. Wenn ich sage: ›Zwei Tage die Woche‹, haben Sie zu antworten: ›Okay, zwei Tage die Woche.‹ Wenn ich sage: ›Ich muss um drei ins Seminar‹, haben Sie alles stehen und liegen zu lassen – ihre lebensentscheidenden Maniküren und ihre ach so wichtigen Caffè lattes – und postwendend hier anzutanzen, damit ich pünktlich gehen kann, und zwar nicht erst nach dem Abendessen, nicht erst am nächsten Tag, sondern um Punkt drei Uhr, pronto. Wenn ich sage: ›Klar, kann ich ihm einen Happen warm machen‹, heißt das, dass ich fünf Minuten in der Küche stehe. Das heißt: Mikrowelle. Das heißt nicht dämpfen, schnippeln oder dünsten, und vor allem heißt es eines nicht: Soufflé! Wenn Sie sagen: ›Ihren Lohn bekommen Sie freitags‹,

dann heißt das jeden Freitag, Sie Genie. Sie sind schließlich nicht Cäsar. Sie können nicht einfach einen neuen Kalender einführen, wenn es Ihnen passt. Freitag heißt Freitag, Woche für Woche!«
Jetzt habe ich mich richtig in Fahrt geredet. »Weiter im Text: Ihrem eigenen Kind die Tür vor der Nase zuknallen – nicht okay. Sich im Schlafzimmer einschließen, wenn wir alle zu Hause sind – auch nicht okay. Eine Einzimmerwohnung kaufen, um ›etwas Privatsphäre‹ zu haben – schon gar nicht okay. Ach ja, und noch ein schönes Beispiel: Sich auf einer Wellnessfarm verkriechen, während Ihr Sohn mit einer Mittelohrentzündung und hohem Fieber im Bett liegt – das absolut Allerletzte! Das beweist nicht nur, dass Sie ein schlechter Mensch sind, das beweist vor allem, dass Sie eine rücksichtslose Rabenmutter sind. Wenn Sie wollen, kann ich Ihnen das auch schriftlich geben. Klar, schon möglich, dass ich nicht richtig mitreden kann, ich habe schließlich noch nie ein Kind auf die Welt gebracht und bin deshalb nicht so eine große Expertin wie Sie, aber wenn mein Kind überall in die Ecken pinkeln würde wie ein altersschwacher Köter, würde ich mir vielleicht doch den einen oder anderen Gedanken machen. Womöglich würde ich sogar ganz spontan mindestens einmal die Woche mit ihm zusammen zu Abend essen. Und soll ich Ihnen noch etwas verraten? Man hasst Sie. Die Haushälterin hasst Sie – und damit meine ich nicht, dass sie Sie nicht leiden kann. Ich meine richtigen Hass. Mörderischen Hass!«
Ich mäßige mich ein bisschen, damit sie auch ja jedes Wort versteht. »Ein kleiner Rückblick gefällig? Ich, die ahnungslose Unschuld, mache einen Spaziergang durch den Park. Ich kenne Sie nicht, habe Sie noch nie zuvor gesehen. Und fünf Minuten später? Fünf Minuten später wasche ich Ihre Unterwäsche und gehe mit Ihrem Sohn zum ›Familientag‹. Wie kommen Sie dazu? Ich kapier' das nicht. Woher nehmen Sie die Dreistigkeit, eine wildfremde Frau zur Ersatzmutter Ihres Kindes zu machen?
Und dabei sind Sie noch nicht mal berufstätig! Was treiben Sie eigentlich den ganzen Tag? Bauen Sie beim Elternverband ein Raumschiff? Sitzen Sie mit dem Bürgermeister in einer Geheimkammer bei Tiffany's zusammen und helfen ihm, ein neues Sys-

tem für den öffentlichen Personennahverkehr auszutüfteln? Ich weiß! Sie basteln hinter Ihrer abgeschlossenen Schlafzimmertür an einer Lösung für den Nahostkonflikt! Machen Sie ruhig weiter, Lady – die Welt hält schon den Atem an. Die Welt wartet gespannt auf Ihre Innovationen, mit denen Sie uns ins einundzwanzigste Jahrhundert katapultieren, auf Ihre bahnbrechenden Erfindungen, die Ihnen keine Sekunde Zeit lassen, Ihren Sohn zwischendurch mal in den Arm zu nehmen.«
Ich beuge mich vor und sehe dem Bären tief in die Augen. »Es hat einiges an ›Verwirrung‹ gegeben, deshalb möchte ich eine Sache noch einmal klarstellen, damit auch Sie sie kapieren: Dieser Job – ja, Sie haben ganz richtig verstanden, J-o-b, Job –, den ich für Sie gemacht habe, ist Schwerstarbeit. Ihr Kind großzuziehen ist Schwerstarbeit! Was Sie ebenfalls wüssten, wenn Sie es mal länger als fünf Minuten am Stück versucht hätten!«
Ich trete einen Schritt zurück und lasse meine Fingerknöchel knacken. Jetzt geht's ans Eingemachte. »Und Sie, Mr. X, wer sind Sie eigentlich?« Ich lasse meine Frage eine Sekunde einsinken. »Und wo wir gerade beim Thema sind, Sie fragen sich wahrscheinlich auch, wer ich eigentlich bin. Ein Tipp: Ich bin weder a) ein Stück Mobiliar noch bin ich b) eines Tages vom Himmel gefallen und habe Ihre Frau aus reiner Herzensgüte gefragt, ob ich ein paar Hausarbeiten für sie erledigen darf. Was meinen Sie, Mr. X? Wollen Sie mal raten?«
Ich betrachte meine Fingernägel und lege eine Kunstpause ein.
»ICH BIN DIE FRAU, DIE IHREN SOHN GROSSGEZOGEN HAT! Ich habe ihm beigebracht, wie man spricht. Wie man einen Ball wirft. Wie man Ihre italienische Toilette abzieht. Ich studiere weder Medizin noch BWL, ich bin weder Schauspielerin noch Model, und ich bin auch und vor allem keine ›Freundin‹ der armen Irren, die Sie geheiratet haben. Oder gekauft oder was auch immer.« Ich schüttele mich vor Ekel.
»Nur zu Ihrer Information, Mister: Dies ist nicht das Byzantinische Reich. Sie kriegen nicht zu jedem Grundstück ein Kamel und einen Harem dazu. Was für Schlachten haben Sie geschlagen? Welchen Tyrannen haben Sie gestürzt? Ein Jahreseinkom-

men in siebenstelliger Höhe zu verdienen ist keine Heldentat – vor allem dann nicht, wenn man dazu nur auf seinem fetten Hintern am Schreibtisch sitzen muss. Auch wenn dabei die eine oder andere Ehefrau für Sie abfällt, qualifiziert Sie das noch lange nicht für den Hauptpreis – Vater zu sein! Ich will es mal in Begriffe fassen, die Sie geistig nicht überfordern: Ihr Sohn ist kein Sportartikel. Ihre Frau hat ihn nicht im Versandhaus bestellt. Sie können ihn nicht herausholen, wenn Sie Lust dazu haben, und ihn ansonsten mit Ihren Zigarren im Keller lagern.«

Nach diesem Ausbruch brauche ich erst mal eine kleine Atempause. Ich lasse den Blick durch das Zimmer wandern, so viele Spielsachen, die er gekauft hat, ohne auch nur ein einziges Mal mit seinem Sohn zu spielen. »Es gibt Menschen – in Ihrer Wohnung – Menschen aus Fleisch und Blut –, die alles dafür geben würden, von Ihnen wenigstens wahrgenommen zu werden. Diese Familie ist *Ihre* Familie. Sie brauchen sich bloß hin und wieder bei ihr blicken zu lassen. Sie brauchen Ihre Familie bloß zu mögen. So was nennt man Beziehung. Klar, Ihre Eltern waren sicher auch nie zu Hause, Ihre Eltern haben sich Ihre Zuneigung sicher auch mit Geschenken erkauft. Aber das ist vorbei, da müssen Sie endlich drüberstehen. Ihr Leben spielt hier und heute, Mann, also kommen Sie her, und schmeißen Sie es nicht sinnlos zum Fenster raus!«

»Wuff!«

Die Hündin kommt mit Grayers Ausweishülle im Maul aus dem Kleiderschrank getapst. »Gibst du das her?«, sage ich sanft, knie mich hin und nehme sie ihr ab. Sie wälzt sich auf den Rücken, um zu spielen. Ich starre auf die schmutzigen Papierfetzen in der Hülle, alles, was von Grovers Visitenkarte noch übrig ist.

Ich blinzele mir die Tränen weg. Alles in diesem Zimmer ist mir so vertraut, als ob es mein eigenes wäre. Ich sehe Grayer vor mir, wie er bei unserer Modenschau den Laufsteg hinuntergeschritten ist, wie er sich vor Weihnachten das Herz aus dem Leib gesungen hat, wie er sich an mich geschmiegt hat und eingeschlafen ist, wenn ich ihm eine Gutenachtgeschichte vorgelesen habe.

»Ach, Grover.« Nun kann ich die Tränen doch nicht mehr zurückhalten. Weinend kauere ich mich am Fußende seines Bettes zusammen. Mir wird klar, dass ich ihn nie mehr wiedersehen werde. Dies ist der endgültige Abschied, für Grayer und für mich.

Als ich mich endlich wieder gefangen habe, schleppe ich mich zur Kommode und schalte die Kamera aus. Ich stelle den Bären auf den Boden, lehne mich an Grayers Bett und kraule der Hündin den weichen Bauch. Sie macht sich ganz lang und legt mir die Pfote auf den Arm. In ihren warmen Augen lese ich, wie dankbar sie mir für das bisschen Aufmerksamkeit ist.

Und da kommt mir plötzlich eine Eingebung.

Nichts von dem, was ich ihnen gesagt habe, wird sie dazu bringen, Grayer so zu lieben, wie er es verdient.

Oder mir einen Abgang in Würde verschaffen.

Ich höre Grayers Stimme. »Streng dich an, Nanny. Ich drück' dir die Daumen.«

Ich spule das Band zurück, drücke auf Aufnahme und stelle den Bären vor mich auf den Teppich.

»Hi, ich bin's, Nanny. Ich bin hier in Ihrer Wohnung, und es ist...« Ich sehe auf die Uhr. »Fünf Uhr morgens. Ich habe mir mit dem Schlüssel aufgesperrt, den Sie mir gegeben haben. Ich bin ganz allein mit allem, was Sie besitzen. Aber darum geht es mir nicht. Ich will Ihnen nichts Böses. Wenn auch vielleicht nur aus dem einen Grund, dass Sie das große Privileg genießen, Grayers Eltern sein zu dürfen.« Ich nicke, das ist die Wahrheit. »Eigentlich wollte ich einen glatten Schlussstrich ziehen. Aber ich kann nicht. Ich kann es nicht. Grayer liebt Sie. Ich kann bezeugen, wie sehr er Sie liebt. Und es ist ihm egal, was für Klamotten Sie anhaben oder was für Geschenke Sie ihm kaufen. Er will Sie einfach nur um sich haben. Er will das Gefühl haben, erwünscht zu sein. Und die Zeit wird knapp. Er wird Sie nicht mehr sehr viel länger bedingungslos lieben. Und schon bald wird er Sie gar nicht mehr lieben. Wenn ich heute Nacht noch irgendetwas für Sie tun kann, dann das: Ich möchte Ihnen den Wunsch mitgeben, ihn kennen zu lernen. Er ist so ein erstaunliches Menschenkind – er ist witzig und intelligent. Es ist eine Freude, mit ihm zusammen zu sein.

Ich habe ihn wirklich sehr gern gehabt. Und das möchte ich Ihnen wünschen. Dass Sie beide dieses Gefühl kennen lernen, denn es ist mit Geld nicht aufzuwiegen.«

Ich halte das Band an, nehme den Bären auf den Arm und bleibe noch einen Augenblick nachdenklich sitzen. Da fällt mein Blick auf das unterste Fach des Bücherschranks. Hinter der Playskool-Garage ist ein kleines gerahmtes Foto von Caitlin versteckt.

Okay.

Ich drücke noch einmal auf Aufnahme und setze den Bären wieder hin.

»Und wenn das zu viel verlangt ist, will ich Ihnen wenigstens noch eines ins Gebetbuch schreiben: Sie haben mich und meine Nachfolgerin gefälligst zu respektieren!«

Ich stelle den Bären weg und nehme das Band heraus.

◇

Auf dem Weg zum Ausgang schalte ich nacheinander alle Lampen wieder aus. Die Hündin kommt hinter mir her, als ich mich zum zweiten Mal über den Dielentisch beuge. Ich lege das Band genau zwischen meine Handabdrücke, den Schlüsselbund oben drauf.

Ich nehme meine Taschen und öffne zum allerletzten Mal die X-sche Wohnungstür.

»Grover«, sage ich leise. Mit meinem ganzen Herzen konzentriere ich mich auf einen einzigen Wunsch, den wichtigsten Wunsch meines Lebens. »Du weißt, dass du wunderbar bist – du bist der wunderbarste kleine Mensch, den ich kenne. Und ich hoffe, du kannst irgendwie spüren, dass ich immer auf deiner Seite stehen werde, ganz egal, wo ich bin.« Ich knipse die letzte Lampe aus und nehme den Hund auf den Arm. »Auf Wiedersehen, Grayer.«

◇

Als wir den Park betreten, geht die Sonne auf. Die kleine Hündin zieht mich an der Leine vorwärts, den Reitweg entlang zum See.

Während es immer heller wird und der letzte Stern verblasst, ziehen bereits die ersten Jogger ihre Kreise um das Wasser. Hinter den Baumkronen glüht die westliche Skyline im Licht der Morgenröte. Leise plätschernd schwappt das Wasser über die Steine, als ich mich vor den Drahtzaun stelle. Wie herrlich es doch ist, dieses grüne Paradies im Herzen der Stadt.

Ich hole das Handy der Xes aus der Plastiktüte, wiege es einen Augenblick lang in der Hand und werfe es dann im hohen Bogen über den Zaun. Die Hündin springt hoch und stemmt die Vorderpfoten gegen den Draht. Sie kläfft, als das Telefon ins Wasser klatscht.

Ich sehe zu ihr hinunter. »Das war doch wohl ein Abgang in Würde, oder? Das hätte keiner cooler hingekriegt, nicht mal Madonna.« Mit einem zustimmenden Bellen blickt sie mich aus ihren braunen Augen liebevoll an.

»Madonna?«

Sie bellt.

»Madonna?«

Sie bellt noch einmal.

»Verstehe. Na, dann komm, Madonna. Gehen wir nach Hause.«

Danksagung

Wir möchten uns bei folgenden Personen bedanken. Molly Friedrich und Lucy Childs von der Aaron Priest Agency für ihre unermüdliche Unterstützung – sollte Nanny je den Kampf mit Mrs. X aufnehmen, würden wir ihr diese beiden an die Seite wünschen. Dank auch an Christy Fletcher, die das Potenzial der Geschichte sah; an Jennifer Weis, die uns darauf aufmerksam machte, wenn irgendwo der Biss fehlte; an Katie Brandi, die den Roman mindestens so oft gelesen hat wie wir; an Joel, der Nanny in die Flitterwochen mitgenommen hat; an George, der es geschafft hat, uns auch an harten Tagen bei der Stange zu halten; und an Le Pain Quotidien für die tägliche Versorgung.